W0031379

MIRA®

Der Preis dieses Bandes versteht sich einschließlich der
gesetzlichen Mehrwertsteuer.

Umwelthinweis:
Dieses Buch wurde auf chlor- und säurefreiem Papier gedruckt.

Suzanne Brockmann

Nicht ohne Risiko

Roman

Aus dem Amerikanischen von
Anita Sprungk

MIRA® TASCHENBUCH
Band 25646
1. Auflage: Februar 2013

MIRA® TASCHENBÜCHER
erscheinen in der Harlequin Enterprises GmbH,
Valentinskamp 24, 20354 Hamburg
Geschäftsführer: Thomas Beckmann

Deutsche Erstveröffentlichung

Titel der nordamerikanischen Originalausgabe:
Not Without Risk

erschienen bei: Silhouette Books, Toronto

Published by arrangement with
HARLEQUIN ENTERPRISES II B.V./S.àr.l.

Konzeption/Reihengestaltung: fredebold&partner gmbh, Köln
Umschlaggestaltung: pecher und soiron, Köln
Redaktion: Daniela Peter
Titelabbildung: Corbis
Autorenfoto: © Harlequin Enterprises S.A., Schweiz
Satz: GGP Media GmbH, Pößneck
Druck und Bindearbeiten: CPI – Ebner & Spiegel, Ulm
Printed in Germany
Dieses Buch wurde auf FSC®-zertifiziertem Papier gedruckt.
ISBN 978-3-86278-501-8

www.mira-taschenbuch.de

1. KAPITEL

Emily Marshall stand im winzigen Waschraum des Bootes vor dem Spiegel und zog sich die Lippen nach. Von wegen Boot, dachte sie. Dieses schwimmende Schloss mit Segeln als Boot zu bezeichnen war die Untertreibung des Jahres.

Boote waren bescheidene und praktische kleine Dinger, in denen man auf einer harten hölzernen Bank hockte und sich mithilfe von Rudern fortbewegte. Oder Dinger mit Segeln, bei denen man sich an frischer salziger Seeluft Schwielen an den Händen und einen Sonnenbrand im Gesicht holte. Manchmal brachten sie einen von A nach B, meistens aber nur von A nach nirgendwo und wieder zurück.

Tatsächlich hatte auch der Segeltörn an diesem Abend kein bestimmtes Ziel, aber das „Boot", auf dem Emily sich befand, war alles andere als bescheiden. Die Home Free war zwar nicht groß genug, um als Schiff bezeichnet zu werden, aber ein Boot war sie auch nicht.

Luxusyacht, dachte Emily und zupfte die Träger ihres neuen schwarzen Cocktailkleides zurecht. Alexander Delmores Boot musste schon als Luxusyacht bezeichnet werden.

Kritisch musterte sie ihr Spiegelbild. Das Kleid hatte sie in einem Nobelkaufhaus erstanden, ein Sonderangebot aus der Schnäppchenecke. Aber obwohl der Preis stark herabgesetzt gewesen war, hatte es sie ein Gutteil ihres Monatsgehalts gekostet.

So viel Geld für ein Cocktailkleid auszugeben konnte sie sich eigentlich nicht leisten. Deshalb würde sie in den nächsten Wochen beim Lebensmitteleinkauf jeden Cent dreimal umdrehen und jede unnötige Ausgabe vermeiden müssen. In den Augen des Immobilienkönigs Alexander Delmore dagegen wäre der Preis, den sie für das Kleid bezahlt hatte, wohl lächerlich gering. Wenn er sie zum Essen ausführte, gab er allein schon für eine Flasche Wein so viel aus.

Natürlich verdiente er mit seinen Immobiliengeschäften auch ganz erheblich mehr als sie in ihrem Job als Englischlehrerin. So war das Leben nun mal. Und es war typisch für Emily, dass sie ihr Herz an eine Stelle in einer städtischen Schule gehängt hatte, obwohl die es sich nicht leisten konnte, ihr ein anständiges Gehalt zu zahlen. Natürlich hätte sie sich eine besser bezahlte Stelle an einer Schule in einem wohlhabenderen Stadtteil suchen können. Oder eine Stelle in der freien Wirtschaft. Ihr Collegeabschluss hätte ihr das durchaus ermöglicht. Dass sie ständig knapp bei Kasse war, war also allein ihre eigene Schuld.

Emily streckte ihrem Spiegelbild die Zunge heraus und schnitt eine Grimasse. Es änderte nichts: Dank ihres eleganten Kleides wirkte sie trotzdem, als gehörte sie zur gehobenen Gesellschaft.

Etwas früher am Abend hatte Alex sie erneut eingeladen. Er wollte sie am nächsten Dienstagabend auf eine Party im örtlichen Country-Club mitnehmen. Wenn sie sich dafür noch so ein teures Kleid kaufte, würde sie sich bis zum Ende des Monats von Nudeln und Tomatensuppe ernähren müssen.

Emily hatte aber keine Lust auf jeden Tag Nudeln. Sie liebte Meeresfrüchte. Kalbfleisch. Teure Lendenfilets. Spargel zu jeder Jahreszeit. Wassermelonen im Winter und Schweizer Schokolade.

Sie liebte Häuser wie jenes, das Alex gehörte. Häuser, die eine fantastische Aussicht auf das klare Blau des Golfes von Mexiko boten. Häuser mit sechs Schlafzimmern und fünf Bädern. Dicke weiche Handtücher, die an den Kanten nicht ausfransten. Hausangestellte. Essen in teuren Restaurants. Große schwimmende Wochenendpartys auf Alex' Yacht – Partys wie diese, die früh am Samstagnachmittag begannen und erst spät in der Nacht von Sonntag auf Montag endeten. Riesige Flachbildfernseher mit allem Drum und Dran, supermoderne Musikanlagen.

Die Vorstellung, genug Geld zu haben und sich nie wieder Sorgen um die Telefon- oder Stromrechnung machen zu müssen, gefiel ihr. Ebenso die Vorstellung von Luxusurlauben, Kreuzfahrten und Reisen nach Europa.

Auch Alexander Delmore gefiel ihr. Sie mochte ihn.

Aber sie liebte ihn nicht.

Er war eindeutig an ihr interessiert und hatte ihr sogar gesagt, dass er sich häuslich niederlassen und eine Familie gründen wolle. Er zählte zu den begehrtesten Junggesellen Floridas, und es schmeichelte Emily, dass er sie attraktiv fand.

Aber … sie liebte ihn nicht.

Ihre Nachbarin Carly Wilson meinte, das sei doch völlig egal. „Du liebst ihn nicht? Na und? Liebe ist sowieso völlig überbewertet. Wenn man jemanden wirklich mag, dann hält das voraussichtlich sehr viel länger als die leidenschaftlichste Liebesaffäre. Zumal in Verbindung mit einem sagenhaft gut gefüllten Konto. Und jetzt mal ehrlich: Wann begegnet einem schon die wahre Liebe?“ Die Antwort lieferte sie gleich mit: „Normalerweise nie.“

Emily starrte ihr Spiegelbild an und schaute sich prüfend in die blauen Augen. Sie wunderte sich über sich selbst. Da stand sie nun, in ihrem tollen teuren Kleid, in dem sie wie eine Millionärin aussah, im Waschraum der Luxusyacht des Millionärs Alexander Delmore, und an wen dachte sie? An Jim Keegan. Ausgerechnet.

Sieben Jahre war das her. Man sollte meinen, dass sie inzwischen über den Mann hinweg war. Natürlich bin ich über ihn hinweg, rief sie sich nachdrücklich zur Ordnung. Ihre Affäre mit diesem niederträchtigen Kerl war tot und begraben. Aus und vorbei. Erledigt. Vergangenheit. Verdammt, im

Grunde war sie schon vorbei gewesen, bevor sie überhaupt begonnen hatte.

Warum zum Teufel dachte sie dann an ihn?

Wegen der Liebe. Sie dachte an Jim, weil sie ihn ehrlich geliebt hatte. So gemein und grausam er sie auch behandelt, so übel er sie auch verletzt hatte – Tatsache war und blieb, dass Emily diesen Mann von ganzem Herzen geliebt hatte. Jim Keegan war ihre große Liebe gewesen, und tief in ihrem Innersten war ihr klar, dass sie Alex Delmore niemals auch nur halb so intensiv lieben konnte.

Na und, hörte sie Carly fragen, als säße sie ihr wie ein kleiner Teufel auf der Schulter. *Wer sagt, dass du Alex lieben musst, um ihn zu heiraten?*

„*Ich* sage das", stieß Emily hervor und zuckte zusammen, weil sie laut gedacht hatte.

Sie zog den kurzen Rock ihres neuen Kleides etwas tiefer und fuhr sich rasch mit den Fingern durchs schlichte kurz geschnittene kastanienbraune Haar. Dann atmete sie tief durch, um Jim Keegans allzu attraktiven Geist aus ihren Gedanken zu verbannen, und wandte sich der Tür zu, die in Alexanders winziges Büro an Bord der Yacht führte.

Sie hörte die zornigen Stimmen, als sie die Hand auf den Türknauf legte, aber es war zu spät, um einen Rückzieher zu machen. Die Tür schwang auf, und die streitenden Männer verstummten augenblicklich. Alex und ein anderer Mann – Vincent Sowieso – wandten sich ihr zu, und sie konnte in beider Augen Überraschung und Verärgerung erkennen.

„Entschuldigt bitte", sagte sie. „Ich wollte nicht stören …"

Alexander Delmore schüttelte den Kopf. „Ist schon in Ordnung", wiegelte er ab und trat lächelnd auf sie zu. „Ich wusste nicht, dass du im Waschraum warst." Er warf dem anderen Mann einen kurzen Blick zu und fasste nach Emilys Hand. „Wenn ich es gewusst hätte, hätten wir … unsere kleine Unterhaltung woanders geführt."

Emily fiel nicht ein, wie der andere mit Nachnamen hieß. Sie waren einander früher am Abend vorgestellt worden, als die Partygäste an Bord der Yacht kamen. Vincent, und weiter, grübelte sie. Martino? Oder Medino?

Egal, jedenfalls war er ein Mann wie ein Schrank. Muskelbepackt und dunkelhäutig, bildete er einen ausgeprägten Kontrast zu dem blonden sonnengebräunten schlanken Alex. Und anders als Alex wirkte er immer noch verärgert über ihr Auftauchen.

„Wenn Sie die Freundlichkeit hätten …", gab er ihr unverblümt zu verstehen, dass sie störte.

Emily entzog Alex ihre Hand. „Ich lasse euch jetzt besser allein", sagte sie.

„Es dauert nicht lange", versprach Alex. „Wir treffen uns gleich an Deck."

Die Bürotür fiel hinter ihr ins Schloss.

Emily war schon fast am Ende des Korridors angelangt, als ihr auffiel, dass sie ihre Handtasche im Waschraum hatte liegen lassen. Sie drehte um, aber als sie sich der Tür zum Büro näherte, hörte sie, dass die Männer sich schon wieder stritten. Sie bemühten sich, leise zu sprechen, aber die Spannung zwischen ihnen war dennoch unüberhörbar.

Sie wollte gerade anklopfen, als Vincent leicht die Stimme hob.

„Wenn dir dieser Handel nicht gefällt", hörte sie ihn deutlich sagen, „wie wäre es dann damit: Ich mache dich kalt und streiche deinen gesamten Gewinn ein."

Kaltmachen? Hatte er tatsächlich „kaltmachen" gesagt? Im Sinne von … töten?

Alex wurde ebenfalls lauter, sodass Emily auch ihn verstehen konnte.

„Ich hatte eine Vereinbarung mit deinem Onkel, die jahrelang hervorragend funktioniert hat." Seine Stimme zitterte vor Aufregung.

„Mein Onkel ist tot", gab Vincent zurück. „Und jetzt führe ich das Geschäft. Du willst verhandeln? Dann musst du mit mir verhandeln."

„Schön", erwiderte Alex. „In dem Fall bin ich raus aus dem Geschäft."

Vincent lachte, aber das Lachen klang kalt. „Und das soll ich dir glauben? Du steigst nicht einfach so aus dem Geschäft aus."

Emily konnte vor ihrem inneren Auge sehen, wie Alex mit den Schultern zuckte. „Glaub, was du willst, Marino."

Im Büro gab es einen dumpfen Schlag, als wäre jemand hart mit dem Kopf gegen das Schott gestoßen. Emily schlug das Herz bis zum Hals, aber sie konnte sich nicht rühren, konnte nicht weglaufen.

„Ich glaube", knurrte Vincent, „dass ich dir vielleicht die hübsche Visage polieren werde. Ich weiß, dass es heute Nacht irgendwo vor der Küste einen Schneesturm gab, und ich weiß, dass dein hübsches kleines Boot draußen war, um den Schnee einzusammeln. Du zahlst mir meinen Anteil, oder du bist tot. So läuft es. Entweder, du akzeptierst das, oder ..."

Ein Schneesturm? Im Juli? In Florida?

Schlagartig fiel Emily wieder ein, dass sie in den frühen Morgenstunden aufgewacht war, weil sie einen Außenbordmotor gehört hatte. Das kleine Beiboot der Yacht war leise längsseits gegangen, und während sie noch durch das kleine Bullauge ihrer Kabine nach draußen spähte, verstummte das sanfte Tuckern des Motors.

Jemand war draußen an Deck. Emily konnte nicht sehen, wer es war, aber sie hörte denjenigen dort hin und her gehen. Das Boot wurde mit einer Leine an der Yacht festgemacht, eine Leiter hinuntergelassen. Der Mann im Boot drehte sich um, und für einen Moment konnte Emily in der Morgendämmerung sein Gesicht sehen.

Alex.

Als sie ihn beim Frühstück danach fragte, bat er sie um Entschuldigung dafür, dass er ihren Schlaf gestört habe. Er behauptete, zum Angeln rausgefahren zu sein.

Angeln? Angeln wonach? Worum ging es, dass Vincent Marino bereit war, Alex deswegen zu töten?

Schneesturm. Schnee. Schnee! Das stand doch für Kokain, oder?

Großer Gott! Handelte Alex etwa mit Kokain?

Emily drehte sich um und sah zu, dass sie wegkam.

2. KAPITEL

Emily saß am Tisch im Verhörraum der Polizeiwache von St. Simone, die Arme fest vor der Brust verschränkt.

Der Polizist, der ihre Aussage zunächst aufgenommen hatte, bezeichnete dieses Zimmer zwar als Besprechungsraum, aber Emily wusste es besser. Es war ein Verhörraum. Eine Wand war verspiegelt. Natürlich war dieser Spiegel von der anderen Seite durchsichtig. Dahinter konnten sich Leute aufhalten und das Gespräch verfolgen, ohne selbst gesehen zu werden.

Ein Gitter schützte die Uhr an der Wand – so wie bei den Uhren in der Turnhalle der Highschool, an der sie unterrichtete. Trostlose beigegrüne Wände, uralte graue Kacheln auf dem Fußboden, vielfach abgeplatzt und gesprungen.

Ja, dies war ein Verhörzimmer. Und nach drei Stunden, in denen sieben verschiedene Polizisten ihr immer wieder dieselben Fragen gestellt hatten, konnte sie es gar nicht mehr anders bezeichnen: Sie wurde verhört.

Der Raum roch nach kaltem Zigarettenrauch. Das änderte sich, als der Polizist, der zuletzt mit ihr gesprochen hatte, zurückkam, zwei Porzellanbecher mit dampfend heißem Kaffee in den Händen.

„Wir haben auch Einwegbecher aus Kunststoff." Er sprach mit einem leichten spanischen Akzent. „Aber die benutze ich nicht gern. Nicht seitdem ich weiß, was für eine Umweltsauerei dieses Einweggeschirr ist. Aber diese Becher sind in Ordnung. Ich habe sie selbst ausgewaschen, und ich mache das gründlich."

Emily nahm ihm das ohne Weiteres ab. Der Detective – er hatte sich als Felipe Salazar vorgestellt – war ordentlich gekleidet und wirkte sehr gepflegt. Er war noch jung, wahrscheinlich sogar jünger als sie mit ihren fünfundzwanzig Jahren, hatte kurze schwarze Haare und hohe, leicht exotisch wirkende Wangenknochen. Wenn sein entwaffnend freundliches Lächeln nicht gewesen wäre, hätte er vielleicht gefährlich gewirkt. Aber so erinnerte er sie an einen Hundewelpen. Einen kleinen Dobermann, der zwar das Potenzial besaß, gefährlich zu sein, es aber noch nicht entwickelt hatte. Bis auf die wenigen Minuten, in denen er Kaffee für sie beide geholt hatte, war er die ganze Befragung über bei ihr geblieben.

Sechs andere Polizisten hatten nacheinander den Raum betreten, und sie hatte ihre Geschichte wieder und wieder und wieder von vorn erzählen müssen. Längst hatte sie begriffen, dass man ihr nicht glaubte, was sie erzählte: Alexander Delmore, eine der Stützen der Gesellschaft von St. Simone, handelte mit Drogen. Sie wusste, dass sie genau deshalb wieder und wieder erzählen musste, was sie gehört und gesehen hatte. Die Polizei wartete nur darauf, dass sie einen Fehler machte, Details durcheinanderbrachte, sich in Widersprüche verwickelte.

Alle anderen Polizisten und Detectives machten aus ihren Zweifeln an dem, was sie sagte, keinen Hehl. Einige äußerten den Verdacht, sie habe die Unterhaltung zwischen Delmore und dem Mann, den sie als Vincent Marino identifiziert hatte, missverstanden. Andere meinten, es handle sich vielleicht um eine Verwechslung, Delmores Gesprächspartner sei gar nicht Marino gewesen, die neue Nummer eins im organisierten Verbrechen von Florida. Wieder andere ließen durchblicken, dass sie ihre Geschichte für komplett erfunden hielten. Sie unterstellten ihr, Delmores guten Ruf aus niederträchtigen Motiven in den Dreck ziehen zu wollen.

Emily musste zahllose persönliche Fragen zu ihrem Verhältnis zu Alex beantworten. Hatten sie sich kürzlich gestritten? Gab es ein Zerwürfnis? Wie lange ging sie schon mit ihm?

Wie lange *schlief* sie schon mit ihm?

Was all diese Fragen damit zu tun hatten, dass Alex in Drogengeschäfte verwickelt war, verstand Emily nicht. Sie beantwortete sie trotzdem wahrheitsgemäß. Und die Wahrheit war nun mal, dass sie keine intime Beziehung zu Alex hatte. Bei den Wochenend-Segeltörns auf seiner Yacht war seine Crew immer mit an Bord gewesen, und sie hatte immer ihre eigene Kabine gehabt. Sie hatte nicht mit Alex geschlafen.

Aber sie merkte, dass ihr auch das keiner der anderen Polizisten glaubte.

Nur der junge Detective Salazar blieb stets freundlich. Er sagte, er glaube ihr. Er bat sie um Geduld und Nachsicht mit den Zweiflern. Er sagte, wenn Delmore tatsächlich mit Kokain handle, dann habe er eine Gefängnisstrafe verdient – ganz gleich wie viel Geld er in den letzten Jahren für wohltätige Zwecke gespendet habe.

Emily nahm noch einen Schluck Kaffee, während Salazar in den Notizen blätterte, die er sich während der drei Stunden ihres Verhörs gemacht hatte.

„Glauben Ihre Kollegen mir immer noch nicht?“, fragte sie geradeheraus.

Er lächelte entschuldigend. „Gleich kommt meine Chefin, um mit Ihnen zu reden. Lieutenant Bell“, erklärte er. „Und mein Partner ist inzwischen auch im Haus. Er wird ebenfalls bald hier sein.“

Die Tür öffnete sich. Emily schaute auf, als eine Frau das Zimmer betrat. Genau wie die anderen trug sie keine Polizeiuniform. Stattdessen war sie mit einer dunkelblauen Jacke, einem Rock und einer schlichten weißen Bluse bekleidet. Sie war klein und drahtig. Ihr Alter war schwer zu schätzen, irgendwas zwischen vierzig und sechzig. Graue Strähnen durchzogen ihr braunes Haar, auf der schmalen Nase saß eine Lesebrille.

Die Frau schaute Emily über den Rand ihrer Brillengläser hinweg an. „Emily Marshall? Ich bin Lieutenant Katherine Bell."

Sie bot ihr nicht die Hand zum Gruß. Also blieb Emily sitzen und rührte sich nicht. Bell setzte sich neben Salazar und griff nach seinen Notizen. „Man sagte mir, Sie glauben, dass Alexander Delmore in irgendwelche illegalen Geschäfte verwickelt sei", sagte sie und überflog dabei Salazars handschriftliche Notizen.

Emily antwortete nicht. Sie wartete, bis Bell fertig war mit Lesen.

„Sie behaupten also, Ihr Verhältnis zu Delmore sei rein freundschaftlich", bemerkte Bell und schaute Emily an, die Brauen leicht ungläubig hochgezogen.

„Ich behaupte das nicht nur", gab Emily äußerlich ruhig und beherrscht zurück. Tatsächlich war sie alles andere als ruhig. Ihr Blutdruck stieg, und sie war längst über bloße Verärgerung hinaus. „Es ist eine Tatsache. Und mir ist überhaupt nicht klar, was diese Frage mit meinem Verdacht zu tun hat, dass Alex Kokain ins Land schmuggelt."

Bell lehnte sich auf ihrem Stuhl zurück und trommelte mit den Fingern auf dem Tisch, während sie Emily aufmerksam musterte. „Wir stellen diese Fragen, weil wir herausfinden wollen, warum Sie eigentlich hier sind", erklärte die Polizistin schließlich. „Sie erheben ziemlich schwere Anschuldigungen. Wir müssen sichergehen, dass Sie keine abservierte Liebhaberin sind oder Rachegelüste hegen. Wir wissen nichts über Sie. Sie könnten ebenso gut eine Geisteskranke sein. Sie könnten dem Mann noch nie begegnet sein und einfach nur ..."

„Sehe ich so aus, als wäre ich verrückt?", unterbrach Emily sie.

Bell zuckte mit den Achseln. „Ach wissen Sie, das sieht man den Leuten nicht unbedingt an."

Emily beugte sich vor. „Ich bin hier, Lieutenant, weil ich Lehrerin an der Highschool bin, im siebten Bezirk."

Bell wirkte tatsächlich überrascht.

„Ich gehe davon aus, dass Sie den Stadtteil kennen", fuhr Emily fort.

Der siebte Bezirk war eine der übelsten Gegend von St. Simone. Schießereien, Verbrechen, Drogen gehörten dort zum Straßenalltag, und sie fanden ihren Weg auch in die Highschool. Emily hatte schon mehr als einmal erlebt, dass Schüler in den Gängen der Schule unter Waffeneinsatz festgenommen wurden. Sie hatte mit ansehen müssen, wie Schüler von Entzugserscheinungen geschüttelt wurden. Zitternd und würgend dachten sie nur daran, wie sie an den nächsten Schuss kommen konnten, der ihnen wenigstens vorübergehend Erleichterung verschaffen würde. In ihrer Klasse hatte sie Schülerinnen, die – selbst noch halbe Kinder – ihre Babys mit in den Unterricht brachten, weil sie sich keine Tagesmutter leisten konnten. Und sie hatte erlebt, dass Plätze plötzlich leer blieben, weil der Schüler in der Nacht zuvor an einer Überdosis gestorben war.

„Ich weiß, was Crack anrichtet – vor allem bei Kindern", erzählte sie Lieutenant Bell. „Wenn Alex mit Drogen handelt, muss etwas dagegen getan werden. Ich weigere mich, einfach zuzusehen und die Hände in den Schoß zu legen."

„Und Sie glauben, dass er mit Drogen handelt", meinte Bell.

„Wie wollen Sie das, was ich gehört habe, sonst erklären?"

„Sie hat Vincent Marino identifizieren können. Wir haben ihr eine Menge Fotos gezeigt, und sie hat ihn erkannt", sagte Salazar leise zu Bell.

„Marino übt sich nicht gerade in Zurückhaltung", gab Bell zurück und zuckte mit den Achseln. „Die meisten Leute könnten ihn identifizieren."

„Trotzdem lohnt sich eine Überprüfung“, beharrte Salazar. „Ich frage mich, was Vincent Marino – Vincent der Hai – auf der Gästeliste von Mr Delmore zu suchen hat. Irgendwer bringt in großem Stil Drogen in die Stadt, und wir versuchen seit Jahren herauszufinden, wer. Vielleicht ist es Alexander Delmore. Vielleicht auch nicht. Aber wir werden es nie erfahren, wenn wir nicht wenigstens ermitteln.“

Bell schüttelte den Kopf. „Eine solche Ermittlung auf die Beine zu stellen würde Monate dauern. Monate. Und mehr Geld kosten, als so ein sinnloses Unterfangen wert ist. Nein, ich glaube kaum.“

Sie schob ihren Stuhl zurück, um aufzustehen und das Zimmer zu verlassen. Aber Salazar fasste sie am Arm und hielt sie zurück. „Warten Sie, Lieutenant“, bat er. „Schauen Sie sich Ms Marshalls Augen an. Sie haben die gleiche Farbe wie Diegos Augen, das gleiche Blau.“

Bell warf verärgert einen Blick auf ihre Armbanduhr. „Und warum erzählen Sie mir das, Detective?“

„Ich schlage vor, dass wir Diego verdeckt ermitteln lassen. Als Ms Marshalls – ich weiß nicht – als ihr Bruder vielleicht. Diese Augen – die beiden sehen so aus, als könnten sie verwandt sein. Und wenn Ms Marshall sich auch weiterhin mit Delmore trifft, kann sie ihn dazu bringen, sie noch einmal zu einer schwimmenden Party einzuladen, und Diego könnte als ihr großer Bruder mit an Bord gehen. Und diesen Typen überprüfen.“ Er warf Emily einen kurzen Blick zu. „Diego ist mein Partner“, erläuterte er. „Der beste Ermittler in St. Simone. Vermutlich sogar der beste in ganz Florida.“

Bell schwieg.

„Wenn Ms Marshall bereit ist, mit uns zusammenzuarbeiten – und ich glaube, das ist sie, nach dem, was sie uns erzählt hat –, dann haben wir eine schnelle und einfache Möglichkeit, diese Ermittlung durchzuziehen. Falls Delmore Drogen schmuggelt, kriegen wir ihn. Falls nicht, brechen wir ab, und niemand braucht je zu erfahren, dass er überhaupt unter Verdacht stand."

Der Blick der stahlgrauen Augen von Lieutenant Bell heftete sich kurz auf Emily. „Sind Sie denn bereit, mit uns zusammenzuarbeiten?", fragte sie. „Sind Sie bereit, einen meiner Detectives für eine oder zwei Wochen in Ihre Wohnung aufzunehmen und als Ihren Bruder auszugeben?"

Der Gedanke gefiel Emily gar nicht. Ihre Wohnung war klein und hatte nur ein Schlafzimmer. Aber wenn sie helfen wollte, Alex zu überführen, blieb ihr wohl keine Wahl. Sie reckte das Kinn vor. „Solange Ihr Detective bereit ist, auf dem Sofa zu schlafen ..."

„Und was ist mit dem Risiko?", fragte Bell. „Wenn Alexander Delmore tatsächlich Kokain ins Land schmuggelt, könnte er ein äußerst gefährlicher Mann sein."

„Ich glaube, es ist das Risiko wert", meinte Emily.

Die Tür ging auf, und auf Salazars Gesicht zeigte sich ein breites Lächeln. „He!", rief er. „Diego! Wir haben gerade von dir gesprochen ..."

Emily drehte sich um, um sich den Mann anzuschauen, von dem Salazar so geschwärmt hatte – und erstarrte.

Er hieß nicht Diego. Er hieß Jim. Jim Keegan.

Zum ersten Mal seit mehr als sieben Jahren sah sich Emily dem Police Detective Jim Keegan von Angesicht zu Angesicht gegenüber.

„Ms Marshall, darf ich vorstellen: Detective Keegan", sagte Salazar.

Natürlich. Diego war die spanische Form von Jim.

„Emily?" Jim brachte kaum mehr als ein Flüstern hervor.

Emily bemühte sich tapfer, Haltung zu bewahren. Aber es fiel ihr schwer, schrecklich schwer. Da stand er und schaute sie an, als traute er seinen Augen nicht.

Die dichten, leicht gelockten dunkelbraunen Haare fielen ihm bis auf die Schultern. Sie waren deutlich länger als vor sieben Jahren, als er als junger Detective bei der Polizei von Tampa gearbeitet hatte, lang genug für einen Pferdeschwanz, aber er trug sie offen. Im Licht der Deckenbeleuchtung schimmerten sie weich und seidig. Emily musste unwillkürlich daran denken, wie weich seine Haare sich anfühlten.

Sein Gesicht war ihr sofort vertraut, und doch hatte er sich erkennbar verändert. Geblieben waren die schiefe Nase, die vollen Lippen, der große Mund, aber seine Wangenknochen wirkten ein wenig ausgeprägter. Sie ließen sein Gesicht kantiger und reifer erscheinen als früher. Die Krähenfüße und die Lachfältchen um Augen und Lippen hatten sich tiefer eingegraben.

Unverändert hingegen waren seine blauen Augen. Immer noch blitzten sie vor Leben und strahlten Hitze aus. Und immer noch waren sie überschattet von einer inneren Düsternis, die sein so leicht und offen wirkendes Lächeln nicht ganz verbergen konnte.

Sie hatte vergessen, wie groß er war. Mit einem Meter neunzig schien er den ganzen Raum zu füllen. Er hatte breite Schultern und muskulöse Oberarme, die den dünnen Stoff seines T-Shirts zu sprengen drohten. Die ausgebleichten Jeans saßen eher lose und betonten seine schlanke durchtrainierte Figur. Emily fragte sich, ob er wohl immer noch jeden Tag und bei jedem Wetter seine fünf Meilen lief.

Sie stieß geräuschvoll den Atem aus und merkte erst dadurch, dass sie die Luft angehalten hatte. „Was machst du hier?“, fragte sie.

„Ich habe mich vor etwa drei Jahren von Tampa hierher versetzen lassen“, erwiderte Jim. Seine Stimme klang ein wenig rau, wie damals, und man konnte nach wie vor seinen leichten New Yorker Akzent hören. „Aber was machst *du* hier?“

Drei Jahre lebte Jim Keegan also schon in St. Simone. Emily rang nach Luft. Es war demnach reiner Zufall, dass sie einander noch nicht über den Weg gelaufen waren. So groß war das Städtchen ja nicht …

Sie schwieg, während Salazar kurz seinen Plan erläuterte. Es durchfuhr sie eiskalt, als ihr klar wurde, dass sie die ganze Zeit von Jim Keegan gesprochen hatten. Der Mann, der als ihr Bruder auftreten sollte, war Jim Keegan. Er war der Mann, der ein oder zwei Wochen lang in ihrem Apartment wohnen sollte.

Nein, das kam überhaupt nicht infrage. Unter keinen Umständen konnte sie sich dazu bereit erklären. Sie konnte seine Gegenwart nicht einmal ein oder zwei Minuten ertragen, geschweige denn zwei ganze Wochen.

„Kommt nicht infrage“, sagte Jim Keegan und schüttelte den Kopf. „Das klappt nicht, nie und nimmer.“

„Machst du Witze, Mann?“, fragte Salazar. „Das ist eine großartige Möglichkeit, Delmores Vertrauen zu gewinnen.“

„Und Ms Marshall rund um die Uhr zu bewachen und zu beschützen“, warf Lieutenant Bell ein.

„Kann ich Sie kurz sprechen, Lieutenant?“, fragte Jim und öffnete die Tür. „Draußen, unter vier Augen?“

Er warf Emily einen kurzen Blick zu, während Lieutenant Bell ihren Stuhl zurückschob und aufstand. Emily begriff: Jim Keegan war genauso wenig wie sie selbst scharf darauf, die nächsten zwei Wochen in ihrer Gesellschaft zu verbringen.

Jim hielt seiner Chefin höflich die Tür auf. Er wagte es nicht, Emily noch einmal anzuschauen. Verdammt noch mal, was trieb sie hier in St. Simone? Er war sicher gewesen, dass sie nach Abschluss ihres Studiums an der Universität von Tampa zu ihren Eltern nach Connecticut zurückgegangen war. Wann immer er an sie dachte – und er gab sich wirklich alle Mühe, nicht an sie zu denken –, stellte er sich vor, dass sie mit irgendeinem netten Geschäftsmann glücklich verheiratet in Neuengland lebte.

Was also tat sie hier in Florida? Warum zum Teufel hatte sie sich mit einem notorischen Playboy wie Alexander Delmore eingelassen?

Und wie zur Hölle war es möglich, dass sie in den letzten sieben Jahren noch hübscher geworden war?

Sie war achtzehn gewesen, als sie einander zum ersten Mal begegnet waren. Und immer noch achtzehn, als sie sich getrennt hatten.

Collegestudentin war sie gewesen. Im ersten Semester an der Universität von Tampa. Mit langen gewellten kastanienbraunen Haaren, die ihr über die Schultern fielen, und blauen Augen, in denen er die Farbe des Himmels zu sehen meinte. Ihr herzförmiges Gesicht, ihr sanfter Blick, ihre schönen vollen Lippen, die fast immer zu lächeln schienen – sie hatte ausgesehen wie das, was sie gewesen war: ein nettes junges Mädchen. Zu nett. Und viel zu jung. Und Gott, wie er sie geliebt hatte …

Lieutenant Bells raue Stimme unterbrach seine Gedanken. „Sie wollten etwas mit mir besprechen, Detective?"

„Ja. Sie müssen sich jemand anderen suchen, der diesen Fall übernimmt. Ich kann das nicht."

„Sie können nicht?"

„Ich hatte einmal eine Beziehung zu Emily Marshall", stieß er knapp hervor. Es hatte keinen Sinn, lange um den heißen Brei herumzureden. „Es tut mir leid, Lieutenant, aber ich kann auf keinen Fall mit dieser Frau eine Wohnung teilen."

„Eine Beziehung", wiederholte Lieutenant Bell. „Eine sexuelle, nehme ich an, denn sonst wäre das jetzt kein Thema."

Seine Kiefermuskeln spannten sich an. „Es ist lange her", sagte er.

„Wer hat wen abserviert?"

„Ich habe die Beziehung beendet", antwortete Jim. „Sie war fast noch ein Kind, und ..."

„Ersparen Sie mir die schmutzigen Details", unterbrach Lieutenant Bell. „Sagen Sie mir einfach, ob Sie glauben, dass diese Frau jetzt Ihretwegen hier ist."

Jim brauchte volle zehn Sekunden, um zu begreifen, was seine Vorgesetzte damit sagen wollte. „Sie meinen, dass sie sich diese Geschichte über Delmore vielleicht ausgedacht hat, weil ..."

„Sie Ihre Aufmerksamkeit erregen will?", brachte Bell seinen Satz zu Ende. Sie musterte ihn, wartete auf seine Antwort.

Er schüttelte den Kopf. „Nein. Sie haben Ihr Gesicht gesehen, als sie mich erkannt hat. Sie war vollkommen überrumpelt."

Sie war so überrascht gewesen, dass es ihr nicht gelungen war, den Schmerz zu verbergen, der immer noch in ihren Augen zu lesen war. Den Schmerz darüber, wie er sie vor so vielen Jahren behandelt hatte. Gott, wenn er die Augen schloss, sah er sie immer noch vor sich, wie sie vor der Bar auf dem University Boulevard stand, Schock, Schmerz und Unglauben auf ihrem lieblichen Gesicht.

„Außerdem", fügte er hinzu und schüttelte leicht den Kopf, um die Erinnerung zu verscheuchen, „was zwischen uns war – das ist jetzt mehr als sieben Jahre her."

„Gut", meinte Lieutenant Bell. „Dann sollten Sie ja wohl keine Probleme damit haben, in diesem Fall mit ihr zusammenzuarbeiten. Richtig, Keegan?"

Sie wandte sich der Tür des Verhörraums zu.

„Lieutenant", rief Jim. „Verschonen Sie mich bitte. Bitte!"

Lieutenant Bell drehte sich wieder zu ihm um und verschränkte die Arme vor der Brust. „Sie und Ihr Partner sind die einzigen Detectives, die zurzeit frei sind für diese Ermittlungen. Ich glaube kaum, dass Alexander Delmore sich einreden lässt, Felipe Salazar sei Ms Marshalls Bruder. Wenn Sie mir jetzt sagen, dass Sie immer noch Gefühle für diese Frau hegen, dann setze ich Sie nicht auf diesen Fall an. Aber das bedeutet dann, dass wir etliche Wochen warten müssen, bis ein anderer Detective frei ist. Und bis dahin wäre Ms Marshall ganz auf sich allein gestellt im Umgang mit einem Mann, den sie verdächtigt, mit Drogen zu handeln." Sie musterte Jim streng. „Ich halte nicht allzu viel von der Idee, Ms Marshall in diese Ermittlung einzubinden, aber Detective Salazar hat recht. Wenn wir sofort anfangen, können wir die Sache schnell und leicht erledigen. Und dann sind Sie Ms Marshall auch schon wieder los, Detective."

Sie beobachtete ihn genau, und Jim wusste, dass ihr mit Sicherheit auffiel, wie angespannt seine Schultern, sein Nacken und seine Kiefermuskeln waren. Der Gedanke daran, Emily könnte in Gefahr sein, machte ihn verrückt. Gott, das war sogar noch schlimmer als die Vorstellung von Emily, zusammen mit ihrem neuen Freund Alexander Delmore …

„Also", fuhr Lieutenant Bell fort, „raus mit der Sprache: Hegen Sie immer noch Gefühle für diese Frau?"

Gefühle für Emily? Nie und nimmer. Das war ausgeschlossen. Nicht nach sieben Jahren. Nun ja, er dachte schon hin und wieder an sie, aber das hieß doch nicht, dass er noch etwas für sie empfand. Und ja, natürlich hatte das Wiedersehen ihn überrumpelt. Natürlich hatte ihn das ein wenig aus dem Gleichgewicht gebracht. Zumal sie immer noch so erstaunlich hübsch war. Er hatte immer geglaubt, dass Vorstellungskraft und Erinnerungsvermögen die Dinge verzerrten. Dass die Erinnerung die Vergangenheit verklärt und einfach eine umwerfende Schönheit aus ihr gemacht hatte. Aber in Wirklichkeit war Emily noch viel schöner als in seiner Erinnerung.

Na und? Er fand sie also immer noch attraktiv. Du meine Güte. Das bedeutete noch lange nicht, dass er Gefühle für sie hegte.

Selbst wenn, was hättest du schon davon, fragte eine kleine sarkastische Stimme in seinem Kopf. *Du hast sie abserviert. Da wird sie dir jetzt wohl kaum um den Hals fallen.*

„Also, Keegan? Empfinden Sie noch etwas für sie?"

„Nein", antwortete Jim. Seine Stimme klang unnatürlich rau und kratzig. Er konnte nur hoffen, dass diese Antwort keine Lüge war.

3. KAPITEL

Jim Keegan.

Ausgerechnet Jim Keegan. Das war wieder mal typisch.

Seitdem Emily jenen Streit zwischen Alex und Vincent Marino mit angehört hatte, seitdem ihr klar geworden war, dass der wohlhabende und hoch angesehene Mann, den sie mehr und mehr als ihren Freund und potenziellen Liebhaber betrachtete, möglicherweise ein Drogenhändler war, seitdem hatte sie das Gefühl, in einer Art Traumwelt zu leben.

Gestern Abend auf Alex' Segelboot hatte sie noch wie betäubt so getan, als sei alles in bester Ordnung. Sie hatte gelächelt, als Alex an Deck neben sie getreten war und ihr ganz lässig den Arm um die Schultern gelegt hatte. Sie hatte gelassen mit ihm geplaudert, als er sie nach dem Segeltörn in seinem BMW nach Hause fuhr. Sie hatte sich sogar den üblichen Gutenachtkuss von ihm geben lassen.

Es war schon spät gewesen – lange nach zwei Uhr morgens –, als sie die Tür zu ihrer winzigen Wohnung aufschloss.

Am liebsten wäre sie sofort zur Polizei gefahren, aber sie bekam es plötzlich mit der Angst zu tun. Was, wenn Alex den Verdacht hegte, sie hätte seine Unterredung mit Marino belauscht? Was, wenn er gar nicht nach Hause gefahren war, sondern ihre Wohnung beobachtete? Wenn er sie mitten in der Nacht wegfahren sah und ihr zur Polizeistation folgte, würde ihm mit Sicherheit klar werden, dass sie über seine üblen Machenschaften Bescheid wusste.

Also hatte sie bis zum nächsten Morgen gewartet, bevor sie geduscht und sich ihre Lieblings-Kakishorts und das T-Shirt, das in der Schublade gerade oben lag, angezogen hatte.

Bis endlich Morgen war, hatte es scheinbar eine Ewigkeit gedauert. Die Stunden zwischen drei und halb sechs hatten sich wie Jahrhunderte hingezogen. Aber dann war es endlich sechs geworden und schließlich sieben Uhr. Auf der Straße fuhren die ersten Autos, im Haus wurden die ersten Leute wach. Emily hielt tatsächlich bis halb neun durch, bevor sie die Wohnung verließ.

Das Gespräch mit den Polizisten hatte sich als weiterer unwirklicher Teil jenes ebenso grässlichen wie verrückten Albtraums erwiesen.

Und dann war auch noch Jim Keegan aufgetaucht.

Das hatte der ohnehin schon surrealen Erfahrung die bizarre Krone aufgesetzt. Wie oft war ihr Jim Keegan unverhofft in ihren Träumen begegnet? Unzählige Male.

Die Träume fingen immer nett an, ganz harmlos und beruhigend: Sie war mit Carly shoppen oder ging mit einem ihrer Lehrerkollegen essen. Aber dann veränderte sich der Traum, und plötzlich war Jim Keegan da. Manchmal schaute er sie einfach nur an, das so vertraute Verlangen im Blick. Manchmal berührte er sie, so wie er sie an jenem einen Wochenende berührt hatte, das sie gemeinsam verbracht hatten. Jenes Wochenende, an dem er mit ihr geschlafen hatte. Aber manchmal sah sie ihn auch woanders. Nicht in seinem eigenen Bett, sondern in dem furchtbaren Krankenhausbett, in dem er gelegen hatte, nachdem er angeschossen worden war. Mit den vielen schrecklichen Schläuchen und Kabeln, die ihn mit allen möglichen Geräten, Monitoren und Beatmungsmaschinen verbanden. Sie flehte ihn an, sie nicht alleinzulassen, nicht zu sterben, aber er schlug nie auch nur die Augen auf.

Niemals, auch in ihren wildesten Träumen nicht, hatte Jim von seiner Chefin den Auftrag erhalten, in ihre Wohnung einzuziehen und sich als ihr Bruder auszugeben.

Genau das machte diese verrückte, traumähnliche Wirklichkeit zu einem Albtraum.

Sie saß in der Falle. Natürlich konnte sie sich weigern. Sie wollte nicht, dass Jim sich bei ihr einquartierte. Wollte nicht, dass er sich wieder in ihr Leben drängte. Aber natürlich hätte ihre Weigerung zur Folge, dass Alexander Delmore ungehindert so viel Kokain in die Stadt bringen konnte, wie er wollte.

Emily stolperte über den rauen Asphalt des Parkplatzes vor der Polizeiwache. Meine Güte, war sie erschöpft! Dabei hatte der Albtraum gerade erst angefangen.

Die heiße Julisonne brannte erbarmungslos auf sie herab, während sie in den Taschen ihrer Shorts nach ihrem Wagenschlüssel angelte. Zweimal entglitt ihr der Schlüsselring, bevor sie erkannte, dass ihre Hände zitterten und sie nur verschwommen sah.

Sie weinte.

Dabei hatte sie sich während der endlosen Befragung durch die Polizei so gut gehalten. Nicht ein Mal hatte sie die Beherrschung verloren. Selbst bei beleidigenden und peinlichen Fragen war sie ruhig und gelassen geblieben. Vor allem aber war sie nicht hysterisch geworden, als Jim den Raum betrat. Sie war nicht in Tränen ausgebrochen. Man hatte ihr nicht mehr anmerken können als Überraschung.

Wahrscheinlich kam jetzt die verzögerte Reaktion, dachte sie benommen. Seitdem sie herausgefunden hatte, dass sie Alex so völlig falsch eingeschätzt hatte, war ihr eigentlich ständig nach Weinen zumute gewesen.

Vergebens wischte Emily sich die Tränen aus den Augen und versuchte noch einmal, den Autoschlüssel ins Türschloss zu stecken. Wenigstens das klappte endlich, die Tür entriegelte sich, und sie konnte sie öffnen. Im Wagen war es heißer als in einem Backofen, aber sie stieg trotzdem ein und startete den Motor. Dann ließ sie sämtliche Fenster herunter und drehte Klimaanlage und Lüftung auf die höchste Stufe.

Warum Jim Keegan? Und warum jetzt? Womit hatte sie das nur verdient?

Emily brach zusammen. Sie legte die Arme auf das heiße Lenkrad, ließ ihren Kopf daraufsinken und weinte hemmungslos.

Jim Keegan rannte den Flur hinunter, Emilys Handtasche in der Hand. Er stieß die Tür auf, die auf den städtischen Parkplatz hinausführte, und wappnete sich gegen die feuchte Hitze draußen, die ihn wie ein Holzhammer traf.

Verdammt, Emily war weit und breit nicht zu sehen. Sie konnte doch nicht schon weg sein, oder? Schließlich war er ihr sofort gefolgt.

Während er die parkenden Autos musterte, wurde ihm klar, dass er keine Ahnung hatte, was für einen Wagen sie fuhr. Zweifellos einen teuren, dachte er säuerlich. Ein Geschenk von ihrem millionenschweren Freund.

Aber dann entdeckte er sie. Sie saß zusammengesunken auf dem Fahrersitz eines unscheinbaren kleinen Honda. Arme und Kopf ruhten auf dem Lenkrad.

Als Jim näher kam, erkannte er beinah sofort, dass sie weinte. Es zog ihm das Herz zusammen. Die immer so ruhige, gefasste Emily, die nie ausrastete, nie die Nerven verlor, nie ihre Ängste zeigte, weinte, als wollte sie die Welt mit ihren Tränen überschwemmen.

Er hatte sie erst ein einziges Mal weinen sehen, und zwar im Krankenhaus, etwa eine Woche nachdem er angeschossen worden war. Sie war tagelang bei ihm geblieben. Zunächst, als noch nicht klar war, ob er durchkommen würde, wartete sie vor der Intensivstation. Später, als er außer Lebensgefahr war, saß sie an seinem Bett.

Die meiste Zeit war er bewusstlos, aber immer wenn er zu sich kam, war sie da und lächelte ihn an. Ihre Ruhe gab ihm Kraft und Mut. Sie ließ sich nicht anmerken, wie sehr sie sich um ihn sorgte, wie sehr das Ganze sie belastete. Es fiel ihm nicht auf – bis zu jener Nacht, in der er aufwachte, ohne dass sie das bemerkte, und sie weinen sah. Untröstlich und verzweifelt, als bräche ihr schier das Herz.

Das war der Anfang vom Ende. Jim wusste, dass er schuld war an Emilys Verzweiflung. Natürlich hatte er auch vorher schon gewusst, dass er Gift für sie war und sie nicht verdiente. Aber als er sie so weinen sah, traf ihn die Erkenntnis mit brutaler Wucht.

Und dennoch brachte er sie jetzt, sieben Jahre später, schon wieder zum Weinen. Er ging zumindest davon aus, dass ihre Tränen etwas mit ihm zu tun hatten. Verdammt noch mal, dank dieses Wiedersehens war ihm selbst nach Heulen zumute.

Sie hörte nicht, wie er an das offene Fenster der Fahrertür trat. Sie hörte nicht, wie er neben ihrem Wagen stehen blieb. Also beugte er sich zu ihr hinunter, schaute durchs Fenster und räusperte sich.

„Emily?“

Sie fuhr zusammen. Dann hob sie den Kopf, und ihre Blicke trafen sich.

„Alles in Ordnung?“, fragte er.

Sie versuchte sich mit dem Unterarm die Tränen zu trocknen, aber wegen der Hitze in ihrem Auto war sie schweißgebadet, und der Versuch misslang kläglich. Zum Glück wurde der Luftstrom, den die Klimaanlage ins Wageninnere leitete, allmählich kühler.

„Ich werd's überleben“, meinte sie kurz angebunden.

Er verzog leicht die Lippen zu einem entschuldigenden Lächeln. „Du hast deine Handtasche im Besprechungszimmer liegen lassen.“ Seine Stimme war volltönend und ein wenig rau. Er reichte ihr die Tasche durchs Fenster. „Manche Dinge ändern sich einfach nie, was? Weißt du, vielleicht solltest du dir einen dieser kleinen City-Rucksäcke zulegen und ihn einfach nie abnehmen. Dann kannst du ihn auch nirgendwo liegen lassen."

„Normalerweise lasse ich meine Handtasche nirgendwo liegen", gab Emily abweisend zurück. Dann fiel ihr ein, dass sie nur deshalb das Gespräch zwischen Alex und Marino mit angehört hatte, weil sie ihre Handtasche im Waschraum der Home Free vergessen hatte, und sie fügte hinzu: „Jedenfalls nicht andauernd."

Sie warf Jim einen Blick zu und bemerkte, dass er sie musterte. Er war ihr nahe genug, dass sie jede einzelne seiner langen dunklen Wimpern sowie die grünen und goldenen Sprenkel in seinen blauen Augen sehen konnte. Sie bemerkte auch den leichten Schatten eines Zweitagebarts in seinem Gesicht, und ihr fiel auf, wie voll und weich seine Lippen waren. Er sah müde aus. Die Lachfältchen um seine Augen und Lippen wirkten im harten Licht des Nachmittags eher wie Sorgenfalten. Sie erkannte deutlich, wie angespannt er war, daran, wie die Kiefermuskulatur arbeitete, während er mit den Zähnen mahlte.

„Du siehst gut aus, Em", meinte er leise.

Unbedingt. Wenn *sie* seine Bartstoppeln zählen konnte, dann musste *ihm* auch auffallen, dass ihre Augen vom Weinen gerötet und geschwollen waren, dass ihr Gesicht aufgedunsen und bleich wirkte, weil sie zu viel geweint und zu wenig geschlafen hatte. Sie sah einfach schrecklich aus, und sie wusste es.

„Bitte hör auf zu weinen", sagte er sanft. „Ich weiß, dass es dir keinen Spaß machen wird, mit mir zusammenzuarbeiten. Es wird auch mir nicht leichtfallen. Aber wir bringen das schnell hinter uns, bringen Delmore hinter Gitter, wo er hingehört, und dann kehrt wieder Normalität in unser Leben ein."

Emily lachte kurz auf. „Normalität?", fragte sie. „Ich

werde dabei helfen, meinen Freund für zwanzig Jahre oder lebenslänglich ins Gefängnis zu bringen. Glaubst du wirklich, dass er mich danach immer noch will?"

Jim schwieg betreten. Was war er doch für ein egoistischer Schweinehund. Da war er doch tatsächlich davon ausgegangen, dass sie weinte, weil das Wiedersehen mit ihm sie aus dem Gleichgewicht gebracht hatte. Aber natürlich weinte sie nicht seinetwegen. Sondern wegen Delmore.

„Ich habe so verdammt wenig Menschenkenntnis", fuhr Emily fort. Es war ja nicht das erste Mal, dass sie einen Mann völlig falsch eingeschätzt hatte. Vor sieben Jahren hatte sie sich schließlich auch in Jim Keegan komplett geirrt. „Ich dachte, Alex sei ein netter Kerl. Ich hielt ihn für einen guten Mann. Vielleicht ein bisschen spießig. Ein bisschen eingebildet. Aber im Großen und Ganzen ein guter Mensch."

Oh Gott, vielleicht hat sie Delmore geliebt, durchfuhr es Jim. Sein Magen krampfte sich unerwartet zusammen. Vielleicht liebte sie Delmore immer noch. Und doch hielt sie so unverbrüchlich an ihrem Wertesystem fest, dass sie sich verpflichtet fühlte, ihn anzuzeigen. Das war bestimmt nicht leicht für sie. Nein, es musste ihr extrem schwerfallen.

„Es tut mir leid, Em", sagte er.

„Nenn mich nicht Em, *Detective*. Dafür kennst du mich nicht mehr gut genug", fauchte sie ihn an, legte den ersten Gang ein, fuhr an, bog vom Parkplatz auf die Straße ein, und fort war sie.

Auf dem Anrufbeantworter war eine Nachricht von Alex, als Emily an diesem Nachmittag nach Hause kam.

„Mein Zwölf-Uhr-Termin hat abgesagt", erklärte er ohne Einleitung und ohne seinen Namen zu nennen. Er ging eindeutig davon aus, dass Emily seine Stimme erkannte. Was sie natürlich auch tat. „Du bist gerade nicht da. Wenn du rechtzeitig zurückkommst, ruf mich bitte auf dem Handy an, dann können wir uns zum Essen treffen. Oder wir sehen uns am Dienstag."

Wir sehen uns am Dienstag.

Emily wollte sich nicht am Dienstag mit Alex treffen. Sie wollte sich gar nicht mit Alex treffen. Ihn nie wieder sehen.

Sie wollte auch Jim Keegan nie wieder sehen, und doch würde er in wenigen Stunden in ihrer Wohnung aufkreuzen, und sie würde ihn die ganze kommende Woche jeden Tag sehen müssen. Er würde der Erste sein, den sie allmorgendlich zu sehen bekam, und der Letzte an jedem Abend.

Emily öffnete die Glasschiebetür ihres Minibalkons, von dem aus man den Hof des Apartmenthauses überblicken konnte. Im Hof lag ein bescheidener Swimmingpool, der mit kristallklarem Wasser gefüllt war, aber Emily liebte vor allem das üppige Grün, das auf der kleinen Fläche daneben wuchs.

Sie setzte sich auf einen der beiden Liegestühle, die gerade so eben auf den Balkon passten, ließ den Kopf in den Nacken sinken und lauschte dem pausenlosen Summen und Zirpen der Insekten, die sich über die Hitze des Tages zu beschweren schienen. Die Temperatur lag bei mindestens achtunddreißig Grad im Schatten. Die Luftfeuchtigkeit war so hoch, dass man sie förmlich sehen konnte. Der Dunst schien die Kraft der Sonne sogar noch zu verstärken.

Es war Sommer in Florida, und Emily liebte diese Jahreszeit. Die Horden von Überwinterungsgästen waren längst wieder gen Norden verschwunden, und die Straßen wirkten leer, alles lief viel langsamer ab. Natürlich hatte sie als Lehrerin den größten Teil des Sommers frei, und sie genoss dieses Faulenzerdasein. So hatte sie Zeit, einen Gang herunterzuschalten, zu gehen, statt zu laufen, sogar zu schlendern, statt zu gehen.

Es war Liebe auf den ersten Blick gewesen, schon als sie mit ihrer Familie zum ersten Mal hier Urlaub gemacht hatte. Als Emily zwölf gewesen war, hatten ihre Eltern ein Strandhaus auf Sanibel Island gekauft, und fortan wurden die Schulferien und damit ein Großteil des Sommers an Floridas Golfküste verbracht. Da war es völlig natürlich gewesen, dass Emily das College an der Universität von Tampa besuchte.

Die Universität. Sie war erst etwa einen Monat an der Uni gewesen, als bekannt wurde, dass sich ein Serienvergewaltiger auf dem Campus herumtrieb. Emily schloss sich einer Studentenorganisation an, die sich um Sicherheitsmaßnahmen bemühte. Sie half dabei, die Studenten darüber zu informieren, wie gefährlich es für junge Frauen war, sich allein auf dem Universitätsgelände zu bewegen – und zwar zu jeder Tageszeit, aber natürlich vor allem nachts. Sie half bei der Organisation eines Begleitservice, der dafür sorgte, dass niemand allein unterwegs sein musste. Und sie arbeitete eng mit der Polizei von Tampa zusammen, die Jagd auf den Vergewaltiger machte.

Viele der Studenten im Komitee himmelten die Police Detectives an. Obwohl die meisten gerade mal Mitte zwanzig waren, waren sie – verglichen mit den Collegestudenten – ganz offensichtlich schon Männer. Besonders Detective Keegan mit seinem charmanten Lächeln und den leuchtend blauen Augen sah aus wie eine Kreuzung aus Mel Gibson und Kevin Costner. Er war das Gesprächsthema Nummer eins im Mädchenwohnheim. Emily war wild entschlossen, sich nicht in die Riege derer einzureihen, die sich hoffnungslos in den jungen Mann verknallt hatten.

Trotzdem ertappte sie ihn in den gemeinsamen Besprechungen oft dabei, wie er sie beobachtete. Er lächelte sie an, wandte den Blick ab, nur um sie kurz darauf schon wieder anzusehen. Sie bemühte sich standhaft, ihn zu ignorieren. Verließ die Besprechungen immer schnell und sah zu, dass sie nicht herumtrödelte. Die seltsame Anziehungskraft, die zwischen ihnen beiden zu knistern schien, machte sie nervös, da sie fürchtete, dass sie sich das Ganze nur einbildete. Dass es auf Wunschdenken beruhte.

Wunschdenken deshalb, weil Detective Keegan nicht nur unglaublich gut aussah; er war außerdem noch klug und witzig und intelligent und aufregend lebendig. Aber in seinen Augen verborgen, hinter seinem jungenhaften Grinsen versteckt, entdeckte Emily tiefe Trauer und echten Schmerz. Niemandem sonst schien das aufzufallen, aber sie wusste, dass es da war. Sie stellte sich vor, was für grässliche Dinge er auf den Straßen schon erlebt haben musste, obwohl er erst seit wenigen Jahren als Detective arbeitete. Es hieß, er sei kürzlich von New York City nach Florida gezogen. Niemand schien zu wissen, warum.

Trotz ihrer Entschlossenheit, sich von Jim Keegan fernzuhalten, hätte Emily alles darum gegeben, mehr Zeit mit ihm zu verbringen.

Sie konnte sich immer noch gut an die erste echte Unterhaltung mit Jim erinnern. Der Vergewaltiger hielt die Polizei schon seit Wochen in Atem und hatte es sogar geschafft, trotz der verschärften Sicherheitsmaßnahmen vier weitere Frauen zu überfallen. Emily saß in einer Einsatzgruppenbesprechung zwischen Polizei und Campus-Sicherheitsdienst, als ihr plötzlich der Gedanke kam, der Vergewaltiger könne vielleicht jeden Plan und jeden Schachzug seiner Verfolger kennen, weil er – und das war ein schrecklicher Gedanke – zum Sicherheitsdienst des Campus gehörte.

Nach der Besprechung verschwand Keegans Partner, bevor Emily ihn ansprechen konnte. Das bedeutete, sie musste ihre Theorie Jim Keegan erläutern.

Er war wie immer von Studentinnen umringt, die ihn anhimmelten. Emily wartete in der Tür, an den Türrahmen gelehnt. Er schaute auf, sah sie an und schien sofort zu wissen, dass sie mit ihm sprechen wollte.

„Was haben Sie auf dem Herzen, Emily?", rief er zu ihr hinüber.

Sie war überrascht. Sie hatte nicht einmal gewusst, dass er ihren Namen kannte.

„Ich würde Sie gern kurz sprechen", antwortete sie.

Er warf einen Blick auf seine Armbanduhr. „Ich bin schon spät dran für meinen nächsten Termin in der Stadt", sagte er. „Begleiten Sie mich zum Wagen? Unterwegs können wir reden."

Emily nickte. „Natürlich."

„Würden Sie uns bitte entschuldigen, meine Damen", rief Detective Keegan und lächelte die anderen Mädchen entwaffnend an.

Die Mädchen zogen ab, wobei Emily mehr als ein missgünstiger Blick traf.

Jim sah das – und grinste. „Schön, so begehrt zu sein", meinte er.

„Vorsicht", gab Emily trocken zurück. „Sie werden sonst noch zum Ballkönig beim Jahresabschlussball gewählt."

Keegan lachte und trat neben sie. Er war unglaublich groß, mindestens zwanzig Zentimeter größer als sie. Sie musste den Kopf in den Nacken legen, um ihm ins Gesicht schauen zu können. Er hatte ein nettes Lachen, volltönend und ein wenig rau. Es klang sexy. Genauso wie seine Stimme. Emily spürte, wie sich ihr Puls beschleunigte, und rief sich innerlich zur Ordnung. Auf keinen Fall sollte der Mann merken, wie sehr er sie aus dem Konzept brachte.

Er öffnete die Tür nach draußen und ließ Emily den Vortritt.

„Also?", fragte er. „Was liegt an?"

Auf dem Weg zum Parkplatz der Universität erklärte sie

ihm ihre Theorie, dass einer der Sicherheitsleute der Vergewaltiger sein könnte. Sie hoffte nur, dass er ihr nicht anhörte, wie nervös sie war.

Er schwieg ein paar Minuten, als sie fertig war. Als sie sein Auto erreichten – einen zerbeulten silbernen Chevy –, lehnte er sich an die Wagentür und schaute Emily einfach nur an. Dass sie zu ihm aufschauen musste, machte sie nur noch nervöser, aber irgendwie schaffte sie es, ruhig seinem Blick standzuhalten und nicht rot zu werden.

„Ich verrate Ihnen ein kleines Geheimnis", sagte er schließlich. „Meyers und ich sind gestern erst auf denselben Gedanken gekommen." Noch größere Ernsthaftigkeit schlich sich in seine blauen Augen. „Sie dürfen mit niemandem darüber reden, klar?"

Sie nickte, die Augen weit aufgerissen.

„Die Besprechung von eben", fuhr der Detective fort, „war ein Täuschungsmanöver. Wir werden an den geplanten Stellen weder Streife gehen, noch Überwachungsteams aufstellen. Stattdessen werden wir Lockvögel ausschicken, und zwar in den Bereichen, von denen wir dem Sicherheitsdienst der Uni ausdrücklich gesagt haben, dass wir heute Nacht nicht dort präsent sein werden. Falls dieser Mistkerl zum Sicherheitsdienst gehört und falls er für heute Nacht wieder eine seiner Schweinereien plant, haben wir gute Chancen, ihn zu schnappen."

„Das sind ein bisschen viele ‚Falls'", stellte Emily fest.

„Ja, ich weiß." Keegan rieb sich den Nacken, als hätte er dort Schmerzen.

„Kann ich irgendetwas tun, um zu helfen?"

„Ja", sagte er, stieß sich von seinem Wagen ab und schaute ihr tief in die Augen. „Bleiben Sie in Ihrem Zimmer, verschließen Sie Türen und Fenster. Solange wir diesen Kerl nicht geschnappt haben, sind Sie – und alle anderen Frauen auf dem

Campus – nicht sicher. Vergessen Sie das nicht, Emily."

Er streckte die Hand aus und strich ihr eine verirrte Haarsträhne aus dem Gesicht. Überwältigt von der Hitze seiner Berührung, trat Emily zurück. Ihre offensichtliche Reaktion machte sie verlegen, aber Jim wandte den Blick ab, als wäre er ebenfalls verlegen, und murmelte eine Entschuldigung. Er schaute auf seine Füße, scharrte mit seinen Stiefeln im Staub des Parkplatzes.

„Denken Sie daran, was wir über diesen Kerl wissen", fuhr er fort und sah sie wieder an. „Er bevorzugt Braunhaarige. Und wir glauben, dass er ein Stalker ist, der seine Opfer lange beobachtet. Er sucht sie möglicherweise weit im Voraus aus und folgt ihnen dann, um sich ein Bild von ihrem Tagesablauf zu machen. Um herauszufinden, wann sie normalerweise allein und verletzlich sind. Wenn Sie jemals das Gefühl haben, dass Ihnen jemand folgt, nehmen Sie das bitte ernst, ja?"

Emily nickte. Sie musste unwillkürlich lächeln. „Genau meine Rede, erinnern Sie sich? Ich habe die letzten zwei Wochen damit verbracht, sämtliche Zimmer des Wohnheims abzuklappern, um den Studentinnen genau das zu sagen."

Keegan erwiderte ihr Lächeln. Kurz blitzten seine weißen Zähne auf, dann wurde er wieder ernst. „Ja, ich weiß. Es ist nur so: Wenn dieser Kerl jemand ist, mit dem wir alle zusammenarbeiten, könnte es ihm eine perverse Genugtuung verschaffen, jemanden wie Sie zu überfallen. Sie wissen schon, eine Frau aus dem Studentenkomitee. Und ich habe Angst um Sie, weil Sie – ich weiß nicht recht –, Sie fallen auf. Sie sind anders als die anderen, wissen Sie das?"

Emily musste lachen. „Ich?", fragte sie ungläubig. „Ich glaube nicht. Kirsty Conlon oder Megan West vielleicht. Sie stehen immer im Mittelpunkt, aber ich doch nicht. Mich bemerkt niemand. Jedenfalls nicht so wie die beiden."

„Was denn, glauben Sie etwa, dass man nur bemerkt wird,

wenn man sich auffällig benimmt und jedes Gespräch an sich reißt?“, fragte Jim beinahe heftig. „Sie irren sich. Mir sind Sie jedenfalls aufgefallen. Sie sind mir sofort aufgefallen, als Sie das erste Mal den Besprechungsraum betreten haben.“

Emily spürte, wie ihr Herz einen Schlag aussetzte. Sie war ihm aufgefallen. Diesem erwachsenen Mann, diesem lebensechten Helden, diesem verdeckten Ermittler mit dem tollen Körper und dem Gesicht eines Filmstars war sie aufgefallen. Doch im selben Moment tat sie ihre Reaktion auf seine schmeichelhaften Worte als lächerlich ab. Wahrscheinlich hatte er Ähnliches auch schon zu Kirsty, Megan und all den anderen Mädchen gesagt, die ihn umschwärmten und anhimmelten.

Seine nächsten Worte aber überraschten sie.

„Ich kann kaum glauben, dass Sie noch Studienanfängerin sind“, sagte er, den Blick wieder auf seine Stiefelspitzen gesenkt, mehr zu sich selbst als zu ihr. „Sie wirken so viel älter als die anderen Mädchen.“ Er hob den Blick und schaute Emily an, Offenheit und Ehrlichkeit spiegelten sich in seinen Augen. „Wissen Sie, wenn Sie kurz vor Ihrem Abschluss stünden, würde ich Sie bitten, mit mir auszugehen. Ach was, selbst wenn Sie erst im zweiten Studienjahr wären, würde ich … Aber bei einer Studienanfängerin …“ Er schüttelte empört den Kopf, als wäre es ihre Schuld, dass sie noch so jung war.

„Was lässt Sie glauben, dass ich mit Ihnen ausgehen würde?“, fragte Emily.

Er lächelte sie mit entwaffnender Offenheit an. „Als Sie mir das erste Mal ins Auge fielen, habe ich bemerkt, dass Sie auch Interesse an mir haben.“

„Sie sind ungeheuer von sich selbst überzeugt, Detective“, erwiderte sie und verschränkte die Arme vor der Brust, damit er auf keinen Fall sah, wie sie auf seine Eröffnungen reagierte. Ihr schlug das Herz nämlich bis zum Hals.

„Und Sie sind ungeheuer hübsch“, gab er zurück.

Ihr Puls beschleunigte sich noch ein wenig mehr, dann meldete sich die Wirklichkeit zurück. Innerlich verdrehte Emily die Augen. Noch mehr offensichtliche Schmeicheleien. Sie wusste verdammt genau, wie sie aussah. Ja, sie hatte hübsche Augen. Und ihre Haare schimmerten in einem besonderen Braunton. Aber an ihrem Gesicht war nichts Außergewöhnliches. Es gab keinen Grund, sie als ‚ungeheuer hübsch‘ zu bezeichnen.

Keegan lehnte sich wieder gegen seinen Wagen und machte ganz den Eindruck, als wollte er es sich für den Rest des Nachmittags hier mit ihr gemütlich machen und mit ihr flirten.

Der Mann lächelte einfach viel zu charmant. In seinen Augen lagen eine Wärme und eine Vertrautheit, die ihr den Eindruck vermittelten, sie sei die einzige Frau auf der ganzen Welt, der er seine Aufmerksamkeit schenkte. Emily wusste, dass das unmöglich stimmen konnte. Trotzdem übte die Glut in seinen Augen eine berauschende Wirkung auf sie aus. Es bestand eindeutig Suchtgefahr. Sie fragte sich bereits, wann das nächste Treffen der Arbeitsgruppe angesetzt war, das sie wieder mit Jim Keegan zusammenführen würde. Das in Verbindung mit der Tatsache, dass ihr die offene, ehrliche Art des Detectives gefiel, sowie die geheimnisvolle Traurigkeit in seinen Augen konnten ihr sehr gefährlich werden. Wenn sie noch lange blieb und sich mit ihm unterhielt, würde sie sich bis über beide Ohren in den Mann verlieben. Sofern das nicht bereits geschehen war.

„Sagten Sie nicht, Sie seien schon spät dran?“, fragte sie. „Dann sollten Sie jetzt besser fahren.“

„Stimmt, das sollte ich“, gab Jim zurück und schloss den Wagen auf. „Steigen Sie ein.“

Die Verblüffung war ihr offenbar anzusehen, denn er lachte.

„Keine Bange, ich will Sie nicht entführen“, erklärte er. „Ich denke aber auch nicht daran, Sie hier ganz allein auf dem Parkplatz stehen zu lassen.“

Emily schaute sich um. Es war helllichter Tag. Andererseits waren drei der siebzehn Vergewaltigungen am Tag geschehen, eine davon auf dem Rücksitz des Wagens eines der Opfer, auf dem Nordparkplatz der Universität. Ein Schauer lief ihr über den Rücken, und sie stieg in Jim Keegans Limousine.

„Danke“, sagte sie.

„Gern geschehen“, gab er zurück und grinste.

Er fuhr sie die Viertelmeile zum Hauptgebäude der Universität zurück und hielt dort am Straßenrand. Als sie die Beifahrertür öffnen wollte, griff er nach ihrem Arm.

„Nur um das klarzustellen: Ich meinte das vorhin ernst“, sagte er. „Dass ich am liebsten mit Ihnen ausgehen würde, meine ich.“

Emily wusste nicht, was sie dazu sagen sollte, also schwieg sie.

„Ich frage mich ...“ Jim zögerte. Dann schüttelte er lachend den Kopf. „Ich weiß, das klingt total bescheuert, aber ... darf ich Sie anrufen? In einem Jahr oder in zwei?“

Er hielt immer noch ihren Arm fest, und Emily befreite sich mit sanftem Nachdruck. „Sie haben recht“, erklärte sie und stieg aus. „Das klingt wirklich total bescheuert.“

Aber letztlich, dachte Emily und schloss die Augen, immer noch auf ihrem winzigen Balkon auf dem Liegestuhl liegend, war doch ich die Bescheuerte. Heute, sieben Jahre später, ist das mehr als offensichtlich.

In der Wohnung schellte die Türglocke, aber sie blieb mit geschlossenen Augen liegen. Jim würde erst in ein paar Stunden aufkreuzen, und sie hatte im Moment keine Lust, mit jemandem zu reden. Nicht einmal mit Carly. Oder vielmehr erst recht nicht mit Carly.

Aber es klingelte wieder und wieder, sodass Emily schließlich doch aufstand und in die Wohnung ging. Wahrscheinlich hatte Carly ihren Wagen auf dem Parkplatz gesehen. Sie wusste also, dass Emily zu Hause war, und würde keine Ruhe geben.

Seufzend öffnete Emily ihre Wohnungstür.

„Dacht' ich's mir doch. Du bist zu Hause." Alex lächelte charmant wie immer. Er lehnte sich gegen den Türrahmen. „Ich habe dich doch hoffentlich nicht geweckt?"

Was wollte er hier? Emily schnürte es die Kehle zu. Sie starrte ihn an, schluckte, versuchte die Sprache wiederzufinden. Dass Alex hier war, hatte gar nichts zu bedeuten. Schon gar nicht, dass er von ihrem Besuch bei der Polizei wusste. Oder dass er irgendeinen Verdacht gegen sie hegte. Solange sie die Ruhe bewahrte und sich völlig normal verhielt …

„Nein, nicht wirklich", antwortete sie und gab sich gelassen. „Ich habe auf dem Balkon gesessen und ein wenig ausgeruht."

„Darf ich reinkommen? Nur für ein paar Minuten."

Nein. „Aber natürlich." Sie trat zur Seite und ließ ihn herein. „Kann ich dir etwas zu trinken anbieten? Eistee? Ein Glas Wein? Oder ein Bier?" Grundgütiger, sie klang wie eine Kellnerin. Wenn sie sich nicht ein wenig entspannte, würde er ganz bestimmt misstrauisch werden.

„Na ja, ich kann nicht lange bleiben", gab Alex zu.

Gott sei Dank.

„Ich wollte dir nur das hier geben", fuhr er fort und zog ein flaches schwarzes Schmuckkästchen aus der Innentasche seiner Anzugjacke. Er hielt es ihr lächelnd hin. „Ich habe es entdeckt, als ich essen war, und musste dabei an dich denken. Also habe ich dem Drang nachgegeben, verschwenderisch zu sein." Er schüttelte das Kästchen leicht. „Mach's auf."

Emily griff zögernd nach dem Kästchen. Es war schwerer,

als es aussah, und lag kühl in ihrer Hand. Warum tat er das? Er hatte ihr noch nie etwas gekauft. Wollte er ein teures Geschenk als Vorwand benutzen, um sie zu besuchen und herauszufinden, wie viel sie von seiner Unterredung mit Vincent Marino, dem Hai, mitbekommen hatte?

Aber er lächelte sie an, und sein Lächeln wirkte aufrichtig.

Andererseits – der Mann war ein mutmaßlicher Drogenschmuggler. War überhaupt irgendetwas, was er tat oder sagte, aufrichtig?

„Nun mach schon. Mach's auf."

Langsam öffnete Emily das Kästchen.

Darin lag eine Halskette; ein einfaches, aber schweres Goldkettchen mit einem einzelnen riesigen Saphir in schlichter Fassung. Das Stück war äußerst elegant und hatte Alex sicher ein kleines Vermögen gekostet.

Aber was hatte es erst die Menschen gekostet, an denen er sein Geld verdiente? Was hatte es die Abhängigen gekostet? Die Jugendlichen, die nach dem Kick suchten, nach dem Rausch, nach der schnellen Flucht aus ihrer Armut und Depression? Wie vielen Menschen hatte Alex geholfen, ihr Leben zu ruinieren? Wie viele hatten eine Überdosis genommen und waren gestorben, weil er Koks ins Land brachte? Nur damit er genug Geld verdiente, um ihr diese Halskette schenken zu können?

„Ich kann nicht … ich kann das nicht annehmen", stotterte Emily. Unter keinen Umständen würde sie diese Kette jemals anlegen. Unter keinen Umständen war sie bereit, dieses von Alex' schmutzigem Geld gekaufte Gold auf ihrer Haut zu tragen.

„Natürlich kannst du", widersprach Alex. „Das ist wirklich nichts Besonderes."

Emily ließ das Kästchen zuschnappen und hielt es ihm hin. „Es tut mir leid", sagte sie. „Es ist nur … Ich fühle mich nicht wohl dabei, das anzunehmen. Es kommt mir einfach nicht richtig vor."

Alex lachte. „Also, hör mal."

„Ich meine es ernst, Alex", beharrte sie. „Ich gehe nicht mit dir aus, damit du mir teuren Schmuck schenkst." *Nein, ich gehe mit dir aus, um der Polizei zu helfen, die Beweise zu sammeln, die sie braucht, um dich hinter Gitter zu bringen. Dorthin, wo du hingehörst.*

„Betrachte die Kette als Entschuldigung", erwiderte Alex. „Ich dachte, meine Unterredung mit Vincent Marino hätte dich vielleicht aufgeregt, und du solltest wissen, dass es mir leidtut."

Panik. Für einen kurzen verstörenden Moment erstarrte Emily vor Furcht. Er wusste Bescheid. Alex wusste, dass sie im Korridor gestanden und das Gespräch belauscht hatte. Aber er lächelte sie immer noch an. Er würde doch wohl kaum so ruhig, so zuversichtlich wirken, wenn er glaubte, sie wüsste über seine illegalen Machenschaften Bescheid, oder?

„Vincent wer?", fragte sie und tat so, als wisse sie nicht, von wem er redete. Hoffentlich kaufte er ihre Unwissenheit ab. „Alex, mir ist nicht klar, wovon du redest. Ich wüsste nicht, worüber ich mich gestern Abend hätte aufregen sollen."

Sein Lächeln wurde breiter. „Na dann, umso besser. Dann habe ich mich geirrt. Nimm die Kette bitte trotzdem an."

Sie wollte, dass er endlich ging, aber er sollte die verdammte Halskette mitnehmen. Wenn er sie daließ, würde er sich morgen Abend im Country-Club wundern, dass sie sie nicht trug. Und sie wollte sie nun mal nicht tragen. Sie konnte sie nicht tragen.

„Ich kann das nicht annehmen", wiederholte sie und drückte ihm das Kästchen in die Hand. „Das bringt die Leute nur auf dumme Gedanken."

Er lachte erneut, diesmal aber gelassen-resigniert. „Kannst

du sie nicht als verfrühtes Geburtstagsgeschenk betrachten?"

„Ich habe erst im Oktober Geburtstag, und außerdem ist die Kette viel zu teuer für ein Geburtstagsgeschenk. Das ist einfach unangemessen."

Alex ließ das Kästchen zurück in seine Jackentasche gleiten. „Na schön. Dann behalte ich sie eben, bis sich ein angemessener Anlass findet. Einverstanden?"

Damit würde die Kette bei ihm liegen bleiben, bis die Hölle gefror. Und ihr war das recht. Emily nickte.

„Ich bin zum Abendessen verabredet und muss mich beeilen", sagte Alex. „Wir sehen uns morgen Abend."

Emily nickte erneut.

Er trat einen Schritt auf sie zu. Sie wandte sich ab, weil sie einen Abschiedskuss befürchtete. Aber dann fiel ihr ein, dass er vielleicht Verdacht schöpfen könnte, wenn sie ihn nicht küsste. Also beugte sie sich vor, sodass ihre Lippen sich leicht berührten, und hoffte inständig, dass er nicht bemerkte, wie sehr sie das anwiderte.

„Bis morgen", meinte sie leichthin und öffnete ihm die Tür ins Treppenhaus.

Dann war er weg. Nur noch der leichte Duft seines teuren Eau de Cologne hing in der Luft.

Emily verschloss die Tür hinter ihm, legte den Sicherheitsriegel vor und hakte die Sperrkette ein.

Dann ging sie in die Küche, kramte unter der Spüle herum, bis sie das Raumspray gefunden hatte, und sprühte das Wohnzimmer so lange aus, bis auch der letzte Hauch von Alex' Duft verschwunden war.

4. KAPITEL

Jim Keegan hockte am Schreibtisch und starrte auf den Computerbildschirm. Emily Marshalls Bruder Daniel war Astronomieprofessor. Sie konnte sich nicht erinnern, wie viel sie Alexander Delmore über ihren Bruder erzählt hatte, also absolvierte Jim vorsichtshalber einen Crashkurs in Astronomie. Er versuchte sich die Fachsprache anzueignen, damit seine Unwissenheit nicht auffiel – oder er nicht verdächtig unwissenschaftlich wirkte –, wenn jemand von Pulsaren, Roten Zwergen, schwarzen Löchern, Quasaren oder Gott weiß was sprach.

Er warf einen Blick auf seine Armbanduhr. In weniger als drei Stunden sollte er bei Emily aufkreuzen. Drei Stunden, um sich das Wissen von zehn Jahren anzueignen. Jim war für seine schnelle Auffassungsgabe bekannt, aber so schnell war er auch wieder nicht.

Er musste einfach darauf hoffen, dass Alexander Delmore noch weniger über das Universum wusste als er.

Trotzdem klickte er auf den Link „schwarzes Loch" und versuchte sich auf die Erklärung zu konzentrieren. Ein schwarzes Loch war ein in sich kollabierter Stern mit einem so gewaltigen Schwerefeld, dass alles um ihn herum unwiderstehlich von ihm angezogen wurde. Nicht einmal Licht konnte dieser Anziehungskraft entkommen.

Jim schüttelte den Kopf. Er wusste nur zu gut über unwiderstehliche Anziehungskräfte Bescheid. Immerhin hatte er sie bereits am eigenen Leib erlebt. Vor sieben Jahren.

Ihm war absolut klar gewesen, dass er sich von Emily Marshall fernhalten musste. Ihm war genauso klar gewesen, dass sie für einen Mann wie ihn zu jung war, zu niedlich, zu nett und freundlich. Und nachdem sie den Mistkerl, der all die Studentinnen vergewaltigt hatte, geschnappt und eingelocht hatten, hatte Jim sich von Emily ferngehalten. Ganze zwei Wochen lang.

Aber wie einen verirrten Lichtstrahl im Universum zog es ihn beharrlich und unwiderstehlich zu dem schwarzen Loch, das sich Universität nannte – und zu Emily.

Eines Abends fand er sich unverhofft vor dem Studentenwohnheim wieder. Als ihm auffiel, wo er war, versuchte er sich einzureden, er habe keine Ahnung, warum und wieso er hier war. Ganz sicher war es purer Zufall, dass er ausgerechnet auf dieser Straße in diesem Teil der Stadt gelandet war.

Aber seine realistischere Seite wusste ganz genau, dass diese „Erklärungen" nur Ausflüchte und blühende Fantasie waren. Er war nur aus einem einzigen Grund zur Universität gefahren: um Emily zu sehen.

Natürlich hätte er am Eingang des Wohnheims nur seinen Dienstausweis zücken müssen, um am Wachposten vorbeizukommen. Aber er war nicht in seiner Eigenschaft als Polizist hier, also benutzte er eines der Telefone in der Lobby und rief auf Emilys Zimmer an. Während das Telefon klingelte, hoffte er gleichzeitig, dass sie da war und dass sie nicht da war.

„Hallo?"

Sie war da.

Jim räusperte sich. „Ähm, ja, Emily?", brachte er hervor. „Hier ist Jim Keegan. Wie geht es Ihnen?"

Einen Moment blieb es still am anderen Ende. Dann sagte sie: „Gut." Emilys Stimme klang selbst über die Telefonleitung sehr melodisch. „Was kann ich für Sie tun, Detective?"

„Fürs Erste könnten Sie mich Jim nennen."

„Jim. Danke, dass Sie neulich Abend angerufen haben. Meine Zimmerkollegin hat mir Ihre Nachricht ausgerichtet, dass Sie den Vergewaltiger geschnappt haben. Ich bin so froh, dass er endlich aus dem Verkehr gezogen werden konnte."

„Sie haben aber nie zurückgerufen", meinte Jim.

Wieder ein kurzes Schweigen. „Ich hätte es getan", sagte Emily. „In ein, zwei Jahren."

Jim lachte. „Touché. Hören Sie, ich bin in der Lobby des Wohnheims. Kommen Sie runter? Wir könnten gemeinsam essen gehen."

„Ich habe schon gegessen."

„Wie wäre es dann mit einem Dessert?", schlug er vor. „Oder vielleicht – ich weiß nicht – einer Tasse Kaffee?" Ganz plötzlich war er sich sicher, dass sie ihn abweisen würde. „Sie gehören doch noch dem Sicherheitskomitee an, oder?"

„Ja, schon, aber ..."

„Es gibt da ein paar Dinge, über die ich gern reden würde, wenn Sie die Zeit erübrigen könnten", fuhr Jim fort. Das entsprach nicht der Wahrheit, aber er hätte fast alles gesagt, nur um eine Chance zu bekommen, sie wiederzusehen.

Wieder blieb es am anderen Ende der Leitung kurz still.

„Na schön", stimmte Emily schließlich zu. „Ich bin in ein paar Minuten unten."

Nahezu zwanzig Minuten musste er warten, an den Tresen des Wachpostens gelehnt, bis Emily aus einem der Fahrstühle trat. Lächelnd ging sie ihm entgegen, und sein Herz begann dermaßen stürmisch zu klopfen, dass er sich sicher war, der Wachposten müsse es hören.

Sie sah fantastisch aus in ihren ausgeblichenen Jeans und dem eng anliegenden türkisfarbenen T-Shirt. Ihre langen kastanienbraun glänzenden Haare fielen ihr lose über die Schultern, und sie war nur ganz leicht geschminkt: ein Hauch von Lippenstift, ein bisschen Rouge auf den Wangen. Ihre Augen hatten die Farbe des Ozeans.

Durch ihre selbstsichere Haltung schien sie wesentlich älter. Dabei war sie gerade erst achtzehn. Er musste sich das mit Gewalt ins Gedächtnis zurückrufen. Sie war fast noch ein Kind.

„Wie läuft das Studium?“, fragte er sie, als sie hinaus in die Abendluft traten. In Florida waren die Novemberabende noch angenehm warm. Auf den Gehwegen drängten sich Menschen, die frische Luft schnappen wollten.

„Prima“, antwortete sie und lächelte zu ihm hoch, während sie sich auf den Weg machten.

Ihre Haut wirkte weich und glatt. Ihre Gesichtszüge waren zart, beinah zerbrechlich. Die mit Sommersprossen gesprenkelte Nase strebte an der Spitze ein wenig nach oben, und ihr Kinn war ein bisschen zu spitz, sodass sie beinah elfenhaft wirkte. Sie sah großartig aus – eine unglaubliche Mischung aus Frau und Mädchen, aus Reife und Unschuld. Besonders der ruhige, inneren Frieden ausstrahlende Ausdruck ihrer wunderschönen blauen Augen betonte ihre frauliche Seite.

Jim nahm sie am Arm und zog sie aus dem Gedränge der Fußgänger.

„Ich habe gelogen“, sagte er unverblümt. „Ich bin nicht gekommen, um über das studentische Sicherheitskomitee zu sprechen. Ich wollte …“

Ihm fehlten die richtigen Worte. Warum war er hier? Weil er sie wieder sehen wollte? Aber er wollte sie nicht nur wieder sehen. Er wollte nicht nur mit ihr reden. Er wollte …

„Was?“, hauchte sie und schaute ihm in die Augen.

Schlagartig wurde ihm bewusst, dass er immer noch ihren Arm festhielt. Dass sie so dicht vor ihm stand, dass er ihren frischen süßen Duft wahrnehmen konnte. Die Wärme ihres Körpers spürte. Sie küssen konnte …

Er senkte den Kopf, fühlte sich unwiderstehlich von der verführerischen Süße ihrer Lippen angezogen. Aber er zwang sich, kurz innezuhalten, als ihn nur noch ein Hauch von einem Kuss trennte, um ihr die Chance zu geben, sich aus seinem Griff zu befreien, sich von ihm zu lösen. Sie rührte sich nicht, ließ die Gelegenheit zur Flucht ungenutzt verstreichen. Stattdessen schaute sie einfach zu ihm hoch, die Lippen leicht geöffnet, einen Funken von Erwartung und Erregung im Blick.

Also küsste er sie. Gleich an Ort und Stelle, auf dem Gehweg vor dem Wohnheim der Universität.

Er wollte nicht mehr als einen zarten Kuss. Einen sanften Kuss. Vor allem: einen einzigen Kuss. Aber dann war *ein* Kuss doch nicht genug, und er küsste sie noch einmal. Und noch einmal. Er zog sie an sich, und als er ihren weichen Körper spürte, verlor er die Beherrschung und vergaß, dass er doch sanft und zärtlich hatte sein wollen. Er strich mit der Zunge über ihre Lippen, und sie öffnete sich weit, gewährte ihm Einlass, ja, lud ihn ein.

Er zögerte keine Sekunde, diese Einladung anzunehmen.

Jim fühlte, wie sie ihm die Finger ins Haar wühlte, während er sie kostete. Er küsste sie wieder und wieder, lange, wilde, harte Küsse, die ihn mit Schwindel erfüllten und ihm den Atem raubten.

Stundenlang, ach was, tage- und wochenlang hätte er sie so küssen können, aber dann wich sie zurück. Sie atmete genauso schwer wie er, und in ihren Augen loderte heftiges Verlangen, als sie zu ihm aufschaute.

Als sie dann sprach, zitterte ihre Stimme ein wenig. „Heißt das, dass du doch keine ein oder zwei Jahre warten willst, bevor du mit mir ausgehst?"

Jim musste lachen. Rückblickend war ihm klar, dass er sich in genau diesem Augenblick in Emily verliebt hatte. Aber damals hatte er nicht begriffen, was die Gefühle bedeuteten, die ihn erfüllten. Er hatte nur gewusst, dass sie ihn zum Lächeln brachte, dass sie dem Schmerz, den er ständig mit sich herumtrug, die Schärfe nahm.

Blind starrte er auf den Bildschirm seines Computers. Da war beschrieben, was Astronomen alles unter einem Nebel verstanden, aber Jim sah es nicht.

Er hatte Emily nie gesagt, dass er sie liebte. Nicht einmal an jenem wunderbaren, beglückenden, erschreckenden Wochenende, das sie gemeinsam verbracht hatten. Jenem Wochenende, an dem er komplett die Beherrschung verloren und mit ihr geschlafen hatte. Er hatte es ihr nie gesagt, nie in Worten ausgedrückt, was er für sie empfand.

Er konnte es nicht. Denn wenn sie es gewusst hätte, hätte sie ihn niemals kampflos ziehen lassen. Dann hätte sie gewusst, dass Angst und Schmerz der Grund waren für all die Grausamkeiten, die er ihr an den Kopf geworfen hatte.

Jim schaltete den Computer aus und ging nach oben, um zusammenzupacken, was er in den nächsten zwei Wochen brauchte.

Zwei Wochen, die er mit der einen Frau verbringen würde, die allen Grund hatte, ihn zu hassen.

Wie hatte Lieutenant Bell diese Ermittlungen noch genannt? Schnell und leicht? Klar doch. Für ihn würden sie so schnell und leicht werden wie eine Weltumrundung im Kanu – ohne Paddel.

Als Emily aufwachte, war sie schweißgebadet, und die untergehende Sonne schien ihr direkt ins Gesicht. Sie erhob sich von ihrem Liegestuhl, schob die verglaste Balkontür auf und ging in die Wohnung. Im Wohnzimmer war es kühl und dunkel. Sie zog die Tür wieder zu und sperrte damit den Verkehrslärm und die heiseren Schreie der Seevögel aus, die am Himmel ihre Kreise zogen. Stattdessen waren jetzt nur noch das ständige Summen der Klimaanlage und das sanfte Brummen des Kühlschranks zu hören. Ihre Wohnung wirkte dadurch wie ein Raumschiff mit eigenem Ökosystem, in sich abgeschlossen, von allem getrennt, unabhängig und entrückt vom Rest des Planeten.

Emily ging um die Ecke, betrat ihre kleine Küche und öffnete den Kühlschrank. Sie goss sich ein großes Glas Mineralwasser ein und trank es durstig aus, während sie einen Blick auf die Wanduhr warf.

Fünf Uhr achtunddreißig.

Nur noch eine knappe Stunde, dann würde Jim Keegan hier sein.

Sie strich sich die verschwitzten Haare aus dem Gesicht und suchte im Küchenschrank nach Aspirin. Noch hatte sie keine Kopfschmerzen, aber dass sich welche anbahnten, war bereits zu spüren, und wenn sie jetzt nichts dagegen unternahm, würden sie sehr heftig werden.

Natürlich war es auch noch nicht zu spät, ihre Beteiligung an den Ermittlungen wieder abzublasen.

Sie goss sich ein zweites Glas Wasser ein und spülte die Tablette hinunter.

Was, wenn sie sich in Bezug auf Alex Delmore geirrt hatte? Was, wenn sie seine Auseinandersetzung mit Vincent Marino falsch verstanden hatte? Was, wenn Alex an jenem Morgen wirklich nur zum Angeln mit seinem Beiboot unterwegs gewesen war? Wenn er nun unschuldig war? Bei seinem Besuch vor etwa einer Stunde hatte er jedenfalls einen unschuldigen Eindruck gemacht.

Aber wenn er wirklich unschuldig war, was hatte er dann mit einem der mächtigsten Unterweltbosse von Florida zu schaffen? Nein, Emily hatte die Auseinandersetzung nicht falsch interpretiert. Sie wusste genau, was sie da gehört hatte. Und wenn sie es sich recht überlegte, warum sollte Alex mit dem Beiboot rausfahren, um zu angeln? Das hätte er doch auch von der Yacht aus tun können.

Nein. Irgendeine krumme Sache lief da, und ihr Instinkt sagte ganz klar, dass Alex darin verwickelt war.

Wenn sie also jetzt einen Rückzieher machte, würde sie sich zeit ihres Lebens fragen, wie viel Koks Alex ins Land schaffte in der Zeit, die dadurch verloren ging, dass sie nicht bereit war, mit den Behörden zusammenzuarbeiten. Sie würde sich fragen, wie viele Menschen – wie viele Jugendliche – an einer Überdosis starben, an Herzversagen, bei Messerstechereien wegen dieser Drogen.

Wie viele Jugendliche würden sterben, weil sie nicht den Mumm hatte, ein bisschen Zeit mit Jim Keegan zu verbringen?

Gut so, dachte sie. *Das ist die richtige Denkweise.* Wenn sie sich auf diese Überlegungen konzentrierte, dachte sie vielleicht weniger darüber nach, in was für eine furchtbare Situation sie sich hineinmanövriert hatte.

Es stimmte schon, mit Jim Keegan zusammenzuarbeiten war eine Zumutung. Vor allem weil sie dadurch wieder mit der peinlichen Erinnerung daran konfrontiert wurde, wie er sie einst zum Narren gehalten hatte. Sie musste der Tatsache ins Auge sehen, dass sie ihn vor sieben Jahren völlig falsch eingeschätzt und überhaupt nicht gekannt hatte. Ja, es stimmte, sie würde jeden Augenblick daran erinnert werden, wie sehr er sie verletzt hatte. Und ja, es stimmte auch, dass ihr jedes Mal bewusst wurde, wie dumm es war, dass sie ihm nur in die blauen Augen zu schauen brauchte, und ihr albernes Herz machte wieder einen kleinen Hüpfer und begann zu rasen.

Aber vielleicht, dachte sie, vielleicht ist es auch ganz gut, die nächsten zwei Wochen mit Jim Keegan zu verbringen. Abgesehen davon, dass ihre Mithilfe bei den Ermittlungen Leben retten könnte – vielleicht würden sie zwei Wochen intensiven täglichen Kontakts mit diesem Mann auch persönlich weiterbringen. Vielleicht würde sie dann endlich den wahren Jim Keegan sehen. Den Jim Keegan, der sie vor so vielen Jahren so grausam verletzt hatte …

Sie schloss die Augen, rief sich jenen Abend in Erinnerung, an dem sie und Jim sich getrennt hatten. Es war im Frühjahr gewesen, im April, nur drei Wochen nach seiner Entlassung aus dem Krankenhaus. Nur drei Tage, nachdem sie ihn in seiner Wohnung besucht hatte – und über Nacht geblieben war. An jenem Wochenende hatten sie zum ersten Mal miteinander geschlafen …

Emily schüttelte den Kopf. Sie wollte nicht daran denken, wie er sie berührt hatte. Wie er sie geküsst und geliebt – und dann hatte sitzen lassen. *Das* sollte sie sich ins Gedächtnis rufen. Nicht einmal drei Tage nachdem sie miteinander geschlafen hatten, hatte er sie für immer verlassen.

Es war an einem Mittwochabend geschehen. Emily hatte vor dem Wohnheim gestanden. Sie war ein bisschen zu früh fertig gewesen für die abendliche Verabredung und deshalb hinuntergegangen, um vor dem Gebäude zu warten. So musste Jim nicht hereinkommen, um sie abzuholen.

Aber er verspätete sich. Fünfzehn Minuten. Dreißig Minuten. Sie ging rein, um ihn vom Münztelefon aus anzurufen, aber er war offenbar nicht in seiner Wohnung. Er ging nicht ran, und der Anrufbeantworter war nicht eingeschaltet. Also rief sie sich selbst an, um ihren Anrufbeantworter abzuhören. Vielleicht hatte er ja angerufen, um ihr mitzuteilen, dass er sich verspäten würde. Aber da war nichts, keine Nachricht von ihm.

Nach weiteren fünfzehn Minuten war Emily außer sich vor Sorge. Dass er sich verspätete, war nicht ungewöhnlich, aber er gab ihr dann immer Bescheid, entweder durch einen Anruf bei ihr oder in dem Restaurant, in dem sie sich treffen wollten. An Krankenhäuser, Schussverletzungen oder die ständig wachsende Zahl im Dienst getöteter Polizeibeamter wollte sie nicht denken. Also ging sie raschen Schrittes zu der Sportbar an der Ecke, die sie an diesem Abend gemeinsam hatten aufsuchen wollen. Vielleicht hatte er ihr dort eine Nachricht hinterlassen. Vielleicht lag er ja nicht irgendwo in seinem eigenen Blut. Vielleicht …

Jim war da.

Er war da und saß an der Bar.

Den Arm um eine hübsche Dunkelhaarige gelegt, die den kürzesten Rock trug, den Emily je gesehen hatte. Sie konnte es einfach nicht glauben.

Sie musste irgendeinen Laut von sich gegeben haben, denn Jim drehte sich um. Erst wirkte er überrascht, sie zu sehen. Dann lachte er.

Er lachte.

Sie wusste, dass sie sich umdrehen und gehen sollte. Aber sie war ja so dumm. Sie stand einfach nur da und starrte ihn an, glaubte immer noch, dass das Ganze nur ein Irrtum sein könnte …

„Was machst du denn hier?“, fragte er. Die Frau in seinem Arm spähte neugierig über seine Schulter, um zu sehen, mit wem er sprach.

Emily verschlug es die Sprache. Sie schaute ihn nur an, stand da wie gelähmt.

Er stieß einen tiefen Seufzer aus und wandte sich wieder an die Dunkelhaarige. „Geh nicht weg, Süße“, sagte er und küsste sie. Auf die Lippen. Dann rutschte er vom Barhocker und ging auf Emily zu.

Einmal schwankte er kurz, bevor er sie erreichte. Er lachte wieder, als fände er es lustig, nicht einmal gerade gehen zu können. Sie konnte seinen Whiskyatem riechen, als er an ihr vorbeiging und ihr winkte, sie solle ihm folgen.

Mit hölzernen Bewegungen folgte sie ihm nach draußen vor die Bar.

„Was habe ich getan? Wieder mal meine Verabredungen durcheinandergebracht?“, fragte er und drehte sich zu ihr um. „Ich dachte, wir wären morgen Abend verabredet.“

Emily schüttelte den Kopf. Und plötzlich brach sich durch

Unglauben, Erschütterung, Schmerz und die Verletztheit, ihn mit dieser anderen Frau gesehen zu haben, etwas anderes Bahn: unendliche Erleichterung. Wenigstens war er nicht tot. Wenigstens lag er nicht in irgendeinem Krankenwagen, auf rasender Fahrt ins Krankenhaus, während die Sanitäter sich fieberhaft darum bemühten, die Blutungen einer Schussverletzung in der Brust zu stoppen ...

Gott sei Dank.

„Was hast du gesagt?" Jims Augen wurden schmal.

Sie musste laut gedacht haben.

Ihre Augen füllten sich mit Tränen, als sie zu ihm aufschaute. „Ich dachte, du wärst wieder angeschossen worden", sagte sie mit zitternder Stimme. „Ich dachte, du wärst tot."

„Oh Gott", stieß er hervor und zuckte zurück, als hätte sie ihn geschlagen. Er wandte sich ab und schlug die Hände vors Gesicht. Aber schon im nächsten Moment drehte er sich wieder zu ihr um. Seine Augen funkelten vor Zorn, sein Gesicht war wutverzerrt.

„Ich bin schlimmer als tot, verdammt noch mal!", schrie er. „Also halt dich um Himmels willen fern von mir!"

Er trat näher an sie heran. Seine Wut, seine Körpergröße, das alles wirkte bedrohlich und Angst einflößend, aber Emily ließ sich nicht einschüchtern. Wenn sie etwas mit Sicherheit wusste, dann das: Egal ob betrunken oder nüchtern – Jim Keegan würde sie niemals schlagen.

„Ich verstehe nicht", sagte sie. „Was tust du? Ich liebe dich. Und ich dachte ..."

„Du hast falsch gedacht", unterbrach er sie und wich zurück, als ihm klar wurde, dass sie sich nicht rühren würde. „Was immer du gedacht haben magst, du hast dich geirrt, verdammt noch mal!" Er senkte die Stimme. „Ja, es war schön. Das letzte Wochenende war klasse, aber ... wir gehen seit November miteinander. Du hast doch nicht ernsthaft geglaubt, dass ich die ganze Zeit jede Nacht allein geschlafen habe, oder? Wach auf, Mädchen ..."

Der Schock, den seine Worte ihr versetzten, war mächtiger als das Gefühl der Erleichterung. Emily drehte sich um und rannte fort.

Das letzte Wochenende war klasse.

Emily hatte ihm gestattet, sie in einer Weise zu berühren wie kein Mann jemals zuvor. Sie hatte sich ihm ganz hingegeben, ihr Herz, ihren Körper, ihre Seele. Aber alles, was Jim dazu einfiel, war „klasse".

Liebe macht blind. Wie oft hatte sie das schon gehört. Aber vor diesem Abend hatte sie nie wirklich verstanden, was das bedeutete, hatte dieses Phänomen nie erlebt.

Liebe machte wirklich blind. Sie hatte in Jim Keegan eine Art Superhelden gesehen, einen perfekten Mann. Sie hatte ihn für feinfühlig, nett und zärtlich gehalten. Geglaubt, dass er sie so sehr liebte wie sie ihn.

Falsch.

Vor sieben Jahren hatte ihre Fantasie ganz offensichtlich ihre Sicht der Dinge getrübt.

Aber heute stand einer klaren Sicht auf Jim Keegan nichts mehr im Weg. In den nächsten paar Wochen bot sich ihr eine Chance, die die meisten Frauen nie hatten: Sie bekam die Chance, diesen Mann, den sie einmal so verzweifelt geliebt hatte, zu sehen. Wirklich zu sehen, als das, was er war. Sie bekam die Chance, aus nächster Nähe zu erkennen, dass er nicht der perfekte Mann war, für den sie ihn gehalten hatte. Sie bekam die Chance, den Mythos vom Superhelden aufzulösen, der ihn in ihren Träumen immer noch umgab, obwohl er sie an jenem Abend so schrecklich behandelt hatte.

Eine Chance, den echten Jim Keegan zu erleben, den unsensiblen, selbstsüchtigen, beleidigenden Mistkerl, der er in Wirklichkeit war. Und vielleicht würde sie sich anschließend nicht mehr nach seinem Lachen und der Wärme seiner Berührung sehnen. Vielleicht würde sie danach endlich frei sein.

Es klingelte an der Tür, als Emily aus der Duschkabine trat. Hastig trocknete sie sich ab und zog sich einen Frotteebademantel über. Auf dem Weg zur Tür warf sie einen Blick zur Uhr. Viertel vor. Wie passend, dass Jim Keegan zu früh kam. Wie passend, dass sie ihm nur mit einem Bademantel bekleidet die Tür öffnete …

Mitten im Wohnzimmer blieb sie stehen.

Verflucht noch mal, was würde er denken, wenn sie ihm im Bademantel die Tür öffnete? Was für eine dumme Frage. Sie wusste genau, was er denken würde, und es gefiel ihr nicht.

„He, Emily, mach auf! Ich weiß, dass du zu Hause bist. Ich habe deinen Wagen auf dem Parkplatz gesehen“, rief jemand von der anderen Seite der Tür.

Das war nicht Jims Stimme. Es war Carly.

Emily öffnete die Tür und erblickte ein vertrautes Gesicht sowie glänzende … *blonde* Locken?

„Na, wie gefällt dir das?“, fragte Carly und trat ein, ohne auf eine Aufforderung zu warten. Sie drehte sich kokett um die eigene Achse, posierte wie ein Model auf dem Laufsteg und präsentierte ihre neue Haarfarbe mitten in Emilys Wohnzimmer.

Carly Wilson, neunundzwanzig Jahre alt und bereits dreimal geschieden, stand selten still. Und wenn sie einmal still stand, dann normalerweise nur deswegen, weil sie vor Lachen keinen Schritt gehen konnte.

Vor nicht ganz einem Jahr war Carly in das Apartment am Ende des Korridors eingezogen – gleich nach ihrer letzten Scheidung. Damals hatte die kleine Frau noch dickes glattes, beinahe ebenholzschwarzes Haar gehabt. Seitdem hatte sie eine ganze Reihe verschiedener Schnitte und Farben ausprobiert, zuletzt ein unglaublich leuchtendes Rot.

Überraschenderweise war Carly Bibliothekarin. Mit ihrer ausgefallenen Garderobe und den ständig wechselnden Haarfarben entsprach sie ganz und gar nicht den gängigen Vorstellungen von dieser Berufsgruppe, aber sie liebte Bücher. Sie behauptete sogar, Bücher noch mehr zu lieben als Männer, und das wollte etwas heißen.

„Blond, hm? Sieht gut aus", meinte Emily und schloss die Tür. „Zu welchem Anlass?"

Carly lachte und ließ sich auf die Couch fallen. „Zu gar keinem." Sie hatte eine tiefe, leicht kratzige Stimme, die so überhaupt nicht zu ihrer geringen Körpergröße und dem niedlichen Mädchengesicht passen wollte. „Es wurde nur mal wieder Zeit für eine Veränderung. Apropos Veränderung: Du kommst gerade aus der Dusche, richtig? Lass dich von mir nicht stören. Zieh dich erst mal in Ruhe an."

„Ich bin gleich wieder da", meinte Emily.

Carly wandte sich um und hob die Stimme, damit Emily sie auch im Schlafzimmer noch verstehen konnte. „Weißt du, wie es zu dem Blond gekommen ist?"

„Nein", rief Emily und schlüpfte in frische Unterwäsche. „Wie denn?"

„Samstagabend war ich wieder mal mit Mac aus. Wir waren im Crazy Horse, weil dort diese Band spielte, und in einer der Pausen stellte ich fest, dass dieser Mann echt tanzen kann. Wirklich echt gut! Er wirbelt mich also wie Fred Astaire über den Tanzboden, und plötzlich wird mir klar, dass ich davon träume, mit ihm auf unserer Hochzeit zu tanzen!"

„Oh-oh", entschlüpfte es Emily. Frisch in saubere Shorts und T-Shirt gekleidet, kam sie ins Wohnzimmer zurück und fuhr sich dabei mit der Bürste durch ihre feuchten Haare.

„Genau: oh-oh", stimmte Carly zu. Ihre Augen funkelten fröhlich vor unterdrücktem Lachen. „Also, Mac sieht unglaublich gut aus, und ich gebe zu: Er hat die Gabe, mein Herz doppelt so schnell schlagen zu lassen, wie es sollte. Aber mal ehrlich – ihn heiraten? Grundgütiger, das würde keinen Monat lang gut gehen. Allerhöchstens drei Monate. Und ich kann mir, offen gestanden, keine weitere Scheidung leisten. Also dachte ich mir, wenn ich schon unbedingt mal wieder was Neues haben muss, verzichte ich doch auf die Hochzeit und färbe mir stattdessen einfach die Haare und stelle die Möbel im Wohnzimmer um. Außerdem kann ich, wenn der gute Alex dir in ein paar Wochen endlich die Frage aller Fragen stellt, dabei helfen, deine Hochzeit zu planen, richtig? Das bringt eine Menge stellvertretende Aufregung in mein Leben – ohne dass ich mir diese Erfahrung selbst noch einmal antun muss."

Emily starrte durch die Glasscheibe der Balkontür nach draußen. Ihre gute Laune war schlagartig verflogen, aber Carly merkte nichts. Sie plapperte weiter und erzählte von den neuen Vorhängen, die sie sich eventuell für die Küchenfenster kaufen wollte, bis es an der Tür klingelte.

Emily drehte sich um, die Haarbürste noch in der Hand. Verdammt. Das musste Jim Keegan sein.

„Erwartest du jemanden?", fragte Carly neugierig.

Sie war schneller an der Tür als Emily und riss sie weit auf. Obwohl Emily nicht sehen konnte, wer vor der Tür stand, wusste sie, dass es Jim war. Sie sah das allein schon an der plötzlichen Veränderung in Carlys Haltung.

„Oh, halll-ooo. Wer sind Sie denn?"

„Ich möchte zu Emily Marshall", ertönte Jims raue Stimme. „Ich dachte, sie wohnt in 6B. Bin ich hier falsch?"

Emily trat hinter Carly, und Jims Gesicht entspannte sich zu einem Lächeln. „Ah, hallo, Em, wie geht es dir?", sagte er. „Deine Wegbeschreibung vom Flughafen hierher war großartig."

Es war seltsam. Seine Worte und sein Gesichtsausdruck wirkten entspannt und freundlich, aber seine Augen übermittelten Emily eine ganz andere Botschaft: Wer zum Teufel ist das, fragten sie schweigend, und was zum Donnerwetter tut sie hier?

„Willst du mich nicht reinlassen?“, fragte er.

„Oh, natürlich, komm doch rein.“ Hastig zog Emily ihre Freundin zurück in die Wohnung und machte damit den Weg frei für Jim.

Er wuchtete eine Reisetasche über die Türschwelle und ließ die Tür hinter sich ins Schloss fallen. Seine langen Haare hatte er mit einem Haargummi im Nacken zusammengebunden, und er trug eine kakifarbene Hose und ein weißes Polohemd.

Emily fiel auf, dass sie selten etwas anderes an Jim gesehen hatte als Jeans und T-Shirt. Oder schlabbrige Shorts in Tarnfarben, wenn es zu warm für lange Hosen war. Ab und an trug er auch einen Anzug, wenn es sein musste. Natürlich war er jetzt als verdeckter Ermittler im Einsatz, hatte sich also für Kleidung entschieden, von der er glaubte, dass ihr Bruder sie tragen würde. Und das hatte er sogar ziemlich gut getroffen – wenn man davon absah, dass Danny in seinen Dockers niemals so gut aussehen würde.

Jim nahm sich eine Sporttasche von der Schulter und stellte sie neben die Reisetasche auf den Boden, bevor er sich Emily zuwandte. Ehe sie begriff, was er vorhatte, schloss er sie in die Arme.

„Lange nicht gesehen“, sagte er und drückte sie fest an sich.

Verdammt, sie roch gut. Sie benutzte immer noch die gleiche süß duftende Seife fürs Gesicht, dasselbe Shampoo für ihr Haar, kein Parfum. Sie roch immer noch jung und frisch und schmerzhaft lieblich. Hastig ließ Jim sie los.

In dem Versuch, zu kaschieren, wie sehr er aus dem Gleichgewicht gebracht war, wandte er sich an die Blonde und zwang sich zu einem Lächeln. „Hallo. Ich bin Dan Marshall, Emilys Bruder."

Die Blonde streckte ihm die Hand entgegen. „Ich bin Carly Wilson, eine Nachbarin."

„Wer möchte einen Eistee?", fragte Emily, und Carly lotste Jim ins Wohnzimmer.

Er nahm auf der blass geblümten Couch Platz. Emilys Wohnung war klein, kleiner, als erwartet. Offensichtlich wurde sie nicht von Alexander Delmore ausgehalten. Die Erkenntnis hatte etwas Befreiendes. Jim war erleichtert, obwohl es dafür eigentlich keinen Grund gab. Irgendwie tickte er nicht ganz richtig. Er hatte nicht den geringsten Grund, eifersüchtig auf Delmore zu sein, und er konnte erst recht keine Besitzansprüche auf Emily erheben. Ihre Affäre lag sieben Jahre zurück – eine Ewigkeit.

Während Carly ihn in allen Einzelheiten damit vertraut machte, wann und wie sie Emily kennengelernt hatte, sah Jim sich in der Wohnung um, die in den nächsten paar Wochen sein Zuhause sein sollte.

An den weiß gestrichenen Wänden hingen mehrere gerahmte Bilder, ausschließlich Fotos. Zwei zeigten das Meer, eines ein älteres Paar auf der Veranda eines Hauses, und das dritte war eine von der Mondoberfläche aus geschossene Aufnahme der Erde.

An der Wand gegenüber der Couch stand ein TV-Regal mit einem kleinen billigen Fernseher und einer Stereoanlage, an einer anderen Wand ein Bücherregal. Ein Rattan-Couchtischchen mit Glasplatte und ein einzelner Schaukelstuhl vervollständigten den gemütlichen Wohnzimmerbereich. In einer Ecke des Zimmers stand ein kleiner runder Esstisch mit zwei Stühlen vor einer Glasschiebewand, die vermutlich in die Küche führte. Jim konnte Emily hinter der Tür hören: Eiswürfel fielen klirrend in Gläser, die Kühlschranktür wurde geöffnet und wieder geschlossen.

Plötzlich wurde ihm bewusst, dass Carly ihm eine Frage gestellt hatte. Sie sah ihn erwartungsvoll an. „Tut mir leid, ich habe nicht richtig zugehört“, gestand er.

„Bestimmt der Jetlag“, sagte sie mitfühlend. „Woher kommen Sie?“

„Colorado. Denver.“ Eine Lüge.

„Wissen Sie, die Familienähnlichkeit ist wirklich verblüffend“, meinte Carly. „Man sieht es an den Augen. Keine Frage: Sie und Emily sind eindeutig Geschwister.“

Jim schaute auf, als Emily mit einem Tablett und drei gefüllten Gläsern ins Wohnzimmer zurückkam. Sie stellte das Tablett auf den Couchtisch und reichte ihm eines der Gläser. Dabei berührten sich leicht ihre Finger, aber sie schien das nicht zu bemerken. Ihm stockte der Atem bei der leichten Berührung, aber sie blinzelte nicht einmal.

Sie bot auch Carly ein Glas an, aber die Blonde schüttelte den Kopf und erhob sich. „Ich gehe jetzt lieber“, sagte sie. „Ihr beide habt euch sicher eine Menge zu erzählen.

„Oh, nicht doch“, protestierte Emily. „Bleib ruhig da.“

„Nein, nein“, erwiderte Carly. „Ich störe im Moment nur.“ Sie lächelte Jim an. „Außerdem ist dein Bruder müde. Morgen ist auch noch ein Tag. Ich warte lieber, bis er sich ein bisschen ausgeruht hat.“

Jim hätte sich am liebsten Emilys Protest angeschlossen. Es fiel ihm leichter, die Situation zu meistern, solange die Nachbarin da war. Dann waren er und Emily nicht allein in dieser kleinen Wohnung. Und sie mussten einander weder anschauen noch miteinander reden.

Aber natürlich war ihm klar, dass Carlys Anwesenheit das Unvermeidliche nur hinauszögerte. Er musste mit Emily reden, mehr über sie erfahren, über ihre Kindheit und ihre Eltern. Und er musste alles wissen, was sie Alex über ihren Bruder erzählt hatte, sofern sie sich noch daran erinnerte.

Außerdem würden sie früher oder später über ihre gemeinsame Vergangenheit reden müssen. Ihre ehemalige Beziehung komplett zu ignorieren – das ging einfach nicht. Die Situation war auch so schon bizarr genug.

Also blieb er auf der Couch sitzen, während Emily ihre Nachbarin zur Tür begleitete. Er hörte, wie die beiden sich verabschiedeten. Wie die Tür ins Schloss fiel. Und dann ... herrschte Schweigen.

Er blickte auf, als Emily ihr Glas Eistee vom Couchtisch nahm und sich ihm gegenüber in den Schaukelstuhl setzte. Sie hielt seinem Blick gelassen stand, was seine Laune keineswegs verbesserte. Wie konnte sie nur so entspannt bleiben, wenn ihm allein schon der Gedanke, mit ihr allein zu sein, den Schweiß auf die Stirn trieb?

Mit einem Lächeln überspielte er sein Unbehagen. „So", sagte er. „Nun ist es also so weit."

Sie ging nicht auf seine Bemerkung ein. Ließ sich nicht dazu herab, etwas ähnlich Dümmliches zu sagen, nur um das verdammte Schweigen zu beenden. Sie tat einfach gar nichts, nippte an ihrem Tee – und beobachtete ihn.

Himmel, war sie schön! Und so völlig unbeeindruckt von seiner Gegenwart. Jim biss die Zähne zusammen.

Emily umklammerte ihr Glas mit Eistee so fest, dass ihre Finger sich zu verkrampfen drohten. Sie zwang sich, ihren Griff ein wenig zu lockern und einen Schluck zu trinken. Jim war schon allein an seiner Sitzhaltung anzusehen, wie angespannt er war. Nervös. Geschah ihm recht. Er hatte allen Grund, nervös zu sein. Vor sieben Jahren hatte er das Vertrauen und die Liebe eines jungen Mädchens missbraucht. Genau genommen hatte er sie so schamlos und unverfroren ausgenutzt, wie es überhaupt ging. Wie er sie behandelt hatte war unverzeihlich.

Offensichtlich war ihm nie der Gedanke gekommen, er könne ihr noch einmal begegnen. Geschweige denn länger als nur ein paar peinliche Augenblicke in ihrer Nähe aushalten müssen.

Sie musterte ihn. Nein, die abgedroschene Frage, was sie eigentlich in ihm gesehen hatte, stellte sich ihr nicht. Sie wusste genau, was sie in ihm gesehen hatte – und auch jetzt sah. Dichtes hellbraunes Haar, das sein schmales, fein geschnittenes Gesicht umrahmte. Ein Gesicht, mit dem er als Filmstar ein Vermögen verdienen könnte. Dunkle blaue Augen, dichte schwarze Wimpern, eine leicht krumme, sehr männliche Nase und ein sagenhaftes Lächeln. Jetzt allerdings lächelte er nicht, oder doch? Egal. Ob er nun lächelte oder die Stirn runzelte, Jim Keegan war in jedem Fall ein wahnsinnig attraktiver Mann.

Und das galt nicht nur für sein Gesicht. Sein Körper vervollständigte das Bild. Möglicherweise hatte er in den letzten sieben Jahren ein paar Kilo zugelegt, aber genau an den richtigen Stellen. Er hatte immer noch einen flachen Bauch, schmale Hüften und Beine – oh ja. Er war sogar in noch besserer Form als mit fünfundzwanzig.

Er räusperte sich. Ganz offensichtlich fühlte er sich unbehaglich. „Wir haben eine Menge zu besprechen“, sagte er und zog einen Notizblock aus seiner Gesäßtasche. „Womit möchtest du anfangen?“

Emily beugte sich leicht vor und stellte ihr Glas auf dem Couchtisch ab. „Womit soll ich anfangen? Mit Danny? Mit meinen Eltern? Mit unserem Haus in Connecticut?“

„Vielleicht sollten wir mit Delmore beginnen?“, meinte Jim und schlug ein leeres Blatt in seinem Notizblock auf.

Ihre Blicke trafen sich, plötzlich und unerwartet blitzte das Blau ihrer Augen im Grau des rasch dunkler werdenden Zimmers auf.

„Mit Alex“, korrigierte sie ihn.

„Ja. Mit deinem Schatz.“

Mit einer raschen Bewegung schlug Emily die Beine übereinander. Das und ein leichtes Beben ihrer Nasenflügel waren die einzigen Anzeichen dafür, dass er einen wunden Punkt erwischt hatte, und ihm wurde bewusst, dass genau das auch seine Absicht gewesen war. Er wollte, dass sie genauso die Fassung verlor wie er. Er wollte irgendeinen Hinweis darauf entdecken, dass sie sich in den letzten sieben Jahren genauso schmerzlich nach ihm gesehnt hatte wie er sich nach ihr. Hatte sie geweint, so wie er? War ihr Verlangen nach ihm genauso schmerzlich gewesen wie seines nach ihr?

Er hatte sich so oft ausgemalt, wie sie am Strand entlangging, auf das Meer hinausschaute und sich vollkommen allein und verlassen fühlte – so wie er. Aber ebenso oft hatte er sich ausgemalt, dass sie einen netten Mann fand, der ihr Sicherheit bot, und sich mit ihm zufriedengab. Zufriedengeben – das war hier das Schlüsselwort. Er hatte sich ausgemalt, wie sie sich mit jemand anderem zufriedengab, aber sich immer noch nach ihm sehnte.

„Alex meinen Schatz zu nennen ist ein bisschen übertrieben, findest du nicht?“, meinte Emily.

„Vielleicht sollten wir ihn lieber als … deinen Liebhaber bezeichnen.“ Ein klein wenig Bosheit schwang in seiner Stimme mit. Er stichelte in voller Absicht. Das konnte ihr nicht entgangen sein.

Trotzdem reagierte sie nicht. Weder sog sie die Luft ein, noch blinzelte sie, noch verspannte sie sich. Sie sah ihn einfach nur an. Und lächelte.

„Alex Delmore und ich sind miteinander ausgegangen“,

sagte sie gelassen. „Mehr brauchst du nicht zu wissen, Detective. Und der Rest geht dich auch absolut nichts an."

Was zum Teufel hatte dieses Lächeln zu bedeuten? Sie sah ganz so aus, als hätte sie gerade einen Punktsieg gegen ihn errungen.

Jim griff nach seinem Glas und nahm einen kräftigen Schluck Eistee in dem verzweifelten Bemühen, sein inneres Gleichgewicht nicht völlig zu verlieren. Er stellte das Glas ein wenig zu schwungvoll auf den Tisch zurück, und es knallte in der Stille der Wohnung unangenehm laut auf die Glasplatte.

„Könnten wir vielleicht ein bisschen Licht machen?", fragte er.

Emily nickte, stand auf und ging zu einer Halogenlampe hinüber.

„Außerdem solltest du dir angewöhnen, mich Dan zu nennen", fügte Jim hinzu und blinzelte leicht, als das helle Licht der Lampe das Zimmer erfüllte. „Oder Danny. Wie immer du deinen Bruder normalerweise ansprichst."

„Danny." Emily ging wieder zu ihrem Schaukelstuhl und setzte sich. „Aber er selbst nennt sich mittlerweile Dan."

„Versuch dich daran zu erinnern, was du Delmore alles über deinen Bruder erzählt haben könntest", fuhr Jim fort. „Jede Kleinigkeit ist wichtig. Alles, woran er sich erinnern könnte."

Nachdenklich kaute Emily auf ihrer Unterlippe. „Weißt du, ich bin mir nicht mal sicher, ob ich meinen Bruder Alex gegenüber jemals erwähnt habe", meinte sie. „Eigentlich ist es ziemlich wahrscheinlich. Wir haben über Guilford gesprochen, den Ort, an dem meine Eltern heute noch leben – du weißt schon, in Connecticut. Dabei könnte ich auch Danny erwähnt haben. Aber höchstens nebenbei. Nach dem Motto: ‚Ich habe nur einen Bruder, keine Schwestern. Mein Bruder lebt in Neumexiko. Er ist Astronomieprofessor.'"

Jim zog die Brauen hoch. „Mehr nicht?“, fragte er ungläubig.

Emily zuckte die Achseln. „Alex und ich haben nicht allzu viel miteinander gesprochen.“

„Kann ich mir vorstellen“, brummelte Jim in seinen Bart hinein.

Wenn sie es gehört hatte, ließ sie es sich nicht anmerken. Stattdessen lächelte sie ihn erneut an wie eine Sphinx.

Fast zwei Stunden arbeiteten sie so miteinander, gingen Dan Marshalls Lebensgeschichte durch und die Einzelheiten ihrer Kindheit in Connecticut. Kurz nach neun Uhr rieb Jim sich das Gesicht und streckte sich.

„Ich muss Schluss machen“, sagte er. „Meine Konzentration lässt nach. Tut mir leid, aber ich habe gestern Abend eine Doppelschicht geschoben. In den letzten achtundvierzig Stunden hatte ich kaum mehr als zwei Stunden Schlaf. Macht es dir etwas aus, wenn wir morgen weitermachen?“

Emily schüttelte den Kopf. „Das ist eine Schlafcouch“, sagte sie. „Im Wäscheschrank liegen Bettlaken und ein Kissen. Auch eine Wolldecke, aber es ist ziemlich heiß. Die wirst du also wohl nicht brauchen. Du kannst die Dusche benutzen.“

„Danke.“

Er warf noch einen Blick auf die Notizen, die er sich gemacht hatte, und räusperte sich. „Ich weiß ...“, begann er zögernd, mit noch rauerer Stimme als sonst. Er unterbrach sich. Und begann noch einmal von vorn. „Dies muss sehr schwer für dich sein. Mit mir zusammenzuarbeiten, meine ich.“ Er schaute auf und zwang sich, ihrem Blick standzuhalten. „Vor allem, so mit mir in einer Wohnung zusammengepfercht zu sein.“

Emily schwieg einen Moment. Dann schüttelte sie den Kopf. „Nein.“ Ein feines Lächeln umspielte ihre Lippen. „Halb so schlimm.“

Er konnte seine Ungläubigkeit nicht verbergen, starrte sie an und stieß heftig den Atem aus. Unter anderen Umständen hätte man diesen Ausdruck von Zweifel als kurzes Auflachen missverstehen können. „Du machst Witze", sagte er.

Wieder schüttelte sie den Kopf. „Nein."

„Du hasst mich nicht?"

Wenn seine Direktheit sie überraschte, ließ sie sich das nicht anmerken. Allerdings überlegte sie eine Weile, bevor sie antwortete.

„Nein", sagte sie schließlich. Es klang, als sei sie davon genauso überrascht wie er. „Ich hasse dich nicht. Es stimmt, dass ich dich nicht sonderlich mag. Aber Hass wäre ein viel zu starker Ausdruck für das, was ich empfinde." Sie stand auf. „Wenn es das war für heute Abend, fahre ich jetzt kurz einkaufen. Ich brauche noch ein paar Kleinigkeiten. Soll ich irgendwas für dich mitbringen?"

Jim schüttelte den Kopf. Er fühlte sich seltsam benommen. Emily hasste ihn nicht. Sie mochte ihn nicht sonderlich. Irgendwie fühlte sich das schlimmer an als Hass. „Nein", sagte er, als ihm plötzlich auffiel, dass sie auf eine Antwort wartete. „Nein, danke."

Emily schnappte sich ihre Schlüssel, verließ die Wohnung und zog die Tür mit Nachdruck hinter sich ins Schloss. Erst als sie auf dem Parkplatz war und in ihrem Wagen saß, begannen ihr die Knie zu zittern.

Gott, sie war ja so eine Lügnerin. Sie wusste nicht, was genau sie für Jim Keegan empfand, aber ganz sicher nicht die gelassene Gleichgültigkeit, die sie ihm vorspielte. Oh, sie wünschte sich, sie könnte ihm gegenüber so gleichgültig sein. Sie wäre nur zu gern in der Lage, Jim anzusehen und nichts zu spüren als leichte Abneigung statt dieses … Gefühlschaos, diese Achterbahn der Empfindungen.

Sie atmete tief durch. Und noch einmal und noch einmal. Heute Abend hatte sie wohl ein paar Einblicke in die wahre Persönlichkeit von Jim Keegan gewonnen. Er war grob, arrogant, egoistisch, ungeduldig, hinterhältig … Sie hätte die Liste endlos fortsetzen können. Endlich fielen ihr all die Unvollkommenheiten und Fehler auf, die sie damals nicht hatte sehen können, weil sie von seinem guten Aussehen und der freundlichen Sanftheit geblendet worden war, von der sie inzwischen wusste, dass sie nur gespielt war.

Nach zwei Wochen Wirklichkeit, die ihr die Augen öffnete, würde sie endlich nichts mehr für ihn empfinden als Gleichgültigkeit.

Das hoffte sie jedenfalls.

5. KAPITEL

Emily wachte um halb neun auf und zog sich an, bevor sie das Schlafzimmer verließ.

In ihrer Wohnung war es still. Viel zu still. Sie eilte durch den Flur und warf einen vorsichtigen Blick ins Wohnzimmer.

Die Schlafcouch war bereits wieder zum Sitzmöbel zusammengeklappt. Die Laken, die Jim benutzt hatte, lagen sauber zusammengefaltet auf dem Couchtisch. Seine Reisetaschen hatte er beiseitegeräumt. Sie standen in einer Ecke des Zimmers, wo sie nicht störten. Von ihm selbst keine Spur.

Die Küche war ebenfalls leer, aber auf der Arbeitsplatte lag eine Nachricht für sie.

„Emily", stand dort in Jims großer schwungvoller Schrift. „Bin joggen. Komme vor neun zurück." Er hatte seine Unterschrift mit einem J begonnen, den Buchstaben dann durchgestrichen, mit „Dan" unterschrieben und diesen Namen doppelt unterstrichen.

Seine Handschrift war ihr so vertraut. Erinnerungen, die damit verbunden waren, stürzten auf sie ein und brachten sie aus dem Gleichgewicht. Emily musste sich hinsetzen.

In den fünf Monaten, in denen sie miteinander gegangen waren, hatte Jim ihr an die hundert solcher kleiner Mitteilungen geschrieben. Manchmal hatte er sie an die Korkpinnwand in ihrem Zimmer im Studentenwohnheim gepinnt. Manchmal hatte er sie per Post geschickt, auf albernen Postkarten oder einfachen Zetteln in einem Umschlag. Oft hatte sie ihren Briefkasten geöffnet und darin gleich mehrere Umschläge mit ihrem Namen und ihrer Anschrift in Jims sauberen Blockbuchstaben gefunden. In diesen Umschlägen waren Zeitungs- oder Zeitschriftenartikel, von denen er glaubte, sie könnten sie interessieren, immer mit einer kurzen handschriftlichen Anmerkung. Manchmal auch nur eine Notiz, mitunter sogar nur eine einzelne Zeile. Aber ganz egal, was er ihr schickte, sagte oder schrieb, die Botschaft war klar: Jim Keegan dachte an sie.

Aber wie passte diese Zuvorkommenheit heute ins Bild?

Damals hatte sie darin ein Zeichen für den weichen Kern des harten Kerls gesehen. Heute war ihr klar, dass all diese Botschaften vermutlich nur ein Mittel zum Zweck gewesen waren, um sie dazu zu bringen, ihm zu vertrauen. Und das hatte verflixt gut funktioniert.

Tatsache war, dass er sie nur wenige Tage, nachdem er zum ersten Mal mit ihr geschlafen hatte, hatte sitzen lassen. Daher konnte sie wohl davon ausgehen, dass er damals die ganze Zeit nur ein Ziel verfolgt hatte: sie ins Bett zu kriegen.

Wenn man die Sache so betrachtete, sahen all die scheinbar so netten, umsichtigen Nachrichten auf einmal hässlich, gemein und manipulativ aus.

Emily starrte auf das Blatt Papier in ihrer Hand. Was sollte sie also von dieser Nachricht halten? Daran war nichts Manipulatives. Er hatte keinen Vorteil davon, wenn er sie wissen ließ, wohin er gegangen war und wann er zurückkommen würde. Diese Information war einfach nur rücksichtsvoll.

Sie zerknüllte den Zettel und warf ihn in den Papierkorb. Und wenn schon. Selbst ein Axtmörder dürfte hin und wieder rücksichtsvoll sein, dachte sie verärgert.

Die Eingangstür öffnete sich langsam, und Emily schaute auf.

Jim steckte den Kopf um die Ecke, sah sie und kam ganz herein.

„Du bist schon auf", sagte er.

Er trug Laufshorts und ein Muskelshirt, das aus verdammt wenig Stoff bestand. Seine Haut – und davon war äußerst viel zu sehen – glänzte schweißnass, die Haare klebten feucht an seinem Hals und in seinem Gesicht.

Er hatte eine weiße Papiertüte dabei, die er in die Küche brachte und auf die Arbeitsplatte legte. „Frühstück“, sagte er und lächelte ein wenig unsicher. „Ich habe ein paar Bagels vom Bäcker an der Ecke mitgebracht. Gehst du da manchmal hin? Bäckerei Stein. Als ich den Laden betreten habe, dachte ich, mich hätte es nach New York verschlagen.“

Während er noch redete, füllte er Wasser in Emilys Kaffeemaschine und suchte im Küchenschrank nach Filtertüten. Er fand sie schon hinter der zweiten Schranktür, die er öffnete. Dann öffnete er den Kühlschrank und holte die Kaffeedose heraus.

„Mehr als eine Tasse für dich?“, fragte er und drehte sich zu Emily um.

Sie beobachtete ihn mit leicht gerunzelter Stirn, und er hielt inne. „Ähm, es ist doch in Ordnung, wenn ich … Kaffee koche?“

Emily nickte. „Natürlich“, antwortete sie. „Wenn es dir nichts ausmacht, dich an den Kosten für Kaffeebohnen und so weiter zu beteiligen.“

„Selbstverständlich.“

„Na dann, fühl dich ganz wie zu Hause.“

Er lächelte verlegen. „Das tue ich bereits“, gab er zu.

„Habe ich bemerkt“, erwiderte Emily. Aber dann lächelte sie. Sie lächelte ihn an.

Es war nur ein kleines Lächeln, und es erstarb so schnell, wie es aufgeflackert war. Trotzdem konnte Jim sie nur anschauen und verlor sich einen Moment im Blau ihrer Augen. Dann zwang er sich dazu, sich abzuwenden, und tat so, als zählte er den Kaffee löffelweise in den Filter, während er um sein inneres Gleichgewicht kämpfte.

Sicher, es war nur ein kleines Lächeln gewesen, aber immerhin ein Lächeln. Ein richtiges Lächeln, nicht so ein merkwürdiges wie am Abend zuvor. Das Lächeln gestern Abend hatte in ihm das Gefühl geweckt, sie hätte einen Witz auf seine Kosten gemacht, den er nicht verstanden hatte, und keinesfalls die Absicht, ihn aufzuklären.

Er schaltete die Kaffeemaschine ein und stellte die Kaffeedose zurück in den Kühlschrank. Als er aufblickte, beobachtete Emily ihn immer noch.

„Tja …“ Unter ihrem Blick fühlte er sich unbehaglich. „Wenn es dir recht ist, dusche ich eben schnell, während der Kaffee durchläuft. Anschließend können wir uns wieder an die Arbeit machen.

Sie nickte. „In Ordnung.“

„Nimm dir welche von den Bagels“, forderte er sie auf.

Emily sah ihm nach, wie er durch den Flur zum Badezimmer ging. Verdammt, er sah immer noch zum Anbeißen aus. Hastig riss sie ihren Blick von ihm los, bevor er sich vielleicht noch einmal umdrehte und sie dabei ertappte, wie sie ihm auf die durchtrainierten Beine und den unglaublich knackigen Hintern starrte.

Viele Männer entwickelten jenseits der dreißig langsam eine Glatze und einen Bierbauch. Aber nicht Jim Keegan. Nein, er nicht. Er gehörte offenbar zu den Männern, die mit zunehmendem Alter immer attraktiver wurden. Das war einfach nicht fair.

„Ich bin Dan Marshall“, sagte Jim und überflog dabei seine Notizen. „Ich bin dreißig Jahre alt und arbeite als Professor der Astronomie am College von Santa Fe in Neumexiko. Ich habe zwei Jahre an der Universität von Yale studiert, habe dann zur Universität in Albuquerque gewechselt und dort meinen Bachelor gemacht. Dann ging ich nach Denver, Colorado, um meinen Master zu machen, dann zurück an die

Universität in Albuquerque, wo ich meine Doktorarbeit geschrieben habe ..."

„Warst du jemals in Colorado oder Neumexiko?", warf Emily ein.

Er schüttelte den Kopf und fuhr fort: „Ich habe zwei Jahre an der Uni in Albuquerque unterrichtet, bis ich das Angebot erhielt, das Institut in Santa Fe zu leiten ..."

„Wie kannst du glaubwürdig so tun, als hättest du zehn Jahre im Südwesten gelebt, wenn du nicht ein einziges Mal dort warst?"

Jim blickte von seinen Notizen auf und lächelte. „Ich habe mir ziemlich viele Western angeschaut."

„Ich meine es ernst. Alex' Mutter lebt in Phoenix. Außerdem weiß ich, dass er in Colorado Ski fährt, aber nicht genau, wo. Wenn das Skigebiet nun in der Nähe von Denver liegt? Was tust du, wenn er dir Fragen stellt, die du nicht beantworten kannst? Dann würde er ganz schnell merken, dass du noch nie im Westen warst."

Jim zuckte mit den Achseln. „Ich mogele mich schon irgendwie durch."

Emily beugte sich leicht vor und schaute ihn intensiv an. Er saß in dem Schaukelstuhl, in dem sie am Abend zuvor gesessen hatte. Sie hatte kaum Make-up aufgelegt, aber ihr Gesicht leuchtete, wie das nur gute Gesundheit und der ständige Sonnenschein in Florida bewirken konnten. Beinah unwillkürlich wanderte Jims Blick an ihren langen schlanken Armen und Beinen hinab. Sie waren nackt und perfekt sonnengebräunt – nicht zu dunkel, sondern leicht goldbraun. Diese Bräune hatte sie sich nicht als Stubenhockerin geholt. Offenbar war sie immer noch so ruhelos wie früher, so oft draußen unterwegs, ständig in Bewegung, ständig bemüht, ihren Energieüberschuss abzubauen.

Apropos Energieüberschuss: Jim fühlte sich so ruhelos und

zappelig wie seit Langem nicht mehr. Natürlich hatte der Umstand, dass er die letzte Nacht nur durch eine Wand von der Frau getrennt verbracht hatte, zu der er sich einmal unwiderstehlich hingezogen gefühlt hatte, eine Menge damit zu tun. Sein Blick wanderte erneut über Emilys lange Beine. Großer Gott, sie sah fantastisch aus! Umwerfend, mit diesen endlos langen Beinen und diesem Körper ...

Wem versuchte er eigentlich etwas vorzumachen? Die Anziehungskraft, die sie auf ihn ausübte, war keineswegs Vergangenheit. Sic war ganz und gar Gegenwart. Er spürte sie hier und jetzt, konnte sie nicht leugnen. Sieben Jahre war das alles her, doch ihn verlangte es immer noch nach dieser Frau.

Diese Anziehungskraft schien jedoch nicht auf Gegenseitigkeit zu beruhen. Oder Emily verbarg das äußerst geschickt.

„Hast du Hunger?“, fragte er schließlich. „Ich kenne da einen tollen Imbiss am Strand. Was hältst du davon, wenn wir dort essen? Ich lade dich ein.“ Er stand auf und packte seinen Notizblock in die Sporttasche. „Na komm, es ist schon fast halb zwei, und mir hängt der Magen in den Kniekehlen. In dem Laden gibt es das leckerste Grillhähnchen im ganzen Universum.“ Er lächelte gezwungen. „Und ich muss das wissen, schließlich bin ich Astronom. Also? Wollen wir?“

Emily warf einen Blick auf ihre Armbanduhr. War es wirklich schon halb zwei? Sie hatte noch nicht einmal gefrühstückt, nur eine Tasse von Jims mörderisch starkem Kaffee getrunken. Hunger hatte sie nicht, aber sie stand trotzdem auf. Aus der engen Wohnung herauszukommen war definitiv eine gute Idee. „Ich hole mir nur meinen Sonnenhut.“

Jim wartete an der Tür, als sie aus dem Schlafzimmer kam. „Willst du deine Handtasche nicht mitnehmen?“, fragte er.

Sie tat so, als hätte sie die Handtasche absichtlich liegen lassen. „Ich dachte, du willst mich einladen?“

Er lächelte. „Aber du brauchst vielleicht deine Sonnenbrille."

Ihr wurde klar, dass sie ihn nicht täuschen konnte, und sie seufzte. „Ich bin fünfundzwanzig", sagte sie. „Ich bin ein gut organisierter Mensch, recht ordentlich und immer pünktlich. Warum zum Teufel vergesse ich trotzdem ständig meine Handtasche?"

„Besorg dir eine, die richtig schwer ist", riet Jim, während sie die Stufen zum Parkplatz der Apartmentanlage hinabstiegen. „Dann merkst du, wenn du sie nicht über der Schulter hängen hast. So wie ich im Moment überdeutlich merke, dass ich ohne mein Schulterhalfter rausgehe. Das fühlt sich irgendwie nicht richtig an. Irgendwas fehlt, und das merke ich."

Emily warf ihm einen Blick zu. Er hatte sich umgezogen, während sie ihren Sonnenhut aus dem Schlafzimmer geholt hatte. Statt der Shorts trug er jetzt trotz der Hitze eine lange Hose und ein Paar Cowboystiefel.

„Trägst du ..."

Er beendete die Frage für sie. „Eine Waffe? Ja. In meinem Stiefel. Ich komme nicht leicht dran, aber mir scheint es unglaubwürdig, wenn dein Bruder bei diesem Wetter eine Jacke trägt. Und ein Schulterhalfter ohne Jacke darüber – das geht gar nicht." Er blieb einen Moment stehen, als sie das schützende Vordach des Gebäudes hinter sich ließen und auf den offenen Parkplatz hinaustraten. Es war heiß, der dunkle Asphalt verstärkte die Hitze noch, und die Luft war drückend schwül.

„Ich trage schon so lange eine Waffe, dass es sich unnatürlich anfühlt, keine dabeizuhaben. Und wenn es nur eine kleine Waffe im Stiefel ist", fuhr Jim fort und sah zu, wie Emily ihren kleinen Wagen aufschloss. „Genauso muss es dir mit deiner Handtasche gehen. Du musst sie als wichtigen Teil deiner selbst betrachten. Dann merkst du, dass etwas fehlt, wenn du sie nicht bei dir fühlst, an deinem Körper. Verstehst du, was ich meine?"

„Aber ich trage so *ungern* eine Handtasche mit mir herum", widersprach Emily. „Ich will nicht, dass sie zu einem wichtigen Teil meiner selbst wird."

„Dann solltest du dir vielleicht einen Rucksack zulegen", meinte Jim und quetschte sich in Emilys Kleinwagen. Er musste den Sitz ganz nach hinten schieben, und trotzdem stieß er noch mit den Knien ans Armaturenbrett. „Das ist übrigens genau meine Methode."

„Methode wofür?" Emily löste den Blick vom Rückspiegel und schaute ihn kurz an, während sie den Rückwärtsgang einlegte und aus der Parklücke herausfuhr.

„Meine Methode, mit Fragen umzugehen, die ich nicht beantworten kann, wenn ich verdeckt ermittle. Ich umgehe die Fragen. Ich antworte ausweichend und wechsle das Thema. So wie ich es mit deiner Frage gemacht habe. Erinnerst du dich? Du wolltest wissen, was ich tue, wenn Delmore mir Fragen über Colorado stellt, die ich nicht beantworten kann. Ich bin ausgewichen und habe dich zum Essen eingeladen."

„Schön und gut, aber was, wenn Alex dir spezifische Fragen stellt? Zum Beispiel, ob du schon mal in seinem Lieblingsrestaurant in Denver gegessen hast? Wird er nicht misstrauisch werden, wenn du nicht mal weißt, in welchem Stadtteil es liegt?"

Jim lehnte den Arm lässig ins offene Beifahrerfenster, als Emily auf die Hauptstraße einbog. „Dann sage ich eben, dass ich nicht so oft rausgekommen bin, als ich noch in Denver gewohnt habe. Das Gehalt eines Hochschulassistenten ist nicht allzu üppig."

Sie warf ihm einen skeptischen Blick zu, und er fuhr fort: „Außerdem werde ich mich genauer informieren. Ich schaue mir den Stadtplan an, merke mir die wichtigsten Straßennamen, die Adressen der bekanntesten Sehenswürdigkeiten ... und einiger Restaurants."

Emily warf ihm erneut einen Blick zu.

„Ich habe schon öfter undercover gearbeitet und war dabei auch schon weit weniger gut vorbereitet. Ich schätze, ich bin einfach ein begabter Lügner."

Sie sagte kein Wort.

„Da vorne links in die Ocean Avenue", erklärte Jim. „Weißt du, ich habe mich schon gewundert, dass du so weit vom Strand entfernt wohnst. Ich war mir sicher, deine Wohnung wäre höchstens einen oder maximal zwei Blocks vom Wasser entfernt."

„Das hätte ich mir nur in einer Wohngemeinschaft leisten können", gab Emily zurück. „Aber nach all den Jahren im Studentenwohnheim mit ständig wechselnden Zimmergenossinnen wollte ich endlich mal allein wohnen."

„Ich weiß noch, dass du dir sogar ein Haus direkt am Strand gewünscht hast. Du wolltest aus dem Bett hüpfen, die Jalousie hochziehen und das Meer direkt vor der Nase haben."

Emily lachte, obwohl die lässige Vertrautheit, die Jim an den Tag legte, ihr immer stärkeres Unbehagen bereitete. „Ach ja, richtig. In der letzten Hurrikansaison kam es ein- oder zweimal vor, dass Leute mit einem Haus am Strand das Meer ein bisschen zu direkt vor der Nase hatten."

Er beobachtete sie, und ein Lächeln umspielte seine Lippen. „Du willst mir nicht ernstlich weismachen, dass du dir von ein bisschen schlechtem Wetter den Strand madig machen lässt."

„Nein", gab sie zu. „Das war eine rein finanzielle Entscheidung. Wenn ich mir eine eigene Wohnung am Strand leisten könnte, würde ich sofort einziehen. Aber leider kann ich bei meinem derzeitigen Gehalt keine höhere Miete zahlen."

„Wann hast du beschlossen, Lehrerin zu werden? Du hast

in deinem ersten Semester jede Menge Computerkurse belegt. Waren deine Hauptfächer nicht Informationstechnik und Wirtschaftslehre?"

Sie warf ihm einen kurzen Blick zu. „Du brauchst mehr Hintergrundinformationen für deine Arbeit?"

Er schwieg einen Moment und betrachtete die noblen Villen, die die Ocean Avenue säumten. „Ja", sagte er schließlich. „Ich muss mehr über dich wissen. Aber das war nicht der Grund, warum ich gefragt habe." Er deutete auf den öffentlichen Parkplatz am Strand. „Stell den Wagen dort ab. Von hier aus können wir zu Fuß bis zu dem Imbiss gehen."

Emily setzte den rechten Blinker und wechselte vorsichtig die Fahrspur. Mindestens genauso vorsichtig sagte sie: „Mir wäre es lieber, du würdest mich genauso befragen wie bisher, wenn es um Informationen über mein Privatleben geht. Ich fühle mich nicht wohl dabei, wenn wir so tun, als wären wir alte Freunde, die sich nach sieben Jahren eine Menge zu erzählen haben."

Sie bog auf den Parkplatz ein und machte sich auf die Suche nach einer Parklücke.

„Mit anderen Worten: Wenn ich alle Informationen habe, die ich für meinen Undercovereinsatz als dein Bruder brauche, möchtest du nicht weiter mit mir reden. Habe ich das richtig verstanden?"

Emily musterte ihn kurz. Er hatte die Lippen fest zusammengepresst, und mit der Linken strich er sich das Haar aus dem Gesicht. Noch schmollte er nicht, aber vermutlich konnte sie ihn dazu bringen. Und sie fand erwachsene Männer, die schmollten, äußerst unattraktiv …

„Ja", sagte sie also. „Genau das wollte ich damit sagen."

Vor ihr wurde gerade ein Parkplatz frei, und sie parkte rasch ein. Dann schaltete sie den Motor aus, zog den Zündschlüssel ab und wandte sich Jim zu.

Verblüfft stellte sie fest, dass er keineswegs schmollte. Stattdessen lag ehrliches Bedauern in seinem Blick, und resignierte Traurigkeit.

„Es tut mir leid, Emily“, sagte er leise. „Ich gebe mein Bestes, deinen Wunsch zu respektieren.“

Dann lächelte er, schwach nur und bittersüß. Emily hätte schwören können, dass sie Tränen in seinen Augen aufsteigen sah, aber er wandte sich ab, bevor sie genauer hinschauen konnte. Er öffnete die Wagentür und quälte sich aus dem winzigen Auto heraus.

Emily folgte ihm zu der Imbissbude, und als sie ihre Bestellung aufgegeben hatten, warteten sie schweigend auf ihre Sandwiches.

Er hätte schmollen sollen. Warum zum Teufel hatte er nicht geschmollt wie ein kleines Kind oder war grob geworden oder ... Egal was, jede Reaktion wäre für sie so viel leichter erträglich gewesen als dieses aufrichtige, demütige Bedauern, das sie in seinen Augen gesehen hatte.

„Suchen wir uns einen Picknicktisch im Schatten“, schlug Jim vor und ging voran Richtung Strand.

Die Luft über dem feinen weißen Sand und selbst über dem blaugrünen Wasser des Golfs flimmerte in der Hitze. An einem Picknicktisch aus Holz, das von Sonne, Wind und salzhaltiger Luft silbergrau gebleicht war, ließen Emily und Jim sich nieder.

Hunger hatte Emily immer noch nicht, aber sie wickelte trotzdem das Hühnchensandwich aus, das Jim ihr gekauft hatte, und biss hinein.

„Schmeckt großartig, nicht wahr?“, fragte er.

Emily nickte überrascht. Ja, das schmeckte wirklich großartig.

„Okay, darf ich weiterfragen?“ Er kramte seinen Notizblock hervor und gab der Unterhaltung damit wieder einen offiziellen Anstrich.

Er trug jetzt eine Sonnenbrille, und sie konnte seine Augen nicht sehen. Sie nickte noch einmal. „Schieß los."

„Das Wichtigste ist mir weitestgehend bekannt. Du weißt schon: Geburtsjahr, dein zweiter Vorname, dein Geburtstag ..."

„Du weißt noch, wann ich Geburtstag habe?", fragte Emily verdutzt. „Und du kennst meinen zweiten Vornamen?"

„17. Oktober und Sara." Jim lächelte. „Großer Gott, weißt du, ich erinnere mich sogar an den Namen deiner Lieblingslehrerin auf der Grundschule. Mrs Reiner. Du hattest sie in der vierten Klasse. Du hast unglaublich viel von ihr geschwärmt."

Emily schaute ihn an, das Sandwich in ihrer Hand schien sie vorübergehend vergessen zu haben. Ungläubig runzelte sie die Stirn, ihr sonst so klarer Blick war von Unsicherheit verschleiert.

Zum ersten Mal schaute sie ihn wirklich an und zeigte dabei Gefühle. Damit erhaschte er endlich einen winzigen Einblick hinter ihre coole, betont gelassene Fassade. Erst jetzt wurde ihm klar, dass es sich wirklich nur um eine Fassade handelte. Denn wenn es keine Fassade wäre, hätte er kaum dahinterschauen können. Oder?

„Wie ist es möglich, dass du dich nach so langer Zeit noch daran erinnerst?" Ihr Ton verriet ungläubiges Erstaunen.

„Weil ich verrückt nach dir war." Er hatte die Worte noch gar nicht ganz ausgesprochen, da war ihm klar, dass er das nicht hätte sagen sollen. So war er, redete einfach drauflos, sagte, was ihm gerade in den Sinn kam und was er fühlte, ohne groß nachzudenken. Wie oft hatte ihn das schon in Schwierigkeiten gebracht! Ihm war klar, dass es auch diesmal nicht anders sein würde.

Seine unüberlegten Äußerungen ernteten oft ebenso unüberlegte Reaktionen, aber Emily schaute ihn einfach nur schweigend an.

Trotzdem wusste er, dass er in der Falle saß. Seine Worte waren in ihren Augen völlig wertlos, und er konnte beim besten Willen nicht glaubhaft machen, was er gerade gesagt hatte. Nichts sprach dafür, dass er es ernst meinte. Im Gegenteil: Die Art, wie er seinerzeit die Beziehung zu Emily beendet hatte, schien zu beweisen, dass sie ihm nichts, aber auch gar nichts bedeutet hatte.

Jim senkte den Blick auf sein Sandwich. Der Appetit war ihm vergangen.

Als er wieder zu Emily aufschaute, lächelte sie. Allerdings lächelte sie nicht ihn an, sondern in sich hinein. Sie glaubte, ihn durchschaut zu haben. Die Unsicherheit in ihrem Blick war verschwunden, hatte Selbstvertrauen und Entschlossenheit Platz gemacht.

Ihr Lächeln erstarb, und ihr Blick wurde frostig, als sie ihm direkt in die Augen schaute und sagte: „Du bist so ein Dreckskerl. Wie kannst du es wagen, das, was geschehen ist, auch noch zu beschönigen? Ich weiß genau, was du für mich empfunden hast." Sie sprach ruhig und gelassen, aber ihr Ton ließ keinen Zweifel daran, dass sie es ernst meinte. „Wenn du auch weiterhin meine Intelligenz mit lächerlichen Interpretationen unserer armseligen kleinen ... Affäre beleidigen willst, zwingst du mich dazu, über deinen Kopf hinweg zu handeln, Detective. Und ich werde keine Sekunde zögern, offiziell Beschwerde bei Lieutenant Bell einzulegen."

Armselige kleine Affäre. Für Jim war die Beziehung mit Emily die großartigste, schönste und wichtigste Liebesbeziehung seines Lebens gewesen. Dass sie jenen Abschnitt ihres Lebens als armselige kleine Affäre bezeichnete, traf ihn wie ein Schlag ins Gesicht.

Aber was sollte er dazu sagen? Wenn er aufstand und sie

so anbrüllte, wie er es am liebsten getan hätte, wenn er ihr ins Gesicht brüllte, dass er sie, verdammt noch mal, geliebt hatte, was würde er damit erreichen? Sie würde ihm nicht glauben. Und er wäre den Fall los – auf der Stelle.

Ohne seine Mitarbeit würden die Ermittlungen auf Eis gelegt, und Delmore konnte ungestört weiter kiloweise Kokain nach Florida schmuggeln. Und dann hätte Emily noch mehr Grund, ihn zu verachten.

Ihm wurde plötzlich und sehr überraschend klar, dass er das nicht wollte. Er wusste zwar nicht, was zum Teufel er eigentlich wollte, aber er wusste verdammt genau, was er nicht wollte: dass Emily ihn ablehnte.

Also brüllte er nicht los. Sagte ihr nicht, dass sie sich irrte. Er sagte gar nichts, sondern nahm einfach nur seine Sonnenbrille ab, schloss die Augen, stützte die Ellbogen auf die Tischplatte und versuchte die sich anbahnenden Kopfschmerzen zu vertreiben, indem er die Handballen gegen die Stirn drückte. Das Ticken seiner Armbanduhr machte ihm bewusst, wie die Sekunden verrannen, während sie beide schweigend dasaßen und sich nicht rührten.

Nach vielen endlosen Sekunden schaute Jim auf und strich sich mit den Händen übers Gesicht. Er stützte das Kinn auf seine Daumen, drückte die Finger gegen seine Lippen und sah Emily an.

Sie schaute aufs Meer, ohne etwas wahrzunehmen. Nervös räusperte Jim sich, und sie warf ihm einen kurzen Blick zu, bevor sie sich wieder auf den fernen Horizont konzentrierte.

„Emily“, sagte er und musste sich erneut räuspern. Es half nichts, seine Stimme klang genauso heiser wie zuvor. „Es tut mir leid. Können wir … vielleicht … noch mal von vorn anfangen?“

Sie wandte sich ihm direkt zu. Ihr Gesichtsausdruck war so eisig, dass ihm ein kalter Schauer über den Rücken lief.

„Von vorn anfangen?“, fragte sie. „Das habe ich vor. Wenn Alex im Gefängnis sitzt und du aus meiner Wohnung verschwunden bist, wenn ich keinen von euch beiden jemals wiedersehen muss, dann fange ich von vorn an. Auf jeden Fall in einer anderen Stadt, vielleicht sogar in einem anderen Bundesstaat.“

„Das meinte ich nicht ...“

„Ich weiß, was du meintest, und die Antwort lautet Nein. Die nächste Frage, Detective.“

Jim starrte sie an, schockiert über die Härte in ihren Worten und in ihrem sonst so sanftmütigen Gesicht. Diese Seite an ihr kannte er noch nicht. Er vermutete, dass es sie noch nicht gegeben hatte – damals als sie gerade achtzehn war. Damals, bevor sie durch Männer wie Alexander Delmore abgestumpft war. Männer wie Delmore und – wem versuchte er eigentlich etwas vorzumachen? – wie ihn selbst.

Er hatte sie damals verlassen, weil er geglaubt hatte, ein kurzer Schmerz sei besser als die Qualen, die er ihr auf längere Sicht zufügen würde. Weil er das Gefühl gehabt hatte, das Glück nicht zu verdienen, das er bei ihr gefunden hatte. Weil er geglaubt hatte, sie zu verderben, wenn sie zusammenblieben. Also hatte er sie verlassen – und sie damit verdorben.

Aber dann bemerkte er, dass ihre Unterlippe zitterte. Plötzlich schossen ihr Tränen in die Augen. Sie stieß einen Fluch aus, den er noch nie zuvor aus ihrem Mund gehört hatte, wandte sich ab und versuchte ihre Tränen vor ihm zu verbergen. Zu spät. Er hatte sie bereits gesehen.

Er streckte die Hand nach ihr aus, aber sie wich hastig zurück. Dabei stolperte sie über den hölzernen Steg, der Bank und Tisch miteinander verband, und fiel der Länge nach in den weichen Sand. Jim war blitzschnell auf den Beinen, aber sie war noch schneller. Sie rappelte sich auf und rannte den menschenleeren Strand hinunter.

Jim rief ihr nach: „Emily, warte!"

Sie blieb nicht stehen.

Verdammt, sie hatte ihre Handtasche auf dem Tisch liegen lassen. Jim rannte zurück, klemmte sie sich unter den Arm und rannte Emily nach.

Sie hatte einen gewaltigen Vorsprung, aber er hatte die längeren Beine und war Langstreckenlaufen gewöhnt. Trotzdem kostete es ihn einige Anstrengung, sie einzuholen.

„Emily, bleib stehen!" Da sie nicht reagierte, packte er sie am Arm.

„Lass mich in Ruhe!" Sie wehrte sich, versuchte sich loszureißen, aber er hielt sie nur noch fester.

Wütend schlug sie mit der Faust nach ihm, erwischte ihn aber nicht richtig. Ihr Schlag streifte wenig wirkungsvoll seine Schulter. Jim wusste, dass sie sich selbst damit stärker wehgetan hatte als ihm.

Jetzt weinte sie richtig. Nicht vor Schmerz, sondern vor Wut. Sie versuchte die Tränenflut zu stoppen, wegzuwischen – vergebens. Wieder schlug sie nach ihm, und er zog sie fest an seine Brust.

„Emily, hör auf. *Bitte* …"

Emily spürte, wie ihre Kräfte sie verließen, als er sie in die Arme schloss. Sie konnte nicht aufhören zu weinen. Heftiges Schluchzen schüttelte ihren Körper, und sie wünschte sich nichts sehnlicher, als sich an Jims Brust fallen zu lassen und sich dort geborgen zu fühlen.

Wenn sie die Augen schloss, konnte sie sich einreden, sie wäre wieder achtzehn. Konnte so tun, als hätte er sie wirklich geliebt und …

Sie spürte seine Finger in ihren Haaren, die vertraute Hitzewelle sexuellen Verlangens, die sie immer überrollt hatte, wenn er sie so berührt hatte. Der Auslöser war immer seine Sanftheit, seine Zärtlichkeit gewesen. Ach was, gewesen, er war es offenbar immer noch.

Verdammt noch mal, was war eigentlich los mit ihr? Wie konnte sie auf diese Weise an Jim Keegan denken? Wie konnte sie zulassen, dass sie sich zu ihm hingezogen fühlte? Sie wusste doch ganz genau, wie er in Wirklichkeit war!

Mit letzter Kraft versuchte sie sich zu wehren und von ihm loszureißen. Es gelang ihr nicht. Stattdessen schloss er die Arme nur noch fester um sie. Wütend hob sie das tränenüberströmte Gesicht, um ihn anzusehen. Nur wenige Zentimeter lagen zwischen ihrem und seinem Gesicht, ihrem und seinem Mund. Als sie ihm in die Augen schaute, sah sie, wie das tiefe Blau seiner Iris fast im Schwarz der Pupillen verschwand, als diese sich plötzlich weiteten. Sie wusste ohne jeden Zweifel, dass er sie küssen würde, und ihre Wut schlug sofort in Angst um. Angst und noch etwas anderes, etwas weitaus Verstörenderes.

„Emily." Ein Flüstern nur. Er beugte sich zu ihr hinab.

„Nein", sagte sie, und er erstarrte. Gerade mal ein Zentimeter lag noch zwischen ihren Lippen. „Bitte, wenn du auch nur einen Funken Anstand hast …"

Er ließ sie augenblicklich los. Oh Gott, was hatte er getan? Was hatte er sich dabei gedacht? Offensichtlich hatte er den Verstand verloren, nur weil er sie einen Moment in den Armen gehalten hatte.

Sie starrte ihn an, mit großen anklagenden Augen. Die Tränenflut war versiegt, aber ihr Gesicht war noch nass, und in den Wimpern hing eine letzte einzelne Träne. Obwohl Jim verdammt genau wusste, dass er das besser nicht tat, konnte er nicht widerstehen: Er wischte ihr sanft mit einem Finger diese Träne ab.

Emily zuckte zusammen, als hätte die Berührung sie verbrannt.

„Es tut mir leid", sagte er.

„Fass mich nicht an", erwiderte sie. „Fass mich nie wieder an!"

Jim senkte den Blick auf den Sand, ließ ihn dann übers Meer und zum Himmel schweifen, bevor er sie erneut anschaute. „Emily", stieß er heiser vor, „ich muss zugeben: Das fällt mir schwer. Ich glaube, ich kann mich nicht von dir fernhalten."

„Vor sieben Jahren hattest du damit keine Probleme", gab sie zurück, wandte sich ab und ging.

Was sollte er darauf antworten? Schweigend folgte er ihr zurück zum Parkplatz.

6. KAPITEL

Ruhelos lief Jim auf und ab – von der Eingangstür zur Glasschiebetür, die auf den winzigen Balkon führte. Zurück zu dem kleinen Esstisch, wo er einen Moment stehen blieb, dann weiter zur Eingangstür. Und wieder zur Glasschiebetür …

Emily löste ihren Blick von ihm und konzentrierte sich erneut auf den schlanken Hispano, der ihr gegenüber auf der Couch saß.

„Ich werde im selben Raum sein", sagte Detective Salazar. Sein hispanischer Akzent klang weich und melodiös. „Oder doch zumindest irgendwo im Country-Club, solange Sie und Mr Delmore dort sind."

Emily nickte.

„Wenn du ein Problem bekommst, Emily …", warf Jim ein – es waren seine ersten Worte nach beinah zwanzigminütigem Schweigen. Emily und Salazar schauten ihn fragend an. „Ganz egal, was für ein Problem, wende dich an Phil. Er bringt dich dann in Sicherheit."

„Was für ein Problem sollte ich schon bekommen?", fragte Emily, schlug die Beine übereinander und musterte Jim kühl. „Das ist ein Abendessen in großer Gesellschaft. Ich wage ernstlich zu bezweifeln, dass Alex vorhat, vor den Augen sämtlicher Klatschreporter der Lokalpresse irgendetwas Illegales zu tun."

Jim schob die Hände in die Hosentaschen und lehnte sich mit dem Rücken an die Wand. Endlich stand er mal für einen Augenblick still. „Du hast recht. Das wird er wahrscheinlich nicht tun", gab er zu. „Aber du verdächtigst diesen Mann, ein Krimineller zu sein. Und jetzt musst du ein paar Stunden mit ihm verbringen und dabei so tun, als hättest du keine Ahnung, womit er wirklich sein Geld verdient. Das ist nicht immer einfach. Wenn du feststellst, dass du das nicht schaffst, wenn dir das alles zu viel wird, wenn du es mit der Angst zu tun bekommst ..."

„Ich habe keine Angst!" Emily reckte trotzig ihr Kinn vor. Aber wogegen richtete sich ihr Trotz? Gegen seine Worte oder gegen die ihnen zugrunde liegende Freundlichkeit? Oder vielleicht auch gegen die ruhige Sanftheit seiner Stimme ...

„Das ist prima", meinte Salazar und lächelte sie an. „Also, Sie legen es heute Abend nicht darauf an, Informationen aus Mr Delmore herauszuholen. Die Jagd nach Informationen überlassen Sie unserem Freund Diego, verstehen Sie?"

Diego. Jim. Jim. Emilys Blick zuckte kurz zu Jim hinüber, der immer noch an der Wand lehnte. Er beobachtete sie, und sie schaute wieder hastig zurück zu Detective Salazar. „Verstehe", sagte sie.

„Sie legen es heute Abend darauf an, für sich und Ihren ‚Bruder'", – Salazar nickte kurz zu Jim hinüber – „eine Einladung zu einer der Wochenendpartys auf Delmores Yacht zu bekommen. Das sollte Ihnen nicht weiter schwerfallen. Es wäre auch nicht schlecht, wenn Sie beide in Mr Delmores Haus eingeladen würden. Nach unseren Ermittlungen erledigt Alexander Delmore die meisten seiner Geschäfte zu Hause oder von seiner Yacht aus ..." Er runzelte besorgt die Brauen. „Stimmt irgendwas nicht? Sie sehen nicht gerade glücklich aus."

Emily fühlte sich auch alles andere als glücklich. „Meine Beziehung zu Alex ist ein wenig ... seltsam. Er hat mir mehr als einmal gesagt, dass er unter anderem deshalb so gern mit mir ausgeht, weil ich ihn nie unter Druck setze. Ich habe ihn nie gefragt, wann wir uns wiedersehen. Ich habe ihn nie um irgendetwas gebeten. Er hat mir gesagt, ich sei diesbezüglich ganz anders als die Frauen, mit denen er vorher gegangen ist."

Jim starrte auf die Spitzen seiner Cowboystiefel und hörte zu, was Emily über ihre Beziehung zu Delmore erzählte. Sie hätte mit denselben Worten ihre Beziehung zu ihm selbst vor sieben Jahren beschreiben können, denn sie hatte auch ihn nie unter Druck gesetzt. Ja, sie hatte nicht einmal um seine Aufmerksamkeit gerungen. Genau davon hatte er sich von Anfang an so angezogen gefühlt – abgesehen von der körperlichen Anziehung natürlich. Sie war so unaufdringlich, zurückhaltend, gelassen und ruhig gewesen. Wenn sie ihn bewusst gereizt hätte, ihm lange bedeutungsvolle Blicke zugeworfen und ihn mit körperlichen Reizen geködert wie die meisten ihrer Mitstudentinnen, dann hätte er keinen zweiten Blick an sie verschwendet. Na ja, vielleicht schon einen zweiten Blick, aber sie hätte ihn nie derart in ihren Bann geschlagen.

Selbst als sie schon Monate miteinander gingen, hatte Emily nie etwas als selbstverständlich betrachtet. Sie hatte nie Forderungen an ihn gestellt. Oder doch? Er hatte sie noch vor Augen, wie sie an jenem Samstagmorgen mit dem Bus bis zu seiner Wohnung gefahren war, weil er nicht auf ihre Telefonanrufe reagiert hatte. Er war erst ein paar Wochen zuvor aus dem Krankenhaus entlassen worden, und sie machte sich Sorgen um ihn. Aber selbst damals hatte sie nichts von ihm verlangt – sie hatte nur wissen wollen, ob es ihm gut ging.

„Tun Sie einfach, was Sie können“, unterbrach Felipe seine Gedanken. „Sagen und tun Sie nichts, was Sie normalerweise nicht sagen oder tun würden. Wir wollen ihn nicht misstrauisch machen.“

„*Ich* könnte Delmore fragen, ob er uns auf einen Segeltörn mitnimmt“, warf Jim ein. „Wenn er dich heute Abend abholt. Nachdem du uns einander vorgestellt hast. Einverstanden?“

Emily nickte. Sie sah ihn dabei nur kurz an.

Gott, jedes Mal wenn sie ihn anschaute, war das Misstrauen in ihrem Blick nicht zu übersehen. Es war so dumm von ihm gewesen, sie unten am Strand so in die Arme zu nehmen. Wie hatte er sich nur so idiotisch verhalten können? Hatte er denn wirklich geglaubt, Emily wolle von ihm getröstet werden? Das war mit Sicherheit so ziemlich das Letzte, was sie wollte.

In Wirklichkeit hatte er lediglich einen Vorwand gebraucht, um sie zu berühren. Um mit den Fingern durch ihr Haar zu streichen, ihren Körper an seinem zu spüren. Er hatte sie küssen wollen. Großer Gott, er wollte es immer noch, und jetzt wusste sie das.

Das hast du ja toll hingekriegt, Keegan, dachte er. Einfach toll. Sie stand ohnehin schon unter immensem Druck, und er machte alles nur noch schlimmer.

Es klingelte, und Jim warf einen Blick auf seine Armbanduhr. Es war erst Viertel vor vier. Delmore wurde erst in knapp drei Stunden erwartet.

„Wer kann das sein?“, fragte er.

„Keine Ahnung“, antwortete Emily, stand auf und musterte verunsichert die Tür. „Es könnte Alex sein. Er ist gestern auch einfach vorbeigekommen, ohne vorher anzurufen.“

Als es erneut klingelte, erhob sich auch Salazar.

„Phil, mach dich unsichtbar“, forderte Jim seinen Partner auf. „Versteck dich in Emilys Schlafzimmer, durch den Flur ganz nach hinten. Wenn es wirklich Delmore ist, darf er dich nicht sehen.“

Salazar nickte und verschwand in den Flur. Wieder ging die Türglocke, diesmal gleich zweimal kurz hintereinander.

„Soll ich öffnen?“, fragte Jim.

Emily schüttelte den Kopf und ging zur Tür. Das Herz schlug ihr bis zum Hals, als sie aufmachte.

„Gott sei Dank: Du bist zu Hause!“

Jim spähte über Emilys Schulter. In der Tür stand eine erschreckend magere junge Frau mit langen roten Haaren und sehr blasser Haut, die Floridas Sonne vermutlich überhaupt nicht vertrug. Außerdem zierte ein prachtvolles Veilchen ihr rechtes Auge. An eine Hand klammerte sich ein schmutziger kleiner Junge von etwa drei Jahren mit ebenso roten Haaren und großen ernst dreinblickenden Augen.

Als die Frau Jim entdeckte, verschwand die Erleichterung aus ihrem Gesicht, und ihr Ausdruck wurde misstrauisch und verschlossen. Sie trug eine braune Papiertüte mit Kleidung und Kinderspielsachen bei sich, aus der eine schmuddelige Bibo-Puppe hervorlugte.

„Entschuldigung“, murmelte sie. „Du hast Besuch?“

„Jewel“, sagte Emily. „Was ist passiert? Wer hat dich geschlagen? Komm doch rein.“

Jim trat beiseite. Emily nahm die junge Frau am Ellbogen und zog sie mit sanftem Nachdruck in die Wohnung. Die Rothaarige war noch jünger, als Jim zunächst gedacht hatte, im Grunde noch fast ein Kind. Sie war hübsch, auf altmodische Weise. Beziehungsweise wäre sie es gewesen, wenn sie sich mal gewaschen hätte oder gelegentlich gelächelt. Ihre Züge wirkten aristokratisch: eine lange, elegant geschnittene Nase, feine Lippen, ein graziöser, aber schmutziger Hals. Sie musterte Jim misstrauisch, und er lächelte sie an, aber sie verzog keine Miene.

„Jewel, das ist … mein Bruder Dan.“ Emily warf ihm einen kurzen nervösen Blick zu. „Dan, das ist Jewel Hays, eine ehemalige Schülerin von mir.“ Sie fuhr dem kleinen Jungen, der sich immer noch an Jewels Hand klammerte, kurz durch die Haare. „Und das ist ihr Sohn Billy.“ Damit wandte sie sich wieder dem Mädchen zu. „Alles in Ordnung mit dir?“

Jewel schüttelte den Kopf. „Ich stecke bis zum Hals in Schwierigkeiten“, sagte sie mit einem raschen Seitenblick auf Jim. „Können wir reden? Unter vier Augen?“

Emily nickte. „Komm mit ins Bad. Dann kannst du dich auch gleich ein bisschen frisch machen.“ Sie wandte sich an

Jim. „Kümmerst du dich so lange um Billy?"

„Er hat Hunger", sagte Jewel und schaute auf ihren Jungen hinab. „Er hat seit vorgestern Abend nichts mehr zu essen bekommen."

„Ich mache ihm was zu essen", versprach Jim.

„Danke", meinte Emily. „Ich weiß nicht, ob ich was dahabe, was er mag ..."

„Mir fällt schon was ein", erklärte Jim. „Das kriegen wir hin."

Während sie Jewel ins Bad führte, schaute Emily sich noch einmal um. Sie sah, wie der kleine Junge den Kopf in den Nacken legte, um Jim ins Gesicht schauen zu können.

Als Emily ins Wohnzimmer zurückkehrte, saß Billy auf einem Stapel Telefonbücher an ihrem Esstisch und vernichtete gerade die Reste eines Sandwiches: Erdnussbutter und Marmelade auf Fladenbrot. Anderes Brot hatte sie nicht im Haus. Jim saß dem Kind gegenüber, und Felipe lehnte in der Küche an der Arbeitsplatte.

„He, Jungs, wie sieht's aus?", fragte Emily und strahlte das Kind fröhlich an.

„Das ist sein zweites Sandwich", erklärte Jim. Er lächelte ebenfalls, aber in seinen Augen standen deutliche Fragezeichen. Was war hier los? Warum zum Teufel hatte der Kleine so lange nichts zu essen bekommen?

„Ich brauche eure Hilfe", sagte Emily und ließ den Blick zwischen Jim und Felipe hin und her wandern.

Jim stand auf. „Okay, gehen wir raus auf den Balkon und reden." Er wandte sich an Salazar. „Bleibst du bitte bei dem Jungen?"

„Nein!" Billy schaute Jim mit großen Augen an. „Geh nicht weg!"

Zu Emilys Überraschung kauerte Jim sich neben Billys

Stuhl nieder, sodass er auf Augenhöhe mit ihm war. „Pass mal auf, Bill“, sagte er. „Ich gehe nur kurz auf den Balkon raus. Du kannst mich durchs Fenster sehen. In Ordnung?“

Der Kleine blieb skeptisch.

„Und deine Mom ist unter der Dusche“, fuhr Jim fort. „Sie wird gleich fertig sein, und vielleicht kannst du dann baden. Inzwischen schlage ich vor, dass ihr beide, du und mein Freund Felipe, euch vor den Fernseher setzt und schaut, ob irgendwo ein guter Zeichentrickfilm läuft.“

Billy schaute Salazar an. „Das ist dein Freund?“, fragte er.

„Mein bester Freund“, bekräftigte Jim. „Sei also bitte nett zu ihm, okay?“

Billy nickte.

„Fein“, sagte Jim. „Wenn du mich brauchst, Bill: Ich bin da draußen auf dem Balkon.“

Er öffnete die Glasschiebetür, und Emily folgte ihm nach draußen. Sie hatte nicht erwartet, dass er mit Kindern umgehen konnte, aber er schien genau zu wissen, wie er mit dem Jungen reden musste. Er nahm ihn ernst, behandelte ihn wie einen ebenbürtigen Gesprächspartner und ganz und gar nicht wie ein kleines Kind.

„Hast du oft mit kleinen Kindern zu tun?“, fragte sie und schloss die Tür hinter sich, damit Billy ihr Gespräch nicht mit anhören konnte.

Jim stützte die Ellbogen auf die Holzbrüstung und blickte auf den Hof hinunter. „Aktuell nicht allzu häufig, nein.“

„Du hast das toll gemacht“, meinte Emily. „Weißt du, ich habe Billy noch nie sprechen hören. Ich wusste gar nicht, dass er das kann.“

„Er hat mir erzählt, ein gewisser Onkel Hank habe seine Mutter geschlagen“, sagte Jim und wandte sich Emily zu.

Sie fluchte leise.

„Was ist los?“, fragte Jim.

„Ich weiß nicht, was ich tun soll", gab sie zu. „Ich bin damit völlig überfordert."

„Erzähl mir, was los ist."

Emily atmete tief durch. „Okay. Als Jewel schwanger wurde, schickten ihre Eltern sie hierher. Sie leben auf einer Farm in Alabama. Das Mädchen sollte hier bei ihrer Tante wohnen bis zur Entbindung und das Baby dann zur Adoption freigeben. Als das Kind auf die Welt kam, weigerte Jewel sich. Ihre Eltern waren nicht bereit, sie wieder bei sich aufzunehmen, also blieben sie und das Baby – Billy – bei ihrer Tante, die alles andere als eine Stütze der Gesellschaft ist. Jewel hat einige üble Angewohnheiten von ihr übernommen. Sie ist cracksüchtig geworden und schafft an, um ihre Sucht zu finanzieren. Offenbar – und das war mir bisher nicht bekannt – spielt ihr guter alter Onkel Hank den Zuhälter für sie."

„Verdammt ..."

„Du sagst es." Emilys Augen wurden dunkel vor Zorn. „Jewel hat in den letzten zwei Jahren drei Entziehungskuren hinter sich gebracht. Sie ist gerade erst vor ein paar Tagen wieder entlassen worden. Jetzt rate mal, was Onkel Hank ihr als Willkommensgeschenk gegeben hat?"

„Du meinst, außer dem blauen Auge?"

„Ja, außer dem blauen Auge." Sie griff in ihre Hosentasche und zog drei kleine Glasampullen hervor. Crack. Es war Crack.

Jim stieß einen kräftigen Fluch aus. „Dieser Hurensohn!"

„Er wollte sie wieder auf den Strich schicken", erklärte Emily. „Ich schätze, er hielt es für das Einfachste, dafür zu sorgen, dass sie abhängig bleibt." Ihre Finger schlossen sich fest um die Ampullen. „Hast du eine Vorstellung davon, wie schwer es für einen Süchtigen ist, clean zu bleiben? Zumal wenn er gerade erst aus der Entziehungskur kommt? Jewel konnte sich einfach nicht dazu durchringen, den Mist wegzuwerfen. Sie konnte es nicht. Sie wollte das Zeug, aber sie war stark genug, hierherzukommen und um Hilfe zu bitten."

Emily sank in sich zusammen und ließ sich auf einen der Liegestühle fallen. „Ich bemühe mich seit Jahren darum, dem Mädchen zu helfen", fuhr sie fort. „Ich wusste, dass sie zu Hause nicht gut aufgehoben ist, aber das ... das ist furchtbar. Sie muss da raus. Für immer. Aber sie sagt, sie wisse nicht, wohin. Sie weigert sich, ihren Onkel anzuzeigen. Weil sie Angst hat, Billy zu verlieren, wenn die Polizei und das Jugendamt aktiv werden. Ich weiß ehrlich nicht, was ich tun soll." Sie starrte auf die Ampullen in ihrer Hand. „Ich weiß nicht mal, wie ich das Zeug hier loswerden soll. In der Toilette runterspülen? Oder verseuche ich damit das Wasser? Was soll ich nur tun?"

Jim streckte die Hand aus. „Gib's mir, ich kümmere mich darum."

Erleichtert gab Emily ihm die Drogen. „Danke."

Jim setzte sich neben sie auf den Liegestuhl. „Em, du kannst sie nicht bei dir behalten. Du kannst diese Verantwortung nicht übernehmen."

Ihre Augen blitzten auf. „Ich kann sie aber erst recht nicht nach Hause schicken!"

„Ich sage ja gar nicht, dass du das tun sollst. Vielleicht gibt es ein Frauenhaus oder ..."

„Das hat sie schon versucht. Aber an keinem dieser Plätze kann sie Billy bei sich behalten. Sie müsste ihn in eine Pflegefamilie geben, und das kommt für sie nicht infrage."

Jim nickte und ließ den Blick über das kristallklare Blau des Swimmingpools im Hof schweifen. „Er ist ein süßer Junge", sagte er.

„Was soll ich nur tun, Jim?"

Jim. Sie hatte ihn Jim genannt. Nicht Detective, sondern

Jim. Er atmete tief ein und ließ die Luft langsam wieder aus seinen Lungen entweichen. „Lass mich mit Phil sprechen, ja? Vielleicht fällt ihm etwas ein. Er ist in dieser Stadt aufgewachsen und hat eine Menge Verbindungen. Wir werden etwas finden, wo sie unterkommen kann, Emily."

Sie sah ihn an, musterte ihn nachdenklich und mit einem sehr seltsamen Gesichtsausdruck.

„Was ist?", fragte er.

Sie schüttelte den Kopf und stand auf. „Eigentlich solltest du nicht so nett sein", erklärte sie, öffnete die Schiebetür und ging in die Wohnung zurück.

Eigentlich sollte er nicht ... Was zum Teufel sollte das denn heißen?

Als Emily das Wohnzimmer betrat, saßen Jewel und Felipe auf der Couch, Billy zwischen sich.

Jewels Haare waren noch nass von der Dusche, und sie trug Emilys Ersatzbademantel – in dem weißen Frotteestoff wirkte sie völlig verloren, weil er ihr viel zu weit und zu lang war.

Felipe lächelte, und Jewels Wangen waren leicht gerötet. Sie lächelte schüchtern zurück und beantwortete seine freundlichen Fragen. Der Anblick dieses in vieler Hinsicht mit allen Wassern gewaschenen Mädchens, das in dieser Situation so unsicher und schüchtern wirkte, war herzzerreißend.

„Phil, kommst du mal?", rief Jim von der Balkontür aus.

Felipe lächelte Jewel noch einmal an und bat sie leise darum, ihn zu entschuldigen. Dann trat er auf den Balkon hinaus, wo Jim wartete.

Jewel schaute lächelnd zu Emily auf.

„Geht es dir jetzt ein bisschen besser?", fragte Emily und setzte sich in den Schaukelstuhl.

Jewel nickte. „Ja, danke."

„Hast du saubere Kleidung?“

Das Lächeln schwand. „Nein. Ich hatte nur die Zeit, ein paar von Billys Sachen einzupacken, bevor wir abgehauen sind.“

„Ich leih dir was von mir“, meinte Emily. „Ich glaube, ich habe sogar ein paar Sachen, die im Trockner eingelaufen sind. Ein paar T-Shirts, Sporthosen, so was. Sie sind mir zu klein geworden. Du kannst sie haben.“

„Danke.“ Jewel schaute zu der großen Glastür hinüber, die auf den Balkon hinausführte. Dort draußen standen die beiden Männer und redeten sehr ernsthaft miteinander. „Felipe sagt, er sei ein Freund von dir?“, fragte sie.

Emily lächelte. *Die Polizei, dein Freund und Helfer*. „Richtig“, sagte sie, „so könnte man ihn nennen.“

Jewel warf erneut einen Blick zu den beiden Männern nach draußen. „Er ist irgendwie süß“, sagte sie.

Emily schaute hinüber zu Felipe Salazar. Oh ja, er sah gut aus mit seinem unbefangenen Lächeln, seinen hohen Wangenknochen und den dunklen braunen Augen. Er war auch heute tadellos gekleidet: dunkler Anzug, passendes Hemd und Krawatte. Damit sah er wirklich klasse aus.

„Er hat gesagt, Billy sei ein netter Junge und ich müsse eine wirklich gute Mutter sein“, meinte Jewel und errötete.

Lächelnd wurde Emily klar, dass Felipe es geschafft hatte, Jewel Hays den Kopf zu verdrehen. Ja, er hatte Charisma und sah großartig aus. Seine Freundlichkeit wirkte ehrlich. Emily hätte ihn durchaus selbst sehr anziehend gefunden, wenn nicht …

Wenn nicht was? Wenn sie nicht bereits einen Freund gehabt hätte? Sie hatte keinen Freund. Alex fiel für sie nicht mehr in diese Kategorie, seitdem sie unabsichtlich seine Unterhaltung mit Vincent Marino belauscht hatte.

Also warum fand sie Felipe Salazar nicht attraktiv? Ihr

Blick wanderte beinah unfreiwillig von Felipe zu Jim. Sie konnte immer noch spüren, wie es sich angefühlt hatte, als er sie am Strand in den Armen hielt. Sie konnte immer noch den Ausdruck in seinen Augen sehen, als er sich vorgebeugt hatte, um sie zu küssen ...

Jim schaute auf und durch die Glastür direkt in Emilys Augen.

Der Funke sprang sofort über, und zwar so stark, dass Emily beinah nach Luft geschnappt hätte. Stattdessen wandte sie hastig den Blick ab.

Aber ihre Frage war damit beantwortet. Warum fand sie Felipe Salazar nicht attraktiv? Oder irgendeinen anderen Mann? Weil sie immer noch an der Vergangenheit festhielt. An Jim Keegan, um genau zu sein.

Er war ein unsensibler, egoistischer, gleichgültiger Mensch ... und hatte einen ganz speziellen Draht zu kleinen Kindern. Er war ein Herzensbrecher ... der manchmal ein Herz aus Gold zu haben schien.

Emily hatte ihm ihre Wohnung geöffnet – in der Hoffnung, so ein klares Bild von dem grässlichen Menschen zu bekommen, der er wirklich war. Und richtig, sie konnte sich auf ein paar Unvollkommenheiten konzentrieren, die er gezeigt hatte. Aber zugleich hatte er ihr auch gezeigt, dass er erschreckend liebenswürdig sein konnte, was in das von ihr erhoffte Bild eines Mistkerls einfach nicht hineinpasste.

Die Balkontür wurde geöffnet, und die beiden Männer kamen wieder herein.

Jim setzte sich neben Jewel auf die Couch. „Emily hat mir erzählt, in welchen Schwierigkeiten du steckst", kam er direkt auf den Punkt. „Sie sagt, du brauchst einen Platz, an dem du bleiben kannst."

Jewel nickte schweigend.

Felipe trat näher. „Ich kenne da eine Einrichtung in meiner Nachbarschaft, eine Art Frauenhaus, in dem du vielleicht mit Billy unterkommen kannst“, sagte er. „Ich könnte euch jetzt dorthin bringen, wenn du möchtest.“

Jewels Blick wurde wieder misstrauisch. „Was, wenn es nicht klappt? Mit der Unterkunft für uns, meine ich.“

Felipe lächelte freundlich. „Dann finde ich etwas anderes für euch.“ Er warf Jim einen Blick zu. „Ich habe einen Freund, dessen Wohnung gerade leer steht. Das wäre natürlich nur der letzte Ausweg.“

„Komm mit, Jewel“, sagte Emily und ging voraus zu ihrem Schlafzimmer. „Ich suche dir etwas zum Anziehen heraus.“

Aber Jewel rührte sich nicht. „Warum helfen Sie mir?“, fragte sie die beiden Männer. „Was wollen Sie von mir? Ich weiß, dass es nichts umsonst gibt.“

„Jewel ...“ Emily wollte protestieren, aber Jim fiel ihr ins Wort.

„Nein, lass, sie hat recht“, sagte er. „Nichts ist umsonst.“ Er wandte sich an Jewel. „Du musst clean bleiben. Keine Drogen. Kein Alkohol. Und das ist der einfache Teil der Abmachung. Wenn du in dieses Frauenhaus gehst, sitzt du dort nicht einfach herum, hängst vor der Glotze und lässt dich vom Staat aushalten. Du nimmst entweder an einem Programm teil, um die allgemeine Hochschulreife zu erwerben, oder du besuchst die Berufsschule und machst eine Ausbildung.“

„Das meinte ich nicht“, erwiderte Jewel. „Was wollen *Sie* von mir? Sie beide.“

„Jewel, ich bin Police Detective“, erklärte Felipe. „Mir reicht es aus, zu wissen, dass ich dich nicht eines Tages verhaften muss.“

Die Augen des Mädchens weiteten sich: „Sie sind Polizist?“

Felipe nickte. „Richtig.“

„Komm schon, Jewel“, meinte Emily sanft. „Du brauchst was zum Anziehen, und Billy gehört in die Badewanne.“

Um sechs kam Emily mit dem Kleid, das sie sich für die heutige Verabredung mit Alex geborgt hatte, aus Carlys Wohnung. Es war blau, mit Pailletten besetzt, viel zu eng und viel zu kurz. Aber es hatte den Vorteil, nicht dasselbe Kleid zu sein, das sie zur letzten Veranstaltung im Country-Club getragen hatte, zu der sie mit Alex gegangen war. Auf dem Kleiderbügel sah es eher aus wie ein blauer Schlauch aus zerknittertem Stoff mit Spaghettiträgern als wie ein Kleid.

„Leiht ihr beiden euch oft gegenseitig eure Kleider?", fragte Jim.

Er saß auf der Couch, die nackten Füße auf dem Couchtisch, und las die Zeitung. Jetzt trug er wieder Shorts. Für ihre Begriffe fühlte er sich viel zu wohl, viel zu sehr zu Hause.

„Ich habe nur zwei elegante Kleider", erklärte Emily. „Beide habe ich letzte Woche getragen, und ich kann es mir nicht leisten, noch eines zu kaufen. Mein Etat ist mehr als ausgereizt." Sie verzog das Gesicht, als sie das Kleid betrachtete, das sie sich von Carly geborgt hatte. „Leider hat Carly nicht gerade einen konservativen Geschmack, und außerdem ist sie kleiner als ich."

Jim nahm die Füße vom Tisch, faltete die Zeitung zusammen und legte sie beiseite. „Kauft Delmore dir keine Kleider? Er hat doch Geld wie Heu."

Emily verschränkte die Arme vor der Brust. „Ich bin nicht seine Geliebte, Detective."

Jim schaute zu ihr hoch. „Ich weiß", sagte er. „Nach meinen Informationen warst du kurz davor, Mrs Delmore zu werden. Die ganze Stadt erwartet eine Hochzeit zu Weihnachten."

Emily lachte. „Dann wird die ganze Stadt eine bittere Enttäuschung erleben, nicht wahr?"

Sie wandte sich um, um ins Schlafzimmer zu gehen, aber seine nächsten Worte stoppten sie.

„Du hättest einfach wegschauen können, und die Hälfte

von seinem ganzen Besitz wäre dein gewesen", sagte Jim. „Du hättest dir nie wieder ein Kleid ausleihen müssen."

Er meinte es ernst. Er saß einfach nur da und schaute sie intensiv an, ohne einen Funken Humor oder Belustigung im Blick.

Emily lachte auf, ein kurzes humorloses Lachen. „Du kennst mich wirklich nicht besonders gut, nicht wahr?"

Die Frage war rhetorisch gemeint, aber er antwortete trotzdem: „Ich habe geglaubt, dich zu kennen, aber ich schätze, ich wusste nicht, wie stur du sein kannst."

Jim hatte sie immer für zart und zerbrechlich gehalten, für eine Frau, die vor den Härten und Unbilden des Lebens beschützt werden musste. Aber da stand sie und trat für das ein, woran sie glaubte. Für Emily gab es keine Grauzone, nur Schwarz und Weiß, wenn es um Drogenhandel ging. Sie glaubte fest daran, dass Drogenhandel falsch war und ihm ein Ende gesetzt werden musste. Schluss, aus, vorbei. Der Umstand, dass der Hauptverdächtige in diesem Fall ihr Beinah-Verlobter war, änderte nichts am Gesamtbild.

„Ich hasse Drogen", sagte sie, und die Emotionslosigkeit ihrer Stimme verlieh ihren Worten besonderen Nachdruck. „Ich hasse Crack. Es bringt meine Kinder um. Oder, schlimmer noch, es macht sie zu wilden Bestien."

„Deine Kinder?"

„Meine Schüler. Für jeden von ihnen, der wie Jewel eine Entziehungskur macht, gibt es Dutzende anderer, die das nicht tun. Sie landen auf der Straße. Stehlen und betrügen, um ihre Sucht zu finanzieren. Wenn sie nicht ins Gefängnis wandern, sind sie am Ende tot." Ihre Stimme zitterte leicht, und sie hielt inne, um Atem zu schöpfen. Als sie weitersprach, klang sie vollkommen gefasst. „Du bist Polizist. Du weißt das alles selbst."

„Ja“, gab Jim zu. „Ich weiß.“

„Wenn Alex Delmore Drogen ins Land schmuggelt“, fuhr sie fort, „dann macht er ein Vermögen mit dem Elend anderer Menschen.“ Sie verschwand in den Flur. „Und ich werde verdammt noch mal dafür sorgen, dass er hinter Gittern landet.“

7. KAPITEL

Sie sitzen mit vier anderen Paaren an einem Tisch", berichtete Felipe Salazar übers Telefon. „Alles ist …"

Jim fiel ihm ins Wort. „Was ist mit Emily?"

Er wanderte ruhelos im Wohnzimmer auf und ab, viel zu nervös und ungeduldig, um auch nur eine Minute still zu sitzen.

„Emily sieht fantastisch aus", informierte ihn sein Partner. Felipe saß an der Bar des Country-Clubs und hatte das Geschehen am Tisch fest im Blick. „Sie trägt ein sehr … hübsches Kleid …"

„Ich weiß, wie sie aussieht", fauchte Jim. Gott, wenn er nur daran dachte, wie sie in diesem blauen Kleid aussah! Dass sie tolle Beine hatte, wusste er ja bereits, aber in diesem kurzen sexy Kleid mit den schwarzen High Heels wirkten ihre wohlgeformten Beine endlos lang. Und eigentlich sollte ein Kleid, das so eng anlag und ihre schlanke Weiblichkeit dermaßen betonte, verboten werden. Sie trug die Haare hochgesteckt, sodass ihre glatten nackten Schultern freilagen und die elegante Frisur ihren langen schlanken Hals betonte.

In diesem Kleid und mit ihrem süßen unverdorbenen Gesicht bot sie eine Kombination aus kindlicher Unschuld und reinem, unverfälschtem Sex-Appeal. Der Effekt war umwerfend. Als er sie das erste Mal in diesem Kleid gesehen hatte, war ihm siedend heiß geworden – und dann war ihm das Blut in den Adern gefroren, weil ihm eingefallen war, mit wem sie den Abend verbringen würde: mit Alex Delmore.

Bis jetzt war nichts an diesem Abend gelaufen wie geplant.

Delmores Wagen war fast zwanzig Minuten zu früh gekommen. Ohne Delmore. Der Millionär war im Büro aufgehalten worden und wollte direkt zum Country-Club fahren, sodass Emily ihn erst dort treffen würde. Das sagte jedenfalls der Chauffeur. Damit platzte ihr schöner Plan, Delmore mit Jim bekannt zu machen, ihn als Emilys Bruder vorzustellen und auf eine Einladung auf Delmores Yacht zu spekulieren.

Am schlimmsten aber war der Umstand, dass Delmores Chauffeur die ganze Zeit im Wohnzimmer wartete, während Emily letzte Hand an ihr Make-up legte. So hatte Jim keine Chance, mit ihr zu reden, sicherzustellen, dass alles in Ordnung war und sie nicht plötzlich kalte Füße bekam. Er konnte ihr keine Tipps mehr geben, keine Warnungen, keine beruhigenden Hinweise.

Dann war sie aus dem Bad gekommen – in diesem unglaublichen blauen Kleid, das ihre endlos langen Beine zur Geltung brachte –, und Jim war fast das Herz stehen geblieben. Bevor er sich wieder richtig gefangen hatte, war sie schon fort gewesen.

Anderthalb Stunden hatte er durchgehalten, war ruhelos in der Wohnung auf und ab getigert. Dann hatte er Phil im Country-Club angerufen.

„Emily hat sich für Veal Oscar entschieden, Kalbsschnitzel mit Krabben, Spargel und Sauce hollandaise", erzählte Salazar ihm. „Es schmeckt ausgezeichnet. Ich hatte das Gleiche bestellt und habe es genossen – bis mich jemand angerufen hat ..."

„Phil."

„Diego. Es geht ihr gut. Ich bin hier ..."

„Und ich bin es nicht", murrte Jim.

„Du magst dieses Mädchen mehr als nur ein bisschen, richtig?", fragte sein Partner.

Jim wich der Frage aus. „Heute Abend ist alles schiefgegangen, Felipe. Sorge bitte dafür, dass Emily immer weiß, wo du bist. Für den Fall, dass sie Hilfe braucht. Wer weiß, was noch alles danebengeht."

„Sie weiß, wo ich bin“, versuchte Salazar ihn zu beruhigen. „Sie macht ihre Sache gut. Sie tut so, als hätte sie ihren Spaß, und das macht sie gut.“

„Und Delmore?“

Salazar lachte. „Mr Delmore muss nicht so tun, als hätte er seinen Spaß. Ah, jetzt sind sie auf der Tanzfläche. Sag mir, welcher Mann keine Freude daran hätte, eine so schöne Frau wie Emily Marshall in den Armen zu halten?“

Jim schloss kurz die Augen in dem Versuch, das Bild zu verscheuchen, das sich ihm plötzlich aufdrängte: Emily in Delmores Armen auf der Tanzfläche, dazu wurde ein langsamer romantischer Song gespielt. „Verdammt!“

„Wie bitte?“, fragte Salazar.

„Schalt dein Handy nicht ab“, forderte Jim. „Und ruf mich an, wenn die beiden gehen.“

Emily machte sich ganz langsam auf den Weg zur Damentoilette. Sie ließ sich Zeit, blieb stehen, um mit Freunden von Alex zu plaudern, die sie begrüßten. Dabei ließ sie ihren Blick kurz zur Bar streifen, wo sie Detective Salazar zuletzt gesehen hatte, in der Hoffnung, dass er immer noch da war. Sie hatte Glück. Er saß noch auf seinem Platz und beobachtete sie. Sie fing seinen Blick auf. Hoffentlich begriff er, was sie wollte. Sie musste mit ihm reden. Zu ihrer Erleichterung nickte er kaum merklich.

Daraufhin ging sie in die Lobby hinaus, wo sich auch die Tür zur Damentoilette befand. Sie hatte gehofft, die Lobby verlassen vorzufinden, aber hier drängten sich Grüppchen von Männern und Frauen, die sich ungestört von der Musik auf der Tanzfläche unterhalten wollten. Emily zögerte. Was sollte sie jetzt tun? Eine sanfte Berührung am Arm ließ sie herumfahren.

„Entschuldigen Sie“, sagte Felipe Salazar. „Ich wollte Sie

nicht erschrecken.“

Emily starrte ihn an. Sie konnten doch nicht einfach hier, wo jeder sie sehen konnte, herumstehen und miteinander reden, als ob nichts wäre.

„Ms Marshall, nicht wahr?“, fragte der Detective, und plötzlich begriff sie.

„Richtig“, erwiderte sie. Natürlich konnten sie hier herumstehen und sich unterhalten. Solange sie so taten, als plauderten sie einfach nur miteinander, wirkte das weitaus unverfänglicher, als wenn sie flüsternd in einer dunklen versteckten Ecke beobachtet würden.

„Felipe Salazar“, stellte der Detective sich vor, streckte ihr die Hand entgegen und schenkte ihr ein charmantes Lächeln. „Wir haben eine gemeinsame Freundin, glaube ich. Ms Hays.“

„Ja, natürlich. Wie geht es Jewel?“

„Den Umständen entsprechend gut“, gab Felipe zurück und senkte dann die Stimme. „Ich habe einen Platz für sie in einem Schlafsaal einer Mutter-Kind-Einrichtung gefunden und sie auf die Warteliste für ein privates Zimmer setzen lassen. Sie war ziemlich verängstigt, als ich ging. Morgen besuche ich sie und sehe nach, wie es ihr geht.“

„Sie brauchen sich nicht solche Mühe zu machen“, meinte Emily. „Sie ist zäh, sie schafft das schon.“

„Das ist doch keine Mühe.“

„Passen Sie auf, dass sie nicht zu abhängig von Ihnen wird“, warnte Emily.

„Besser abhängig von mir als von Crack“, gab er achselzuckend zurück. Dann senkte er die Stimme noch mehr. „Wollten Sie mir etwas sagen? Und schauen Sie nicht so ernst drein. Sie sind auf einer Party. Sie sollten sich vergnügen.“

Emily lächelte ihn strahlend an. „Richtig. Vergnügen. Alex muss gehen. Er sagt, es sei etwas Geschäftliches, aber mir kommt das komisch vor. Es ist schon ein bisschen spät für normale legale geschäftliche Transaktionen, finden Sie nicht auch?“

Felipe warf einen Blick auf seine Armbanduhr. Es war fast halb elf.

„Sein Chauffeur bringt mich nach Hause“, fuhr Emily fort. „Aber ich dachte mir, Sie sollten besser Bescheid wissen. Vielleicht möchten Sie Alex folgen, um zu sehen, was er so treibt.“

Er nickte. „Danke.“

„Wir sehen uns sicherlich bald wieder“, meinte Emily, als beendete sie eine beiläufige Party-Unterhaltung. „Passen Sie auf sich auf.“

„Mach ich. Und grüßen Sie Ihren Bruder von mir.“

Ihren angeblichen Bruder. Jim. Der zu Hause auf sie wartete. Der sie angeschaut hatte, als wollte er sie mit Haut und Haaren verschlingen, sodass sie förmlich aus der Wohnung gerannt war …

Konnte der Abend noch unangenehmer werden?

Als sie die Wohnungstür aufschloss, hörte sie Carlys vertrautes leicht heiseres Lachen.

Jim saß im Schaukelstuhl, immer noch barfuß, und trug sein T-Shirt lose über den Shorts. Er schaute Emily ehrlich überrascht an. „Nanu“, sagte er. „So früh schon zurück?“

„Wow!“ Carly hockte im Schneidersitz auf der Couch und musterte sie bewundernd. „Mein Kleid steht dir fantastisch!“

„Alex musste frühzeitig weg“, erklärte Emily und schloss die Tür hinter sich. Als sie sich der Küche zuwandte und ihre Handtasche auf den kleinen Esstisch legte, spürte sie Jims Blick in ihrem Rücken. „Sein Chauffeur hat mich nach Hause gefahren. Offenbar ist Alex ein unerwarteter geschäftlicher Termin dazwischengekommen.“

Sie wandte sich an Jim, um ihre Aussage wortlos zu unterstreichen, aber er schaute ihr nicht ins Gesicht. Stattdessen wanderte sein Blick langsam an ihren Beinen und ihrem Körper aufwärts. Als er ihr endlich in die Augen schaute, lächelte er, und Emily spürte, wie sie rot wurde. Der Mann hatte vielleicht Nerven! Vor nicht einmal fünf Minuten hatte er noch mit Carly rumgeschäkert, und jetzt zog er Emily mit Blicken aus.

„Armes Mädchen", meinte Carly. „Du hast also nicht einmal einen richtigen Gutenachtkuss bekommen."

Jim beobachtete sie immer noch, und Emily fühlte die Intensität seines Blicks. Sie wandte ihm bewusst den Rücken zu und schaute in den ovalen Spiegel, der an der Wand neben der Eingangstür hing. „Ich werd's überleben", meinte sie und begann die Haarklammern zu lösen, die ihre Hochsteckfrisur hielten.

In Wirklichkeit war sie erleichtert gewesen, als Alex ihr zum Abschied nur einen beiläufigen Kuss auf die Wange gegeben hatte. Den ganzen Abend hatte sie sich vor diesem Augenblick gefürchtet. Es war schon schlimm genug gewesen, eng aneinandergeschmiegt mit ihm zu tanzen.

Emily warf die Haarclips neben ihre Handtasche auf den Tisch und kämmte ihr Haar kurz mit den Fingern durch.

„Soso", wandte sie sich an Carly. „Da bin ich gerade mal ein paar Stunden weg, und was entdecke ich, wenn ich zurückkomme? Du baggerst meinen Bruder an." Sie sprach in leichtem, neckendem Tonfall, aber innerlich fühlte sie sich seltsam unausgeglichen. Die Vorstellung von Jim und Carly zusammen gefiel ihr nicht. Sie warf Jim einen Blick zu. „Oder hast du Carly angebaggert?"

„Oh, schön wär's", meinte Carly und lächelte Jim kokett an. „Nein, ich habe Überstunden gemacht und bin erst vor einer halben Stunde nach Hause gekommen. Hier brannte noch Licht, also habe ich geklingelt. Dan hat mir erzählt, wie er dich als Kind kreuz und quer durchs Haus gejagt und dir mit Grimassen Angst gemacht hat. Weißt du, ich hatte eine ältere Schwester, und ich weiß noch, dass sie ..."

Emily ließ sich neben Carly auf die Couch fallen und lehnte den Kopf zurück. Junge, war sie erschöpft. Und ... erleichtert? Verflixt noch mal, konnte es wirklich sein, dass sie erleichtert war, weil Jim ihre Nachbarin nicht eingeladen hatte? Weil die beiden nicht den ganzen Abend miteinander verbracht hatten?

Jim begegnete ihrem Blick und lächelte. Da erst wurde ihr bewusst, dass sie ihn angestarrt hatte. Hastig schaute sie weg. Wenigstens konnte er keine Gedanken lesen. Großer Gott, wenn ihm klar wurde, dass sie ihn immer noch begehrenswert fand, würde er sich nicht mehr beherrschen können. Spontan fiel ihr wieder ein, wie er sie am Strand in den Armen gehalten hatte. Sie schloss die Augen, um die lästige Erinnerung zu verscheuchen.

„... sie war so gemein", plapperte Carly. „Und sie hatte keine guten Seiten, um ihre Gemeinheit auszugleichen. Ihr einziges Lebensziel bestand darin, mich zu quälen. War Dan auch so, Em?"

Carly hatte sie etwas gefragt. Emily öffnete die Augen. „Dan?", fragte sie verwirrt. *Welcher Dan?*

„Ich war nicht immer gemein", rettete Jim die Situation, bevor sie seine Tarnung auffliegen lassen konnte. „Ich habe mich um sie gekümmert. Sie war so klein. So gehört sich das für große Brüder: Sie kümmern sich um ihre kleine Schwester, oder? Sie beschützen sie, passen auf, dass sie nicht in Schwierigkeiten gerät, dass sie nicht vom rechten Weg abkommt. Sie sind immer für sie da, verstehst du?"

Irgendetwas in seiner Stimme erregte Emilys Aufmerksamkeit. Er improvisierte nicht drauflos, um Carly glauben zu machen, er sei Emilys älterer Bruder. Er sprach aus Erfahrung. Aber was er sagte, klang eher so, als hätte er selbst einen älteren Bruder gehabt, zu dem er aufblickte und den er bewunderte.

Das war merkwürdig. Emily wusste, dass Jim mehrere ältere Schwestern hatte. Aber er hatte lediglich einen Bruder erwähnt, der sehr viel jünger war als er. Wenn er je über einen älteren Bruder gesprochen hätte, müsste sie das doch wissen, oder?

„Sieh mal, Carly", sagte Jim und erhob sich. „Emily sieht völlig erschossen aus, und ..."

„Wir sollten sie schlafen lassen", vollendete Carly den Satz und stand ebenfalls auf. „Also ... möchtest du mit zu mir kommen?"

Jim wirkte zunächst überrascht, als hätte er eine solche Einladung nicht erwartet. Dann siegte die Verlegenheit. „Oh, ähm. Nein. Danke. Das halte ich für keine gute Idee. Weißt du, ich ..."

„Schon gut, du bist mir keine Erklärung schuldig", meinte Carly freundlich, ohne die offensichtliche Zurückweisung krummzunehmen. „Das war nur so eine Idee."

„Ich habe eine Freundin", fuhr Jim fort. „Die Sache ist ziemlich ernst."

„Tatsächlich?" Die Frage war ausgesprochen, bevor Emily sich bremsen konnte.

Carly lachte. „Oh, ich glaube, jetzt ist deine Schwester wieder hellwach. Hey, vielleicht könnt ihr eine Doppelhochzeit feiern und euren Eltern damit eine Menge Geld sparen. Bis morgen, ihr beiden!"

Emily spürte Jims Blick im Rücken, als sie die Tür hinter Carly schloss.

„Tut mir leid", sagte sie und bückte sich, um ihre Schuhe aufzuheben. „Es geht mich absolut nichts an, ob du mit jemandem gehst oder nicht."

„Ich gehe genauso mit jemandem, wie du mit Delmore gehst“, gab Jim leise zurück.

Emily schaute ihn verständnislos an.

Er setzte sich neben sie auf die Couch. „Ich habe mir das nur ausgedacht, Em“, erläuterte er. „Weißt du, ich kann es nicht gebrauchen, dass Carly ständig hier herumlungert und die Ermittlungen behindert. Deshalb habe ich gesagt, ich hätte eine Freundin. Das macht alles einfacher. Alles klar?“

Emily nickte, den Blick auf die Schuhe gesenkt, die sie in den Händen hielt.

Sie wirkte so müde, so verflixt zerbrechlich. Jim wünschte sich nichts sehnlicher, als sie zu berühren, sie an sich zu ziehen und …

„Erzähl mir mehr von dem unerwarteten geschäftlichen Termin, der Delmore dazwischengekommen ist“, wechselte er das Thema.

„Er bekam einen Anruf, so gegen Viertel nach zehn. Hinterher entschuldigte er sich und sagte, er müsse gehen, ein wichtiges Geschäft stehe endlich vor dem Abschluss.“ Sie schaute kurz zu Jim hoch. „Ich habe Felipe informiert, und er ist Alex gefolgt.“

„*Das* ist also der Grund, warum Phil mich nicht angerufen hat, als du den Country-Club verlassen hast!“

„Oh nein!“ Emily setzte sich kerzengerade auf.

„Was ist?“

„Mir ist gerade eingefallen …“ Sie wandte sich Jim zu, Bestürzung in den Augen. „Alex ist so schnell verschwunden, dass er nicht … Wir haben uns nicht neu verabredet. So wie es jetzt aussieht, weiß ich nicht, wann wir uns wieder sehen werden. Was, wenn er mich nicht anruft?“

Jim musste lachen.

„Was ist daran so witzig?“

Er grinste ehrlich amüsiert, und seine Augen funkelten vergnügt. „Vertrau mir, Em", sagte er. „Er wird dich anrufen."

„Das kannst du nicht wissen!"

Jim kratzte sich am Kopf und lächelte sie immer noch an. „Ich bin mir dessen so sicher, wie ich mir sicher bin, dass morgen die Sonne wieder aufgeht. Delmore wird anrufen."

„Bist du jetzt unter die Hellseher gegangen?"

„Nein, ich bin einfach nur ein Mann."

Sie verstand immer noch nicht.

„Komm", sagte Jim und stand auf. Sie rührte sich nicht, also griff er nach ihrer Hand und zog sie von der Couch hoch.

„Was soll das?" Halbherzig versuchte sie sich aus seinem Griff zu befreien, aber er ließ nicht los.

„Ich möchte dir etwas zeigen", sagte er und führte sie den Flur hinunter.

Das Licht der Straßenlaternen schien durch die offenen Jalousien in Emilys Schlafzimmer, sodass es schwach beleuchtet war. Jim zog sie ins Zimmer und schloss die Tür.

Das Herz schlug Emily bis zum Hals. Was tat er? Was hatte er vor?

Er blieb hinter ihr stehen, hielt sie sanft an den Schultern fest und drehte sie der verspiegelten Tür zu. „Schau hinein", forderte er sie auf.

Er stand so dicht hinter ihr, dass sie seine Wärme spüren konnte. Der Griff seiner Hände auf ihren Schultern wurde ein wenig fester, als ihre Blicke sich im Spiegel trafen.

„Schau dich an."

Emily schaute. Sie sah … sich selbst. Es stimmte schon, das Kleid war toll, und der Schnitt schmeichelte ihrem schlanken Körper, betonte ihre Weiblichkeit. Es sah sexy aus, aber in diesem Kleid steckte einfach nur Emily. Sie zeigte anderen nur selten die Seite ihrer Persönlichkeit, die gern blaue Paillettenkleider trug, aber auch diese Seite gehörte zu ihr.

Sie hatte lange wohlgeformte Beine. Ihr ganzer Körper war wohlgeformt. Ihr Gesicht – sie kannte es schon ihr Leben lang. Es war ganz hübsch, soweit sie das beurteilen konnte. Zumindest bot es ein harmonisches Gesamtbild. Wenn sie alles einzeln betrachtete, war ihre Nase ein bisschen zu groß und leicht krumm, ihr Mund etwas zu breit, ihr Kinn ein wenig spitz.

Sie schaute genauer hin. Eigentlich hätte sie müde wirken müssen – Himmel noch mal, vor einer Minute war sie noch förmlich erschossen gewesen –, aber jetzt entdeckte sie nicht einmal einen Hauch von Müdigkeit in ihren Augen. Nein, sie strahlten förmlich in einer Mischung aus Vorsicht, Angst … und Vorfreude.

„Sieh nur, wie schön du bist", murmelte Jim, und Emily schaute zu ihm hoch. „Und das ist erst dein Äußeres. Kein Mann auf der ganzen Welt käme auf die Idee, dich nicht wieder anzurufen."

Er ließ seine Finger über ihre Arme gleiten, streichelte sanft ihre bloße Haut, und Emily schaute ihn nur an, stand da wie erstarrt. Im Spiegel wirkte sein Gesicht irgendwie geheimnisvoll, sein Ausdruck war beinah erschreckend angespannt. Er lächelte längst nicht mehr, seine sonst so tiefblauen Augen glitzerten farblos in der Dunkelheit und zeigten unverhülltes Begehren.

Aber dann trafen sich ihre Blicke.

Jim zog hastig seine Hände weg und trat einen Schritt zurück, legte Abstand zwischen sie beide. Sie starrte ihn immer noch an, und er sah ihr an, dass sein Denken und Fühlen seinem Gesicht allzu deutlich anzusehen war. „Entschuldige", sagte er. „Es tut mir leid."

Seine Hand zitterte, als er sich damit übers Haar fuhr. Verdammt! Was trieb er hier eigentlich? Noch eine Minute, und er hätte womöglich angefangen, sie auszuziehen. Er wollte das so sehr. Er konnte sich nicht entsinnen, wann er das letzte Mal eine Frau so begehrt hatte …

Unsinn, natürlich konnte er das. Es war vor sieben Jahren gewesen, und die Frau, die er damals so verzweifelt begehrt hatte, war dieselbe wie heute: Emily. Er hatte sie so sehr begehrt, dass er alle guten Vorsätze über Bord geworfen hatte und tatsächlich mit ihr ins Bett gegangen war. Obwohl er wild entschlossen gewesen war, sich von ihr fernzuhalten.

Auch heute noch fand er sie unwiderstehlich. Der einzige Unterschied zu damals war, dass Emily nicht mehr so auf ihn reagierte wie vor sieben Jahren. Diesmal wusste sie es besser.

Jim atmete tief durch. „Du bist müde", sagte er mit gezwungenem Lächeln. „Ich weiß. Ich weiß, wie das ist, wenn man sich stundenlang als jemand anders ausgibt. Man kann sich keine einzige Sekunde gehen lassen, weil man fürchten muss, etwas Falsches zu sagen oder einen Fehler zu machen."

„Lässt du mich mal vorbei?" Jetzt erst wurde ihm bewusst, dass er Emily den Weg versperrte und sie in die Ecke drängte.

Jim trat zur Seite, und sie öffnete die Schlafzimmertür. Er stand jetzt mitten in ihrem Schlafzimmer, keinen Meter von dem großen Doppelbett entfernt, in dem Emily heute Nacht schlafen würde. Er konnte es förmlich vor sich sehen, wie sie dalag, und es kostete ihn keine Mühe, den einen Schritt weiterzugehen und sich vorzustellen, wie auch er dalag. Verdammt, was für eine gefährliche Tagträumerei. Als er den Blick von dem Blümchendruck ihrer Tagesdecke losriss, bemerkte er, dass sie ihn beobachtete. Verlegen lächelte er und trat an ihr vorbei, hinaus in die relative Sicherheit des Flurs.

„Ich bin tatsächlich erschöpft", sagte Emily. Ihre Stimme zitterte kaum merklich. „Und du hast recht: Es ist nicht einfach, so viel Zeit mit einem Mann zu verbringen, den ich zutiefst verachte."

Der Satz wirkte irgendwie doppeldeutig. Jim versuchte in Emilys Augen zu lesen, was sie wirklich damit sagen wollte. Sprach sie von Delmore? Oder meinte sie am Ende ihn selbst? Aber sie blickte nur kurz auf, murmelte „Gute Nacht" und schloss die Tür.

Langsam ging Jim ins Wohnzimmer zurück und zwang sich, den Tatsachen ins Auge zu sehen. Er stand am Rande eines emotionalen Abgrunds. Er begehrte diese Frau, das ließ sich nicht leugnen. Aber es sah ganz so aus, als hätte sie in ihm nicht nur körperliches Begehren geweckt. Wann immer er sie um sich hatte, herrschte in ihm ein Wirrwarr erschreckender Gefühle. Ach was, es reichte schon, dass er nur an sie dachte. Und er dachte beinah ständig an sie.

Er hatte das Bedürfnis, sie zu beschützen. Sie zu besitzen. Er war sogar stolz auf sie. Großer Gott, es ließ sich nicht leugnen, dass sie ausgesprochen charakterstark war, so felsenfest stand sie für die Dinge ein, an die sie glaubte. Er achtete sie, bewunderte sie, mochte sie. Oh ja, er mochte sie.

Aber bedeutete all das auch, dass er sie liebte? Nein, nicht einmal er war so dumm, sich in eine Frau zu verlieben, die ihn nicht leiden konnte – wahrscheinlich sogar verachtete.

8. KAPITEL

Emily träumte. Der Traum begann immer gleich, nämlich so, wie jener grässliche Abend begonnen hatte – trügerisch ruhig und normal.

Dieses Mal saß sie mit Carly in einem Restaurant, das kürzlich erst auf der Venice Road neu aufgemacht hatte. An sämtlichen Wänden hingen großformatige Bildschirme, und es wurde Countrymusic gespielt. Gerade lief ein Videoclip mit Dwight Yoakam.

Carly erzählte ihr von dem neuesten Typen, mit dem sie ausging, aber mitten in einer Beschreibung der seltsamen Essgewohnheiten dieses Typen verwandelte Carly sich in Michelle Harris, Emilys Zimmerkollegin aus dem ersten Semester an der Uni.

Michelle redete über irgendetwas ähnlich Wichtiges und Interessantes wie Carlys neueste Eroberung, aber obwohl ihre Lippen sich bewegten, konnte Emily nichts hören. Trotzdem wusste sie, dass es keine Rolle spielte, was ihre ehemalige Zimmerkollegin erzählte. In dem Moment, in dem sie Michelles Gesicht erblickte, wusste sie, dass der Albtraum begonnen hatte.

Und richtig, das Restaurant in der Venice Road verschwand, und sie fand sich plötzlich im Speisesaal des Studentenwohnheims wieder. Sie und Michelle saßen in einer Ecke, an einem runden Tisch in der Nähe des Fernsehers. Genau dort, wo sie an jenem schrecklichen Abend gesessen hatten.

Im Fernseher liefen Wiederholungen der Serie MASH, genau wie damals. Und die Sendung wurde unterbrochen von einer aktuellen Meldung, ebenfalls genau wie damals.

Emily hatte bestimmt schon hundertmal davon geträumt. Und einmal hatte sie es sogar erlebt. Aber der Schrecken war kein bisschen geringer, als der Fernsehreporter live vom

Schauplatz einer Schießerei zwischen der Polizei und einem entflohenen Mörder berichtete.

„Der Mörder, Laurence Macey, ist bei dem Schusswechsel getötet worden", sagte der Reporter mit leidenschaftsloser Stimme, während die Kamera einen Schwenk über den Schauplatz machte. „Aber er hat sich nicht kampflos ergeben."

Ungläubig sah Emily, wie die Kamera kurz auf Jim Keegans altem zerbeulten Auto verweilte, auf dem immer noch das Blaulicht zuckte. Der Wagen war von Kugeln durchlöchert, die Windschutzscheibe geborsten.

„Zwei Polizisten wurden angeschossen", fuhr der Reporter fort, während die Kamera zu ihm zurückschwenkte. „Einer von ihnen schwebt in Lebensgefahr." Er warf einen Blick über seine Schulter zu einem Notarztwagen, der mitten auf der Straße stand. Mehrere Sanitäter waren zu sehen, die laut rufend mit einer Trage auf den Wagen zurannten.

„Der noch nicht identifizierte Polizist", fuhr der Reporter fort, während die Kamera den Körper auf der Trage heranzoomte, „wird ins Universitätskrankenhaus gebracht."

Es war Jim. Seine Augen waren geschlossen, Mund und Nase mit einer Sauerstoffmaske bedeckt, aber Emily erkannte ihn sofort. Und – oh Gott – seine Kleidung war blutgetränkt. Die Sanitäter hievten die Trage in den Krankenwagen und knallten die Türen zu.

„Wir werden später aus dem Krankenhaus berichten, sobald wir wissen, wer der angeschossene Polizist ist und wie es ihm geht", sagte der Reporter, aber Emily schaute längst nicht mehr hin. Sie war schon fast aus der Tür.

Die Taxifahrt kam ihr endlos vor. Bis zum Krankenhaus waren es nur wenige Straßenblöcke, aber sie schienen überhaupt nicht voranzukommen. Trotzdem war Emily früher da als der Krankenwagen.

In der Notaufnahme ging es heiß her. Alles wurde für die

Ankunft des Krankenwagens vorbereitet. Emily stand in der Lobby und betete: *Bitte, lieber Gott, lass Jim überleben. Bitte, Gott, lass ihn nicht sterben.*

Mit quietschenden Reifen und heulender Sirene bog der Krankenwagen in die Zufahrt ein. Die Ärzte rannten hinaus, rissen die Türen auf und übernahmen den Patienten von den Sanitätern. Dann war Jim im Krankenhausgebäude. Emily folgte der Trage, als sie den Flur hinabgerollt wurde.

Seine Augen waren offen und glasig. Er stand sichtlich unter Schock und hatte Schmerzen. Das Atmen fiel ihm schwer. Überall war Blut, sickerte durch die Verbände und die Decke, mit der man ihn zugedeckt hatte. Selbst auf seinen Lippen war Blut.

Wie konnte ein Mensch so viel Blut verlieren und trotzdem noch am Leben sein?

„Halte durch, Jim!“, rief Emily, aber er hörte sie nicht. Konnte sie nicht hören.

„Wir verlieren ihn“, rief eine Krankenpflegerin. Emily verstand es trotz des Lärms ringsum deutlich.

Das Ärzteteam beeilte sich, aber es war nicht schnell genug.

Während Emily zusah und ihr Puls ihr in den Ohren hämmerte, setzte Jims Herz aus. Aus dem lebhaften Auf und Ab auf dem Herzmonitor wurde eine flache Linie.

Die Ärzte und Schwestern bemühten sich fieberhaft, Jim zu reanimieren. Emily stand da und beobachtete sie, voller Schrecken und Entsetzen.

Sie spürte, wie sie das letzte bisschen Beherrschung verlor, als die Ärzte das Elektroschockgerät einsetzten, um Jims Herz wieder zum Schlagen zu bringen.

Er starb. Jim würde sterben.

„Nein!“, schrie Emily. „Nein! So darf es nicht enden! Jim! Jim! Nein …“ Sie warf den Kopf zurück und stieß einen Schrei aus, einen schrillen, durchdringenden, die Kehle zerreißenden Schrei der Trauer und der Wut.

Die Schlafzimmertür wurde aufgerissen, aus dem Flur fiel Licht in ihr Zimmer und riss Emily aus ihrem Traum.

Sie setzte sich erschrocken auf, während Jim rasch das Zimmer kontrollierte, die Fensterriegel überprüfte und einen Blick in den Wandschrank warf. Er trug nur seine Laufshorts, und seine Haare waren verstrubbelt vom Schlaf. In der Hand hielt er eine Waffe. Es sah so selbstverständlich aus, als gehörte sie zu seinem Körper.

„Alles in Ordnung?“, fragte er und sicherte die Waffe, als er neben ihrem Bett stehen blieb.

Emily nickte.

Sein Atem ging immer noch schnell, sein breiter Brustkorb hob und senkte sich rasch. Sie konnte die Narben sehen, die die Kugeln und die Operation hinterlassen hatten. Er war nicht tot. Er war nicht gestorben. Er stand hier vor ihr, der lebende, atmende Beweis dafür, dass ihr Traum nichts weiter gewesen war als ein Traum.

Trotzdem konnte sie die Tränen, die ihr übers Gesicht liefen, nicht aufhalten.

„Ein Albtraum?“, fragte Jim leise.

Erneut nickte sie, immer noch schweigend, die Knie an die Brust gezogen, die Arme darumgeschlungen, und schloss die Augen. Sie hörte, dass er seine Waffe auf ihr Nachtschränkchen legte, dann fühlte sie, wie die Matratze unter seinem Gewicht nachgab, als er sich neben sie aufs Bett setzte.

„Das muss ein furchtbarer Traum gewesen sein“, sagte er. „Du hast nach mir gerufen, und dann hast du geschrien. Damit hast du mir einen riesigen Schrecken eingejagt, Em.“

Sie hob den Kopf, strich sich mit zitternder Hand die Haare aus dem Gesicht. „Tut mir leid …“

„Psst, nicht doch. Ich wollte nicht … Du musst dich nicht entschuldigen.“ Er griff nach ihr, bevor ihm klar wurde, was er tat. Erst als er sie bereits in die Arme geschlossen hatte und spürte, wie sich ihr Körper versteifte, fiel ihm ein, dass sie ihn gebeten hatte, sie nie wieder anzufassen. Aber bevor er sie wieder loslassen konnte, schlang sie ihm die Arme um den Hals und drückte ihn so fest an sich, dass er kaum noch Luft bekam.

Das hat nichts mit mir zu tun, rief Jim sich zur Ordnung. Im Moment brauchte Emily einfach jemanden, der sie festhielt, an den sie sich klammern konnte, und er war nun mal gerade da. Das war alles. Mehr war da nicht.

Trotzdem schloss er die Augen und sog den süßen Duft ihrer Haare ein, während er sie sanft in den Armen wiegte, streichelte ihr über den Rücken, ließ seine Hand wieder und wieder beruhigend über den weichen Baumwollstoff ihres T-Shirts gleiten.

„Es ist alles in Ordnung", murmelte er. „Es war nur ein böser Traum."

Nach einer Weile spürte er, wie sie sich entspannte. Sie hörte auf zu zittern, und ihr Atem ging wieder regelmäßig.

„Ich lasse nicht zu, dass dir etwas passiert, Emily. Das verspreche ich dir. Was auch immer du geträumt haben magst: Es wird nicht geschehen. Das schwöre ich."

„Aber es ist bereits geschehen."

Jim löste sich von ihr und schaute ihr fragend in die Augen. „Hat Delmore dir etwa wehgetan? Verdammt, ich bringe den Kerl um …"

„Ich habe nicht von Alex geträumt. Ich habe von dir geträumt." Erschöpft ließ sie ihn los, rutschte ein Stück von ihm ab und lehnte sich mit dem Rücken an das Kopfteil des Bettes. So war sie außerhalb seiner Reichweite.

„Von mir?"

Er wusste, dass ihr die Überraschung in seinem Gesicht nicht entgangen sein konnte. Es überraschte ihn, dass sie von ihm geträumt hatte. Und ebenso überraschte es ihn, dass sie das zugab.

Emily zog die Knie an, legte die Ellbogen darauf ab und stützte den Kopf in eine Hand. „Ich habe von dem Abend geträumt, an dem du angeschossen wurdest", erklärte sie. „Ich weiß nicht. Vermutlich ist unser Wiedersehen schuld, dass ich wieder die alten Albträume habe."

„*Die alten Albträume?* Willst du damit sagen, dass du so etwas schon mal geträumt hast?"

Sie nickte. „Ich schätze, es hat ziemlichen Eindruck auf mich gemacht, als mein Freund angeschossen wurde."

„Das hast du mir nie gesagt."

„Sie fingen erst einige Monate nach deiner Entlassung aus dem Krankenhaus an."

Nach ihrer Trennung also. Nach der hässlichen kleinen Auseinandersetzung in der Bar am University Boulevard, die er für sie inszeniert hatte. Emily hatte diesen Abend nicht erwähnt, aber Jim wusste, dass sie daran dachte.

„In meinem Albtraum", fuhr sie fort und zog sich die Decke um den Körper, als wäre ihr plötzlich kalt, „stirbst du jedes Mal. Mitten auf dem Flur, vor der Notaufnahme." Sie hob den Blick, sah ihm kurz in die Augen. „Mein Gehirn spielt immer wieder die schlimmstmögliche Variante durch. Lässt mich sozusagen durchleben, wovor ich am meisten Angst hatte, als sie dich in die Notaufnahme gebracht haben." Emily zuckte mit den Schultern und strich sich die Haare aus dem Gesicht. „Ich weiß nicht, was das bedeutet. Ich hatte eine Zimmerkollegin, die im Hauptfach Psychologie studierte, und sie sagte ..."

Sie unterbrach sich, als Jim überraschend ihr Handgelenk ergriff. Er musterte sie intensiv und fragend. „Du hast gesehen, wie sie mich in die Notaufnahme brachten?", fragte er. „Du warst also wirklich da. Ich dachte, ich hätte mir nur eingebildet, deine Stimme zu hören."

Sie starrte auf die Finger hinab, die ihr Handgelenk umklammerten, aber er ließ sie nicht los.

„Ich war vor dir im Krankenhaus", sagte sie.

„Aber wie denn?" Plötzlich wurde ihm klar, dass er sie nie gefragt hatte, wie sie davon erfahren hatte, dass er angeschossen worden war. Sie hatten nie darüber gesprochen. „Wer hat dich informiert?"

„Niemand. Ich habe in den Nachrichten gesehen, wie du in den Rettungswagen verfrachtet wurdest."

„Oh Gott." Jim erinnerte sich an das Gefühl völligen Unglaubens, als die Kugeln ihn getroffen hatten. Das konnte nicht sein. Es konnte einfach nicht sein, dass er angeschossen worden war. Er war nicht im Dienst, trug keine kugelsichere Weste, war völlig unvorbereitet. Es konnte sich nur um einen Irrtum handeln. Aber im Irrtum war nur er selbst. Da war so viel Blut. Alles war voller Blut.

Und Emily hatte ihn so gesehen. Im Fernsehen. Ohne Vorwarnung.

Ihre Augen füllten sich mit Tränen. „Dann, als sie dich reinbrachten, haben sie mich nicht in deine Nähe gelassen. Sie haben mir nicht mal erlaubt, deine Hand zu halten."

„Ich dachte, ich hätte deine Stimme gehört. Ich habe versucht, dich zu finden. Ich wollte dir sagen ..."

Er war sich so sicher gewesen, dass er sterben würde. Ja, er war kurz davor gewesen, den Kampf aufzugeben. Er war so müde, so ... Aber er wollte Emily sagen, dass er sie liebte. Er versuchte dem Arzt zu sagen, er solle Emily etwas von ihm ausrichten, aber der Mann hörte einfach nicht zu. Er wiederholte immer nur, Jim solle seine Kräfte schonen.

Und dann hörte er wieder Emilys Stimme. Ihre Stimme, die ihn aufforderte, durchzuhalten, weiterzukämpfen.

Also tat er das.

Aber er hatte nicht wirklich daran geglaubt, dass sie tatsächlich da war, im Krankenhaus. Es war schon schlimm genug, dass sie ihn später nach seiner Verlegung aus der Intensivstation im Krankenbett gesehen hatte, angeschlossen an all die Schläuche und Monitore. Aber in der Notaufnahme – großer Gott, als man ihn in die Notaufnahme gebracht hatte, musste er furchtbar ausgesehen haben. Schlimm genug, um jedem Albträume für den Rest seines Lebens zu bescheren.

„Emily, es tut mir leid", flüsterte er. Tränen traten ihm in die Augen, und er blinzelte sie weg.

Sie wischte sich über die Augen, versuchte eine einzelne Träne daran zu hindern, ihr über die Wange zu laufen. „Mir auch."

Ihr wurde bewusst, dass Jim nicht länger ihr Handgelenk festhielt. Stattdessen hielt er ihre Hand, und sie umklammerte die seine ebenso fest wie er die ihre.

„Entschuldige", sagte sie, ließ ihn los und rang sich ein tränenerfülltes Lächeln ab. „Wenn ich normalerweise aus diesen Albträumen aufwache, habe ich keinen so handfesten Beweis, dass es dir in Wirklichkeit gut geht."

Er sah sie so voll trauriger Sehnsucht an, dass sie weder zusammenzuckte, noch auswich, als er ihr mit einer Hand das Haar aus dem Gesicht strich.

„Ich hab's wirklich vermasselt, nicht wahr?", fragte er leise. „Indem ich angeschossen wurde. Ich weiß, dass dich das sehr belastet hat, aber ich hatte keine Ahnung ..."

„Es ist doch nicht so, als hättest du dich absichtlich anschießen lassen." Emily schüttelte den Kopf. „Für dich war es ja wohl auch nicht gerade ein Spaß."

„Ich wollte nicht, dass du so etwas noch einmal erleben musst", fuhr Jim fort und umfasste ihr Gesicht mit beiden Händen. Seine Finger waren rau, aber seine Berührung durch und durch zärtlich. Emily spürte, wie ihr Herz zu rasen begann. „Aber ich hatte keine Ahnung, dass du davon Albträume hattest."

Sie schaute zu ihm auf, die Augen geweitet, die Lippen leicht geöffnet. Das verwaschene weiße T-Shirt, das sie trug, verbarg ihren Körper kaum vor seinem Blick. Der Stoff war dünn und schmiegte sich eng an ihre weichen vollen Brüste. Er zwang sich, den Blick davon zu lösen und ihr wieder ins Gesicht zu schauen. Mit ihrer samtweichen Haut und ihren vom Schlaf verstrubbelten Haaren wirkte sie unglaublich süß. Süß und unschuldig, als wäre sie immer noch erst achtzehn Jahre alt, wie damals.

Mit dem Daumen strich er leicht über ihre Lippen. „Gott, Em, du bist so wunderschön ..."

Verlangen durchpulste ihn. Plötzlich hing es in der Luft, als wäre es mit Händen greifbar, ein Lebewesen, das sie umschwirrte, umhüllte, miteinander verband.

Emily wusste, dass das Verlangen, das sie in Jims Augen entdeckte, sich in ihren eigenen Augen spiegelte. Genau wie er war sie ihm hilflos ausgeliefert, konnte es nicht verbergen. Sie sah es in seinem Gesicht, hörte es in seinem Atem, spürte es in seinen Berührungen und in der Wärme seiner Haut.

Sie wollte von ihm berührt werden – und ihn berühren. Sie wollte ...

Er küsste sie.

Seine Lippen berührten die ihren in einem so zärtlichen Kuss, dass Emily beinah aufgeschrien hätte. Es hatte sie schon immer erstaunt – und tat es auch jetzt noch –, dass ein so großer, so leidenschaftlicher, so lebenshungriger Mensch dermaßen zärtlich sein konnte.

Auch als sein Kuss drängender wurde und die Zunge ins Spiel kam, änderte sich nichts an dieser unbegreiflichen Zärtlichkeit. Emily spürte, wie sie dahinschmolz und alle Kraft sie verließ. Ihr Körper schmiegte sich eng an ihn, als er sie fest in seine Arme zog und sie wieder und wieder küsste.

Alles war so vertraut, seine Berührungen, sein Geschmack. Es kam ihr vor, als hätten sie erst gestern miteinander geschlafen. Die Erinnerungen an das letzte Mal waren unglaublich lebendig und präsent. Sie hatten sich auf sein Bett fallen lassen, ein Doppelbett wie ihres hier, hatten sich geküsst, berührt, einander erforscht …

Emily spürte, wie Jim das Laken zwischen ihnen fortzog. Sie rang nach Atem, als er sich herumrollte und sie auf sich zog, sodass ihre Beine seine umschlangen und raue, feste Haut auf glatter, weicher Haut zu liegen kam. Sie spürte seine Erregung, hart und fest an ihrem Bauch, als er sie erneut küsste. Er begehrte sie – das ließ sich nicht leugnen.

Sie wusste, dass es keiner Worte bedurfte, ihm zu sagen, dass sie ihn ebenfalls begehrte. Sie musste einfach nur weiter auf seine Küsse reagieren. Oder, um es offensichtlicher zu machen, ihr T-Shirt ausziehen. Zweifellos würde er sehr schnell begreifen, wie es um sie stand, wenn sie nackt in seinen Armen lag.

Emily erinnerte sich noch gut daran, wie er damals jeden Quadratzentimeter ihres Körpers liebkost hatte. Er hatte ihr das Gefühl gegeben, die schönste, begehrenswerteste Frau auf Erden zu sein. Irgendwie hatte er instinktiv gewusst, wann er seiner Leidenschaft freien Lauf lassen und die sanfte Zärtlichkeit aufgeben musste. Sie wusste noch genau, wie er die Zügel hatte fallen lassen, sich ihr komplett hingegeben und ihren Namen gerufen hatte, als der Höhepunkt der Lust sie beide durchtost hatte.

Sie erinnerte sich, wie vollkommen, absolut und von ganzem Herzen sie ihn geliebt hatte.

Die Erinnerung an diese Liebe war so überwältigend, dass

sie sie beinah wieder spürte. Es war, als wäre sie in der Zeit zurückgereist. Sieben Jahre zurück, in die Zeit, bevor Jim sie so übel verletzt hatte. Bevor sie begriffen hatte, was für ein Mann er wirklich war.

Ja, sie könnte ihn jetzt noch einmal lieben wie vor sieben Jahren. Sie könnte so tun, als wäre sie noch einmal achtzehn und zum ersten Mal verliebt.

Aber morgen früh, wenn sie beide aufwachten, wären sie wieder in der Gegenwart. Sie wären im Hier und Jetzt, und es wäre grauenvoll.

Hastig befreite sie sich aus seiner Umarmung. Er setzte sich auf, als wollte er sie aufhalten, hielt sich aber plötzlich zurück. Sie drehte sich um, schaute ihn an und sah seinen Gesichtsausdruck, als ihm klar wurde, was sie taten. Was sie gerade im Begriff gewesen waren zu tun.

„Oh verdammt", stieß er hervor. „Emily, großer Gott – ich weiß nicht, wie das passiert ist. Ich wollte nicht ..."

„Ich weiß", unterbrach sie ihn. „Ist schon gut. Es war nicht deine Schuld – ich meine, es war auch meine Schuld. Ich glaube, unser Gespräch über die Nacht, in der du angeschossen wurdest, hat es uns ... irgendwie ... in unsere alte Beziehung abgleiten lassen. Es war leicht, so zu tun, als liebten wir uns noch." Sie senkte den Blick auf ihre Hände, die sie fest ineinander verschränkt in den Schoß gelegt hatte. „Aber wir lieben uns nicht."

„Em."

Sie blickte auf. Er musterte sie eindringlich. Im schwachen Licht der Straßenbeleuchtung wirkte sein Gesicht geheimnisvoll und überirdisch schön. Er lächelte nicht, als ihr Blick seinen traf.

„Wir könnten es aber", sagte er sanft und sehr ernst.

Sich lieben. Er sprach davon, sich zu lieben.

Emily schluckte. Sie meinte seinen Geschmack und seine

Berührung noch zu spüren …

„Nein.“ Sie schüttelte den Kopf. „Das könnten wir nicht.“ Sie wandte sich von ihm ab. „Geh jetzt bitte.“

Er ging.

Am Mittwoch klingelte das Telefon nur ein Mal. Es war Felipe Salazar, der ihnen mitteilen wollte, dass Delmores seltsame Geschäftsbesprechung am Dienstagabend tatsächlich eine ganz normale Geschäftsbesprechung gewesen war: In dem spätabendlichen Treffen mit einem Kunden war es um nichts Illegales gegangen.

Am Donnerstag klingelte das Telefon zweimal, aber beide Male war nicht Alexander Delmore am Apparat.

Am Freitag hatte Jim die Nase voll. Er konnte nicht schlafen, solange er Emily im Nebenzimmer wusste. Sie war in unmittelbarer Reichweite – oder wäre es, wenn ihm nicht die Hände gebunden wären. Dabei begehrte er sie so heftig, dass kaum ein anderer Gedanke in seinem Kopf Platz hatte. Wenn er aber auch nur zwei Worte an sie richtete, zuckte sie heftig zusammen und ließ sich schnellstens irgendeine Ausrede einfallen, um seiner Gegenwart zu entfliehen. Sie musste Wäsche waschen. Einkaufen. Die Balkonmöbel putzen. Die Balkonmöbel putzen, verdammt noch mal!

Entweder, es passierte bald etwas, oder er verlor den Verstand.

Um zehn ging er hinaus auf den Balkon, wo Emily dabei war, ihre Zimmerpflanzen umzutopfen. Sie warf ihm nur einen kurzen Blick zu, aber das reichte, um das inzwischen vertraute Gefühl gegenseitiger Anziehung erneut zu entfachen. Trotzdem schien sie wild entschlossen, die Funken, die zwischen ihnen flogen, zu ignorieren.

„Ich möchte in etwa einer Stunde mit dir ausgehen. Schaffst du das zeitlich?“, fragte er. Sie trug eine verwaschene Jeans mit abgeschnittenen Hosenbeinen. Die rechte äußere Naht war mehrere Zentimeter aufgerissen, sodass mehr Bein zu sehen war, als ohnehin schon vorgesehen. Es wirkte unglaublich sexy – vor allem weil es ihr gar nicht bewusst zu sein schien.

„Wohin gehen wir?", fragte sie, setzte eine Pflanze mit langen grünen Ranken in einen größeren Topf und packte frische Erde auf die Wurzeln.

An ihren Händen klebte Blumenerde, und sie strich sich mit dem Unterarm die Haare aus dem Gesicht, bevor sie fragend zu ihm aufsah.

„Dein ‚Bruder' führt dich zum Essen aus", antwortete Jim lächelnd. „Und, welch glücklicher Zufall, wir gehen in exakt dasselbe Restaurant, in dem Delmore isst. Du stellst ihn mir vor. Ich verschaffe mir eine Einladung auf seine Yacht."

Emily zog skeptisch die Brauen hoch. „Alex geht nie zweimal hintereinander in dasselbe Restaurant. Und manchmal entscheidet er erst, wohin er geht, wenn er schon unterwegs ist. Es gibt ungefähr siebzehn Restaurants, die ihm gut gefallen. Wir haben also eine Chance von eins zu sechzehn, richtig zu raten, wohin er gehen wird. Vorausgesetzt, er wählt eines seiner Lieblingsrestaurants und probiert nichts Neues aus."

Jim schüttelte den Kopf. „Wir werden nicht raten. Wir werfen uns in Schale und warten im Auto in der Nähe des Yachthafens. Phil Salazar folgt Delmore zum Restaurant. Dann ruft er uns an und sagt uns, wohin wir fahren müssen."

„Dann kommen wir rein, setzen uns und tun überrascht, Alex zu sehen, richtig?" Emily lachte mit blitzenden Augen. „Tolle Sache, die Polizei auf seiner Seite zu haben, wenn man ein Rendezvous möchte." Sie spülte sich die Hände in einem Eimer Wasser ab und trocknete sie an einem Lappen. „Ich muss duschen, aber ich kann in einer halben Stunde ausgehbereit sein."

Sie öffnete die Glasschiebetür, um in die Wohnung zu gehen, drehte sich auf der Schwelle aber noch einmal um. „In einigen der Restaurants, die Alex bevorzugt, sind Jackett und Krawatte vorgeschrieben. Hast du so was mit?"

Jim lächelte. „Ich habe alles im Griff."

Emily nickte. Von ‚alles im Griff' konnte keine Rede sein, aber wenigstens diese eine Sache hatten sie im Griff.

„Ich bin fertig."

Emily kam aus dem Wohnzimmer. Sie trug einen weißen Baumwollrock, ein blassblaues T-Shirt und über dem Arm einen weißen Pullover. Der Rock war beinah wadenlang, und ihre Füße steckten in flachen Ledersandalen.

Jim schüttelte den Kopf. „Nein, bist du nicht."

„Doch, natürlich. Ich habe sogar einen Pullover mit, falls die Klimaanlage zu kühl eingestellt ist."

Jim ging durch den Flur zu ihrem Schlafzimmer. „Du siehst aus wie eine Englischlehrerin an der Highschool."

„Ich *bin* eine Englischlehrerin an der Highschool", gab Emily leicht verärgert zurück und folgte ihm in ihr Zimmer.

„Stimmt", antwortete Jim und öffnete ihren Kleiderschrank. „Aber heute musst du Delmore daran erinnern, dass du auch eine unglaubliche Schönheit bist."

Emily verdrehte die Augen.

„Du solltest etwas anziehen, das eher in Richtung dieses blauen Kleides geht." Er durchstöberte kurz die Sachen in ihrem Kleiderschrank und zog einen langen, weich fließenden Rock mit großformatigem Blumendruck hervor. „Der ist gut", sagte er und legte den Rock aufs Bett.

Emily verschränkte die Arme vor der Brust. „Du glaubst doch wohl nicht, dass ich dir die Wahl meiner Kleidung überlasse", sagte sie und musterte ihn vielsagend. „Mit der Krawatte zu diesem Jackett schaffst du es schließlich auch nicht in die Top Ten der bestangezogenen Männer von St. Simone."

„Passt die Krawatte nicht?", fragte er und musterte sich im Spiegel. Er trug eine dunkelblaue Hose und ein leichtes graublaues Sportjackett. Seine Krawatte war in gedecktem Grün und Gelb gemustert. Achselzuckend zog er drei andere aus seiner Jackentasche. „Ich hasse diese Dinger. Such du die passende aus, okay?"

Emily warf einen Blick darauf. „Die blaue ist am wenigsten scheußlich."

Jim lachte. „Dann soll es die am wenigsten scheußliche sein." Die anderen Krawatten steckte er wieder in die Tasche.

Emily sah ihm zu, wie er die grün-gelbe Krawatte abnahm und sich die blaue umband. Sie hatte sich geirrt. Jim Keegan schaffte es lässig in die Top Ten der bestangezogenen Männer – vorausgesetzt, die Jury bestand nur aus Frauen. Jim konnte so ziemlich alles tragen und sah immer noch besser aus als die meisten anderen Männer.

Seine Hose saß sündhaft gut. Sie betonte seine langen kräftigen Beine und hatte exakt die richtige Länge. Sein Jackett sah aus, als wäre es für seine breiten Schultern maßgeschneidert worden. Und wie er die Krawatte trug – der oberste Knopf seines Hemdes stand offen –, wirkte an ihm nicht etwa schlampig, sondern bezaubernd.

Jim schaute in den Spiegel, um die Krawatte zurechtzurücken, und ertappte Emily dabei, wie sie ihn musterte.

Als er zuletzt in diesem Zimmer gewesen war, hatte er sie geküsst. Er wusste, dass sie ebenfalls gerade daran dachte. Wie konnte es auch anders sein? Sie hatte die letzten paar Tage alles getan, um ihm aus dem Weg zu gehen. Und doch war er jetzt hier. Wieder am Schauplatz des Geschehens.

Sie lächelte ihn kurz an und schaute weg, ging dann zum Bett, wo der Rock lag, den er ausgesucht hatte. Na schön, sie wollte also so tun, als wäre nichts passiert. Vor ein paar Nächten waren sie drauf und dran gewesen, auf diesem Bett miteinander zu schlafen, aber sie wollte so tun, als wäre das nie geschehen. Nicht erwähnen, nicht darüber reden. Aber, verdammt noch mal, er wollte darüber reden.

„Emily …"

Sie wusste, was er sagen wollte, und sie wollte es nicht hören. Also nahm sie den Rock, hielt ihn sich mit einer Hand an und deutete mit der anderen auf ihr blaues T-Shirt. „Kann ich das so zusammen anziehen?"

Ihre Finger verkrampften sich um den Kleiderbügel, als ihre Blicke sich trafen.

„Emily, ich denke, wir sollten reden …"

„Was gibt es zu bereden?", fiel sie ihm ins Wort. Die leise Verzweiflung in ihrer Stimme entging ihm nicht. „Entweder, du willst, dass ich dieses T-Shirt zu dem Rock trage, oder du willst es nicht. Dafür genügt ein einfaches Ja oder Nein."

„Das meine ich nicht, und das weißt du genau."

Emily atmete tief durch, um Ruhe zu bewahren. Als sie antwortete, klang ihre Stimme betont gelassen. „Schau, sag mir einfach, was ich anziehen soll, damit wir diese Ermittlungen endlich abschließen können."

„Und du mich loswirst."

„Richtig."

Noch deutlicher hätte sie kaum werden können. Aber was hatte er denn erwartet? Glaubte er allen Ernstes, sie könnten sich zusammensetzen, sich alles von der Seele reden und als Paar von vorn beginnen? Denn genau das wünschte er sich doch: Er wollte mit ihr ins Bett.

Allerdings hatte die Sache einen Haken. Wenn es ihm wirklich nur um Sex ginge, nur darum, sein Verlangen zu befriedigen, wäre er in der Lage, sich zu beherrschen. Neulich Nacht hingegen hatte er die Kontrolle über seine Gefühle und jede

Beherrschung verloren.

„Was soll ich anziehen?“, wiederholte sie ihre Frage.

Jim zwang sich, den Rock genauer zu betrachten. Der Blumendruck war hauptsächlich in Blau, Schwarz und Cremeweiß gehalten. „Kein T-Shirt“, sagte er. „Hast du vielleicht – ich weiß nicht, wie man die Dinger nennt. Du weißt schon, so ein Top, das man im Nacken und in der Taille bindet?“

„Einen Neckholder?“

„Ja, genau. So was in der Art. Etwas, das du niemals zum Unterricht tragen würdest.“

„Ich habe nichts dergleichen.“

„Wetten, dass Carly so etwas besitzt?“ Jim warf einen Blick auf seine Uhr. „Mit etwas Glück ist sie noch nicht bei der Arbeit.“

„Oh, du hast ihre Dienstpläne auswendig gelernt?“ Klang da etwa Eifersucht durch? Es machte keinen Sinn.

Sie folgte Jim ins Wohnzimmer und zur Eingangstür.

„Sie hat mir erzählt, dass sie nachmittags und abends in der Bibliothek arbeitet“, erklärte er knapp. „Es ist noch Vormittag. Vielleicht ist sie zu Hause.“

Nach ein paar Minuten war er zurück und wedelte triumphierend mit etwas, das verflixt viel Ähnlichkeit mit einem winzigen schwarzen Seidenschal hatte.

„Wir haben Glück“, strahlte er und reichte das Teil Emily. „Carly hatte genau das, was mir vorschwebte.“

„Du willst, dass ich *das* anziehe?“ Emily hielt die schwarze Seide hoch. Im Sonnenlicht, das durch die Glastür fiel, wirkte der Stoff beinahe durchsichtig. „Ohne was drunter?“

„Ja. Das wird toll aussehen zu dem Rock.“

„Toll“, wiederholte Emily und nickte. „Klar.“ Sie schaute ihn an. „Warum soll ich überhaupt etwas anziehen?“, fragte sie gereizt. „Warum gehe ich nicht gleich nackt?“

Er verschränkte seine Arme, lehnte sich an die Wand und

musterte sie einmal von oben bis unten. „Das wäre mir auch recht."

Sie streckte ihm den Neckholder entgegen. „Nein, danke."

Er nahm ihn ihr nicht ab. „Ich dachte, du wolltest die Ermittlungen hinter dich bringen?" Sie rührte sich nicht. „Probier es doch wenigstens an", bat er in etwas freundlicherem Ton.

Emily wandte sich ab und ging zurück ins Schlafzimmer, um sich umzuziehen.

9. KAPITEL

Um Viertel nach eins klingelte Jims Handy.
Er meldete sich und ließ sich von Felipe berichten, wohin Delmore zum Essen gegangen war. „Das Stone Wharf." Fragend schaute er Emily an.

Sie nickte. „Ich weiß, wo das ist. Ich bin schon mit Alex dort gewesen. Es liegt in der Nähe eines der neuen Wohnviertel, etwa drei Meilen von hier. In dem neu eröffneten Nobel-Einkaufszentrum, dem Quay."

Jim nickte und nahm seine Sonnenbrille aus der Tasche. „Danke, Phil. Wir sind schon unterwegs."

Er legte auf und ließ Emilys Wagen an. Endlich. Sie saßen schon seit einer Ewigkeit hier und warteten.

„Das wurde aber auch Zeit", meinte er. „Ich bin am Verhungern. Fast hätte ich geglaubt, Delmore würde heute gar nicht essen gehen."

Emily schaute ihn überrascht an. „Wir wollen nicht wirklich dort essen, oder?"

„Wir können nicht einfach reingehen, uns an einen Tisch setzen, Mineralwasser trinken und darauf warten, dass Delmore uns bemerkt", meinte Jim. „Das wäre dann doch ein bisschen verdächtig, meinst du nicht?"

„Aber das Stone Wharf ist richtig teuer", erwiderte Emily und schaute aus dem Fenster. In diesem Teil der Stadt säumten Luxushotels und noble Apartmenthäuser die Straßen. „Ein Essen für zwei Personen kostet da schnell mal an die achtzig Dollar. Das kann ich mir nicht leisten."

„Das geht auf mein Spesenkonto", beruhigte Jim sie. „Du musst gar nichts bezahlen. Schnapp nur nicht über und bestell dir Champagner, Kaviar oder etwas ähnlich Überkandideltes. Ansonsten brauchst du dir keine Gedanken über die Rechnung zu machen."

„Danke." Sie deutete aus dem Fenster. „Die nächste rechts rein. Der Weg zum Quay ist ausgeschildert."

„Ich bin schon mal dran vorbeigefahren", meinte Jim und setzte den Blinker rechts, um in die Einfahrt des Einkaufszentrums abzubiegen. „Aber drinnen war ich noch nie. Bisher wurden hier keinerlei Verbrechen begangen, und was die Restaurants angeht: Ein Achtzig-Dollar-Menü ist nicht so ganz meine Preisklasse."

Emily schwieg, während er einen Parkplatz suchte und den Wagen abstellte. Er schaltete den Motor und die Klimaanlage aus. Die plötzliche Stille im Auto war ohrenbetäubend, aber ihr schien das nicht aufzufallen. Sie starrte blicklos durch die Windschutzscheibe.

„Hey", sagte Jim. Sie wandte sich ihm zu und schaute ihn an. „Bist du bereit?"

„So bereit, wie ich nur sein kann", gab sie kühl zurück. „Wenn man bedenkt, dass ich mich in dieser lächerlichen Karikatur eines Tops halb nackt fühle."

Jims Blick fiel auf die hauchdünne Seide, die Emilys volle Brüste bedeckte. Es stimmte schon: Der Neckholder überließ nicht allzu viel der Fantasie, aber er war auch nicht ganz so gewagt, wie sie befürchtete. Es bestand aus zwei leicht gerafften, im Nacken zusammengebundenen Dreiecken aus Seidenstoff und einem breiten Band, das unter ihren Brüsten verlief und im Rücken gebunden wurde. Freilich, wenn sie sich bewegte und der Stoff sich über ihren Brüsten spannte, traten die Brustwarzen deutlich hervor. Aber das geschah nicht allzu oft – gerade oft genug, dass Jim sich wünschte, es geschähe öfter.

„Du siehst toll aus", sagte er. Seine Stimme klang ein wenig heiser, und er räusperte sich. „Alle werden sich den Hals nach dir verrenken, wenn du das Restaurant betrittst. Du siehst sexy aus, aber mit Stil, verstehst du?"

„Stil. Natürlich. Darin bist du ja Experte, was?" Plötzlich hatte Emily das Bedürfnis, um sich zu schlagen. Seine Worte, seine Stimme, der sanfte Ausdruck seiner Augen – all das war ihr auf einmal zu intim, zu persönlich. Sie wollte nicht, dass er sie so anschaute. Sie wollte sich keine Gedanken darüber machen, ob er sie sexy fand oder nicht. Sie wollte nur eines: ihn verabscheuen können. Ach was, verabscheuen – sie wollte ihn hassen können. Oder doch wenigstens, dass er sie hasste. So oder so wünschte sie sich, er würde endlich aufhören, ständig so verdammt nett zu ihr zu sein. „Und woher willst du wissen, ob sich jemand den Hals nach mir verrenken wird? Du warst noch nie in diesem Restaurant. Nicht ganz deine Preisklasse, richtig?"

Jim wurde still. Schweigend und reglos musterte er den Restauranteingang durch die Windschutzscheibe des Autos. Als er sich schließlich Emily zuwandte, sah sie den emotionalen Aufruhr in seinen Augen. Sie entdeckte Zorn – und noch etwas. Hastig wandte sie den Blick ab und hoffte, dass es nicht wirklich Schmerz war, den sie in seinem Blick gesehen hatte.

„Dass ich mein Geld nicht mit illegalem Drogenhandel verdiene", stieß Jim gepresst hervor, „dass ich einen Betrag, von dem eine sechsköpfige Familie eine ganze Woche satt werden könnte, nicht für eine einzige lausige Mahlzeit hinblättere, bedeutet noch lange nicht, dass ich Stil nicht erkenne, wenn ich ihn sehe. Ich behaupte nicht, selbst Stil zu haben. Das würde ich nie behaupten. Aber eines weiß ich mit Sicherheit: Ich habe eine ganze Menge mehr Stil als dein feiner Freund da drin."

Er stieg aus dem Wagen und knallte die Tür zu.

Emily schnürte es die Kehle zu. Sie hatte es tatsächlich geschafft, ihn wütend zu machen, und dann auch noch aus gutem Grund. Er hatte recht: Er hatte weitaus mehr Stil als Alex Delmore.

Sie stieg aus und schloss die Wagentür hinter sich.

Jim war schon halb über den Parkplatz. Gut so. Sollte er doch gehen. Sie wollte schließlich, dass er wütend auf sie war. Sie wollte, dass er sie hasste. Davon war sie eben noch überzeugt gewesen.

Trotzdem rannte sie ihm über den heißen Asphalt nach. „Jim!“

Jim hielt abrupt an. Verdammt noch mal, immer wenn sie ihn bei seinem wirklichen Namen rief, blieb ihm fast das Herz stehen. Als ob sie diesmal vielleicht bereit war, zuzugeben, dass es zwischen ihnen unbestreitbar knisterte. Natürlich war das gerade jetzt ziemlich unwahrscheinlich. Schließlich hatte er sie gerade erst sein hitziges Temperament spüren lassen. Trotzdem drehte er sich um und wartete, damit sie ihn einholen konnte.

Und dann blieb sein Herz wirklich beinah stehen. Emily rannte. Sie rannte auf ihn zu. In diesem Nichts von einem Top. Aber was ihn wirklich an Ort und Stelle bannte, war der Ausdruck in ihren Augen. Sie hatte Angst. Wenn er ihr Verhalten nicht völlig falsch interpretierte, hatte irgendetwas ihr richtig Angst gemacht.

„Erstens“, sagte er sanft, als sie ihn erreichte, „wenn wir in der Öffentlichkeit sind, musst du mich Dan nennen. Ich bin dein Bruder, weißt du noch? Du darfst das keinen Augenblick vergessen.“

Emily nickte atemlos.

„Zweitens“, fügte er mit ausdrucksloser Miene hinzu, „in diesem Neckholder darfst du niemals laufen. Wir sind hier in Florida. Hier leben jede Menge alter Männer. Die kriegen deinetwegen alle einen Herzinfarkt. Ich möchte dich nicht wegen Massenmord einlochen müssen.“

Das entlockte ihr ein Lächeln. Es fiel ein wenig kläglich

aus, aber immerhin: Es war ein Lächeln. „Du wärst als Komplize dran. Dass ich dieses Ding trage, war schließlich deine Idee."

„Stimmt auch wieder." Er ging rückwärts auf das Restaurant zu, um sie im Blick zu behalten. „Na komm, lass uns reingehen und Delmore bezirzen, eine Einladung zu einem Wochenendtörn auf seiner Yacht aus ihm rauskitzeln und ein großartiges Essen genießen. Einverstanden?"

„Ich weiß nicht, ob ich überhaupt was runterkriegen werde", gab Emily zu.

„Natürlich wirst du." Jims Lächeln schwand. „Ich bin bei dir, Em. Die ganze Zeit. Du bist in Sicherheit. Hörst du?"

Er meinte es absolut ernst, und Emily nickte zögernd.

Sie war sicher vor Alex Delmore. Aber sie fühlte sich ganz und gar nicht sicher vor Jim Keegan. Denn trotz allem, trotz ihrer grässlichen Erfahrungen mit ihm, begann sie den Mann tatsächlich zu mögen.

Emily lehnte sich in ihrem Stuhl zurück und genoss schweigend die fantastische Aussicht auf das glitzernde Wasser des Golfs. Sie griff nach ihrem Glas Ginger Ale, nippte daran und schaute Jim an.

„Hat er uns schon entdeckt?", fragte sie leise.

Alex Delmore saß leicht links hinter Emily. Er war in Begleitung zweier Männer in Geschäftsanzügen. Jim sah sich im Restaurant um, sorgfältig bemüht, nicht zu zeigen, dass er Delmore erkannte, als er seinen Blick kurz über dessen Tisch und seine Gäste schweifen ließ.

Er lächelte Emily an. „Ja, könnte sein. Komm schon, lächeln. Denk dran, du gehst mit deinem Lieblingsbruder essen. Schau glücklich drein. Sonst glaubt Delmore noch, wir kämen aus einer kaputten Familie."

Emily lachte.

Jim schlug die Speisekarte auf. „Was nimmst du?"

„Einen Salat."

„Sonst nichts?"

„Ich sagte es schon: Ich habe keinen Hunger."

„Hmm, ich schon. Kannst du mir sagen, was Muscheln Meunière sind?"

„Schau, es tut mir leid, was ich vorhin gesagt habe", begann Emily.

Jim schaute von der Speisekarte auf. Seine Augen leuchteten im selben lebendigen Blau wie das Wasser des Ozeans hinter ihm. Er wirkte beinah überrascht.

„Im Auto", erläuterte sie. „Ich habe das nicht so gemeint. Und ich kann mir nicht vorstellen, dass du nicht mehr wütend auf mich bist."

Langsam klappte er die Speisekarte zu und sah sich kurz um, um sich zu vergewissern, dass Alex Delmore nicht ausgerechnet jetzt zu ihnen herüberkam. „Wir stehen beide im Moment unter gewaltigem Druck", sagte er leise. In aller Ruhe nahm er sich ein Stück Brot aus dem Korb auf dem Tisch, bevor er sie wieder anschaute. „Und weißt du, so unrecht hast du ja gar nicht. Ich habe so etwas wie Stil nie wirklich kennengelernt und kenne mich nicht damit aus ..."

„Doch, das tust du."

Jim musterte sie angelegentlich. Sein sonst so lebendiges Gesicht wirkte ernster, als Emily es je gesehen hatte. „Du verteidigst mich? Allen Ernstes? Korrigiere mich, wenn ich mich irre, aber für mich hört sich das so an, als würdest du für mich eintreten."

„Ja, ich schätze, das tue ich."

Emily wusste, dass sie sich selbst ausmanövriert hatte. Jim konnte ihre Steilvorlage auf vielfältige Weise nutzen, mit Sticheleien oder sarkastischen Bemerkungen, aber das tat er nicht.

„Ich finde das sehr nett." Mehr sagte er nicht dazu. Er lächelte sie an, beinah schüchtern, und Emily senkte verunsichert den Blick.

„Kopf hoch", mahnte Jim leise. „Delmore steht auf. Er kommt gleich zu uns."

Emily schloss kurz die Augen, ließ aber durch nichts sonst erkennen, wie nervös sie war.

„Dan", flüsterte Jim, „nicht Jim."

Sie lächelte. „Ich weiß."

„Emily! Welch Überraschung. Nein, nein, bleibt doch sitzen." Als Jim Delmores glatte, kultivierte Stimme vernahm, sträubten sich ihm die Nackenhaare. Verdammt, das Spiel hatte gerade erst begonnen, und schon hasste er den Kerl. Nein, das stimmte nicht. Jim hatte Alexander Delmore bereits gehasst, bevor er den Millionär zum ersten Mal gesehen hatte. Er hasste ihn, seitdem er sich vorgestellt hatte, wie Delmore mit Emily schlief.

Der Mann war blond, wirkte jungenhaft und gut aussehend. So sahen typischerweise Absolventen von Elitehochschulen und Herrenmodelle in Nobel-Modekatalogen aus. Jim wusste, dass der Millionär auf die vierzig zuging, aber mit seinem schlanken Körper und seiner Größe von etwa einem Meter zweiundachtzig wirkte er viel jünger.

„Ich bin Alex", stellte er sich vor und streckte Jim die Hand entgegen, während er einen Stuhl vom leeren Nebentisch heranzog und sich zu ihnen setzte. „Und Sie müssen Emilys Bruder sein." Er schüttelte Jim die Hand und flüsterte Emily laut zu: „Jedenfalls hoffe ich doch, dass dieser Typ dein Bruder ist." Die Vorstellung, einen Konkurrenten womöglich nicht mühelos aus dem Feld schlagen zu können, schien ihn als völlig absurd zu amüsieren.

Der Mann stank förmlich nach Selbstvertrauen. Jim musste

sich permanent ins Gedächtnis rufen, ihn anzulächeln, statt anzuknurren.

„Ja, das ist mein Bruder Dan", stellte Emily vor. „Dan Marshall, Alex Delmore."

„Freut mich, Sie kennenzulernen", sagte Jim und lächelte strahlend, während er insgeheim dachte: Es wird mich noch viel mehr freuen, dich hinter Gitter zu bringen, du Mistkerl.

„Danke, das Vergnügen ist ganz meinerseits", sagte Alex und wandte seine Aufmerksamkeit Emily zu. „Du siehst einfach umwerfend aus!"

„Danke", murmelte Emily.

Delmore begann von den Kunden zu erzählen, mit denen er hier war, und erwähnte dabei eine ganze Reihe Namen und sechsstellige Summen. Während der Immobilienkönig redete, musterte er Emily immer wieder von oben bis unten und ließ seinen Blick mehr als einmal auf ihren vollen Brüsten ruhen. Jim kämpfte gegen das Bedürfnis an, den Mann am Hals zu packen und zu erwürgen. Und als Delmore die Hand ausstreckte und Emily sanft am Arm streichelte, musste Jim sich zwingen, ganz still zu sitzen. Er würde gleich vor Eifersucht platzen, wenn er sich rührte.

Eifersucht? Nein, bitte nicht, nicht Eifersucht …

Emily saß da und lächelte Delmore an, der seine Finger mit ihren verschränkte. Nichts an ihrem Gesichtsausdruck oder ihrer Körpersprache verriet ihre Angst. Jedenfalls nichts, was Jim aufgefallen wäre, abgesehen von dem Pulsieren ihrer Halsschlagader. Er konnte jeden Herzschlag sehen, und ihr Herz schlug viel zu schnell.

Natürlich würde Delmore, wenn er es denn bemerkte, einfach davon ausgehen, dass seine Berührung ihr Herzklopfen bescherte. Sein Ego war viel zu ausgeprägt, um etwas anderes anzunehmen.

Es sei denn … Vielleicht irrte Jim sich ja auch. Vielleicht

erregte der Mann Emily ja wirklich. Immerhin ging sie schon fast ein halbes Jahr mit ihm. Er musste davon ausgehen, dass sie auch schon beinah so lang miteinander schliefen. Ihr letztes Treffen mit Alex lag Tage zurück, ihre letzte Gelegenheit, sich zu lieben, schon fast eine Woche …

„Ich habe dich vermisst", sagte Alex leise, nur an Emily gerichtet. Er wartete auf ihre Reaktion.

Aber sie sagte nichts, lächelte nur, während sie ihm in die Augen schaute. Was hatte dieses Lächeln zu bedeuten?

„Ich habe dich ein paar Tage nicht angerufen", fuhr Delmore fort, „damit du etwas Zeit mit deinem Bruder verbringen konntest." Er lächelte Jim gewinnend an.

Diese Ermittlungen hatten nicht zum Ziel, herauszufinden, ob Emily immer noch etwas für Alex Delmore empfand, rief Jim sich zur Ordnung. Er hatte hier eine Aufgabe zu erledigen.

„Emily hat mir von Ihrer Yacht erzählt, der Home Free", sagte Jim. „Als ich noch im Norden lebte, war ich andauernd segeln. Heute komme ich nicht mehr allzu oft aufs Wasser."

Delmore reagierte wie gewünscht auf diesen Wink. „Oh, dann müssen Sie mit auf eine Segeltour kommen, solange Sie noch in der Stadt sind", sagte er. „Ich habe jetzt meinen Terminplan nicht bei mir, aber wir machen etwas aus für eines der kommenden Wochenenden."

„Das wäre großartig", freute sich Jim. „Ich nehme Sie beim Wort."

„Wie lange bleiben Sie in der Stadt?"

„Das weiß ich noch nicht so genau. Ich habe den ganzen Sommer frei."

„Sie werden bestimmt nach Sanibel Island fahren", meinte Delmore. „Ihrer Familie gehört dort ein Strandhaus, richtig?"

„Ja." Jim nickte. „Und natürlich werde ich einige Zeit in Connecticut verbringen, Verwandte besuchen."

Emily unterdrückte ein nervöses Lachen. Es war seltsam, Jim von Sanibel und Connecticut reden zu hören, als hätte er dort einen Teil ihres Lebens mit ihr verbracht. Als wäre er wirklich ihr Bruder.

„Habt ihr beiden heute Abend schon etwas vor?", fragte Delmore.

Jim suchte Emilys Blick. Sie zögerte. Deshalb antwortete er: „Nein, bisher noch nicht."

Er hoffte, Delmore würde sie zum Essen einladen oder vielleicht sogar auf einen Drink in sein Haus.

„Lass uns heute Abend gemeinsam Essen gehen", sagte Delmore.

Bingo, dachte Jim – bevor ihm klar wurde, dass der Mann nur mit Emily sprach.

„Es macht Ihnen doch nichts aus, wenn ich Ihnen Ihre Schwester für einen Abend entführe, oder? Immerhin hatten Sie sie jetzt die ganze Woche für sich allein."

Zum ersten Mal seit Langem war Jim sprachlos. Er wusste ehrlich nicht, was er sagen sollte. Wenn er protestierte, würde er einen egoistischen, kleinlichen Eindruck machen. Welcher Bruder hätte schon etwas dagegen, dass seine Schwester mit einem Millionär ausging? Aber, verdammt noch mal, er wollte protestieren. Er wollte nicht, dass Emily allein mit Delmore fertigwerden musste. Er wollte nicht, dass Emily mit ihm ausging.

Das Schweigen am Tisch dauerte bereits viel zu lange, also tat Jim das Einzige, was er tun konnte: Er trat den Ball an Emily ab. Als Gastgeberin ihres Bruders konnte sie problemlos ablehnen. „Ich schätze, das kann nur Emily entscheiden", sagte er.

„Wie sieht es aus?", wandte Delmore sich an Emily. „Soll ich dich um sieben abholen?"

Sag Nein, beschwor Jim sie schweigend mit den Augen.

Komm schon, Emily, schlag seine Einladung aus.

„Sieben Uhr klingt gut“, sagte sie schließlich und lächelte Delmore an.

Was zum Teufel sollte das? Warum um alles in der Welt nahm sie die Einladung dieses Dreckskerls an? Warum tat sie etwas, das sie nicht tun wollte?

Oder wollte sie etwa doch?

Jim musterte Emily, wie sie da mit diesem Typen zusammensaß. Er hielt ihre Hand und hatte den anderen Arm leicht um ihre Schultern gelegt.

„Bis später dann“, sagte Delmore und küsste Emily auf die Lippen. Jims Blutdruck stieg beträchtlich.

Delmore stand auf und reichte Jim zum Abschied die Hand. „War nett, Sie kennenzulernen, Dan.“

Jim bemühte sich, keine Miene zu verziehen und Delmore nicht sämtliche Finger zu brechen, als sie sich die Hände schüttelten.

Dann war Alexander Delmore weg, zurück an seinem Tisch bei seinen Gästen.

Jims Hand zitterte, als er nach dem Wasserglas griff und einen Schluck daraus trank. Emily warf ihm einen Blick zu. Er lächelte sie an, aber seine Augen wirkten eiskalt.

„Warum hast du seine Einladung angenommen?“ Er sprach leise, aber seine Stimme klang rau vor Erregung. Immer noch lächelte er, als führten sie eine freundliche Unterhaltung.

„Ich dachte, du wolltest das.“ War er wirklich wütend auf sie? Emily stand vor einem Rätsel. Jim hatte ihr mit Worten ganz klar die Entscheidung überlassen, ob sie mit Alex essen ging oder nicht. Aber seine Augen hatten ihr etwas ganz anderes zu verstehen gegeben. Sie war sich so sicher gewesen, er wolle, dass sie die Einladung annahm. Offensichtlich hatte sie sich geirrt.

„Warum zum Teufel sollte ich das wollen?“, fauchte er sie an. „Ich kann dich nicht beschützen, wenn du dich irgendwo allein mit ihm herumtreibst.“

Alex winkte den beiden noch einmal zu, dann verließen er und seine Kunden das Restaurant. Sobald die Tür hinter ihnen ins Schloss fiel, erstarb Jims Lächeln.

„Jetzt muss ich Salazar anrufen und dafür sorgen, dass du überwacht wirst“, stieß er verärgert hervor und funkelte sie wütend an. „Verdammt, ich weiß nicht einmal, wohin Delmore dich ausführen wird. Also muss ich dafür sorgen, dass ihr beschattet werdet, und …“

Emily riss der Geduldsfaden. „Tut mir leid, dass ich dir Unannehmlichkeiten bereite, aber nächstes Mal könntest du mir vielleicht vorher sagen, was du von mir erwartest, statt einfach davon auszugehen, dass ich deine Gedanken lesen kann.“

„Ich dachte, es wäre völlig klar, dass du Situationen vermeiden solltest, in denen du mit Delmore allein bist“, schoss er zurück. „Aber anscheinend empfindest du ihn nicht als eine solche Bedrohung, wie ich das tue. Mir ist schon klar, dass du etwas Besseres zu essen bekommst, wenn du mit ihm ausgehst, als wenn du zu Hause bei mir bleibst. Aber ich begreife einfach nicht, was du sonst davon hast.“

Er starrte sie zornig an. Ihre Wangen waren gerötet, ob vor Wut oder vor Verlegenheit, konnte er nicht erkennen. Eigentlich hatte sie keine Veranlassung, verlegen zu sein. Es sei denn, er hatte sie durchschaut und den wahren Grund erkannt, warum sie Delmores Einladung zum Essen angenommen hatte. Vielleicht liebte sie den Kerl trotz allem noch immer.

Neben ihrem Tisch räusperte sich der Kellner. „Haben die Herrschaften schon gewählt?“

Jim stand auf, warf seine Serviette, eine Zwanzigdollarnote und Emilys Autoschlüssel auf den Tisch. „Danke, aber mir ist der Appetit vergangen“, sagte er und verließ das Restaurant.

Emily war bereits umgezogen und fertig für ihre Verabredung mit Alex, als Jim wieder vor ihrer Wohnung aufkreuzte.

Als sie ihm die Tür öffnete, sah sie schon an seinem bewusst neutralen Gesichtsausdruck und daran, wie er ihrem Blick auswich, dass er immer noch wütend war. Sie begriff nur nicht, warum.

Es spielt allerdings auch keine Rolle, versuchte sie sich einzureden. Viel wichtiger war, dass er sie glücklicherweise wieder einmal daran erinnert hatte, wie grob und kindisch er in Wirklichkeit war. Diese geballte Dosis Realität konnte sie gut gebrauchen. Seine Freundlichkeit, seine Fürsorglichkeit, all das war vermutlich nur gespielt. Und seine Küsse – seine Küsse hatten erst recht nichts mit der Wirklichkeit zu tun, so viel stand fest. An ihnen war nichts auch nur annähernd Dauerhaftes oder Echtes. Es stimmte schon: Wenn er sie küsste, war das wunderbar, aber Emily hatte kein Interesse an einer Beziehung, die nur auf Sex beruhte.

Jim nahm eine Flasche Mineralwasser aus dem Kühlschrank und öffnete sie. „Lässt du mir bitte deine Wagenschlüssel da?“, fragte er betont höflich.

„Sie liegen auf dem Tisch“, gab Emily kühl, aber genauso höflich zurück und musterte sich im Spiegel, um ihr Makeup zu überprüfen.

„Phil steht mit seinem Wagen auf dem Parkplatz“, informierte er sie, lehnte sich an die Wand und sah zu, wie sie sich das Haar bürstete. Sie trug es heute Abend offen, und es fiel ihr dicht und glänzend bis knapp auf die Schultern. „Er wird euch folgen, wenn Delmore dich abholt. Sobald ihr euer Ziel erreicht habt, ruft er mich an und sagt mir, in welchem Restaurant ihr seid. Dann fahre ich mit deinem Wagen dorthin und schließe mich ihm an. Den Rest des Abends beschatten wir euch gemeinsam.“

Emily nickte und schaute auf ihre Uhr. Zehn vor sieben. Jeden Moment würde Alex da sein. Plötzlich wurde sie nervös. So nervös, dass es ihr fast den Atem nahm. Sie ließ sich auf die Couch fallen und schloss die Augen, um sich zu beruhigen. Was konnte schon passieren? Eigentlich doch nichts – oder? Im schlimmsten Fall konnte Alex seine Hände nicht bei sich behalten. So wie schon am Mittag. Und – oh verdammt, sie hatte vergessen, dass sie diesmal nicht um einen Abschiedskuss herumkommen würde …

Sie trug eines ihrer Sonntagskleider, ein schlichtes Kleidchen im Stil der Vierzigerjahre mit rosa Streublümchendruck, einem gemäßigten Ausschnitt, kurzen Ärmeln und einem langen weit schwingenden Rock. Also ganz etwas anderes als das blaue Paillettenkleid, das sie bei ihrem letzten Treffen mit Alex getragen hatte. Und genauso wenig vergleichbar mit dem Hauch von einem Neckholder, das sie beim Mittagessen anhatte. In diesem Kleid sah sie so aus, als könnte sie die Wahl zur Miss Unschuld gewinnen, und genauso wollte sie aussehen.

„Hübsches Kleid", meinte Jim, und Emily schlug die Augen auf.

Er saß ihr gegenüber im Schaukelstuhl, beobachtete sie und trank sein Mineralwasser.

„Danke." Sie schloss die Augen wieder – und riss sie schnell auf, als ihr plötzlich etwas anderes einfiel, was schlimmstenfalls passieren könnte. Alex könnte irgendwie dahintergekommen sein, dass sie mit der Polizei zusammenarbeitete. Er könnte sie den Gangstern ausliefern, mit denen er gemeinsame Sache machte, und Vincent Marinos Männer könnten ihre Leiche im dunkelsten, sumpfigsten Teil der Everglades verschwinden lassen …

Es klingelte an der Tür. Emily warf Jim einen hastigen Blick zu. Die Angst hatte sie erneut im Griff und ließ ihr das Herz bis zum Hals schlagen.

Aber Jim sah sie nicht an. Er war bereits aufgestanden und öffnete die Tür.

„Hi, Dan, wie geht's?" Alex schüttelte Jim die Hand und trat ein.

Würde man sie schnell töten, oder würde sie noch am Leben sein, wenn sie in den Sumpf mit seinen Alligatoren verschleppt wurde?

Emily atmete tief durch, stand auf und zwang sich, Alex anzulächeln.

„Bist du so weit?", fragte er und lächelte zurück.

„Hey, und vergessen Sie nicht, dass ich Sie beim Wort nehme. Ich freue mich wirklich auf den Segeltörn", sagte Jim. „Hatten Sie schon Gelegenheit, Ihren Terminkalender zu checken?"

Emily fand es höchst erstaunlich, wie lässig Jim sich geben konnte. Sein offenes, freundliches Lächeln ließ ihn weder aufdringlich noch frech klingen, als er Alex an die Einladung erinnerte.

Alex schüttelte den Kopf. „Verdammt. Ich wusste, dass ich etwas vergessen habe." Er zuckte entschuldigend mit den Schultern. „Ich sage Ihnen noch Bescheid wegen des Termins."

Würden sie ihr eine Kugel in den Kopf jagen, oder würde man sie einfach gefesselt im Sumpf liegen lassen, als Appetithappen für die Alligatoren? Vor ihrem inneren Auge sah Emily die gelben Augen der großen Echsen, ihre mächtigen Zähne, ihre Schnauzen, die das Wasser teilten, während sie langsam auf sie zuschwammen …

„Ich verlasse mich darauf", antwortete Jim.

„Geht klar. Einen schönen Abend noch!"

„Bringen Sie Emily bitte nicht zu spät nach Hause", meinte Jim und lächelte, um seinen Worten jede Schärfe zu nehmen. „Wir wollen morgen ziemlich früh an den Strand." Er wandte sich an Emily. „Bis später, Em."

Sie lächelte ihn an, aber als ihre Blicke sich trafen, erkannte Jim, dass etwas nicht stimmte. Hatte sie etwa Angst? Er schloss sie spontan in seine Arme. Tatsächlich: Sie zitterte. Sie hatte also wirklich Angst.

Leider nahm Delmore sie an die Hand und zog sie aus der Tür, bevor Jim sich etwas einfallen lassen konnte, um ihr zu helfen.

Aber dann entdeckte er Emilys Handtasche auf dem kleinen Tisch neben der Eingangstür. Sie hatte sie schon wieder vergessen.

Vom Schlafzimmerfenster aus konnte man den Parkplatz überblicken. Jim rannte den Flur hinunter, stürzte ins Schlafzimmer und riss das Fenster auf. Delmore hielt gerade die Wagentür für Emily auf.

„Hey, Em!", rief Jim. Überrascht schaute sie zu ihm hoch. „Du hast deine Handtasche liegen lassen!"

Er sah, wie sie Delmore die Hand auf den Arm legte und den Kopf schüttelte, als wollte sie ihn davon abhalten, sie noch einmal in ihre Wohnung zu begleiten. Und richtig, sie eilte rasch in Richtung Hauseingang davon, während Delmore sich gegen den Wagen lehnte und auf sie wartete.

Jim wartete an der Tür auf sie, aber statt ihr die Handtasche zu geben, zog er sie in die Wohnung und schloss die Tür.

„Alles in Ordnung mit dir?" Er musterte sie fragend.

„Ja."

„Du lügst." Das klang nicht unfreundlich. Er fasste sie an den Schultern, um zu verhindern, dass sie sich abwandte. „Die Geschichte macht dir eine Heidenangst, richtig?"

Emily musste einfach die Wärme und die Besorgnis in seinen Augen sehen. Jedenfalls konnte sie ihren Blick nicht von seinem lösen. „Ja", gab sie schließlich flüsternd zu. „Was, wenn er herausfindet …"

Sein Griff um ihre Schultern wurde fester. „Du musst das

nicht tun", sagte er. „Em, du musst nicht mit ihm gehen …"
„Doch, das muss ich", widersprach sie heftig. „Wenn Alex Drogen schmuggelt, will ich ihn hinter Gitter bringen."
„Wir finden einen anderen Weg."
„Darauf kann ich nicht warten!"
Das Blitzen in ihren Augen verriet die Leidenschaftlichkeit, die sie sonst gut verbarg. Jim hatte schon immer von dieser Seite Emilys gewusst und hautnah zu spüren bekommen, wie machtvoll sie war, auch wenn sie sich meistens hinter ihrer coolen Fassade versteckte. Doch wenn sie mit ihm schlief, leuchtete dieselbe Glut in ihren Augen.
Sofort schob sich ungebeten eine Erinnerung vor sein inneres Auge: Emily, nackt, wie sie auf seinem Bett kniete … Jim schüttelte den Kopf. Jetzt war nicht der richtige Moment für erotische Tagträumereien. „Emily …"
„Ich pack das schon. Alles wird gut. Er wird nichts bemerken, und außerdem wirst du immer in der Nähe sein und uns beobachten, richtig?"
„Ja, aber …"
„Dann kann mir nichts passieren."
„Oh Gott, ich Volltrottel." Jim stöhnte. „Wir hätten dich mit einer Wanze ausstatten sollen, um mithören zu können. Hör mal, lass mich runtergehen und mit Delmore reden. Ich sage ihm, dass du dich nicht wohlfühlst. Dass dir übel ist." Er redete schnell. Emily hielt sich schon viel zu lange in der Wohnung auf. Delmore würde sich fragen, wo sie blieb, und ihr womöglich nachkommen, um zu schauen, was los war. „Wir können das Ganze verschieben … Verdammt, diese Geschichte treibt mich noch in den Wahnsinn. Ich will nicht, dass du etwas tust, was dir Angst macht …"
Emily schüttelte den Kopf. „Ich pack das. Es ist alles in Ordnung, und ich muss jetzt gehen …"
Aber er konnte sie einfach nicht loslassen. Die Hände im-

mer noch fest um ihre Schultern gelegt, schaute er ihr tief in die blauen Augen, sodass er darin förmlich versank, ja, ertrank. „Bitte", flüsterte er heiser. Aber worum bat er eigentlich? *Bitte geh nicht?* Oder: *Bitte küss mich?*

„Jim, ich pack das", wiederholte sie.

Na toll. Da versuchte er sie zu beruhigen, und was kam dabei heraus? Sie beruhigte ihn.

Jim tat das Einzige, was ihm unter diesen Umständen einfiel: Er küsste sie.

Es war bemerkenswert. Im einen Augenblick schaute er Emily in die tiefblauen Augen, im nächsten umklammerten sie einander so fest, dass es keinen Zweifel mehr an dem Feuer geben konnte, das immer noch unvermindert zwischen ihnen loderte. Sie erlebten eine Explosion des Verlangens, wie eine chemische Reaktion zwischen zwei sehr flüchtigen Substanzen, die zu lange getrennt gelagert worden waren.

Jim hörte sich aufstöhnen, als er sie noch einmal küsste. Sie schmeckte süß, unglaublich süß, und sie klammerte sich an ihn, erwiderte seine Küsse geradezu verzweifelt. Ihr Körper drückte sich weich an ihn, er spürte ihren Herzschlag, und jeder einzelne Schlag war wie ein Echo seines hämmernden Pulses.

Und dann klingelte es an der Tür.

Schuldbewusst löste Emily sich von ihm, die Augen weit aufgerissen, die Wangen heftig gerötet. Sie starrte ihn an.

„Geh nicht." Es war keine Bitte, sondern ein Befehl, aber seine Stimme gehorchte ihm nicht richtig. Nur ein Flüstern kam ihm über die Lippen, sodass die Worte eher wie ein Flehen klangen.

Emilys Augen füllten sich mit Tränen. *Geh nicht.* Aber sie musste gehen. Sie bückte sich und hob ihre Handtasche auf, die zu Boden gefallen war. Sie hatte Angst zu gehen, aber noch viel mehr Angst zu bleiben. Also drehte sie sich um und öffnete die Tür.

Alex bemerkte ganz sicher, dass sie nur mühsam die Tränen zurückhielt, und auch Jims verkniffener Gesichtsausdruck entging ihm gewiss nicht. Aber er enthielt sich höflich jeden Kommentars. Jedenfalls bis zu dem Moment, in dem er ihr beim Einsteigen in seine Limousine half.

„Schon merkwürdig, nicht wahr? Da kann man jahrelang von einem Bruder oder einer Schwester getrennt sein, aber wenn man sich wiedersieht, stellt man fest, dass sich nichts geändert hat.“ Emily hätte ihm so viel Einfühlungsvermögen gar nicht zugetraut. „Alles ist genauso, wie es immer war. Als ob man einfach an dem Punkt weitermacht, an dem man sich getrennt hat, und plötzlich steckt man wieder in den alten Problemen, Gefühlen und Streitereien.“

Emily murmelte Zustimmung.

Alex griff nach ihrer Hand und drückte sie leicht. „Dieser Abend wird dir guttun“, meinte er lächelnd. „Du brauchst ein bisschen Zeit ohne ihn, ein bisschen Abstand.“ Zeit ohne ihn. Ohne Dan, der in Wirklichkeit Jim war.

Alex hatte keine Ahnung, wie recht er doch hatte.

Jim sah Delmores Limousine nach und wählte zugleich Felipes Handynummer.

Es klingelte einmal, zweimal, dreimal. Wo zum Teufel steckte der Mann? Konnte es sein, dass er gar nicht in seinem Auto saß? Wenn er nicht in seinem Auto saß, konnte er Delmore und Emily nicht folgen. Wie sollten sie dann feststellen, wohin die beiden zum Essen fuhren? Wie sollten sie …

Nach dem fünften Klingelton nahm Salazar das Gespräch endlich entgegen. „Hola.“

„Verdammt, geh ran, wenn das blöde Handy klingelt“, fauchte Jim ihn an.

„Ah, hallo, Diego. Mir geht es gut. Und dir?“, antwortete Salazar in aller Ruhe.

„Folgst du Delmore?“

„Ja, aber es wäre viel einfacher, wenn das ‚blöde Handy‘ mich nicht dabei stören würde. Die Limousine ist links abgebogen, und der Gegenverkehr war verdammt dicht. Ich hatte die Wahl, mich entweder aufs Autofahren zu konzentrieren und Delmore zu folgen oder den Anschluss zu verlieren und den Anruf entgegenzunehmen. Also habe ich mich entschieden, es klingeln zu lassen.“

„Tut mir leid. Ich bin einfach ...“ Jim atmete tief ein und ließ die Luft langsam wieder aus seinen Lungen entweichen. „Verlier sie nicht, Felipe“, bat er leise.

„Du weißt, dass ich das nicht tun werde.“

„Wenn sie ihr Ziel erreicht haben, folge ihnen in das Restaurant. Emily soll sehen, dass du da bist. Sie war sehr nervös. Hatte Angst, allein mit Delmore zu sein.“

„Verstehe“, antwortete Salazar. „Ich ruf dich vom Restaurant aus an.“

„Danke.“

„Bis später.“ Damit war das Gespräch beendet.

Jim legte langsam den Hörer auf. In der Wohnung war es still. Erdrückend still. Er begann, ruhelos auf und ab zu wandern.

Emily hatte Angst. Er konnte immer noch die Furcht in ihren Augen sehen, konnte spüren, wie sie gezittert hatte, als er sie in die Arme nahm. *Was, wenn er herausfindet ...* Nein, es gab keinen Zweifel. Sie hatte Angst. Angst vor Delmore.

Jim blieb abrupt stehen – mitten in Emilys Wohnzimmer starrte er durch die Glasschiebetür nach draußen, ohne etwas zu sehen.

Ganz offensichtlich hatte Emily sich vor dieser Verabredung mit Delmore gefürchtet. Jim hatte sich geirrt: Sie war nicht in den Millionär verliebt. Niemals konnte sie in einen Mann verliebt sein, vor dem sie solche Angst hatte. Oh ja, seine Vermutungen, weshalb sie Delmores Einladung zum Essen wirklich angenommen hatte, hatten sich damit als so falsch wie nur irgend möglich erwiesen.

Er hatte sich geirrt, und das machte ihn glücklich. Er konnte sich nicht erinnern, wann er zum letzten Mal so glücklich gewesen war, sich geirrt zu haben.

10. KAPITEL

Salazar knackte Pistazien am laufenden Band, und Jim schaute zum gefühlt tausendsten Mal auf die Uhr. Halb elf. Delmore und Emily saßen schon seit knapp drei Stunden im Aquavia.

Alle zehn Minuten betrat Salazar das Restaurant, um nach Emily zu schauen. Nach seinen Angaben hatte Emily sich gedünsteten Weißfisch bestellt, aber ihr Essen kaum angerührt. Bis vor einer Stunde hatten sie und Delmore allein in einer abgeschiedenen Ecke des Restaurants am Hafen gesessen. Dann war ein weiteres Paar mit seiner Yacht in den Hafen eingelaufen und hatte sich zu den beiden gesellt. Jetzt saßen alle vier gemeinsam an einem größeren Tisch über ihren Desserts und Getränken. Emily trank Kräutertee.

„Diese Warterei macht mich wahnsinnig", murmelte Jim und starrte hinüber zu Delmores Limousine. Salazar knackte seine nächste Pistazie, und Jim warf ihm einen genervten Blick zu. „Kannst du endlich damit aufhören?"

„Entschuldige." Salazar knüllte die Papiertüte mit den restlichen Pistazien und den leeren Schalen zusammen.

Eine Weile saßen sie schweigend in ihrem Auto.

„Möchtest du reden?", fragte Salazar plötzlich. „Ich meine, darüber, was zwischen dir und Emily läuft?"

Jim wandte sich seinem Partner zu, der ihn eindringlich musterte. *Darüber reden?* Was sollte er schon sagen? „Da läuft nichts", wiegelte er ab.

Salazar nickte langsam. Offensichtlich kaufte er ihm das nicht ab. „Du vertraust mir dein Leben an, Diego", sagte er. „Du kannst mir auch in dieser Sache vertrauen."

Jim strich sich mit den Fingern durchs Haar. Er konnte einfach nicht über seine Gefühle reden. Himmel noch mal, um seine Gedanken in Worte zu fassen, musste er erst einmal selbst ergründen, was er eigentlich empfand, und davor hatte er viel zu viel Angst. „Tut mir leid, Phil", sagte er. „Es ist nicht so, dass ich dir nicht vertraue, aber … ich kann einfach nicht darüber reden."

Salazar schaute durch die Windschutzscheibe nach draußen. „Weißt du, ich habe mich viel zu weit auf dieses Mädchen eingelassen. Jewel." Er sagte das so leichthin, als erzählte er Jim, was er zu Mittag gegessen hatte. „Weißt du noch? Emilys Freundin?"

Jim konnte sein Erstaunen nicht verbergen. „Die Rothaarige?"

„Ja." Salazar lächelte. „Jewel Hays. Ich besuche sie praktisch jeden Tag." Er lachte und trommelte mit den Fingern aufs Lenkrad. Dabei warf er Jim einen Seitenblick zu, der einerseits amüsiert, andererseits verzweifelt wirkte. „Kannst du dir das vorstellen? Ausgerechnet ich, der Drogengegner schlechthin, und eine Crackabhängige?"

Endlich hatte Jim seine Stimme wiedergefunden. „Aber … sie hat eine Entziehungskur hinter sich."

„Nicht eine, drei. Das heißt, sie ist bereits zweimal rückfällig geworden." Salazar seufzte. „Sie sieht aus wie ein Engel – aber ich weiß, dass sie das ganz und gar nicht ist. Sie hat sich auf der Straße herumgetrieben und mit Gaunereien über Wasser gehalten, bevor sie fünfzehn war. Fünfzehn!" Er brach ab, murmelte etwas auf Spanisch. Jims Spanischkenntnisse waren beschränkt, aber dafür reichten sie: Sein Partner wünschte jeden zur Hölle, der ein Kind dermaßen vom rechten Weg abbrachte.

Eine weitere Minute verstrich quälend langsam, während Jim auf den hell erleuchteten Parkplatz starrte. Er war nur wenig älter gewesen als Felipe Salazar heute, als er Emily zum ersten Mal begegnet war …

„Trotzdem", beendete Salazar das Schweigen, „wenn sie

mich anschaut und lächelt ...“ Er zuckte die Achseln und lächelte schief. „Weißt du, ich hab mich nicht in sie verliebt. Ich bin nicht so verrückt, mich dermaßen zu verrennen. Aber ich kann nichts dagegen tun, wie sie fühlt. Ich weiß, dass sie in mich verknallt ist, und ich weiß, dass die Anziehungskraft zwischen uns auf Gegenseitigkeit beruht und viel zu stark ist. Verstehst du?“

Jim nickte. Er verstand nur zu gut. „Was wirst du tun?“

„Was soll ich schon tun?“ Salazar seufzte. „Ich werde sie weiterhin besuchen. Sie braucht jemanden, der sich um sie kümmert, und es sieht ganz so aus, als wäre ich derjenige.“

Jim nickte erneut. Auch das verstand er nur zu gut.

„Und ich bete darum, dass sie künftig die Finger von den Drogen lässt“, fuhr Salazar fort. „Ich weiß genug über Suchtkranke, um zu wissen, dass ich nicht dafür sorgen kann, dass sie von den Drogen loskommt. Das muss sie selbst tun. Sieht ganz so aus, als käme sie gut zurecht, aber, na ja, sie schwebt noch im siebten Himmel.“

Jims Armbanduhr piepte. Er schaltete das Alarmsignal ab, und Salazar kletterte aus dem Auto. Wieder waren zehn Minuten um. Zeit, nach Emily zu schauen.

Emily. Die schöne Emily, die tief in ihrem Innersten nicht annähernd so ruhig und abgeklärt war, wie sie tat. Emily, die seinen Kuss erwidert hatte, als gäbe es kein Morgen. Emily, die gerade jetzt mit einem anderen Mann in diesem Restaurant saß, mit einem Mann, der ihr den Arm um die Schultern legte ...

Na und, rief Jim sich streng zur Ordnung. Verglichen mit Felipes Problemen war das nichts. Wenigstens war die Frau, zu der Jim sich hingezogen fühlte, keine Drogensüchtige auf Entzug. Wobei Felipe ja gar keine dauerhafte Beziehung zu Jewel wollte. Er war nicht in Jewel verliebt, so wie Jim in ...

So wie er in ... Nein. Jim spürte, wie ihm der Schweiß ausbrach. Er würde sich nicht noch einmal in Emily verlieben. Auf gar keinen Fall. Er müsste schon ein Volltrottel sein, um dieses sinnlose Unterfangen noch einmal in Angriff zu nehmen. Keine Frage, Emily fand ihn immer noch körperlich attraktiv. Das ging eindeutig daraus hervor, wie sie seine Küsse erwiderte. Aber hinterher hatte sie die Wohnung fluchtartig verlassen. Jim schüttelte den Kopf. Sie hatte es äußerst eilig gehabt, ihm zu entkommen. Sie hatte ihm klipp und klar gesagt, dass sie ihn nicht mochte. Ja, bei ihm musste schon eine Schraube locker sein, falls er glaubte, sich etwas anderes als Frust und Enttäuschung einzuhandeln, wenn er sich noch einmal in Emily verliebte.

Also würde er das auch nicht tun. Er würde es sich einfach verbieten. Dummerweise war das leichter gesagt als getan. Jim kam sich vor, als hinge er nur mit den Fingerspitzen und reiner Willenskraft an der Kante einer Felsklippe. Jeder Gedanke an Emily – und nahezu jeder seiner Gedanken drehte sich derzeit um sie – war wie ein kräftiger Windstoß, der ihn traf und ihm das bisschen Halt zu nehmen drohte, das er hatte.

Felipe stieg wieder ein. „Sie sitzen immer noch alle am Tisch“, berichtete er. „Ich hatte Blickkontakt mit Emily. Ihr geht es gut. Sie hat mich sogar angelächelt. Eine tapfere Frau.“

Jim murmelte zustimmend und wünschte sich nichts sehnlicher, als dass Salazar das Thema wechselte. Er wollte nur hören, dass mit Emily alles in Ordnung war. Sonst nichts. Alles andere interessierte nicht. Nicht ob sie lächelte oder ob Delmore ihre Hand hielt. Er wollte nicht an ihre kurzen, aber sehr gepflegten Fingernägel denken, an ihre langen schlanken Finger, an leichte Berührungen ihrer schmalen Hände, die ihn glatt in den Wahnsinn treiben konnten …

„Jewel hat mir erzählt, dass Emily sowohl Förderkurse in Englisch gibt als auch Leistungskurse für Fortgeschrittene“, fuhr Salazar fort. „Anscheinend stecken sie die Unruhestifter in ihrer Schule einfach alle in Förderkurse. Nach dem, was Jewel so erzählt, waren die Förderkurse vor Emily kaum etwas anderes als Verwahrstätten für Schüler, von denen die Schulverwaltung hoffte, sie würden spätestens mit sechzehn die Schule abbrechen. Emily aber gibt niemanden einfach auf. Sie hat kreatives Schreiben eingeführt, und mittlerweile geben die Kinder eine eigene literarische Zeitschrift heraus. Kinder, die nie zuvor in ihrem Leben etwas anderes geschrieben haben als Graffiti auf Mauern und Wände. Es war wie Zauberei. Die Schüler sind Feuer und Flamme, und zwar nicht in erster Linie wegen dieser Zeitschrift, sondern wegen Emily. Ich glaube, es liegt daran, dass sie die Schüler wie Menschen behandelt. Sie respektiert sie und gibt ihnen Gelegenheit, sich zu beweisen. Und wenn sie ihnen erst einmal vertraut, dann stellt sie sich auch hinter sie. Sie glaubt an sie, und das ermöglicht es ihnen, an sich selbst zu glauben."

Jim wusste, wie das war, denn Emily hatte auch an ihn geglaubt. Er erinnerte sich gut daran, wie ihre Augen geleuchtet hatten, wenn sie ihn anlächelte. Damals, als sie noch miteinander gegangen waren. Er sah sie vor sich, wie sie an seinem Bett im Krankenhaus gesessen und fest darauf vertraut hatte, dass er es schaffen würde, dass die Schmerzen nachlassen würden. Ihr Glaube war so stark gewesen, dass er für sie beide gereicht hatte. Er erinnerte sich daran, wie sie in seine Wohnung gekommen war, in sein Bett. Wie sie sich ihm hingegeben hatte, im festen Glauben daran, dass er ihr Vertrauen nicht missbrauchen würde.

Und dann hatte er genau das getan.

Und damit alles, was zwischen ihnen gewesen war, kaputt gemacht.

Aber dennoch glaubte sie immer noch an ihn. Erst vor wenigen Stunden hatte sie ihm das gesagt: *Du wirst immer in der Nähe sein und uns beobachten, richtig? Dann kann mir nichts passieren.*

Wie ein Film spulte sich die Szene vor ihm ab: Emily, die zu ihm hochschaute, während er den Kopf neigte, um sie zu küssen. Kontakt. Hitze. Ihre weichen süßen Lippen. Ihre Finger in seinem Haar. Sie zog ihn an sich. Noch enger. Ihre Zungen berührten einander. Ihr Körper schmiegte sich an ihn. Pure Lust durchzuckte ihn – so intensiv, dass es beinah wehtat.

Und dann tat es wirklich weh.

Wem zum Teufel versuchte er eigentlich etwas vorzumachen? Niemals würde er sich noch einmal in Emily verlieben. Das war einfach unmöglich.

Er konnte sich gar nicht noch einmal in sie verlieben. Schließlich hatte er nie aufgehört, sie zu lieben.

Emily hörte die Worte, begriff aber nicht sofort.

„Es ist noch früh", meinte Marty, eine Freundin von Alex, und ließ die Eiswürfel in ihrem Cocktail kreisen. „Warum segelt ihr beiden nicht mit uns zu unserem Ferienhaus?" Sie lächelte. „Ich möchte so gern ein bisschen mit dem neuen Pool angeben, den wir uns gerade haben anlegen lassen. Was meint ihr? Wir könnten alle ein bisschen schwimmen."

Segeln? Einmal quer durch den Hafen zu dem Palast von einem Ferienhaus, das Marty und Ken ihr Eigen nannten? Panik durchzuckte Emily. Wenn sie segelten, konnte Jim ihnen nicht folgen. Er wüsste nicht, wohin sie fuhr, und hatte keine Chance, sie wiederzufinden.

„Das klingt verlockend", sagte Alex. Er wandte sich an Emily. „Ich höre schon fast seit einem Jahr ständig von diesem neuen Swimmingpool."

„Aber … ich habe keinen Badeanzug mit", stammelte Emily.

Marty zündete sich eine Zigarette an und lächelte. „Bei deiner Figur brauchst du keinen." Sie lachte amüsiert, sodass die feinen Lachfältchen um ihre Augen deutlicher zutage traten. „Aber wenn ich's mir recht überlege, ist es vielleicht besser, diese Figur nicht unbekleidet zu lassen. Wir möchten doch nicht, dass Kens Blutdruck ins Unermessliche steigt. Wir haben ein paar Badeanzüge im Bootshaus liegen. Ich bin sicher, dass etwas Passendes für dich dabei ist."

„Großartig", meinte Alex, als wäre damit alles geklärt. „Ich bezahle nur schnell die Rechnung, und auf geht's."

„Ich sollte ... Dan anrufen", warf Emily ein, „und ihm sagen, dass er nicht auf mich warten soll."

„Emilys Bruder ist in der Stadt", erklärte Alex seinen Freunden und fischte seine Kreditkarte aus seiner Brieftasche. „Benutz am besten das Telefon an der Bar", fuhr er an Emily gewandt fort. „Die öffentlichen Telefone taugen nichts."

Emily nahm ihre Handtasche und eilte zunächst Richtung Damentoilette. Sie hatte sich Jims Handynummer notiert. Der Zettel steckte in ihrer Handtasche. Aber da ihr „Bruder" angeblich in ihrer Wohnung auf sie wartete, würde es den anderen sehr merkwürdig vorkommen, wenn sie die Nummer ablesen musste. In der Damentoilette hatte sie Gelegenheit, sie sich unauffällig einzuprägen.

Dachte sie. In der Toilettenkabine musste sie jedoch feststellen, dass der Zettel mit Jims Handynummer nicht in ihrer Handtasche lag. Zu spät fiel ihr ein, dass sie ihre Börse, ihre Schlüssel und den Zettel mit der Nummer in ihre andere Handtasche gesteckt hatte. In die weiße, die trocken und sicher auf dem Schminktischchen in ihrem Schlafzimmer lag.

Schweigend verfluchte sie ihre eigene Dummheit. Jim saß keine hundert Meter von ihr entfernt in Felipes Auto und hätte doch Tausende von Meilen weit fort sein können.

Hastig durchwühlte sie die Handtasche. Was hatte sie überhaupt dabei? Einen Lippenstift, einen Eyeliner, einen Kamm, ein klebriges Tütchen Fruchtbonbons, etwa drei Dollar in Münzen, lose Kassenzettel, einen Taschenkalender vom letzten Jahr, einen Müsliriegel, ein Päckchen Papiertaschentücher, einen Tampon und eine abgelaufene Kreditkarte.

Kein Telefonbuch, nichts, was ihr irgendwie weiterhalf. Nicht einmal einen Bleistift, um Jim einen Zettel zu hinterlassen, wohin sie segeln würden.

Wobei – selbst wenn sie Jims Handynummer hätte, könnte sie ihm nicht sagen, wohin es gehen sollte. Sie kannte die Adresse von Marty und Ken nicht. Ja, sie kannte nicht einmal den Nachnamen der beiden.

Emily schloss die Augen und versuchte sich vorzustellen, was geschehen würde, nachdem sie und Alex das Restaurant verlassen und auf der Yacht seiner Freunde davongesegelt waren.

Der Fahrer der Limousine, der am Tresen ein Ginger Ale nach dem anderen trank, würde die Bar verlassen. Er würde auf den Parkplatz gehen, in die Limousine einsteigen und fortfahren.

Jim und Felipe würden verwundert zusehen. Dann würde Felipe das Restaurant betreten, den leeren Tisch entdecken, feststellen, dass Alex und Emily fort waren, und ziemlich schnell zu dem Schluss kommen, dass sie sich mit einem Boot aus dem Staub gemacht hatten.

Jim würde kochen vor Wut. Und außer sich sein vor Sorge. Emily sah immer noch den Ausdruck in seinen Augen, als sie zugegeben hatte, Angst vor der Verabredung mit Alex zu haben. Jim hatte beinah verzweifelt gewirkt. Und sie dann geküsst …

Emily schüttelte den Kopf. Darüber durfte sie jetzt nicht nachdenken. Darüber wollte sie auch nicht nachdenken. Weder jetzt noch überhaupt. Aber es fiel ihr schwer. Sie spürte immer noch seine Bartstoppeln in ihrem Gesicht, schmeckte immer noch seinen nur zu vertrauten Geschmack, spürte die Arme, die er um sie gelegt hatte, um sie an sich zu ziehen, seinen schlanken durchtrainierten Körper …

Emily hörte im Waschraum Wasser laufen, und der typische Geruch von kaltem Zigarettenrauch, der Marty permanent anhaftete, stieg ihr in die Nase. Tief durchatmend öffnete sie die Kabinentür und gab damit die Illusion von Sicherheit und Ungestörtheit auf, die sie bis eben gespürt hatte.

Marty stand vor dem Spiegel am Waschtisch und zog sich die Lippen nach. Ihre Blicke trafen sich im Spiegel, und sie lächelten einander zu.

Emily wusch sich die Hände. „Marty", sagte sie. „Mir ist gerade aufgefallen, dass ich nicht einmal deinen Nachnamen kenne."

Normales, höfliches Geplauder. Marty würde nie der Verdacht kommen, Emily wolle ihren Nachnamen wissen, um die Polizei darüber zu informieren, wo Alex Delmore sich herumtrieb …

Marty steckte ihren Lippenstift zurück in ihre Handtasche und ließ das Schloss zuschnappen. „Bevin", antwortete sie. „Martina Bevin. Dein Nachname ist Marshfield, richtig?"

„Marshall", korrigierte Emily freundlich und trocknete sich die Hände ab.

Marty zuckte die Achseln. „Ich und mein Namensgedächtnis", seufzte sie. „Aber im Grunde brauche ich mir den Namen Marshall auch nicht groß zu merken, richtig?" Sie lächelte lauernd. „Mir sind Gerüchte zu Ohren gekommen, du könntest schon bald den Namen Delmore annehmen."

Ganz offensichtlich hoffte sie auf ein wenig Stoff für Klatsch und Tratsch. Wenn sie wüsste, was Emily wusste … Andererseits, vielleicht wusste sie es ja. Vielleicht waren Marty und Ken genauso in den Drogenhandel verwickelt wie Alex. Eiskalt lief es Emily den Rücken hinunter. Die beiden wirkten so nett. Andererseits hatte auch Alex sehr nett gewirkt – bevor sie die Unterhaltung mit Vincent Marino mit angehört hatte.

Emily murmelte eine ausweichende Antwort, höflich, aber so vage, dass sie weder als Bestätigung noch als Dementi verstanden werden konnte, und flüchtete zurück ins Restaurant. Eher würde die Erde aufhören, sich zu drehen, als dass sie Alex heiratete. So viel stand fest.

Kaum der Damentoilette entkommen, atmete sie tief durch. Was nun?

Ken und Marty Bevin. Wenigstens konnte sie Jim jetzt informieren. Aber dafür blieb ihr nur eine Möglichkeit – wenn sie die Nachricht für ihn nicht mit Lippenstift auf den Spiegel der Damentoilette schreiben wollte.

Sie musste eine Mitteilung für ihn auf ihren eigenen Anrufbeantworter sprechen. Mit etwas Glück würde Jim daran denken, ihre Nummer anzurufen und den Anrufbeantworter abzuhören. Nein, nicht Glück. Mit Glück hatte das nichts zu tun. Jim war gut in dem, was er tat. Er war gründlich. Ihren Anrufbeantworter hörte er ganz sicher als Allererstes ab, wenn er begriff, dass er und Felipe abgehängt worden waren.

Der Barkeeper hatte ihr das Telefon schon bereitgestellt. „Eine Neun vorwählen, dann können Sie ein externes Gespräch führen“, erklärte er freundlich lächelnd. Er war groß und muskulös und trug die langen Haare im Nacken zusammengebunden. Irgendetwas an seiner Art, sich zu bewegen, erinnerte sie an Jim. Innerlich zog sie eine Grimasse. Es gehörte im Moment nicht viel dazu, sie an Jim zu erinnern.

Rasch wählte sie ihre Nummer. Das Telefon klingelte viermal, bevor der Anrufbeantworter sich meldete.

„Hi, Dan, ich bin es. Emily. Ich wollte dich nur informieren, dass ich später als geplant nach Hause komme. Alex und ich fahren noch mit zu Ken und Marty Bevin. Ich kenne die genaue Adresse ihres Ferienhauses nicht, aber es liegt irgendwo am Wasser, nicht weit vom Hafen." Sie senkte die Stimme. „Mach dir keine Sorgen. Es ist alles in Ordnung. Mir geht es gut. Bis später."

Dann legte sie auf, atmete einmal tief durch, zwang sich zu einem Lächeln und ging zurück zu ihrem Tisch, wo Alex auf sie wartete.

„Alles klar?", fragte er. „Können wir?"

Sie nickte. Wenn nicht jetzt, wann dann?

Verdammt, das war die Hölle auf Erden.

Zum zehnten Mal in der letzten halben Stunde legte Jim entnervt auf. Wo steckte sie? Wo zum Teufel war sie abgeblieben?

Alle Versuche, die Adresse von Ken und Marty Bevin ausfindig zu machen, waren fehlgeschlagen. Die Leute gab es einfach nicht. Sie hatten keinen Grundbesitz, es gab keine Polizeiakte, keine Vorstrafen, nicht einmal einen Strafzettel für falsches Parken. Sie hatten keinen Telefonanschluss – weder mit öffentlicher noch mit Geheimnummer. Sie zahlten keine Einkommenssteuer, ja, sie waren nicht einmal als Wähler registriert!

Jedes Mal wenn eine vielversprechende Spur sich im Nichts verlor, wurde Jim noch nervöser. Wer waren diese Leute? Der Name war offensichtlich falsch. Verdammt noch mal, es machte ihm Angst, dass Emily bei diesen Leuten war. Es machte ihm Angst, nicht zu wissen, wo sie steckte. Sie konnte buchstäblich überall sein. Ja, sie könnte sogar in einem Flugzeug sitzen, das sonst wohin düste. Sie könnte gefesselt und bewusstlos unter Deck irgendeines Schiffes liegen, das nach Südamerika unterwegs war. Sie könnte tot sein ...

Mit zornigem Schnauben stemmte er sich von der Couch hoch und begann erneut auf und ab zu tigern.

Wie konnte er sie nur verlieren? Warum war er nicht auf so etwas vorbereitet gewesen? Er hätte dafür sorgen sollen, dass sie ein Mikrofon mit Peilsender bei sich trug. Er hätte berücksichtigen müssen, dass das Aquavia direkt am Wasser lag. Natürlich legten dort ständig Boote an und wieder ab. Das hätte er bedenken müssen. Er hätte ein Boot bereithalten müssen, um Emily auch auf dem Wasser folgen zu können.

Jim warf einen Blick auf seine Uhr und fluchte. Es war schon fast zwei Uhr früh. Wo zum Teufel steckte sie?

Kurz nach Mitternacht hatten er und Salazar sich getrennt. Sie waren zu Emilys Wohnung zurückgefahren, um nachzuschauen, ob sie vielleicht schon wieder zu Hause war. Dabei hatte Jim ihre andere Handtasche gefunden – die mit der Geldbörse, dem Zettel mit seiner Handynummer und ihren Schlüsseln. Großartig, einfach großartig. Jetzt musste er sich auch noch fragen, ob sie vielleicht vergebens versucht hatte, in die Wohnung zu kommen, weil sie keinen Schlüssel bei sich hatte.

Felipe war zurückgefahren zu Delmores Haus, um nach Delmore oder Emily Ausschau zu halten. Jim war in ihrer Wohnung geblieben, in der Hoffnung, sie würde noch einmal anrufen. Oder nach Hause kommen. Egal, wo sie war, er betete darum, dass sie in Sicherheit war.

Er betete. Grundgütiger, wann hatte er zuletzt ernstlich gebetet? Er konnte sich nicht daran erinnern. Aber jetzt betete er so eindringlich wie nie zuvor.

Um zehn vor zwei klingelte das Telefon.

Jim nahm ab, bevor der erste Klingelton verhallt war. Aber es war nicht Emily, sondern Frank Gale von der städtischen Polizeiwache. Er hatte eine groß angelegte Suche per Computer gestartet, um irgendwie irgendwas über Ken und Marty Bevin auszubuddeln.

„Ich hab's", verkündete er. „Bevin ist ein Künstlername.

Martina Bevin. Erinnerst du dich? Sie hat vor etlichen Jahren kleine Rollen in ein paar billigen Horrorstreifen gespielt. Sie war immer das Mädchen mit den großen Titten, das in den ersten Minuten des Films ihre Bluse auszog und abgemurkst wurde. Sie ist mehr oder weniger untergetaucht und meidet heute die Öffentlichkeit. Offenbar hatte sie sich einen Stalker eingehandelt und der Filmindustrie daraufhin den Rücken gekehrt. Dann heiratete sie vor ein paar Jahren jemanden von hier. Ken Trudeau. Ein reicher Kerl. Ihm gehört das große Ferienanwesen auf der Landzunge."

Jim kritzelte den Namen in sein Notizbuch. „Hast du seine Adresse?"

„Ja. 211 Flamingo Lane. Die zweigt von der Ocean Avenue ab."

„Danke, Frank."

„Gern geschehen."

Jim legte auf und drehte sich um, als die Wohnungstür geöffnet wurde und Emily eintrat.

Emily.

Sie schloss die Tür hinter sich, legte den Sicherheitsriegel vor und lehnte sich an die Wand, als wäre sie völlig erschöpft.

Erleichterung überfiel Jim, als hätte man ihm mit der Faust in den Magen geschlagen. Sie war am Leben. Ihr ging es gut. Sie war ... Die Erleichterung machte etwas anderem Platz, nämlich schnell wachsender Ungläubigkeit.

Ihre Haare sahen schrecklich aus. Als wären sie nass geworden und dann von einem Sturm zerzaust. Oder als hätte jemand – Delmore – mit beiden Händen darin herumgewühlt. In einer Hand hielt sie ihre hochhackigen Pumps. Er sah, dass sie ihre Strumpfhose ausgezogen und in einen der Schuhe gestopft hatte. Mit nackten Beinen stand sie da, und ihr Kleid war zerknittert, als hätte sie es ausgezogen und nachlässig über eine Stuhllehne geworfen ...

Eifersucht durchfuhr ihn, heiß, messerscharf und grausam schmerzhaft.

„Es tut mir leid, dass ich dich nicht anrufen konnte", sagte sie. „Ich hatte deine Telefonnummer nicht eingesteckt ..."

„Ich weiß." Es kostete ihn große Anstrengung, seine Stimme am Zittern zu hindern. „Alles in Ordnung mit dir?" Eigentlich wollte er wissen, was sie die ganze Zeit getrieben hatte. Hatte sie mit Delmore geschlafen? Hatten sie Sex miteinander gehabt? Aber er brachte es nicht über sich, sie das zu fragen.

Emily nickte. „Mir geht es gut." Sie lächelte, aber ihr Lächeln wirkte gezwungen und unnatürlich. „Nein, mir geht es besser als gut. Ich habe Alex dazu gebracht, dich zu einer Party auf seiner Yacht einzuladen. Am nächsten Samstag, also morgen in einer Woche. Das wird ein Segeltörn mit Cocktailparty auf der Home Free. Um halb sechs geht es los, und um neun legt die Yacht wieder im Hafen an. Wir sind beide eingeladen. Er wollte eigentlich nur mit uns beiden lossegeln, zu einem anderen Zeitpunkt, aber ich dachte, es wäre besser, wenn viele Leute auf der Yacht sind. Dann kannst du dich in sein Büro schleichen, ohne dass du gleich vermisst wirst."

„Ja", meinte Jim. „Das ist eine gute Idee." Rein äußerlich war er ruhig und beherrscht. Innerlich starb er fast vor Anspannung. Sie hatte Delmore dazu gebracht, ihn einzuladen. Es gelang ihm nicht, das Bild aus seinem Kopf zu kriegen, das sich ihm aufdrängte: Emily bei der Überzeugungsarbeit – in Delmores Bett.

„Du brauchst einen Smoking", sagte sie. Ihre Blicke trafen sich, aber sie schaute schnell wieder fort.

Was Jim dachte, war einfach zu grässlich. Emily hatte Angst vor Delmore. Wenn sie schon nicht mit ihm essen gehen wollte, dann hatte sie ganz sicher erst recht nicht den Drang, mit ihm zu schlafen. Aber würde sie es möglicherweise trotzdem tun? Würde sie sich dazu zwingen, ein letztes Mal mit Alexander Delmore zu schlafen, um die Informationen zu beschaffen, die sie brauchte, um den Mann hinter Gitter zu bringen – und Jim endgültig aus ihrem Leben zu verbannen?

Jim wusste es nicht, und das hasste er. Er hasste es, dass in ihm der Verdacht aufkeimte, dass sie nicht nur bereit wäre, so etwas zu tun, sondern es sogar bereits getan hatte. Er wollte so sehr daran glauben, dass sie sich nicht auf diese Weise prostituieren würde, aber die Indizien sprachen ganz offensichtlich gegen sie. Irgendwann im Laufe des Abends hatte sie sich ausgezogen. Das konnte er nicht ignorieren, und der Gedanke daran brachte ihn fast um. Obwohl er sich in den letzten paar Stunden alle möglichen Gefahren und Risiken ausgemalt hatte, denen sie ausgesetzt sein konnte, hatte er doch einen Gedanken kategorisch von sich geschoben: dass Delmore möglicherweise mit ihr schlafen würde. Aber jetzt wurde er diesen Gedanken nicht mehr los, und das verursachte ihm Übelkeit.

„Ich muss duschen“, sagte sie, und er merkte, dass er ihr den Weg ins Bad versperrte.

Er wollte nicht, dass sie jetzt ging. Wenn er nicht vor der Badezimmertür stehen blieb und auf sie wartete, würde sie nach dem Duschen einfach in ihrem Schlafzimmer verschwinden, und er bekäme sie erst am nächsten Morgen wieder zu sehen. Das hieß, er bliebe die ganze Nacht mit seinen Verdächtigungen und seiner Eifersucht allein.

Er trat einen Schritt auf sie zu und deutete auf die Couch. „Setz dich und … erzähl mir, was geschehen ist.“

Sie warf einen Blick auf die Couch und schüttelte den Kopf. „Nichts Verdächtiges.“ Ihr Blick fiel auf die Schuhe, die sie immer noch in der Hand hielt. „Wir sind zum Ferienhaus von Ken und Marty Bevin gesegelt …“

„Trudeau“, fiel Jim ihr ins Wort. Sie runzelte die Stirn und schaute ihn fragend an. „Ken und Marty Trudeau. Mein Helfer in der Polizeistation hat erst vor ein paar Minuten in Erfahrung bringen können, dass Marty Bevin ein Künstlername ist. Sie war mal Schauspielerin."

Emily begriff sofort. „Oh Gott", entfuhr es ihr. Einer ihrer Schuhe fiel zu Boden, aber sie kümmerte sich nicht darum. Stattdessen schaute sie Jim an, Besorgnis im Blick. „Du hattest also die ganze Zeit keine Ahnung, wo und bei wem ich war. Jim, es tut mir so leid …"

„Nein", widersprach er, trat noch einen Schritt näher und fasste sie bei den Schultern. „Nein, Emily, das braucht dir nicht leidzutun. Es ist meine Schuld. Ich habe dir versprochen, bei dir zu bleiben. Dir zu folgen. Verdammt noch mal, ich hätte dafür sorgen müssen, dass du ein Mikro mit Sender trägst …"

„Gut, dass du das nicht getan hast", warf Emily ein und wurde rot. Jim erstarrte.

Sie löste sich sanft aus seinem Griff und versuchte an ihm vorbei ins Bad zu kommen. Aber er griff nach ihrem Arm und hielt sie fest.

„Warum?", fragte er leise. Emily stockte der Atem, als sie die Anspannung in seinem Gesicht und das gefährliche Funkeln in seinen Augen bemerkte. „Was ist geschehen, das ich nicht hören sollte?"

Sie antwortete nicht, und sein Griff wurde fester. „Was hast du getan, Emily?" Seine Stimme wurde immer lauter. „Wohin bist du gegangen, nachdem du von den Trudeaus fort bist? Ich weiß, dass du nicht in Delmores Haus warst. Salazar hat dort die ganze Nacht auf euch gewartet. Also, wohin bist du gegangen? Auf Delmores Yacht, richtig?"

Emily starrte ihn ungläubig an. Was wollte er mit seinen Fragen andeuten? Oh Gott, etwa, dass sie … Er glaubte, sie hätte mit Alex geschlafen. Er glaubte allen Ernstes, dass sie zu so etwas fähig war. Tränen der Wut brannten in ihren Augen, und sie versuchte sich loszureißen. Aber er schloss seine Finger nur noch fester um ihren Arm.

Zu ihrem Entsetzen brach sie in Tränen aus.

Zerknirscht zog er sie in die Arme. „Oh Gott, es tut mir leid", stieß er hervor und drückte sie fest an sich. „Es tut mir so leid. Ich hätte dich nicht anschreien dürfen. Ich ... ich bin ausgetickt. Das hätte mir nicht passieren dürfen. Aber ich habe mir solche Sorgen um dich gemacht, und dann ... Aber jetzt ist nur eins wichtig: Du bist hier, du bist in Sicherheit. Darauf muss ich mich konzentrieren. Du ahnst nicht, wie überglücklich ich war, als du plötzlich zur Tür hereingekommen bist. Ich hatte solche Angst und habe mich so hilflos gefühlt. Aber jetzt ist alles gut. Dir geht es gut. Das ist das Einzige, was zählt. Das Einzige, was zählt."

Emily spürte mehr, als dass sie es hörte, wie ihm die Stimme brach. Sein Atem wurde ungleichmäßig. Jim weinte. Er weinte wahrhaftig genauso wie sie.

Sie fühlte seine Wange an ihrer Schläfe, spürte seinen Atem, der ihr warm ums Ohr strich. Er war für sie wie ein fester Fels in der Brandung, und sie fühlte sich in seinen Armen zum ersten Mal an diesem Abend sicher und geborgen.

Und gebraucht. Schlagartig wurde ihr das klar. Er klammerte sich ebenso fest an sie wie sie sich an ihn. Die Umarmung war ganz und gar keine einseitige Sache. Sie bot auch ihm Trost und Geborgenheit.

Das erschreckte sie zu Tode. Also tat sie das Einzige, was ihr einfiel: Sie ließ Jim los und flüchtete ins Bad.

11. KAPITEL

Jim saß in Emilys Wohnzimmer und bemühte sich krampfhaft, nicht daran zu denken, was zwischen Emily und Delmore in der letzten Nacht gelaufen sein mochte, als sie allein auf der Yacht des Millionärs gewesen waren.

Aber es fiel ihm sagenhaft schwer.

Er hatte versucht, sich selbst abzulenken, hatte den Sonnenaufgang beobachtet. Der Himmel in der Morgendämmerung war dunstig und leuchtete rot. Wie lautete noch die alte Bauernregel? Morgenrot, Schlechtwetter droht. Es würde wieder brüllend heiß werden bei hoher Luftfeuchtigkeit, sodass die Schwüle des Tages sich am späten Nachmittag in heftigen Gewittern entladen würde. Aber die Gewitter wuschen immer nur kurzfristig die klebrige Feuchtigkeit aus der Luft. Noch bevor es aufhörte zu regnen, verdampfte das Wasser schon wieder und ließ es erneut drückend schwül werden.

Aber so war das nun mal. Jammern half nichts. Er lebte schließlich in Florida, und es war Sommer. Dazu gehörten Hitze und Schwüle. Und er hatte es sich selbst ausgesucht. Er hatte selbst entschieden, die New Yorker Polizei zu verlassen. Dabei hätte er ebenso gut im Norden bleiben können. Sein Chef hätte sich darüber gefreut. Selbst als Berufsanfänger war Jim schon gut in dem gewesen, was er tat.

Trotzdem hatte er fortgehen müssen. New York hatte ihn schon viel zu viel gekostet, vor allem hatte es ein gewaltiges Stück aus seiner Seele gerissen. Seine einzige Hoffnung auf Heilung hatte darin bestanden, Fersengeld zu geben und aus der Stadt zu verschwinden.

Was war dann passiert? Er war nach Tampa gezogen. Nicht wirklich geheilt, aber doch immerhin funktions- und arbeitsfähig. Und dann, nach nur wenigen Monaten im neuen Job, war er eines Morgens aufgewacht und hatte festgestellt: Jetzt fehlte ihm ein Stück seines Herzens.

Ein Stück? Ach was. Das ganze verdammte Ding. Emily hatte ihm das ganze verdammte Ding gestohlen. Er hatte geglaubt, es zurückgewonnen zu haben, aber letzte Nacht hatte er feststellen müssen, dass er sich irrte. Es gehörte Emily nach all den Jahren immer noch. Nichts hatte sich verändert. Er liebte sie und würde das wahrscheinlich in alle Ewigkeit tun.

Sie war älter geworden. Sie waren beide älter geworden. Weiß Gott, er war in den letzten sieben Jahren erwachsen geworden, hatte verarbeitet, wer er war und was er getan hatte. Oh ja, er hatte sogar ein bisschen von dem zurückgewonnen, was seiner Seele entrissen worden war. Geflickt und vernarbt, wie sie jetzt war, bot sie keinen schönen Anblick, aber ihm war klar geworden, dass er kein so schlechter Mensch war, wie er sich eingeredet hatte.

Nein, er war nicht so schlecht. Aber war er trotzdem gut genug für Emily?

Er war Polizist. Er wusste, welches Risiko er Tag für Tag einging, wenn er seine Arbeit antrat. Seine Welt und die Menschen, die darin lebten, waren brutal und hässlich. Und manchmal musste er genauso brutal und hässlich sein, um die bösen Jungs zu schnappen. Mehr als einmal hatte er schon die Waffe auf einen Menschen gerichtet und abgedrückt – und sich damit auf ihr verachtenswertes Niveau hinabbegeben.

Nein, er war nicht das Ungeheuer, für das er sich gehalten hatte, aber ein Heiliger war er auch nicht.

Die Sonne stieg über den Horizont und gewann an Kraft. Jim erhob sich von der Couch und ging in die Küche, um die nächste Kanne Kaffee aufzubrühen.

Es spielte keine Rolle, ob Emily einen besseren Mann verdiente als ihn. Sie mochte ihn nicht. Er konnte nicht viel dafür tun, ihre Zuneigung wiederzugewinnen – geschweige denn ihre Liebe. Er war sich ja nicht einmal sicher, ob er das wollte.

Aber eins stand fest: Er musste ihr die Wahrheit sagen. Er musste ihr sagen, warum er sie verletzt hatte, warum er sie vor so vielen Jahren hatte sitzen lassen. Vielleicht würde sie ihm nicht glauben. Vielleicht aber doch. Vielleicht würde sie ihn wenigstens verstehen und ihm vergeben.

Und vielleicht würde ihm das schon reichen.

Emily erwachte um halb elf – und fühlte sich immer noch wie erschossen.

Sie lag im Bett und lauschte auf die Geräusche aus dem Wohnzimmer, die ihr verraten würden, dass Jim wach war. Sie hörte nichts, glaubte aber nicht, dass er noch schlief. Er schlief nie länger als bis acht.

Als ihr wieder einfiel, wie er sie in der Nacht zuvor in den Armen gehalten und geweint hatte, erschauerte sie.

Dass sie unbemerkt aus dem Restaurant verschwunden war, hatte ihn offenbar zutiefst erschreckt. Auf jeden Fall traf es ihn härter, als sie sich hätte vorstellen können. Aber wenn sie darüber nachdachte, ergaben seine emotionale Reaktion, sein Zorn und seine Aufregung durchaus Sinn. Man hatte ihm die Aufgabe übertragen, sie zu beschützen. Für ihre Sicherheit trug er die Verantwortung. Ohne eigene Schuld hatte er sich plötzlich in einer Situation befunden, in der er seiner Aufgabe nicht gerecht werden konnte. Hinzu kam der Stress, versagt zu haben. Das passierte ihm nicht oft. Er versagte normalerweise nicht – und nahm es alles andere als leicht, wenn es doch passierte.

Den Gedanken, sein Gefühlsausbruch könne auf persönlicher Ebene mit ihr zu tun haben, schob sie weit von sich. Solche Gedanken waren viel zu gefährlich.

Emily seufzte. Der ganze Abend war eine einzige Qual gewesen.

Alex hatte um ihre Hand angehalten.

Sie hatte sich schon länger davor gefürchtet, und als er schließlich die Frage tatsächlich stellte, war das einerseits angenehmer, andererseits unangenehmer gewesen, als sie gedacht hatte. Angenehmer, weil er überhaupt nicht überrascht wirkte, als sie ihm sagte, sie brauche Zeit, darüber nachzudenken. Unangenehmer, weil Alex während des gesamten Gesprächs nicht ein Mal von Liebe gesprochen hatte. Er wollte sie heiraten, aber nicht weil er sie liebte, sondern weil er der Meinung war, sie sei die vollkommene Ehefrau für ihn.

Einerseits war das gut. Einen Mann zu verraten, der sie nicht liebte, bereitete ihr wenigstens keine Schuldgefühle. Andererseits war sie seltsam niedergeschlagen. Sie wollte geliebt werden. Auch Jim hatte sie nicht geliebt, und sie begann sich zu fragen, ob ihr jemals ein Mann begegnen würde, der sie liebte.

Sie war wirklich froh gewesen, kein Mikrofon am Körper zu haben. Wenn Jim ihre Unterhaltung mit Alex hätte mitanhören können, hätte sie das kaum ertragen. Es würde ihr schon schwer genug fallen, ihm von dem lieblosen Heiratsantrag nur zu erzählen.

Sie erhob sich aus dem Bett und nahm ihre Strandtasche aus dem Schrank. Sie und Alex hatten absichtlich nicht geplant, einander vor dem nächsten Samstag wieder zu sehen. Das machte es ihr leichter. Sie benötigte eine Auszeit, und zwar dringend.

Die Dinge, die sie brauchte, waren schnell zusammengesucht: Badeanzug, Unterwäsche, eine zweite Shorts und ein T-Shirt. Hastig stopfte sie die Sachen in die Tasche und zog sich an.

Mit der Tasche in der Hand ging sie ins Bad. Sie wusch ihr Gesicht, kämmte sich, putzte sich die Zähne und packte alles Sonstige ein, was sie brauchte, um ein paar Tage wegzufahren.

Dann atmete sie tief durch, öffnete die Badezimmertür und ging hinüber ins Wohnzimmer.

Jim saß auf der Couch und starrte in seinen Kaffee. Er sah grauenvoll aus. Emily hätte darauf wetten mögen, dass er sich die ganze Nacht schlaflos hin und her gewälzt und innerlich dafür verdammt hatte, versagt zu haben, kein vollkommener Polizist zu sein. Als er aufschaute, zwang er sich jedoch zu einem Lächeln.

„Hey“, sagte er. „Guten Morgen. Auf dich wartet frisch gebrühter Kaffee.“

Emily stellte ihre Badetasche an der Tür ab und ging in die Küche, um sich einen Becher einzuschenken.

„Emily ...“ Sie zuckte zusammen und schüttete sich den heißen Kaffee über die Hand.

Jim fluchte leise, stellte seinen eigenen Becher auf die Arbeitsplatte, ging zum Waschbecken und drehte das kalte Wasser auf.

„Du hast mich erschreckt“, beschwerte sie sich. „Ich habe nicht gehört, dass du mir gefolgt bist.“

„Tut mir leid.“ Jim griff nach ihrer Hand, um sie unter den kalten Wasserstrahl zu halten, aber Emily schüttelte abwehrend den Kopf.

„Es ist doch nichts passiert.“

Er nahm ihre Hand trotzdem. „Mir zuliebe.“

Das Wasser war kalt, ein seltsamer Gegensatz zu der Wärme seiner Hand. Sie schaute auf und stellte fest, dass er sie ansah. Hastig wandte sie den Blick ab. Aber er stand viel zu nah bei ihr. Seine Haare waren noch feucht. Sie konnte das Shampoo riechen, das er benutzt hatte, und das herb duftende Duschgel. Außerdem hatte er sich rasiert. Sein schmales Gesicht war glatt und wirkte seltsam verletzlich ohne die Bartstoppeln, die ihm sonst das Image des harten Kerls verliehen. Für einen Moment verspürte sie den Drang, mit der Hand seine

Wange zu berühren – und gab ihm nicht nach.

Als er sich vorbeugte, um den Wasserhahn wieder zuzudrehen, riskierte sie erneut einen kurzen Blick in sein Gesicht. Er wirkte gedankenverloren, schaute ins Leere, als er ihr ein Handtuch reichte.

„Ich muss dir erzählen, was letzte Nacht passiert ist“, sagte sie, während sie sich die Hände abtrocknete.

Jim reagierte sofort, schaute ihr aufmerksam in die Augen. „Nein, das musst du nicht“, sagte er leise. Dann lächelte er, gezwungen und ein wenig zittrig, aber trotzdem freundlich. In seinen Augen stand ein leiser Schmerz. Mit der Hand strich er ihr die Haare aus dem Gesicht, ließ die Finger kurz auf ihrer Wange ruhen. „Was immer letzte Nacht geschehen ist, es ist in Ordnung“, fuhr er fort. „Es lässt sich sowieso nicht mehr ändern.“

Emily traf fast der Schlag. Fassungslosigkeit machte sich in ihr breit, ließ sie zu Eis erstarren. „Du glaubst immer noch, dass ich … du glaubst immer noch, Alex und ich …“

„Etwa nicht?“ Jim schüttelte den Kopf und ruderte hastig zurück. „Nein, du brauchst nicht zu antworten. Es spielt keine Rolle.“

Aber es spielte sehr wohl eine Rolle. „Du glaubst, ich hätte letzte Nacht mit Alex geschlafen“, sagte Emily. Die eisige Kälte in ihr schlug um in rot glühenden Zorn. „Du glaubst, ich hätte mir auf diese Weise die Einladung auf die Yacht verschafft. Richtig?“

Jim wandte den Blick ab, schaute zu Boden. Er antwortete nicht. Emily gab ihm einen harten Stoß. „Du glaubst das, nicht wahr?“

Überrascht schaute er sie an. Ihre Augen blitzten vor Wut. Sie sah aus wie eine fuchsteufelswilde fauchende Katze, die ihn im nächsten Moment anspucken würde. So hart, wie der Stoß gewesen war, den sie ihm eben versetzt hatte, hätte es ihn nicht verwundert, wenn sie ihn tatsächlich angespuckt hätte.

„Jetzt hör mir mal gut zu, Detective", fuhr Emily ihn an, „denn was ich jetzt sage, sage ich nur noch dieses eine Mal: Meine Beziehung zu Alex Delmore ist keine sexuelle. Sie war es nie und wird es auch nie sein. Ich habe nie, nicht ein einziges Mal, mit dem Mann geschlafen. Weder letzte Nacht noch sonst irgendwann. Kriegst du das in deinen dicken Schädel? Letzte Nacht waren Alex und ich im Ferienhaus von Marty und Ken. Wir sind in ihrem Pool geschwommen und haben ihren neuen Whirlpool eingeweiht. Dann sind wir zurückgefahren zur Home Free, damit Alex in seinem Kalender nachschauen konnte, wann er Zeit hat, dich auf einen Segeltörn mitzunehmen. Anschließend bin ich nach Hause gefahren."

Im Pool geschwommen. Emily war geschwommen. Deshalb hatte sie so zerzaust ausgesehen. Sie hatte nicht mit Delmore geschlafen. Erleichtert lachte Jim auf. Oh Gott, er hatte alles gründlich missverstanden.

„Du hältst das wohl für witzig?", brauste Emily auf. „Fahr zur Hölle, Keegan. Ich hab mir sagen lassen, da sei es auch sehr witzig."

Sie war so zornig, dass Tränen der Wut ihr den Blick verschleierten, als sie sich zur Tür wandte. Wie konnte er es wagen zu glauben, dass sie mit Alex schlief? Zumal jetzt, wo sie den Mann verdächtigte, ein Krimineller zu sein? Wie konnte Jim es wagen, ihr so etwas zu unterstellen?

Er packte sie am Arm, als sie sich nach ihrer Badetasche bückte. „Em, warte! Bitte …"

Mit einem heftigen Ruck versuchte sie sich loszureißen, geriet dabei mit dem Fuß in einen der Griffe ihrer Badetasche, stolperte und ging hart zu Boden. Jim wurde mit umgerissen, und es gelang ihm im Fallen gerade so eben, zu verhindern, dass er auf sie fiel.

Der Sturz war so heftig, dass ihr kurz die Luft wegblieb.

Emily konnte also nicht protestieren, als Jim sie auf seinen Schoß zog.

„Hör mir zu“, bat er und hielt sie fest, damit sie sich nicht entziehen konnte. „Verdammt noch mal, hör mir einfach zu! Ich dachte, du und Alex, ihr wärt schon ... na, du weißt schon ... intim geworden, weil ich mir nicht ... Ich kann mir immer noch nicht vorstellen, dass es auch nur einen Mann gibt, der Zeit mit dir verbringen kann, ohne sich in dich zu verlieben. Ohne mit dir schlafen zu wollen.“

Emily spürte, wie ihr Widerstand in sich zusammenbrach. Ihr Zorn löste sich auf, und nur Schmerz blieb zurück. Niemand liebte sie. Niemand. „Damit liegst du falsch“, flüsterte sie.

„Ich habe die halbe Nacht mit dem Versuch zugebracht, mir nicht vorzustellen, wie ihr beide miteinander schlaft“, fuhr Jim heiser fort, als hätte er ihren Widerspruch nicht gehört. Emily saß jetzt still, lauschte seiner sanften Stimme. Sie war zu erschöpft, um noch zu protestieren. „Und den Rest der Nacht habe ich versucht, mir einzureden, es spiele keine Rolle, dass du mit Delmore schläfst. Aber es spielt eine Rolle. Es ist wichtig für mich. Ich will nicht, dass er dich anfasst.“

Jim berührte ihren nackten Arm, ließ die Finger von der Schulter bis zur Hand über ihre Haut gleiten, fast genauso wie Alex beim Essen neulich. Aber während Alex’ Berührung sie angewidert hatte, jagte Jims Berührung angenehme Schauer durch ihren ganzen Körper. Emily erzitterte, als er sanft eine Haarsträhne um seine Finger schlang.

„Ich will auch nicht, dass er dich küsst“, murmelte Jim und zog ihren Kopf zurück, sodass sie direkt zu ihm hochschaute. Tränen verschleierten ihr den Blick. Dennoch sah sie die unmissverständliche Glut in seinen Augen. Emily war wie erstarrt. Sie konnte sich nicht rühren, konnte nicht weglaufen.

Er fuhr sich mit der Zunge über die Lippen, und sie schloss die Augen, als er sich vorbeugte und sie sanft küsste.

Sie hörte, wie er scharf die Luft einsog, als sie sich ihm öffnete und seinen Kuss bereitwillig erwiderte. Er schmeckte nach Kaffee und Verlangen, süß und heiß, und sie drängte sich ihm entgegen, wollte mehr, viel mehr. Vielleicht war das Ganze nur eine Lüge. Vielleicht war es Selbstbetrug, vielleicht taten sie nur so als ob, aber zum Teufel damit: Wenn er sie küsste, wenn er sie berührte, dann fühlte sie sich geliebt, und genau das brauchte sie jetzt. Sie brauchte ihn.

Er verlagerte ihr Gewicht auf seinem Schoß, drehte sie um, sodass sie sich ihm zuwandte, und dann küsste er sie noch einmal. Fester und intensiver.

„Ich will nicht, dass er mit dir schläft", hauchte er und zog eine heiße Spur von Küssen über ihren Hals.

Dann ließ er sie zu Boden gleiten. Das Gewicht seines muskulösen Körpers auf ihrem war ihr hochwillkommen. Sie drückte ihn noch enger an sich, zog ihn zwischen ihre Beine und presste sich an ihn, um seine Erregung deutlicher zu spüren.

Er stöhnte auf – ein tiefer, kehliger Ton entrang sich ihm, der halb von Ekstase und halb von Verzweiflung kündete. Emily schnappte nach Luft, als er mit einer Hand ihre rechte Brust umfasste und die steife Brustwarze zwischen Daumen und Zeigefinger nahm. Sie klammerte sich an ihn, heiß vor Verlangen und schwindelig wegen des Ansturms von Gefühlen, die so intensiv waren, dass es ihr fast den Atem verschlug. Auch wenn sie die geschwisterliche Zuneigung nur vortäuschten – nicht alles war Schauspielerei. Sie liebte ihn. Nach all der Zeit, nach allem, was er ihr angetan hatte, nach dem Schmerz, den er ihr zugefügt hatte, hatte sie sich wieder in Jim Keegan verliebt.

Er schob ihr T-Shirt hoch, öffnete ihren BH-Verschluss

und liebkoste ihre Brüste, erst mit der Hand, dann mit dem Mund.

„Du bist schön", murmelte er, „so wunderschön."

Emily war rettungslos verloren. Als sie ihm mit den Fingern durch das dichte dunkle Haar strich, wusste sie, dass sie einen gewaltigen Fehler machte, aber inzwischen war ihr das egal. Sie brauchte ihn, hier und jetzt, und genau da war Jim Keegan nun mal am besten: im Hier und Jetzt.

Sie zerrte an seinem T-Shirt, und er zog es sich aus, während sie sich ihrerseits das T-Shirt abstreifte.

Aber dann tat er etwas gänzlich Unerwartetes: Er zögerte. Er kniete zwischen ihren Beinen, die Glut in seinen Augen war so stark, dass sie sich daran verbrannte, ein feiner glänzender Schweißfilm stand auf seiner Brust, die Muskeln seiner Arme waren angespannt, weil er sich darauf abstützte. Und doch zögerte er. „Em, denkst du wirklich ..."

Sie schlang die Arme um ihn, antwortete mit der Gluthitze ihres Kusses, mit dem schockierend intimen Gefühl von Haut auf Haut, von weichen Brüsten an harten Muskeln. Nein, sie wollte jetzt nicht denken. Sie wollte fühlen, nichts als fühlen.

Jim war verloren. Gefangen in der explosiven Leidenschaft ihrer Umarmung, hatte er nicht die geringste Chance. Irgendetwas war geschehen. Irgendetwas hatte Emily dazu gebracht, sich der Leidenschaft zu ergeben, die immer dann aufflammte, wenn ihre Blicke sich trafen. Aber er wusste nicht was, er wusste nicht, warum. Doch es war ihm wichtig, herauszufinden, warum sie ihre Meinung geändert hatte, und er wusste, dass er eigentlich aufhören sollte, sie zu küssen und zu berühren. Dass er sich aus ihrer Umarmung lösen sollte. Aber ihre Lippen schmeckten so süß, ihr Körper war so weich und verlockend, und – großer Gott – es war so lange her. Sein Körper war schwach, sein Herz stand in

Flammen. Nach sieben Jahren mit gelegentlichen Abenteuern, die nur ein schwacher Ersatz gewesen waren, nach endlosen Tagen und Nächten voll verzweifelter Einsamkeit, die er nicht einmal als solche erkannt hatte, konnte er sich nicht mehr zurückhalten.

Mit ihren langen schlanken Fingern strich sie ihm durchs Haar, berührte ihn, streichelte seinen Rücken, liebkoste seine Arme. Er hielt die Luft an, als sie nach unten griff und den obersten Knopf seiner Shorts öffnete. Der Reißverschluss klemmte. Bei ihrem Versuch, das störrische Ding zu öffnen, berührte sie ihn – so quälend leicht, dass Jim nach ihrer Hand griff und sie fest auf seinen steifen Penis drückte.

Sie schaute zu ihm hoch, ihre Augen leuchteten, die Knospen ihrer vollen Brüste fest zusammengezogen vor Verlangen. Mit jedem keuchenden Atemzug hob und senkte sich ihre Brust, als sie zufasste.

„Ich brauche dich“, flüsterte sie, und eine Hitzewelle durchflutete ihn, so stark, dass er die Augen schließen und sich leicht zurückziehen musste, um nicht die Beherrschung zu verlieren.

Dann küsste er sie, reagierte auf ihre Worte mit heftigem drängendem Verlangen. Verzweifelt wünschte er sich, er könnte die Zeit anhalten. Dieser Augenblick sollte ewig währen. Diese heiße Erwartung, diese Vorfreude, zu wissen, dass er sich gleich mit Emily vereinigen würde. Dieses Gefühl wollte er immer in seinem Herzen tragen. Er wollte in einem Raum voller Menschen ihrem Blick begegnen und in ihren Augen dieses Feuer glimmen sehen, dieses Versprechen paradiesischer Freuden. Wie eine kugelsichere Weste sollte dieses Gefühl ihn vor den Schmerzen und der Verzweiflung schützen, mit denen er nahezu jeden Tag in den Straßen der Stadt konfrontiert wurde. Das alles wollte er.

Aber er wollte noch mehr. Er wollte die Gewissheit, dass

hinter dem Verlangen, das sich in ihren Augen zeigte, etwas Kostbares steckte. Er wollte, dass sie mehr für ihn empfand als pure Lust. Er wollte, dass Emily ihn liebte.

Er wollte mehr, als er verdiente.

Wieder zog sie an seinem Reißverschluss, und diesmal ließ er sich öffnen. Die Zeit blieb nicht stehen. Im Gegenteil, plötzlich lief alles wie im Zeitraffer ab. Emily schubste ihn in Rückenlage, und gemeinsam zogen sie ihm Hose und Unterhose aus. Mit der Hand umschloss sie ihn fest, und er griff nach ihr, zog sie auf seinen Schoß und barg sein Gesicht an ihren weichen vollen Brüsten. Mit den Händen erforschte er ihren Po und stellte verblüfft fest, dass sie sich irgendwie in den letzten paar Sekunden auch ihrer letzten Kleidungsstücke entledigt hatte.

Ohne Vorwarnung verlagerte sie ihr Gewicht und nahm ihn in einer einzigen raschen Bewegung in sich auf. Feuchte Hitze umschloss ihn fest und weich.

Jim hörte sich selbst aufkeuchen, als sie einen schnellen, harten Rhythmus anschlug, sich wild und heftig auf ihm bewegte, sodass er beinahe das letzte bisschen Beherrschung verlor und gnadenlos erregt wurde.

Aber er trug kein Kondom. In wenigen Sekunden würde er regelrecht explodieren, und er hätte dem Teufel seine Seele dafür verkauft, seinen Samen in diese Frau zu ergießen, die er so verzweifelt liebte. Emily, schwanger mit seinem Kind – blitzschnell drängte sich diese Vorstellung in seine Gedanken. Und schon sah er ein Baby, *ihr* Baby, zum Kind heranwachsen. Er sah sich selbst glücklich. Glücklich in einer Weise, die er sich nie vorzustellen vermocht und nie kennengelernt hatte. Erfüllt von innerem Frieden, in tiefem Wohlbefinden, sicher geborgen in der Liebe zu seiner Familie, in ihrer Liebe zu ihm.

Er wollte das. Oh, wie sehr er sich das doch wünschte.

Aber es war nur ein Wunschtraum, nur Fantasie. Emily liebte ihn nicht. Und er liebte sie viel zu sehr, um ihr eine Schwangerschaft aufzubürden, die sie nicht wollte.

Er fasste sie an den Hüften, hob sie hoch und schob sie von sich.

„Nein", hauchte sie und bedeckte seinen Hals und sein Gesicht mit Küssen. „Ich will nicht aufhören …"

„Moment, Em, ich brauche ein Kondom", antwortete er heiser und reckte sich nach seinen Shorts und der Geldbörse, die noch in der Gesäßtasche steckte. Da seine Finger zitterten, rollten die Münzen zu Boden, aber trotzdem: So schnell hatte er sich bestimmt noch nie ein Kondom übergestreift.

Emily wartete gerade eben lange genug, bevor sie sich wieder auf ihn setzte. Aber Jim hob sie erneut hoch und legte sie rücklings auf den Boden.

„Jetzt bin ich dran", flüsterte er und schaute ihr tief in die Augen, während er in sie eindrang.

Er ließ sich Zeit. Jeder Stoß dauerte schier eine Ewigkeit, er glitt tief in sie hinein und gab ihr einen überwältigenden Kuss. Es war Folter, wunderbare Folter, die sie sämtlicher Schutzmechanismen beraubte, sie verletzlich machte und ihre Gefühle ans Licht zerrte.

Emily schloss die Augen. Sie hatte Angst davor, Jims Blick zu begegnen. Angst davor, dass er dann erkennen würde, was für eine Idiotin sie war. Angst davor, dass er begreifen würde, dass sie ihn liebte.

Sie drängte sich ihm entgegen und zog ihn auf sich herunter, sodass er mit seinem ganzen Gewicht auf ihr lag. Dann schlang sie ihre Beine um ihn, und er stöhnte auf, bewegte sich schneller, ihrem Verlangen entgegen.

„Em", hauchte er, und sie schlug die Augen auf.

Er schaute sie immer noch an. Seine Augen leuchteten hell,

beinahe fiebrig, unter halb geschlossenen Lidern. Seine dunklen Haare kringelten sich und klebten feucht auf seiner Haut, ein einzelner Schweißtropfen rann ihm übers Gesicht. Emily streckte die Hand danach aus, um ihn mit einem Finger wegzuwischen, und er presste seine Wange an ihre Handfläche.

„Du treibst mich in den Wahnsinn", stieß er stöhnend hervor. „Wir sollten langsamer machen, oder …"

Sie wollte nicht langsamer machen. Vielleicht liebte er sie nicht, aber wenn es um Sex ging, dann hatte sie Macht über ihn, und das wusste sie. In diesem Moment, in dem sie miteinander schliefen, hatte sie die Kontrolle.

Es war ein schwacher Trost, ein unfairer Handel, wenn man bedachte, dass Jim sonst immer derjenige war, der bestimmte, wo es langging. Ihr Herz gehörte ihm, und Emily musste der Wahrheit ins Auge sehen: Es würde ihm wahrscheinlich für den Rest ihres Lebens gehören. Ihr dagegen gehörte nur sein Körper, und das auch nur in den nächsten paar Minuten.

Soweit sie das allerdings in der Hand hatte, würden es grandiose Minuten werden.

Sie zog ihn zu sich herab und küsste ihn leidenschaftlich. Gleichzeitig steigerte sie den langsamen Rhythmus ihrer Bewegungen zu einem wilden Stakkato, sodass ihre Stöße von Mal zu Mal härter wurden und tiefer gingen. Sie spürte, wie er sie fester an sich zog, wie sein Körper sich anspannte, wie er aufschrie und dann in ihr kam.

Im nächsten Moment war ihr die Kontrolle entglitten. Ihr Körper reagierte, Woge auf Woge höchster Lust rollte an, erfasste sie und katapultierte sie in ungeahnte Höhen. Sie liebte ihn. Ganz und gar. Es war eine vollkommene Liebe. Und eine einseitige, unerwiderte Liebe.

Dann war es vorbei. Tränen brannten in Emilys Augen, als sie langsam wieder in die Realität zurückkehrte.

Jim hob den Kopf. Ihm wurde allmählich bewusst, dass er immer noch mit seinem ganzen Gewicht auf Emily lag. Ihre Augen waren geschlossen, und sie öffnete sie nur kurz, als er sich zur Seite drehte. Er zog sie in seine Arme. Sie schmiegte sich an ihn, barg ihr Gesicht an seinem Hals, als wäre ihr kalt. Dabei war sie schweißnass und schien zu glühen.

Er gab ihr einen Kuss auf den Kopf und begann sie sacht zu streicheln, von den Schulterblättern bis zum Po und zurück.

Ganz allmählich drängte sich die hässliche Wirklichkeit wieder in sein Bewusstsein, und Jim wurde klar, dass sie im Flur vor der Wohnungstür lagen. Im Flur! Er hatte nicht einmal so viel Stil bewiesen, sie im Wohnzimmer zu nehmen. Er hatte sich nicht einmal die Zeit genommen, die paar Schritte bis zur Couch zurückzulegen. Was für ein toller Kerl er doch war …

Er seufzte, wünschte, sie würde etwas sagen. Irgendwas, egal, was. Er wünschte, sie würde ihm sagen, dass sie ihn liebte.

Natürlich wäre es durchaus möglich, dass sie neben ihm lag und sich genau dasselbe wünschte. Oder nicht?

Jim räusperte sich. „Em?“

Sie rührte sich nicht.

Noch einmal räusperte er sich. „Ich muss dir etwas sagen. Äh …“ Es fiel ihm viel schwerer, als er gedacht hatte. *Nun komm schon, Keegan. Drei Wörter. Pronomen, Verb, Pronomen. Kinderspiel.* Er musste sie nur in die richtige Reihenfolge bringen. Natürlich wusste er verdammt genau, dass es an der Bedeutung dieser drei kleinen Wörter lag, dass sie so schwer auszusprechen waren. Aber er meinte es ernst. Sie kamen von Herzen. Und er hatte vor sieben Jahren die Chance verpasst, sie auszusprechen. Außerdem, vielleicht, nur vielleicht, wünschte sie sich ja, dass er sie aussprach.

„Ich, äh …“ Erneut musste er sich räuspern. Und dann

sprach er es aus. Atmete tief durch und sagte es einfach: „Emily, ich liebe dich."

Sie erstarrte. Dann setzte sie sich auf, rückte von ihm ab und sammelte hastig ihre Kleidung ein. So viel zu der Theorie, sie wünschte sich, das von ihm zu hören ... Ihm wurde das Herz schwer, leichte Übelkeit erfasste ihn. Er ahnte, dass es jetzt verdammt schnell richtig unschön werden würde.

Aber sie sagte kein Wort. Stattdessen zog sie sich rasch ihr T-Shirt über den Kopf, ohne sich erst die Mühe zu machen, den BH wieder anzulegen. Dann schlüpfte sie eilig in Slip und Shorts, stand auf, ohne ihn eines Blickes zu würdigen, und ging durch den Flur Richtung Badezimmer.

„He!" Jim setzte sich auf, und seine Traurigkeit wich Zorn. „Hast du gar nichts dazu zu sagen? Du gehst einfach weg? ‚Vielen Dank, hat Spaß gemacht, das war's'?"

Sie drehte sich nicht um.

Jim sprang blitzschnell auf die Füße und folgte ihr. Er konnte gerade noch verhindern, dass sie ihm die Badezimmertür vor der Nase zuschlug, und blieb im Türrahmen stehen.

„Ich glaube, der richtige Kommentar müsste lauten: Vielen Dank, es war klasse", sagte sie. Ihre Stimme klang ruhig, aber sie wich seinem Blick aus. „Also: Vielen Dank, es war ..."

Jim taumelte zurück. „Oh, großartig."

Sie versuchte die Badezimmertür zu schließen, aber er hinderte sie erneut daran. Nackt stand er vor ihr, aber das war ihm jetzt egal.

„Verdammt noch mal, ich habe dir gerade gesagt, dass ich dich liebe." Seine Stimme brach, weil die Gefühle ihn überwältigten, aber Emily schien das gar nicht zu bemerken.

Sie kochte vor Wut. „Macht es das für dich einfacher?", fragte sie. „Ja, vermutlich. Wahrscheinlich mögen Frauen es einfach lieber, wenn du ihnen Liebe vorgaukelst. Der Sex wirkt dann irgendwie nicht ganz so billig, schätze ich." Sie drängte sich an ihm vorbei, aus dem Badezimmer hinaus. „Nun, bei mir funktioniert das nicht, Romeo. Du hast vergessen, dass ich dich kenne. Ich weiß, wie du vorgehst. Liebe gehört nicht zu deinem Spiel. Also beleidige nicht meinen Verstand, indem du so tust, als gehörte sie dazu."

„Emily, verdammt noch mal, gib mir eine Chance, zu …"

„Du hattest deine Chance, Detective. Vor sieben Jahren."

Emily schnappte sich ihre Badetasche, die immer noch auf dem Fußboden lag, nahm ihre Wagenschlüssel vom Tisch und eilte zur Eingangstür. Aber Jim war schneller und versperrte ihr den Weg. Ganz offensichtlich wollte er sie nicht gehen lassen.

Er war immer noch nackt und sich dessen anscheinend gar nicht bewusst. Ganz im Gegensatz zu Emily. Ihr war seine Nacktheit nur zu bewusst. Er sah einfach toll aus, schlank, wohlproportioniert, durchtrainiert. Der Anblick lenkte sie ab. Wühlte sie auf. Machte ihr klar, dass sie ihn immer noch begehrte. Obwohl sie gerade erst vor wenigen Minuten miteinander geschlafen hatten, obwohl er sich über ihre geheimsten Hoffnungen lustig machte, obwohl sie sich gründlich zum Narren gemacht hatte, indem sie seinem Verlangen und ihrem eigenen Wunschdenken nachgegeben hatte … Trotz alledem wusste sie: Wenn sie noch ein wenig länger blieb, landete sie wieder in seinen Armen. Auf dem Fußboden mit ihm. Oder auf dem Esstisch. Oder auf der Arbeitsplatte in der Küche. Wo auch immer und wann auch immer er sie wollte.

Er deutete auf seine auf dem Fußboden verstreuten Kleider, seine Geldbörse. „Was war denn das eben hier?", fragte er aufgebracht. „Wenn du mir damit keine zweite Chance gegeben hast, was hast du dann getan, verdammt noch mal?"

Emily wandte sich ab und ging zur Glasschiebetür, die auf

ihren winzigen Balkon hinausführte.

Jim folgte ihr auf dem Fuß. „Erklär's mir, verdammt noch mal.“ Er wurde lauter. „Was haben wir hier gerade getan?“

„Miteinander geschlafen – sonst nichts.“ Emilys Stimme zitterte. „Das war alles. Ganz unverbindlich.“

Jim schüttelte den Kopf. „Nein. Niemals. Ich kenne dich. Du schläfst nicht einfach so mit einem Mann.“

Emily lachte ohne jeden Humor und öffnete die Glastür. „Ich bin keine achtzehnjährige Jungfrau mehr“, sagte sie, trat auf den Balkon hinaus und schaute übers Geländer nach unten. Bis zum Boden waren es über vier Meter. Nein, auf diesem Weg kam sie nicht aus der Wohnung.

Sie ging wieder rein. Jim runzelte die Stirn, starrte sie an, als hätte sie gerade verkündet, ihn auf eine Reise zum Mond mitnehmen zu wollen.

„Moment mal“, sagte er. Seine Stimme klang plötzlich sehr viel weicher, aber immer noch genauso emotional. „Willst du damit etwa sagen … Als wir das erste Mal miteinander geschlafen haben … Du warst noch Jungfrau?“

Emily trat an ihm vorbei. Diesmal versperrte er ihr nicht den Weg zur Tür. Er stand da wie festgewurzelt, folgte ihr nur mit den Augen und starrte sie ungläubig an, wartete darauf, dass sie endlich antwortete.

Aber sie tat es nicht. Sie sagte kein Wort. Er hätte das nie erfahren sollen. Vor sieben Jahren hatte sie nicht darüber geredet, und sie wollte auch jetzt nicht darüber reden. Emily öffnete die Tür, trat hinaus auf den Gang und eilte in Richtung Treppe, die zum Parkplatz hinunterführte.

Jetzt kam Bewegung in Jim, und er rannte ihr nach. „Emily, warte! Verdammt, ich habe doch nicht gewusst …“

Sie blieb nicht stehen. Sie wurde nicht einmal langsamer.

Auf halbem Weg zur Treppe wurde Jim erst bewusst, dass er unbekleidet war. Er fluchte und stürzte zurück in Emilys

Wohnung, sprang in seine Shorts und rannte ihr nach, immer zwei Stufen auf einmal nehmend, während er noch dabei war, den Knopf am Bund zu schließen.

Als er den Parkplatz erreichte, war Emilys Wagen schon weg.

Vielen Dank. Es war klasse.

Zum ersten Mal wurde ihm schmerzhaft klar, was er Emily vor sieben Jahren angetan hatte.

12. KAPITEL

Sanibel Island stellte eine Welt für sich dar. Die Insel war so ganz anders als das Florida, in dem Emily lebte. Obwohl sie nur ein paar Dutzend Meilen südlich von St. Simone an der Golfküste lag, wirkte sie Millionen Lichtjahre entfernt. Eine Brücke verband die Tropeninsel mit dem Festland. Hatte man diese Brücke hinter sich, schaltete das Leben einen Gang zurück. Alles bewegte sich langsamer, die Luft duftete schwer und geheimnisvoll nach tropischen Blumen, der Pflanzenwuchs schien üppiger und grüner, als sei der Dschungel drauf und dran, die Gehwege und Straßen zurückzuerobern. Wo die Straße sich zwischen Sumpfgebieten hindurchschlängelte, warnten Schilder am Straßenrand vor Alligatoren, die die Fahrbahn kreuzten.

Als Emily zum ersten Mal auf Sanibel gewesen war, hatte sie die Schilder für einen Witz gehalten. Aber inzwischen hatte sie schon mehrere dieser großen Reptilien am Straßenrand gesehen und war sogar im Hinterhof des Hauses ihrer Eltern einem begegnet. Sie wusste also, dass die Schilder durch und durch ernst gemeint waren.

Auf der Insel wurde man quasi in die Vergangenheit zurückversetzt. Die Bauvorschriften, die Gebäude nur bis zu einer bestimmten Höhe erlaubten, stammten noch aus der Zeit der ersten Besiedelung. Infolgedessen gab es nur Apartmenthäuser und Hotels, die vom Strand aus nicht zu sehen waren, statt der anderswo üblichen Hotelburgen, die die Strände dominierten und verschatteten.

Emily saß vor dem Strandhaus ihrer Eltern und schaute sich den Sonnenuntergang über dem Golf von Mexiko an. Er war beeindruckend schön. Der Himmel stand in Flammen. Leuchtend orange, rosa und rote Farben flossen ineinander und spiegelten sich im Wasser. Bei Tag war der Strand wegen der Hitze kaum besucht gewesen. Jetzt war er menschenleer, denn die wenigen Leute, die der Sonne getrotzt hatten, saßen inzwischen beim Abendessen.

Für Emily war es die schönste Zeit des Tages am Strand. Sie war allein, bis auf die Vögel, die über ihrem Kopf ihre Kreise zogen und sich gelegentlich in das kristallklare und nahezu spiegelglatte Wasser stürzten, um Fische zu fangen. Die Schatten wurden lang, das Blau des Himmels und des Meeres wirkte gedämpft vor dem feurigen Farbenspiel des Sonnenuntergangs.

Und Emily saß da, an ihrem Lieblingsstrand, zur ihrer Lieblingstageszeit, und trotzdem fühlte sie sich elend.

Das wirklich Niederschmetternde daran war: Es war nicht damit zu rechnen, dass sie sich in naher Zukunft besser fühlen würde.

In der Nacht zuvor hatte sie nur wenige Stunden geschlafen. Wann immer sie die Augen schloss, fühlte sie Jim Keegans Berührung, die Hitze seines Mundes, die Sanftheit seiner starken Hände. Als sie endlich eingeschlafen war, hatte sie von ihm geträumt. Davon, in seinen Armen zu liegen und ihn zu lieben.

Mit seiner Bemerkung, sie schlafe nicht einfach so mit einem Mann, hatte er den Nagel auf den Kopf getroffen. Emily nahm Sex nicht auf die leichte Schulter. Sie dachte gar nicht daran, mit jemandem zu schlafen, für den sie nicht sehr viel empfand. Und sie empfand viel für Jim. Sehr viel. Selbstvorwürfe hin oder her, auch wenn sie sich immer wieder klarmachte, was für eine Idiotin sie doch war, zweimal auf denselben Mann hereinzufallen, änderte das nichts an ihren Empfindungen.

Gestern Morgen hatte es sie das letzte bisschen Beherrschung gekostet, nicht zu weinen, nachdem sie miteinander geschlafen hatten und Jim ihr so leichthin gesagt hatte, er liebe sie. Sie hatte sich unglaublich zusammenreißen müssen, um nicht in Tränen auszubrechen. Wie war er nur darauf gekommen, das zu sagen? Irgendwie musste er herausgefunden haben, womit er sie am stärksten verletzen konnte. Seine beiläufige Liebeserklärung war der blanke Hohn auf ihre eigenen intensiven Gefühle gewesen. Sie wusste verdammt genau, dass er sie nicht liebte.

Aber sie liebte ihn. Sie liebte ihn wirklich. Sie hatte sich vorgenommen, den wahren Jim Keegan zu enttarnen, in der Hoffnung, jemanden zu finden, den sie verabscheuen konnte, einen selbstsüchtigen, gefühllosen, grausamen Menschen, jemanden, der mehr schlechte als gute Charakterzüge in sich vereinte. Stattdessen hatte sie diesen Mann gefunden. Er war nicht der perfekte Superheld, für den sie ihn damals, mit achtzehn, gehalten hatte. Nein, er war menschlich, hatte menschliche Stärken und Schwächen, gute und schlechte Züge, und die guten machten die schlechten mehr als wett. Er war nicht vollkommen, und irgendwie machten ihn gerade seine Unvollkommenheiten umso liebenswerter.

Wenn er es doch nur ernst gemeint hätte, als er ihr sagte, er liebe sie.

Emily zog die Knie an, ließ den Kopf auf die Arme sinken, und eine Träne rollte ihr die Wange hinunter, weiter hinab übers Kinn und tropfte in den Sand zwischen ihren Füßen. Eine von bestimmt tausend Tränen, die sie wegen Jim Keegan schon vergossen hatte. Sie seufzte. Ob nun eine Träne oder ein ganzes Meer – es war egal. Es änderte nichts an der Tatsache, dass sie nie bekommen würde, was sie wirklich wollte. Niemals würde sie Jims Liebe haben, seine echte, ehrliche, aufrichtige Liebe. Natürlich konnte sie seine automatischen Liebeserklärungen haben, in Worte gefasste Reaktionen auf intensive körperliche Empfindungen beim Liebesspiel, aber diese Worte waren bedeutungslos.

„Emily."

Aufgeschreckt hob Emily den Kopf und stand dann hastig auf.

Jim.

Obwohl er nur einen guten Meter von ihr entfernt stand, war sein Gesichtsausdruck im abendlichen Dämmerlicht kaum zu lesen. Irgendwie sah er anders aus als sonst. Dann erkannte sie, dass er sich die Haare straff nach hinten gebunden hatte. So wirkte sein Gesicht viel kantiger, härter.

Sein kurzärmeliges Hemd hatte er sorgfältig in den Bund einer sauberen Jeans gesteckt. Offensichtlich hatte er sich große Mühe mit seiner äußeren Erscheinung gegeben, aber warum? Machte es ihn nervös, sie wieder zu sehen? Und wenn dem so war, warum war er dann überhaupt hier?

„Was tust du hier?", fragte sie ihn scheinbar ruhig.

„Es war nicht so schwer, dich aufzuspüren, weißt du?", sagte er. Seine ihr so wohlvertraute, leicht heisere Stimme harmonierte gut mit dem leichten Meeresrauschen. „Ich war sicher, du würdest entweder hierher fahren oder nach Connecticut fliegen." Er schob die Hände tief in die Hosentaschen und scharrte mit dem Fuß im Sand, bevor er zu ihr aufschaute. Das letzte Licht des Abendhimmels spiegelte sich in seinen Augen. „Ich habe mir Sorgen um dich gemacht, Em, als du letzte Nacht nicht nach Hause gekommen bist."

Nach Hause. So wie er das sagte, klang es, als spreche er von ihrem gemeinsamen Zuhause.

Emily antwortete nicht. Was sollte sie schon dazu sagen? Sie hatte nicht die Absicht, sich zu entschuldigen.

Er seufzte und trat einen Schritt näher. „Hör mal, Em …"

Sie wich ihm aus, trat einen Schritt zurück, und er blieb stehen.

„Du hast mich gefunden", sagte sie, „und mir geht es gut. Du kannst also aufhören, dir Sorgen zu machen." Sie ließ den

Blick übers Meer schweifen. „Und jetzt wäre ich gern allein, wenn es dir nichts ausmacht. Deshalb bin ich hier."

„Es macht mir etwas aus", antwortete Jim und trat erneut einen Schritt näher. Wieder wich sie rückwärts aus, und er musste sich sehr zusammenreißen, um nicht zu fluchen. „Ich bin nämlich hier, weil wir miteinander reden müssen."

Wie sie da vor ihm stand, so ruhig und gelassen. Nur kurz schien etwas in ihren Augen zu glitzern, als sie sich nach ihm umschaute, aber vielleicht bildete er sich das auch nur ein, oder es war ein Lichtreflex von der untergehenden Sonne gewesen.

„Ich habe dir nichts zu sagen", erklärte sie.

Er wollte nicht, dass sie seiner Stimme anhörte, wie verletzt er war, und schlug deshalb einen sarkastischen Tonfall an. „Du hast mir also nichts zu sagen? Ganz und gar nichts? Toll, einfach großartig. Du hast Sex mit mir, als ginge morgen die Welt unter. Und als reichte das noch nicht, mich um den Verstand zu bringen, erzählst du mir so ganz nebenbei, im Rausgehen aus der Wohnung, dass ich dich vor sieben Jahren entjungfert habe." Ungläubig stieß er die Luft aus. „Weißt du, Süße, ich bin der Meinung, wir haben eine ganze Menge zu bereden."

Ihr Gesichtsausdruck blieb unbewegt. „Du hast mir etwas sehr viel Wertvolleres genommen als meine Jungfräulichkeit", sagte sie leise. „Aber was vor sieben Jahren geschah, ist vorbei und vergessen. Darüber zu reden ändert gar nichts."

Er trat einen weiteren Schritt auf sie zu. „Es ist mir wichtig, dass du weißt, warum … ich unsere Beziehung damals auf diese Weise beendet habe", sagte er.

Diesmal wich sie nicht zurück, aber in ihren Augen flammten Zorn und Schmerz auf, ließen ihre unterkühlte Fassade bröckeln. „Glaub mir, das hast du mir damals überdeutlich gesagt." Damit drehte sie sich um und machte Anstalten, ins

Haus zurückzugehen. „Ich möchte, dass du jetzt verschwindest.“

Jim fasste sie am Arm, als sie die Stufen zur hölzernen Veranda vor dem Haus hinaufstieg. „Ich dachte, du verdienst einen besseren Mann als mich“, erklärte er, wild entschlossen, sie dazu zu bringen, ihm zuzuhören. „Ich dachte, wenn wir zusammenbleiben, wenn du mich heiratest, dann würde ich dir letztlich wehtun.“

„Heiraten?“ Emily lachte hart auf und befreite ihren Arm aus seinem Griff. „Du hattest nie die Absicht, mich zu heiraten, das weißt du ganz genau.“

„Das stimmt. Ich hatte nie die Absicht, dich zu heiraten.“

Sie wandte sich wieder ab, und er griff nach ihr, um sie zurückzuhalten, aber sie riss ihren Arm zurück und außer Reichweite. „Fass mich nicht an!“

Jim hob beide Hände, als wollte er aufgeben. „In Ordnung. Ich fasse dich nicht an, okay? Aber hör bitte zu, Em. Hör mich an. Gib mir eine Chance …“

„Warum sollte ich?“ Jetzt waren ihre Ruhe und Gelassenheit endgültig dahin. Sie stand da, zitternd vor Wut und Gefühlschaos.

„Weil … auch wenn ich dich nicht geheiratet habe, auch wenn ich dich nie gefragt habe – glaub mir, Emily: Ich wollte es. Es war verrückt, du warst gerade erst achtzehn, aber ich wollte dich *heiraten*. Ich wollte dich.“

„Schön, du hast mich bekommen“, gab Emily hitzig zurück. „Zweimal. Also kannst du mich jetzt in Ruhe lassen.“

Sie griff nach der Fliegengittertür, aber Jim war schneller. Er drückte mit der Hand dagegen, sodass sie sich nicht öffnen ließ.

„Ich habe dich geliebt, verdammt noch mal“, stieß er zwischen zusammengebissenen Zähnen hervor.

Wieder lachte Emily auf, aber in ihren Augen standen Tränen. Tränen der Wut, die zu entkommen drohten. „Du hast mich geliebt", höhnte sie. „Und weil du mich geliebt hast, hast du mir das Herz gebrochen?" Sie schüttelte den Kopf. „Du bist so ..."

„Lass mich doch erklären ..."

„Du wiederholst dich: ‚Gib mir eine Chance, lass mich erklären ...' Warum sollte ich? Kannst du mir einen guten Grund nennen, warum ich das tun sollte?"

„Verdammt noch mal: weil du mich auch geliebt hast. Damals, vor sieben Jahren."

Im rasch schwindenden Abendlicht wirkten seine Züge umschattet und geheimnisvoll. Sein Mund war nur ein Strich, so fest presste er die Lippen zusammen, seine Kiefermuskeln wirkten angespannt und hart. Und seine Augen – sie wirkten jetzt eher grau als blau ... und sie füllten sich mit Tränen.

„Bitte", flüsterte er. Anscheinend nahm er nicht einmal wahr, dass eine Träne überlief und eine feuchte Spur über seine Wange zog. „Hör mich einfach an. Mehr verlange ich nicht, Emily. Hör einfach zu, was ich dir zu sagen habe. Danach ... werde ich gehen."

Sie nickte. Die Stimme versagte ihr den Dienst.

Jim atmete tief durch. Erleichterung durchströmte ihn und ließ ihm die Knie weich werden. Emily war bereit, ihn anzuhören. Sie gab ihm die Chance, zu erklären. Er setzte sich auf den Holzboden der Veranda und lehnte sich mit dem Rücken gegen die Hauswand. Dann fuhr er sich mit einem Arm übers Gesicht und stellte überrascht fest, dass es feucht war. Großer Gott, weinte er etwa? Seltsam, er hatte das nicht einmal bemerkt. Seine Gefühle mussten ganz schön durcheinandergebracht sein, wenn er nur daran, ob sein Gesicht nass war, feststellen konnte, ob er weinte oder nicht.

Er atmete noch einmal tief durch. „Die Geschichte beginnt

vor deiner Zeit. Bevor wir uns begegnet sind", sagte er und schaute kurz hoch zu Emily.

Sie stand immer noch, die Arme fest vor der Brust verschränkt.

„Willst du da so stehen bleiben?", fragte er.

„Ja."

In der Dunkelheit konnte er kaum ihr Gesicht erkennen, aber ihm war trotzdem klar, dass er besser keine Diskussion anfing. Sie hörte ihm zu, und mehr konnte er nicht verlangen.

„Vor acht Jahren ..." Mühsam suchte er nach den richtigen Worten. Worte, die alles erklärten. Die dafür sorgen, dass sie verstand, was er all die Jahre mit sich herumgeschleppt hatte und immer noch mit sich herumschleppte. „Ich war vierundzwanzig und arbeitete bei der New Yorker Polizei. Gerade war ich zum Detective befördert worden, und alles lief wunderbar. Ich wohnte in Brooklyn, in einer Wohnung im Haus meines Bruders Bob. In Bobs und Mollys Haus. Er war ... verheiratet. Die beiden hatten ein Baby, ein kleines Mädchen namens Shannon. Ich war zum ersten Mal in meinem Leben Onkel. Bob hatte eine gut bezahlte Arbeit, und sie brauchten die Miete für die Wohnung nicht, aber er war mein großer Bruder. Obwohl wir beide längst erwachsen waren, kümmerte er sich immer noch um mich."

Jim schwieg einen Moment. „Ja, alles lief wunderbar. Die Wohngegend war nicht die beste, aber auch das war okay, denn ich war ja Polizist. Jeder wusste, dass ich auf dem zwölften Revier arbeitete." Er lachte. „Ich glaube, die Immobilienpreise sind ein wenig angestiegen, als ich eingezogen bin. Keine Angeberei, das ist in solchen Wohngegenden tatsächlich so." Er lachte noch einmal. „Bob behauptete natürlich, die Immobilienpreise würden noch viel mehr steigen, wenn ich für die Mafia arbeiten würde."

Emily hörte zu und starrte hinaus auf das in der Dunkelheit sanft leuchtende und glitzernde Wasser des Ozeans. Jims rauer New Yorker Akzent kam stärker durch, während er erzählte, als würde er irgendwie in die Vergangenheit zurückgeholt.

„Es war Sommer“, fuhr er fort, „und ich arbeitete in einem Team, das den Auftrag hatte, Straßengangs unter Kontrolle zu bringen. Einige der jugendlichen Gangmitglieder waren gerade mal dreizehn, liefen mit automatischen Waffen herum und pusteten andere Kinder um, nur weil die zur falschen Gang gehörten. Zugleich gab es Bandenmitglieder, die um die vierzig waren. Ich habe dabei geholfen, einige der älteren Mitglieder einer Gang hinter Gitter zu bringen, und sie ...“

Emily hörte, wie er seine Sitzposition änderte, und warf einen Blick zu ihm hinüber. Sie konnte ihn kaum noch sehen, nahm aber wahr, dass er sich mit den Händen durch die Haare fuhr. Er räusperte sich – ein unerwartetes, lautes Geräusch in der Dunkelheit.

„Die Gang hat sich gerächt“, fuhr er fort. „Sie haben herausgefunden, wo ich wohnte. Sie sind an dem Haus vorbeigefahren, als ich von der Arbeit gekommen bin, und haben mich wegpusten wollen. Aber sie haben einen Fehler gemacht. Sie haben nicht mich getötet. Nein, diese Hundesöhne haben nicht mich erwischt.“ Seine Stimme zitterte, aber er redete weiter. „Sie haben Bob umgebracht. Meinen Bruder. Sie haben ihn einfach abgeknallt wie einen räudigen Hund.“

Von Emily kam ein kleiner erstickter Laut, der Jim zeigte, dass sie aufmerksam zuhörte. Und er sah, wie sie sich langsam auf einen der hölzernen Liegestühle sinken ließ.

„Acht Jahre, Em“, sagte er leise. „Das geschah vor acht Jahren, und es tut immer noch genauso weh, als wäre es erst gestern geschehen.“

Im Haus ging eine zeitgesteuerte Lampe an. Ihr Licht fiel durchs Fenster auf die Veranda und beleuchtete sie beide.

Emily schaute ihn an, und in ihren Augen sah sie den Schmerz, von dem er wusste, dass er sich auch in sein Gesicht gegraben hatte.

„Molly hat mir nie vergeben. Sie sagt zwar, sie hätte mir vergeben und es wäre nicht meine Schuld, aber ich weiß, dass sie mich dafür hasst. Gott, ich habe mich selbst gehasst. Ich konnte weder Molly noch meiner Mutter ins Gesicht sehen. Ich kann meiner Mutter immer noch nicht ins Gesicht sehen. Wir haben seit Jahren nicht mehr miteinander gesprochen. Sie ruft mich alle paar Monate an, spricht mir auf den Anrufbeantworter, aber ich schaffe es einfach nicht. Ich ertrage es nicht, sie anzurufen."

Jim schaute auf, konnte Emilys Blick aber nicht standhalten. Seine Augen verrieten grausame Seelenqualen und abgrundtiefe Verzweiflung. „Manchmal hasse ich mich heute noch", flüsterte er.

„Es tut mir so leid", murmelte Emily.

„Das war noch nicht alles." Seine Stimme klang hart. „Es kommt noch schlimmer."

Noch schlimmer als der Tod seines Bruders? Emily versuchte sich vorzustellen, wie es wohl wäre, sich für den Tod ihres Bruders Danny verantwortlich zu fühlen, aber es gelang ihr nicht. Sie konnte sich einfach nicht vorstellen, wie grässlich das sein musste. Schon der Gedanke daran, Danny könne tot sein, daran, dass sie sein unbeschwertes Lächeln nie mehr sehen, sein fröhliches „Hallo, Schwesterchen" nie mehr hören würde, war grausam genug.

„Ich wurde nicht auf den Fall angesetzt", fuhr Jim fort. „Du weißt schon, auf die Suche nach Bobs Mördern. Sie haben mich nicht gelassen, ich war zu nah dran. Aber ich wollte die Schweinehunde finden. Ich wollte sie finden und ... Also hielt ich mich auf dem Laufenden, was die Ermittlungen anging. Es gab Zeugen, die den Schützen und den Fahrer des Wagens identifiziert hatten. Wir wussten also, wer die Täter waren, und mussten sie nur noch finden. Aber New York ist eine riesige Stadt, und die Kerle wollten nicht gefunden werden."

Jim verstummte, lehnte den Kopf gegen die Wand und schloss die Augen.

„Was ist passiert?", fragte Emily sanft.

Er schaute sie direkt an. Jedes bisschen Leben war aus seinen Augen verschwunden. Sie wirkten kalt, leer und ausdruckslos.

„Ich habe sie gefunden", antwortete er. „Ich habe sie gefunden und getötet. Ich habe sie erschossen, so wie sie Bob erschossen haben."

Schweigen. Es umgab sie so vollständig wie die Nacht um sie herum. Aber die Dunkelheit war von dem Licht durchbrochen worden, das im Haus angegangen war. Und genauso durchbrach Emily das Schweigen.

„Das glaube ich nicht", sagte sie.

„Glaub es ruhig. So war es."

Emily beugte sich vor. „Willst du mir weismachen, dass du losgezogen bist, um diese Typen umzubringen?"

„Nein! ... Ich weiß es nicht." Er fuhr sich mit den Händen übers Gesicht. „Vielleicht doch. Unbewusst. Nachdem alles vorbei war, glaubten alle, ich hätte mich rächen wollen, und ich begann mich zu fragen, ob das stimmte. Weißt du, vielleicht hatte ich wirklich geplant, sie umzubringen. Es ging alles so schnell ..."

„Wie hast du sie gefunden?"

„Ich hatte Bereitschaftsdienst in der Wache, und es kam ein Anruf. Die ganze Stadt wusste, dass wir nach den Kerlen suchten, und einer unserer Informanten hatte gesehen, wie sie eine Wohnung betraten. Während der Lieutenant den Einsatz vorbereitet hat, gingen mein Partner und ich in Stellung, um die Wohnung zu überwachen, damit die Kerle nicht unbemerkt verschwanden. Wir sollten im Wagen bleiben und nur beobachten. Aber ich bin ins Haus gegangen. Ich konnte nicht einfach nur rumsitzen. Ich ging sogar die Treppe hoch. Keine Ahnung, was ich mir dabei gedacht habe. Ich hatte weder einen Durchsuchungs- noch einen Haftbefehl und keine Rückendeckung. Ich hatte nur ... diese ... unglaubliche Wut. Mein Partner saß mir im Nacken und hat mich immer wieder aufgefordert, zurück zum Wagen zu gehen. Er sagte, wir würden uns nur in Schwierigkeiten bringen. Aber mir war das alles egal. Und dann ist es passiert. Die Typen, nach denen wir gesucht hatten, sind die Treppe heruntergekommen. Sie haben mich erkannt und angefangen, um sich zu ballern. Als alles vorbei war, waren zwei von ihnen tot. Die Kugeln, die sie getötet hatten, stammten aus meiner Waffe."

Er starrte einen Moment schweigend auf seine Stiefelspitzen. „Sie haben mich auf ihr Niveau herabgezogen, Emily", fuhr er fort. „Sie zu töten hat Bob nicht wieder lebendig gemacht. Aber es machte mich ... zu einem Ungeheuer. Ich hatte sie getötet – ich war also kein bisschen besser als sie. Das machte mich krank. Ich habe mich nicht mehr wie ein Mensch gefühlt, sondern ..." Er atmete tief durch. „Ich habe lange gebraucht, um mich wieder aus dieser Hölle zu befreien. Ich weiß immer noch nicht mit Sicherheit, ob ich in der Absicht zu töten losgegangen bin oder ob es eben einfach passiert ist. Aber ich weiß inzwischen, dass ich kein Ungeheuer bin, sondern ein Mensch. Und wie jeder Mensch bin ich nicht vollkommen. Ich kann mir selbst vergeben. Manchmal, an richtig guten Tagen, vergebe ich mir sogar dafür, dass Bob meinetwegen gestorben ist. Manchmal.

Aber als ich dich zum ersten Mal getroffen habe, konnte ich mir noch nicht vergeben. Ich wusste, dass ich eine Frau wie dich nicht verdiene. Und ich konnte nicht glauben, dass ich dir etwas anderes bringen würde als Leid und Unglück."

Er schaute zu ihr hoch und hielt zum ersten Mal seit vielen Minuten ihrem Blick stand. „Also habe ich diese Sache in der Bar inszeniert, damit du aufhörst, mich zu lieben. Alles, was ich dir damals an den Kopf geworfen habe – du weißt schon, von wegen andere Frauen und nicht allein schlafen –, all das war gelogen. Ich habe dich von ganzem Herzen geliebt, Em. Es gab nie eine andere als dich."

Emilys Augen füllten sich mit Tränen. „Warum hast du mir nichts gesagt?", flüsterte sie. „Warum hast du mir nicht von deinem Bruder erzählt, von dem, was du durchgemacht hast? Wie konntest du eine solche Entscheidung treffen, über unsere Zukunft, ohne mich einzubeziehen? Oh Jim, ich hätte dir geholfen. Weißt du denn nicht, dass ich *alles* getan hätte ..."

Er schüttelte den Kopf. „Ich habe geglaubt, du wärst ohne mich besser dran. Und ich dachte ..." Seine Stimme versagte.

„Was?" Sie trat zu ihm und kniete sich neben ihn auf den Holzboden.

„Wie könnte ich mir das Leben gönnen, das ich mir gewünscht habe? Mit dir? In dem Wissen, dass Bobs Leben ausgelöscht war? Er konnte nie seine Tochter aufwachsen sehen. Er konnte nie mehr seine Frau in den Armen halten. Er war tot, Emily, also, wie hätte ich mir erlauben können, dich zu haben? Wie hätte ich mir solches Glück zugestehen können, wo er doch ... nichts mehr hatte?"

Emily konnte nicht antworten. Sie brachte kein Wort heraus.

„Ich verdiene dich immer noch nicht", fuhr er leise fort. „Aber, so wahr mir Gott helfe, ich will dich." Er streckte nicht die Hand nach ihr aus. Nahm sie nicht in die Arme, wie er es wollte. Stattdessen streichelte er ihr Gesicht mit seinem Blick, prägte sich jede Sommersprosse ein, die Form ihrer Wimpern, die Tränen, die darin hingen. Sie war so schön, dass es wehtat. „Ich weiß, dass ich ... meine Chance bei dir hatte. Dass ich vor sieben Jahren alles vermasselt habe. Ich kann dir nicht verübeln, dass du mir nicht glaubst, nicht vertraust, mich nicht in deiner Nähe haben willst. Das ist meine eigene Schuld. Ich hab's vermasselt, und … wir haben uns zu einem ungünstigen Zeitpunkt kennengelernt."

Sie sagte kein Wort, saß nur da, schaute ihn an, und in ihren Augen schimmerten Tränen. Jim spürte, wie seine Lider zu brennen begannen, wie überwältigende Gefühle ihm die Luft abschnürten. Wenn das noch ein paar Minuten so weiterging, würde er zusammenbrechen und heulen wie ein kleines Kind …

„Em, ich kann nicht mehr klar denken", fuhr er verzweifelt fort. „Ich kann überhaupt nicht mehr denken, und das macht mich wahnsinnig. So wie die Dinge derzeit zwischen uns liegen, kann ich meine Arbeit nicht tun. Ich kann mich nicht so um dich kümmern, wie ich es sollte. Ich werde also darum bitten, von diesem Fall abgezogen zu werden – es sei denn, du wünschst es ausdrücklich anders und willst, dass ich bleibe. Was ich vor sieben Jahren getan habe, habe ich jedenfalls nur aus einem Grund getan: Weil ich dich liebe."

Na also. Jetzt hatte er ihr doch alles gesagt. Jetzt hatte er seine Karten aufgedeckt. Er hatte alles getan, was er konnte, außer vor ihr auf die Knie zu gehen, sie um Verzeihung anzuflehen und um eine zweite Chance zu betteln.

Aber Emily sagte immer noch kein Wort. Sie urteilte nicht, antwortete nicht, öffnete nicht einmal den Mund.

Jim spürte, wie es ihm immer mehr die Brust zuschnürte, sodass ihm das Atmen schwerfiel. Sie vergab ihm nicht. Sie wollte nicht, dass er blieb. In gewisser Hinsicht machte das alles leichter. Er wusste, dass er mit dem Schmerz leben konnte. Dass er ohne sie existieren konnte – es war zwar nur ein Schattendasein, aber so war er es ja schon seit sieben Jahren gewöhnt. Dafür würde er nicht jeden Tag aufs Neue damit fertigwerden müssen, dass er ein glückliches Leben führte, während Bobs Leben unwiderruflich vorbei war.

Mühsam rappelte Jim sich auf und hoffte, dass es ihm gelang, die Tränen zurückzuhalten, bis er im Auto saß und wenigstens außer Sichtweite war. Er wandte sich der Treppe zu, die von der Veranda auf den Hof führte. Auf den hölzernen Planken machten seine Stiefel viel zu viel Lärm.

Emily griff nach ihm, fasste ihn bei der Hand.

Jim blieb stehen, schaute erst auf ihre Hände hinab, auf ihre ineinander verschränkten Finger, dann in Emilys Gesicht.

„Geh nicht", flüsterte sie. Tränen liefen ihr übers Gesicht, und ihr Blick war so weich, so voller Vergebung. „Bitte."

Sie stand auf und schlang ihre Arme um ihn, drückte ihn fest an sich und schenkte ihm den Trost, den er sich selbst so lange verwehrt hatte.

Das stählerne Band, das Jim die Brust zusammenschnürte, lockerte sich nicht. Nein, es zog sich noch enger zusammen. Und er begann zu weinen – während die Frau, die er schon so lange liebte, in seinen Armen lag.

Denn er verdiente sie immer noch nicht.

13. KAPITEL

Als Emily erwachte, lag sie allein in dem großen Doppelbett. Sie wickelte sich das Laken um den Körper und ging nach unten ins Wohnzimmer. Nirgends ein Zeichen von Jim.

Schließlich fand sie ihn draußen hinterm Haus auf der Terrasse, wo er den Sonnenaufgang beobachtete, der das Meer in Flammen zu setzen schien. Er schaute zu ihr auf und lächelte sie warm und einladend an, und sie spürte, wie sich ihr Herzschlag beschleunigte. Noch kam ihr alles so seltsam vor, so bizarr, eher wie ein Traum. Doch wenn es wirklich ein Traum war, hoffte sie, nicht allzu schnell daraus aufzuwachen.

„Konntest du nicht mehr schlafen?", fragte sie.

Er griff nach ihr und zog sie auf seinen Schoß. „Nein."

„Du hättest mich wecken können."

Er küsste sie, ließ seine Finger durch ihr dichtes Haar gleiten und massierte ihr leicht den Nacken und die Schultern. „Ich habe dich die ganze Nacht wach gehalten. Da schien es mir nicht fair, dich so früh schon wieder zu wecken."

Emily schloss die Augen. Sie fragte sich, ob er wohl wusste, dass seine sanften Berührungen ihren Puls beschleunigten – auch schon um halb sechs morgens. „*Ich* habe *dich* die ganze Nacht wach gehalten", widersprach sie. Das Laken glitt langsam von ihren Schultern. „Das gibt dir das Recht, mich zu wecken, wann immer du möchtest."

Jim lachte, ein volles, leicht heiseres Lachen, das sexy klang und ihr prickelnde Schauer über den Rücken jagte. Vielleicht hingen die aber auch eher damit zusammen, wie er mit den Lippen an ihrem Hals entlangfuhr.

„Ich muss dir etwas sagen", meinte Emily sanft, und Jim setzte sich auf. Er wollte sie sagen hören, dass sie ihn liebte. Sie hatte es ihm gestern Nacht nicht gesagt – jedenfalls nicht mit Worten –, und er brauchte diese Bestätigung unbedingt.

Unsicher lächelte sie ihn an. „Es ist ein bisschen seltsam", fuhr sie fort, „ich meine, dass ich dir das jetzt erzähle, nachdem ... nach allem, was wir letzte Nacht getan haben ..." Sie hielt seinem Blick stand, errötete aber leicht.

Jim zog sie fester an sich, um sie zu küssen, sanft und lang.

„Du machst es mir nicht gerade leichter", meinte sie, kuschelte sich an seine Schulter und streifte seine bloße Haut mit den Lippen. Sie spürte, wie er die Arme noch fester um sie schloss, spürte den unmissverständlichen Beweis dafür, dass er sie begehrte, und wusste, dass nicht viel dazugehörte, das Gespräch zu vertagen. Aber sie musste ihm von Alex erzählen. Wenn sie es nicht tat, hätte er das Gefühl, sie habe Geheimnisse vor ihm, und das wollte sie nicht. Also schloss sie die Augen – so war es leichter für sie – und fuhr fort: „Neulich Nacht hat Alex Delmore um meine Hand angehalten."

Jim erstarrte. „Heiraten? Er will dich heiraten?" Was für eine Frage, natürlich wollte Delmore sie heiraten, was sonst? Jim schaute ihr in die tiefblauen Augen, und sie nickte.

„Ich habe ihm gesagt, ich bräuchte Zeit, um es mir zu überlegen."

Was zum Teufel war das für eine Empfindung, die ihn zu überwältigen drohte? Eifersucht? Empörung? Angst? Besitzanspruch? Verflucht noch mal, ja, alles zugleich. Du gehörst mir, wollte er sagen. Jetzt gehörst du mir.

Er wollte sie aus den Ermittlungen heraushalten, außer Gefahr bringen, weit weg von Alexander Delmore. Angst, dass ihr etwas passieren könnte, etwas Schreckliches, Gefährliches, das er nicht verhindern konnte, machte sich in ihm breit und nahm ihm den Atem.

„Em, lass uns nicht zurückfahren", flüsterte er.

„Nie mehr?", fragte sie lächelnd.

Er schüttelte den Kopf und küsste sie. *Nein, nie mehr.*

Sie nahm ihn nicht ernst. „Alex rechnet erst am Samstag damit, mich wieder zu sehen. Bei der Party auf seinem Boot“, fuhr Emily fort. „Wir können bis dahin hierbleiben. Wenn du willst …“

Jim nickte. Und wie er das wollte. „Ich muss meine Dienststelle anrufen und fragen, ob das in Ordnung geht.“ Seine Stimme klang rauer als sonst, und er räusperte sich. „Aber ich denke, schon. Ich soll dich ja beschützen.“

„Mich beschützen.“ Emilys Lächeln verschlug ihm den Atem. „Nennst du das, was du tust, mich beschützen?“

In ihrem Lächeln spiegelte sich jeder Kuss, jede Liebkosung der letzten Nacht. Die Erinnerung an das Liebesspiel wurde plötzlich so lebendig und übermächtig, dass es schmerzte. Er wollte wieder in ihr sein, von ihr umschlossen, tief in ihr vergraben. Ob er wohl jemals genug von ihr bekommen konnte?

In ihren Augen leuchtete die Glut des Verlangens, und er begriff, dass sie ebenfalls in Erinnerungen schwelgte. Wieder überzog Röte ihre Wangen. Das war so bezaubernd, so süß, so unglaublich sexy.

„Bist du real?“, murmelte er, ließ seine Hände unter das Laken gleiten und streichelte ihre glatte Haut. „Oder bin ich gestorben und im Himmel gelandet?“

Ihre Antwort bestand in einem langen, langsamen Kuss.

Sie schmeckte so süß und fühlte sich so warm an, dass er den ganzen Morgen so hätte weitermachen können. Aber sie zog sich zurück und setzte sich rittlings auf ihn, sodass sie einander in die Augen schauen konnten. Das Laken rutschte endgültig von ihr herunter, und Jim stockte der Atem, als er sie nackt im silbrigen Licht des Morgens sah.

Sie war schön. Die cremige Blässe ihrer vollen Brüste stand in Kontrast zu den rosigen Knospen ihrer Brustspitzen und der Goldbräune ihres übrigen Körpers. Ihr Bauch war flach, aber wunderbar weich, ihre Hüften schmal, ihre Oberschenkel kräftig. Oberschenkel, die ihn in freudiger Erwartung fest umklammerten.

Ja, sie war schön. Aus halb geschlossenen Augen beobachtete sie, wie er sie musterte. Ihre Haare waren wirr vom Schlaf, die Lippen hatte sie leicht geöffnet, und die Hitze ihrer Erregung stieg in Wellen von ihr auf. Sie wollte ihn. Und es erstaunte ihn, dass sie hier so saß, nackt, im Freien. Seiner kleinen, schüchternen, bescheidenen Emily schien es völlig egal zu sein, dass jeder sie hier draußen nackt sehen konnte. Zwar war das Haus abgelegen, und der Strand war hier ziemlich breit, aber von Zeit zu Zeit liefen Jogger vorbei, und wenn sie zum Haus hochschauten – oh ja, dann würden sie allerhand zu sehen bekommen.

Aber dieser Anblick war etwas, das Jim mit niemandem teilen wollte. Er setzte sich auf, rutschte an die Stuhlkante, stand auf und zog Emily mit sich hoch. Sie schlang ihm die Arme um den Hals und die langen Beine um die Hüften, und er trug sie ins Haus.

Sie schafften es nicht bis ins Schlafzimmer.

Jim zog spielerische Kreise um Emily, die sich ruhig im warmen Meer treiben ließ. Er überlegte, wie er am besten das Thema anschneiden sollte, das ihm auf den Nägeln brannte: Sie musste sich aus den Ermittlungen zurückziehen. Einmal hatte er sie in den letzten Tagen darauf angesprochen, und sie hatte ihm unverblümt klargemacht, dass sie absolut nicht daran dachte, die Ermittlungen aufzugeben. Nicht jetzt, wo sie ihrem Ziel so nah waren. Das Problem war, dass er absolut nicht daran dachte, ihr zu erlauben, sich weiter in Gefahr zu bringen. Aber ihm fiel kein gangbarer Weg ein, sein Ziel zu erreichen – außer ihr kurzerhand zu verbieten, weiter mit der Polizei zusammenzuarbeiten.

„Hast du Felipe erreicht?", fragte Emily träge. Sie hielt sich mühelos mit wenigen Bewegungen über Wasser, ließ sich treiben. Der blaue Bikini, den sie trug, wirkte an ihr zugleich schlicht und unglaublich aufreizend. Typisch Emily.

„Ja." Er stand auf und schüttelte sich das Wasser aus den Ohren. „Er beschattet Delmore schon die ganze Woche. Es ist nichts Besonderes vorgefallen. Laut Phil ist der Kerl hübsch brav gewesen, hat sich nicht mal eine Geschwindigkeitsübertretung geleistet."

„Hat Felipe zufällig etwas über Jewel Hays verlauten lassen?" Emily öffnete die Augen und schaute zu Jim hoch. „Er hat sie eine Zeit lang regelmäßig besucht. Weißt du, ob er sie in letzter Zeit mal gesehen hat?"

Jim strich sich das Wasser aus den langen Haaren. „Ja."

Emily ließ sich zu ihm hinübertreiben. „Ja, was?", fragte sie, schlang ihm die Arme um den Hals und gab ihm einen Kuss auf das glatt rasierte Kinn. „Ja, er hat etwas verlauten lassen, oder ja, du weißt, ob er sie in letzter Zeit gesehen hat?"

„Beides." Jim lächelte sie an. Sie sah aus wie ein Geschöpf des Meeres, eine Nixe oder Meerjungfrau. „Jewel macht sich wirklich gut. Ihr kleiner Junge Billy auch. Phil hat ihr beim Lernen für ihren Schulabschluss geholfen."

„Hat? Jetzt nicht mehr?"

Jim zog sie enger an sich, und sie schmiegten sich unter Wasser aneinander. Wenn bloß das blöde Badezeug nicht wäre …

„Mmmm …" Emily seufzte genießerisch, als er sie küsste, aber sie ließ sich nur kurz ablenken. „Irgendwas ist passiert, nicht wahr? Jewel hat für Felipes Geschmack zu viele Gefühle für ihn entwickelt, richtig?"

Jim seufzte. „Felipe hat für seinen Geschmack zu viele Gefühle entwickelt. Er fühlt sich von ihr angezogen, Em, aber er sagt, dass er nicht bereit ist für eine ernsthafte Beziehung oder gar Bindung. Und Jewel – na ja, er weiß, dass er eine Schwäche für Frauen hat. Und er weiß auch, dass eine beiläufige sexuelle Beziehung das Letzte wäre, was Jewel jetzt gebrauchen kann. Also hält er sich von ihr fern."

„Er hat Angst, die Beherrschung zu verlieren, und deshalb verliert Jewel einen Freund", sagte Emily.

„Er tut, was er für das Beste hält, Em."

„Trotzdem ist es Mist. Jewel fragt sich bestimmt, was sie falsch gemacht hat. Sie ist vermutlich verletzt."

„Es ist auch für Felipe nicht leicht. Was soll er denn tun? Wann immer sie zusammen sind, baggert sie ihn an. Er ist ein Mann, Em, kein Heiliger."

„Vielleicht baggert sie ihn nur deshalb an, weil sie keine Ahnung hat, wie sie sonst mit einem Mann umgehen soll", meinte Emily. „Vielleicht will sie wirklich nur seine Freundschaft."

Sie löste sich von Jim und watete ans Ufer. „Er könnte versuchen, mit ihr zu reden. Er könnte ihr erzählen, was er empfindet, anstatt sie im Unklaren zu lassen." Sie blieb stehen und drehte sich zu ihm um. Wahrscheinlich hoffte sie, dass er begriff, dass sie nicht nur von Jewel und Felipe sprach. „Er könnte sie in seine Entscheidungen mit einbeziehen."

Jim schaute aufs Wasser und wich ihrem Blick aus. Er wusste genau, wovon sie sprach. „Ja, schon …", sagte er. „Aber das ist gar nicht immer so leicht, weißt du."

Er tauchte unter und beendete damit das Gespräch. Emily watete allein ans Ufer.

„Wie bitte?" Emily verschränkte die Arme vor der Brust und lehnte sich an die Arbeitsplatte in der Küche. „Ich habe mich offenbar verhört. Das klang eben gerade so, als hättest du mir verboten, dabei zu helfen, Alex dingfest zu machen."

„Stimmt, genau das habe ich." Jim packte ihre Schultern und flehte sie mit Blicken an, ihm zuzuhören. „Em, wenn du da draußen bist, kann dir etwas zustoßen. Alles Mögliche kann schiefgehen. Du könntest verletzt werden – oder Schlimmeres. Ich kann dieses Risiko nicht eingehen. Es bringt mich schier um, und ich sehe nur eine Lösung: Du wirst von dem Fall abgezogen. Also werde ich das in die Wege leiten. Ich verspreche dir: Ich finde einen anderen Weg, den Kerl zu schnappen ...“

„Du hast nicht das Recht ...“

„Oh doch, das habe ich. Ich habe sowohl das Recht als auch die Autorität.“

„Ich spreche nicht von den polizeilichen Ermittlungen“, gab Emily hitzig zurück. „Ich spreche von deiner machomäßigen, testosterongesteuerten, chauvinistischen Annahme, dass du als mein Liebhaber das Recht hast, mir vorzuschreiben, was ich zu tun und zu lassen habe. Ist dir nicht der Gedanke gekommen, du solltest zuerst mit mir darüber reden, *Meister?*“

Nun, um ehrlich zu sein, der Gedanke war ihm tatsächlich nicht gekommen. Er wandte sich wieder seiner Aufgabe zu, Gemüse für ihren Salat klein zu schneiden. „Emily, bitte. Ich werde deine Sicherheit nicht aufs Spiel setzen.“

„Ich spreche nicht von Spielen. Ich spreche von Entscheidungsprozessen. Ich spreche von Demokratie, von einer Partnerschaft, von gleichberechtigtem Geben und Nehmen“, sagte sie und schlug mit der flachen Hand auf die Arbeitsplatte, um ihre Worte zu unterstreichen. „Bedeute ich dir gar nichts?“

Er drehte sich zu ihr um und ließ das Messer fallen. „Im Gegenteil ...“

„Kannst du dann nicht respektieren, dass ich meine Schlussfolgerungen selbst ziehen und meine eigenen Entscheidungen treffen kann?“

„Doch, natürlich, aber ...“

„Ich steige jetzt nicht aus. Nicht jetzt, wo wir dem Ziel so nah sind. Wir haben die Chance, dich *morgen* auf die Yacht zu bringen, Jim.“ Sie griff nach ihm, packte seine Unterarme, ließ ihre Hände hinabgleiten zu seinen Handgelenken, zu seinen Händen. „Es ist ja nicht so, als ob ich mit ihm allein wäre. Das ist eine Party, ein gesellschaftliches Ereignis. Dutzende von Leuten werden da sein. Du wirst auch da sein."

Jim verschränkte seine Finger mit ihren, damit sie sich nicht von ihm lösen konnte. Er schaute auf ihre Hände hinab.

„Du wirst da sein, also kann mir nichts passieren", sagte sie im Brustton der Überzeugung.

Ihr konnte nichts passieren. So wie beim letzten Mal, als sie mit Delmore ausgegangen war und er und Felipe sie verloren hatten?

„Was machst du, wenn er eine Antwort auf seinen Heiratsantrag will?", fragte er ruhig.

Sie war auf die Frage vorbereitet. „Ich sage ihm, dass ich noch etwas mehr Zeit brauche."

Nein. Jeder Nerv seines Körpers schrie: Nein, lass dich nicht überreden. Aber, verdammt noch mal, sie hatte ja recht. Sie waren ihrem Ziel so nah. Und was sollte Delmore ihr schon tun, mitten bei einer noblen Cocktailparty?

Das Problem war, dass Jim dank der Erfahrung, die er bei seiner Arbeit auf der Straße gesammelt hatte, eine ganze Reihe übler Dinge einfielen, die Delmore tun konnte, Party hin oder her. Aber Jim würde da sein. Er würde auf Emily aufpassen und sie beschützen.

Emily schlang ihm die Arme um die Hüften, stellte sich auf die Zehenspitzen und gab ihm einen Kuss. Ihr Atem streifte warm sein Gesicht, ihr Körper schmiegte sich wunderbar an ihn. „Wenn wir morgen keine Beweise finden, um Alex dingfest zu machen, denke ich darüber nach, aufzugeben, in Ordnung?" Sie küsste ihn noch einmal, länger diesmal.

„Du versuchst mich abzulenken, stimmt's?", sagte er.

Sie lächelte ihm in die Augen, ließ ihre Finger durch seine Locken gleiten. „Funktioniert es?"

„Ja", gab er zu, küsste sie und zog sie fester an sich. Es funktionierte.

Der Samstag dämmerte hell und sonnig – der vollkommene Tag für einen Segeltörn auf der Drogenschmuggler-Yacht eines Millionärs.

Jim erwachte früh. Er blieb still im Bett liegen und betrachtete Emily, die neben ihm lag und schlief.

In die Laken gewühlt, schweißfeucht aufgrund der gnadenlosen Sommerhitze, gegen die nicht einmal die Klimaanlage und die ständig laufenden Deckenventilatoren etwas ausrichten konnten, die dunklen Haare wie ein Schleier über das Kissen gebreitet, lag sie da. Mit geschlossenen Augen, die langen dunklen Wimpern betont durch die weichen Konturen ihrer Wangen. Sie sah so jung und unschuldig aus, so rein und vollkommen. Er liebte sie so sehr, so schmerzlich.

Hatte Bob seine Molly so geliebt?

Sie hatten sich von klein auf gekannt, sein Bruder Bob und seine Frau. Bob war nie mit einer anderen ausgegangen. Er hatte stets beteuert, dass er schon seit der vierten Klasse in Molly verliebt gewesen war. Wenn er sie angeschaut hatte, hatte stets so unendlich viel Gefühl in seinem Blick gelegen. Einem Blick, der deutlich zeigte, wie glücklich er sich schätzte, zu den Menschen zu gehören, die ihre wahre Liebe gefunden hatten.

Molly hatte die letzten acht Jahre allein mit ihrer kleinen Tochter Shannon verbracht.

Molly war allein.

Bob war allein. Für immer.

Was also gab Jim das Recht, Emily zu haben?

Er kletterte aus dem Bett, vorsichtig, um sie nicht zu wecken, und suchte die Einsamkeit und brütende Hitze der Veranda hinter dem Haus.

14. KAPITEL

Emily ließ die Eiswürfel in ihrem leeren Glas kreisen. Sie spürte, wie Jim sie von der anderen Seite der Yacht aus beobachtete.

Alex nahm ihr kurzerhand das Glas ab, strich ihr das Haar zurück und setzte einen gut platzierten Kuss auf ihr Ohrläppchen. „Ich hole dir einen neuen Drink“, sagte er, charmant lächelnd.

„Danke.“ Emily entspannte sich bewusst und lächelte zurück. Als Alex zur Bar ging, warf sie einen Blick übers Deck, dorthin, wo Jim eben noch gestanden hatte. Er war nicht mehr da.

„Das ist die Hölle“, flüsterte ihr jemand ins Ohr. Sie drehte sich um. Jim stand direkt hinter ihr.

In seinem schwarzen Frack mit dem weißen Hemd und der schwarzen Fliege, die Haare im Nacken zusammengebunden, sah er unglaublich gut aus. Seine blauen Augen glitzerten wie Eis. Nein, doch nicht wie Eis. Sie schienen zu glühen. Den gleichen Ausdruck hatte sie am Morgen in seinen Augen gesehen, nachdem sie miteinander geschlafen hatten. Nachdem sie allein im Bett aufgewacht war und sich auf die Suche nach ihm gemacht hatte, um ihn wieder einmal draußen hinterm Haus auf der Veranda zu finden.

Irgendwas stimmte nicht zwischen ihnen. Aber wenn sie ihn danach fragte, wiegelte er ab und wollte nicht darüber reden. Es hatte nichts damit zu tun, dass er sich Sorgen um ihre Sicherheit machte. Darüber redete er nur zu gern mit ihr. Nein, ihn beschäftigte noch etwas anderes. Etwas, das ihn quälte und verzehrte. Aber er wollte ihr nicht sagen, was es war.

Und das machte ihr Angst.

Trotzdem hatte sie bisher die Augen davor verschlossen und so getan, als wäre alles in bester Ordnung, als wären sie ein glückliches harmonisches Liebespaar. Zu gern hätte sie Jim geglaubt, als er ihr sagte, dass er sie liebe. Aber der Umstand, dass er etwas vor ihr verbarg, machte sie misstrauisch.

Sie hatte ihm nicht gesagt, dass sie ihn liebte. Jedenfalls nicht mit Worten. Sie schreckte davor zurück. Sie hatte Angst, sich verwundbar und schutzlos zu machen, wenn sie es laut aussprach. Angst, aufs Neue verletzt zu werden.

Sie wusste, dass Jim sich danach sehnte, diese Worte zu hören. Sie erkannte es an der Art, wie er ihr seine Liebe beteuerte und sie dann beobachtete, darauf wartete, dass sie irgendwie reagierte. Aber sie konnte es einfach nicht. Einfach zu antworten: „Ich liebe dich auch" – das klang falsch in ihren Ohren. Und ihren Gefühlen bei anderer Gelegenheit Ausdruck zu geben erschien ihr zu riskant, zu Furcht einflößend.

Dennoch liebte sie ihn. Von ganzer Seele und verzweifelt. Sie brauchte ihm nur in die Augen zu schauen, und ihr Herz begann zu rasen.

Hastig wandte sie den Blick ab. Sie befürchtete, anderen könnte auffallen, wie heftig es zwischen ihnen funkte, wenn sie einander zu lange in die Augen schauten. Immerhin gab Jim sich doch als ihr Bruder aus.

„Schau mich nicht so an", murmelte sie.

„Ich kann nicht anders", gab er leise zurück. „Du siehst einfach toll aus. Und es macht mich wahnsinnig, mit ansehen zu müssen, wie er dich andauernd anfasst. Warum habe ich mich nur von dir zu dieser Aktion überreden lassen?"

„Weil wir Alex aufhalten müssen. Das ist richtig und wichtig. Wann wirst du versuchen, in sein Büro zu gelangen?"

„Ich habe es schon einmal versucht, aber es waren einfach zu viele Leute in der Nähe. Ich könnte ein Ablenkungsmanöver gebrauchen."

„Was zum Beispiel?"

„Keine Ahnung. Irgendetwas Spektakuläres. Eine Schule

Wale auf der Steuerbordseite. Einen Meteoritenschauer. Eine Flutwelle. Ein abstürzendes UFO."

Auf der anderen Bordseite unterhielt Alex sich mit Marty Bevin und ihrem Mann.

„Wie wäre es mit einer Verlobung?", fragte Emily.

„Nein! Emily, tu das nicht."

Wenn sie jetzt zu Alex hinüberging und ihm in Martys Gegenwart sagte, sie nehme seinen Heiratsantrag an, wäre der Teufel los. Vielleicht wäre das nicht ganz so spektakulär wie ein abstürzendes UFO, aber ...

Jim packte ihren Arm. Es kostete ihn Mühe, leise zu sprechen, und er schaute sich hastig um, ob sie auch niemand beobachtete. „Ich will nicht, dass du auch nur so tust, als wolltest du den Kerl heiraten."

„Es wäre ein großartiges Ablenkungsmanöver", wandte Emily ein und lächelte einem Mann und einer Frau zu, die etwas zu nah an ihnen vorbeigingen.

Jim wartete, bis das Paar außer Hörweite war, bevor er antwortete: „Nein."

„Warum nicht?"

„Weil ich möchte, dass du *mich* heiratest."

Das kam für ihn offenbar genauso überraschend wie für Emily. Sie starrte ihn an, er starrte zurück, in seinen Augen spiegelte sich der Schock, der vermutlich auch in ihren zu lesen stand. Jim setzte eine betont gelassene Miene auf, drehte sich zur Reling und stützte sich mit den Ellbogen darauf. Für den beiläufigen Beobachter mussten sie wie zwei Bekannte wirken, die leichthin miteinander plauderten.

Emily wandte sich ab und umklammerte die hölzerne Reling, weil ihr die Knie zu versagen drohten. Jim wollte sie *heiraten*.

Sie schaute übers Wasser. Die Lichter der Yacht spiegelten sich darin, funkelten und schimmerten wie Diamanten in der

Dunkelheit. Er wollte sie heiraten. Sie spürte, wie ihr Tränen in die Augen schossen, und sie blinzelte sie entschlossen weg.

„War das ein Heiratsantrag?", fragte sie schließlich. Ihre Stimme klang ruhig und gelassen, passte zu ihrem gleichmütigen Blick. Er würde nie erfahren, wie viel Selbstbeherrschung es sie kostete, ihn anzuschauen.

„Nein", stieß er so heftig und impulsiv hervor, dass sie zusammenzuckte.

Sie wollte sich abwenden.

„Ja, verdammt noch mal", korrigierte er sich heiser. Er wandte allen anderen an Bord den Rücken zu und schloss kurz die Augen. „Ja, das war ein Heiratsantrag."

Ein Sturm der Gefühle spiegelte sich in seinem Gesicht: Angst, freudige Erregung, Schock, Liebe, Hoffnung – all das huschte in raschem Wechsel über seine Züge, während er sie mit seinem Blick auf ihren Platz zu bannen versuchte.

„Nun sag schon was", flüsterte er. „Nein. Nein, sag nichts. Em, du musst jetzt nicht antworten. Du musst überhaupt nicht antworten, wenn du nicht willst ..."

Der Kampf war vorüber – die Liebe hatte gesiegt. Emily sah die herzzerreißende Verletzlichkeit in seinen Augen. Er liebte sie. Welche Probleme ihn auch quälen mochten, ihn innerlich verzehrten, was immer er vor ihr zu verbergen suchte – es lag nicht daran, dass er sie nicht liebte.

Jim zwang sich, einen Schritt zurückzutreten und seine Schultern zu entspannen. Verdammt noch mal, jetzt und hier war einfach weder der richtige Augenblick noch der richtige Ort für dieses Gespräch.

„Warum soll ich mit meiner Antwort warten", fragte Emily mit zitternder Stimme, „wenn ich doch ganz genau weiß, dass ich dich auf der Stelle heiraten würde?"

„Das würdest du?", flüsterte er und forschte in ihrem Gesicht nach den Gründen, wartete auf die Erklärung, die er unbedingt brauchte.

Für den unwahrscheinlichen Fall, dass er es ihr wirklich nicht ansah, dass ihm die Tränen, die in ihren Augen glitzerten, nicht schon alles sagten, sprach Emily es aus: „Ich liebe dich."

Jim wandte sich ab – aus Angst, der Versuchung, Emily in seine Arme zu ziehen, nicht widerstehen zu können, wenn er sie weiter ansah. Er umklammerte die Reling so fest, dass seine Knöchel weiß hervortraten. Dann räusperte er sich, sah sich vorsichtig um, ob sie auch niemand belauschte, und sagte: „Was hältst du davon, über Bord zu springen, an Land zu schwimmen und zwei Wochen lang nichts anderes zu tun, als uns zu lieben?"

Er sah sie an, ein Feuer in seinen Augen, das Emily schier zu verbrennen drohte.

Sie atmete tief durch. „Was hältst du davon, wenn ich jetzt ein Ablenkungsmanöver starte?", flüsterte sie. „Du ziehst los, spielst James Bond und findest die Beweise, die wir brauchen, um Alex hinter Gitter zu bringen. *Dann* gehen wir nach Hause und tun zwei Wochen lang nichts anderes, als einander zu lieben?"

Jim warf einen Blick über die Schulter zu Alex Delmore hinüber, der immer noch in die Unterhaltung mit seinen Freunden vertieft war. „Ich werde lächeln müssen, wenn ich Alex zu seiner Braut gratuliere", sagte er. Dann schaute er ihr in die Augen. „Später kannst du mir einen Oscar für meine filmreife schauspielerische Leistung verleihen."

Sie lächelte. „Ich werde dir nachher einen Preis verleihen", gab sie kaum hörbar zurück, „aber ganz sicher keinen Oscar."

Jim lächelte zurück – kurz nur. „Tatsächlich?"

„Versprochen. Und jetzt geh. Aber sei vorsichtig."

„Du auch, Em."

Ein letzter tiefer Blick in ihre Augen, und Jim verschwand in Richtung Heck. Emily sammelte sich, setzte dann ein Lächeln auf und ging zu Alex hinüber.

Er blickte auf und lächelte entschuldigend, als sie näher kam. „Es tut mir leid, dass du so lange auf deinen Drink warten musstest.“ Damit reichte er ihr das Glas, das er in der Linken hielt.

„Emily, du siehst fantastisch aus heute Abend!“, meinte Marty und zog tief an ihrer Zigarette. „Wer ist der Typ, mit dem du dich gerade unterhalten hast?“

„Ähm …“, stotterte Emily. *Dan. Nicht Jim.* Sie musste unbedingt daran denken. Beinah hätte sie ihn Jim genannt.

Martys Augen wurden schmal, als hätte sie Emilys Anspannung bemerkt. „Du hintergehst doch nicht etwa unseren lieben Alex, oder?“, fragte sie mit gespielter Empörung.

„Das ist mein Bruder“, erwiderte Emily leichthin. „Dan. Er ist für ein paar Wochen zu Besuch bei mir. Ich habe dir von ihm erzählt, erinnerst du dich?“

„Das ist dein großer Bruder Dan? Junge, Junge – das gute Aussehen scheint in der Familie zu liegen.“

Emily schaute in ihr Glas und runzelte die Stirn, wohl wissend, dass Alex als perfekter Gastgeber das ganz sicher bemerken würde.

Und richtig. „Stimmt irgendwas nicht mit deinem Drink?“, fragte er.

Sie holte tief Luft. Also dann. „Na ja“, meinte sie lächelnd. „Ich denke, Champagner wäre heute Abend passender.“

Alex verstand sofort. Ein Ausdruck arroganter Selbstzufriedenheit trat in seine Augen. „Ich habe genug Champagner für alle an Bord“, erklärte er. „Soll ich meiner Crew Anweisung geben, die Flaschen zu öffnen?“

„Gibt es einen Grund zum Feiern?“, fragte Marty gespannt.

„Emily hat gerade eingewilligt …“ Alex unterbrach sich und schaute sie fragend an. „Das war doch ein Ja, oder?“

Ein strahlendes Lächeln begleitete die Antwort. „Ja, das war es.“

Verständnis erhellte Martys Züge. Sie stieß einen Freudenschrei aus, so laut, schrill und lang anhaltend, dass sich alle nach ihnen umdrehten. „Oh mein Gott“, kreischte sie, „oh mein Gott. Alex wird heiraten!“

Dann zog sie Emily in ihre Arme, und rasch sammelte sich eine kleine Menge um sie. Von allen Seiten tauchten Partygäste auf, als der erste Champagnerkorken knallte. Jim hatte sein Ablenkungsmanöver bekommen.

„Herzlichen Glückwunsch“, meinte jemand und schüttelte ihr die Hand. „Sie müssen sehr glücklich sein.“

„Oh ja, vielen Dank“, gab Emily zurück. Sie meinte es absolut ehrlich. „Das bin ich.“

Sie war glücklich, denn sie würde heiraten.

Allerdings nicht Alex.

„Ich glaube“, meinte Alex und ließ einen Finger an der Kette mit dem Saphiranhänger entlanggleiten, die Emily endlich angenommen hatte, „dass wir feiern sollten – jetzt, da du dich bereit erklärt hast, meine Frau zu werden.“

Seine Lider wirkten schwer, und die blassblauen Augen waren gerötet von Wein und Zigarettenrauch. Er hatte deswegen seine Kontaktlinsen herausgenommen, und weil er kurzsichtig war, kniff er die Augen leicht zusammen, als er sie anschaute. Emily hatte Mühe, nicht zurückzuzucken. Sie wollte nicht von ihm angefasst werden, und die Kette zu tragen fiel ihr mehr als schwer. Sie wünschte sich nichts sehnlicher, als sie schnellstmöglich wieder abzulegen, aber nachdem sie Alex' Heiratsantrag angenommen hatte, konnte sie schlecht sein Geschenk ausschlagen. Ein wahrlich angemessenes Verlobungsgeschenk. Immerhin konnte sie sich glücklich schätzen, dass Alex keinen protzigen, wahnsinnig teuren Diamantring bei sich trug, um ihn ihr an den Finger zu stecken.

Sie schaute sich auf der Yacht um. Die meisten Partygäste

waren inzwischen gegangen. Die Home Free lag seit fast zwei Stunden am Kai, und nur noch wenige Freunde ihres Verlobten aalten sich auf den Liegestühlen an Deck. Emily spürte Jims Gegenwart. Er lehnte nur wenige Meter von ihr entfernt an der hölzernen Reling und beobachtete mit finsterem Gesichtsausdruck, wie Alex an ihr herumfummelte.

„Wir hatten gerade eine Party", gab Emily zurück. „Also haben wir doch gefeiert."

„Ich dachte da mehr an etwas … Privateres", meinte Alex mit schiefem Lächeln.

Nicht mehr ganz nüchtern, küsste er sie. Vielmehr versuchte er es. Emily drehte blitzschnell den Kopf, sodass seine Lippen ihre Wange trafen. Sie suchte Jims Blick und konnte sehen, wie sich seine Kiefermuskeln anspannten. Er stieß sich von der Reling ab und kam auf sie zu.

„Es ist schon spät", sagte er. „Wir sollten gehen."

Alex legte Emily den Arm um die Schultern. „Ach, hallo, Dan", sagte er. „Du willst nach Hause?"

„*Wir* wollen nach Hause", korrigierte Jim. „Emily und ich."

„Wir haben gerade darüber gesprochen", meinte Alex. „Emily bleibt heute Nacht hier. Du brauchst also nicht auf sie zu warten."

Jim schüttelte den Kopf. „Ich mag ja altmodisch sein", meinte er, „aber ich lasse Emily nicht mit dir allein. Ihr seid noch nicht verheiratet."

Alex lachte. „Ist der Typ echt?", fragte er Emily.

„Aber ja doch. Durch und durch echt." Sie löste sich aus seiner Umarmung und schenkte Jim ein strahlendes Lächeln – ihr erstes ehrliches Lächeln seit Stunden.

Auf dem Heimweg schwieg Jim.

Schließlich fragte Emily: „Hast du irgendwas herausgefunden?"

Er wandte kurz den Blick von der Straße ab und sah sie an. Die Straßenlaternen warfen in stetigem Wechsel Licht und Schatten über seine Züge.

„Ja."

Schweigen.

„Und? Willst du mir nicht sagen, was?"

Wieder warf er ihr einen Blick zu, die Augen seltsam farblos in der Dunkelheit. „Dass ich es nicht mag, wenn er dich küsst", presste er hervor.

„Es tut mir leid", erwiderte Emily leise.

„Nicht deine Schuld."

„Jetzt haben wir es ja überstanden." Sie nahm die Halskette ab und ließ sie in ihre Handtasche fallen. Sowie diese Scharade endgültig vorüber war, würde sie das Schmuckstück verkaufen und das Geld zugunsten des Anti-Drogen-Programms ihrer Highschool spenden.

Jim lachte verärgert auf. „Ach ja? Warte nur ab, was morgen geschieht. Deine Verlobung mit Delmore wird die Klatschsensation des Tages sein. Spätestens ab halb zwölf wird jedes noble Kaufhaus im gesamten Bundesstaat bei dir anrufen, um dich zu überreden, euren Hochzeitsgabentisch bei ihnen einzurichten. Wenn Delmore heiratet, wird das ein lohnendes Geschäft für das Kaufhaus, das das Rennen macht." Er bremste ab, als vor ihnen eine Ampel auf Rot sprang. Während er auf Grün wartete, legte er den ersten Gang ein und wandte sich Emily zu. „Wenn du mich heiratest, sieht alles ganz anders aus. Das ist dir hoffentlich klar? Für die Hochzeitsgeschenke, die meine Freunde sich leisten können, reicht ein Gabentisch bei Wal-Mart."

„Glaubst du wirklich, dass mir das etwas ausmacht?"

Die Straße war leer, weit und breit kein Auto in Sicht, also ignorierte Jim die Ampel, als sie auf Grün sprang. Er berührte Emilys Gesicht, strich ihr leicht mit dem Daumen über die

Lippen. „Ich möchte dir all das geben, Em“, sagte er leise. „Ich möchte dir auch kostbaren Schmuck schenken, aber ich kann es nicht. Hörst du? Es gibt so vieles, was du von mir nicht haben kannst. So vieles, was dir entgeht.“

„Das ist mir egal.“

Ja, jetzt war es ihr egal. Aber würde es das auch in einem Jahr noch sein? In zehn Jahren? Wie würde es aussehen, wenn sie alles zusammenkratzen und sich einschränken mussten, um ihre Kinder aufs College zu schicken? Wenn er überhaupt so lange lebte.

Es war definitiv ein Fehler. Emily verdiente solche Zukunftsaussichten nicht. Und was ihn anging …

Die Ampel war wieder auf Rot umgesprungen, aber er fuhr einfach los, in der Hoffnung, dass Emily aufhören würde, ihn so anzusehen, wenn sie weiterfuhren. Ihre Augen wirkten so weich und sanft, als könnte sie in sein Innerstes schauen. Er brauchte sich nicht zu fragen, ob sie all die Narben und Verletzungen seiner Seele sah. Er wusste, dass sie das tat. Und trotzdem liebte sie ihn. Das war ein Wunder.

Ein Wunder, das ihm den Hals zuschnürte und seine Augen brennen ließ. Er wechselte das Thema. Er musste es einfach. Wenn er weiter über die Liebe nachdachte, die aus Emilys Augen leuchtete, verlor er die Beherrschung.

In etwa fünf Minuten würden sie in ihrer Wohnung sein. Dann konnte er die Beherrschung verlieren. Und würde es. Er würde nicht nur die Beherrschung verlieren. Er würde sich selbst in Emily verlieren. Er würde all seinen intensiven, verrückten Gefühlen freien Lauf lassen, wenn sie miteinander schliefen. Dann konnte er sich seinen Empfindungen hingeben, sich von ihnen überwältigen lassen. Und er konnte Emily sagen, was er empfand – mit seinen Lippen, seinen Händen, seinem Körper. Viel beredter, als wenn er es mit Worten versuchte.

Aber jetzt, in diesem Augenblick, musste er die nächsten fünf Minuten überstehen. „Delmores Büro war sauber“, sagte er und räusperte sich. „Also habe ich mich in seinen Computer eingeloggt.“

„Du machst Witze!“ Emily war entsetzt. „Jim, wenn nun jemand reingekommen wäre?“

„Es ist aber niemand reingekommen.“

„Aber wenn ...“

„Em, reg dich nicht auf. Es ist nichts passiert. Es war ein Kinderspiel.“

„Ein Kinderspiel? Wenn Alex dich da unten erwischt hätte, an seinem Computer ...“

„Willst du nun hören, was ich herausgefunden habe, oder nicht?“

„Natürlich, aber ... ich glaube das einfach nicht!“

„Seine Unterlagen wirkten alle sauber“, fiel Jim ihr ins Wort. „Auf den ersten Blick. Schau, Delmore hat all seine geschäftlichen Transaktionen und Akten im Computer gespeichert. Alles sehr ordentlich und sauber. Aber ich fing an, mir Fragen zu stellen. Wenn ein ehrlicher, aufrechter, Steuern zahlender Millionär einen Teil seines Geldes dazu benutzt, illegale Drogen zu kaufen und mit enormem Gewinn wieder zu veräußern, wie erklärt er diesen enormen Gewinn dann Onkel Sam?“

Er warf Emily einen Blick zu. Sie war eindeutig immer noch sauer, weil er das Risiko eingegangen war, in Delmores Computer herumzuschnüffeln. Er würde noch einiges zu hören kriegen, aber nicht jetzt. Jetzt hörte sie aufmerksam zu, hing förmlich an seinen Lippen.

„Gute Frage“, überlegte sie. „Wie erklärt er seinen Gewinn?“

„Ich dachte mir, es müsste eine Art Geldwäsche geben“, fuhr Jim fort, „irgendeine Möglichkeit, seine enormen Gewinne plausibel zu machen. Schließlich kann er nur eine relativ geringe Summe in kleinen Scheinen unter der Matratze verstecken, nicht wahr?“

„Also, wie stellt er es an? Und wie hast du es herausgefunden?“

„Na ja, herausgefunden ist ein bisschen zu viel gesagt. Das war mehr oder weniger Zufall“, gab Jim zu. „Eines von Delmores Immobiliengeschäften aus dem letzten Monat betraf ein Apartment in dem Gebäude, in dem ich wohne. Nach Delmores Unterlagen hat er eine Einzimmerwohnung für hundertzwanzigtausend Dollar verkauft. Oberflächlich betrachtet ist das nicht verdächtig. Es gibt jede Menge Wohnungen in der Gegend, die für sehr viel mehr Geld den Eigentümer wechseln. Aber ich habe vor ein paar Monaten versucht, meine Zweizimmerwohnung zu verkaufen, und habe davon Abstand genommen, als der Makler mir sagte, mit Glück könne ich etwa fünfundneunzigtausend dafür bekommen. Und da soll Delmore es geschafft haben, für eine viel kleinere Wohnung fünfundzwanzigtausend Dollar mehr zu kriegen? Entweder, er ist ein verdammt guter Makler, und ich sollte ihn mal mit dem Verkauf meiner Wohnung beauftragen, oder die Sache stinkt zum Himmel. Ich habe auf Letzteres gewettet. Also habe ich noch ein bisschen tiefer gebuddelt und herausgefunden, dass Delmore nicht nur einen sagenhaft hohen Preis erzielt hat, sondern obendrein für seine Maklertätigkeit zwölf Prozent Provision kassiert. Das ist fast doppelt so viel, wie andere Makler nehmen. Ich schätze, er gibt in seinen Unterlagen höhere Einnahmen für Verkäufe an, als er tatsächlich erzielt, und höhere Provisionen. Und zwar in einem Rahmen, der nicht groß auffällt, aber ausreicht, um seine illegalen Einkünfte zu kaschieren.“

„Und was jetzt?“, fragte Emily. „Könnt ihr ihn damit festnageln?“

Jim schüttelte den Kopf. „Nein. Wir können ihn wegen seiner getürkten Buchhaltung drankriegen. Aber uns fehlen immer noch die Beweise dafür, dass er Drogen ins Land schmuggelt." Er seufzte frustriert. „Das Beste wäre, ihn auf frischer Tat zu ertappen. Ich habe viel Zeit damit verbracht, sein Büro nach einem Segelplan oder einem Kalender zu durchsuchen. Nach irgendetwas, das mir sagt, wann er den nächsten Segeltörn plant, bei dem er über Nacht draußen bleibt."

„Montagabend", sagte Emily prompt. „Alex segelt Montag am späten Nachmittag los und kommt erst am Dienstag zurück." Als Jim sie überrascht anschaute, erklärte sie: „Er hat mir seinen Terminkalender gegeben, damit ich einen Hochzeitstermin aussuchen kann, und hat gesagt, alles in Bleistift Eingetragene könne er verschieben, die mit Kugelschreiber eingetragenen Termine aber nicht. Mir ist aufgefallen, dass er die geplanten Segeltörns mit Kugelschreiber eingetragen hat, und das kam mir komisch vor."

Jim war tief in Gedanken versunken, als sie auf den Parkplatz des Apartmenthauses einbogen, in dem Emily wohnte. „Ich muss einen Weg finden, auf Delmores Boot zu gelangen, und am Montagabend an Bord sein, wenn er die Drogenlieferung entgegennimmt."

„Das kann ich für uns beide arrangieren", meinte Emily.

Jim zog die Handbremse an und stellte den Motor ab. Dann wandte er sich ihr zu und musterte sie verärgert. „Bist du übergeschnappt? Ich lasse dich unter keinen Umständen noch einmal in Delmores Nähe. Schon gar nicht in einer Situation, in der du den Leuten begegnen könntest, die ihm die Drogen verkaufen."

In Emilys Augen blitzte es gefährlich auf. „Merkwürdig. Ich weiß ganz genau, dass du es niemals wagen würdest, mich herumzukommandieren, aber das klang mir sehr viel mehr nach einem Befehl als nach einer Bitte."

„Emily …“

Sie beugte sich vor und küsste ihn. „Lass uns jetzt nicht darüber streiten, okay? Ich bin müde. Und ich muss dringend unter die Dusche.“

„Ich will, dass du morgen früh einen Flieger nach Connecticut nimmst“, sagte er. „Du solltest für etwa eine Woche bei deiner Familie bleiben, bis wir den Kerl überführt haben.“

„Jim …“

„Emily, bitte. Lass mich für deine Sicherheit sorgen. Das musst du.“

„Für meine Sicherheit ist gesorgt“, antwortete sie betont fröhlich. „Schließlich lebe ich mit einem Polizisten zusammen.“

Sie hatte erwartet, ihn mit dieser Bemerkung zum Lächeln zu bringen, aber das Gegenteil geschah. Sein Gesicht verschloss sich, wurde finster. „Meinem Bruder hat das eine Menge genützt“, stieß er verkniffen hervor und stieg aus dem Wagen.

Er ging um das Auto herum, öffnete ihr die Tür und blieb stocksteif daneben stehen. Seine Wut war ihm anzusehen, und schlagartig schien er wild entschlossen, einen heftigen Streit vom Zaun zu brechen. Aber Emily war genauso wild entschlossen, sich nicht auf einen Streit einzulassen. Nicht heute Abend.

Sie nahm ihn bei der Hand und zog ihn sanft zur Treppe, die zu den Wohnungen im zweiten Stock hinaufführte.

„Ich meine das ernst mit dem Besuch bei deinen Eltern“, sagte er, als sie die Wohnungstür aufschloss. „Ich bestelle heute Nacht noch das Ticket für dich.“

In Emilys Wohnung war es kühl und dunkel. Sie schloss die Tür hinter ihnen und zog ihre hochhackigen Schuhe aus. Das kleine rote Licht an ihrem Anrufbeantworter blinkte, aber es war schon fast zwei Uhr morgens. Wer immer angerufen hatte, konnte sicher noch ein paar Stunden warten. Sie ging durch den Flur ins Bad, ohne Licht anzumachen.

„Ich rufe gleich bei der Fluggesellschaft an“, erklärte Jim und schaltete die Lampe neben der Couch ein, „und reserviere dir einen Flug.“

Oh nein, das wirst du nicht tun, dachte Emily und ließ schon mal das Wasser in der Dusche warm laufen. Sie nahm ihre Ohrringe ab und legte sie zusammen mit der Kette in ihre Schmuckschatulle im Schlafzimmer, bevor sie durch den Flur zurück ins Wohnzimmer ging.

Jim blickte kurz zu ihr auf, das Telefon am Ohr. Offensichtlich war er in einer Warteschleife gelandet. Sie lächelte ihn an. Seine Kiefermuskeln arbeiteten. So angespannt hatte sie ihn noch nie erlebt.

„Öffnest du mir bitte den Reißverschluss?“, bat sie, drehte ihm den Rücken zu und strich sich die Haare aus dem Nacken.

Sie hörte, wie er aufstand, und spürte seine Finger nach dem winzigen Schieber suchen. Endlich fand er ihn und zog langsam den Reißverschluss auf, vorsichtig bemüht, den dünnen Stoff auf keinen Fall einzuklemmen.

Emily schloss die Augen, gönnte sich den Luxus der Erinnerung daran, wie sich die Erdachse scheinbar verschoben hatte, als Jim ihr vor ein paar Stunden einen Heiratsantrag gemacht hatte. Er wollte sie heiraten. Für immer mit ihr zusammenleben. Glücklich bis ans Lebensende.

Endlich waren sie allein zusammen – nach einem zermürbenden Abend, den sie damit verbracht hatten, so zu tun, als wären sie jemand ganz anderes. Sie sollte in seinen Armen liegen, er sollte sie küssen, sie lieben. Sie sollten schon mal eine Kostprobe ihres persönlichen Glücks bis ans Lebensende nehmen.

Aber Jim war still und in sich gekehrt, steif, angespannt, als wäre er absichtlich unglücklich. Es sah ganz so aus, als konzentrierte er sich mit aller Macht auf seine Angst um ihre Sicherheit. Als wollte er sich nicht gestatten, glücklich zu sein.

Seine Hände lösten sich von ihrem Kleid, ohne sie zu berühren. Kein sanftes Streicheln. Er war nicht so leicht abzulenken, diesmal nicht. Aber Emily gab sich nicht geschlagen. Sie wusste, dass er sie liebte. Sie *wusste* es. Und sie war entschlossen, ihn innerhalb der nächsten Stunde mindestens einmal zum Lächeln zu bringen.

Sie drehte sich um, griff nach dem Telefon in seiner Hand und legte auf.

„Verdammt noch mal, Emily, was soll das?"

Mit einem raschen Blick vergewisserte sie sich, dass die Vorhänge zugezogen waren, und ließ sich das Kleid von den Schultern gleiten. Die grüne Seide landete zu ihren Füßen, und die plötzlich aufflammende Glut in Jims Augen war unmissverständlich, als er ihren schwarzen Spitzen-BH, das passende Höschen und die glatte, sanft gebräunte Haut dazwischen in Augenschein nahm. Trotzdem wich er vor ihr zurück, als hätte er Angst, sie könne ihm zu nahe kommen.

Vielleicht hatte er Angst, aber sie nicht. Sie trat näher an ihn heran.

„Komm mit mir unter die Dusche", bat sie und spürte, wie leichte Röte ihr Gesicht überzog. So verwegen war sie noch nie vorgegangen.

„Bitte", fügte sie hinzu.

Jim krampfte sich der Magen zusammen. Sie wollte mit ihm schlafen, deutlicher hätte sie das kaum zeigen können, und doch stand er einfach nur da und starrte sie an wie ein Vollidiot.

Was war nur los mit ihm?

Vor nicht einmal zehn Minuten, als sie noch im Wagen gesessen hatten, hatte er an nichts anderes denken können. Wie lange dauerte es noch, bis sie endlich die Wohnungstür hinter sich schließen konnten? Wie lange noch, bis er sie in die Arme nehmen konnte? Verdammt noch mal, er begehrte sie so heftig, dass er geglaubt hatte, nicht einmal warten zu können, bis sie beide im Schlafzimmer waren. Er hatte sich ausgemalt, wie er sie hochhob, sie ihm die langen Beine um die Hüften schlang und er sie an Ort und Stelle nahm, mitten im Flur.

Aber das war, bevor sie ihn an Bob erinnert hatte.

Jetzt begehrte er sie immer noch, aber sein Verlangen wurde unter einer klebrigen Welle von Schuldgefühlen erstickt. Was gab ihm das Recht, den Rest der Nacht in Emilys Armen zu liegen? Was gab ihm das Recht auf das unglaubliche Vergnügen, das ihn erwartete, wenn er nach ihrer ausgestreckten Hand griff und sich von ihr mit unter die Dusche ziehen ließ? Was zum Teufel gab ihm das Recht, sie zu heiraten und den Rest seines Lebens mit ihr zu genießen, jeden Tag ihr liebevolles Lächeln zu sehen und sich in der Wärme ihrer großzügigen Liebe geborgen zu fühlen?

Dass er sie mehr liebte als sein Leben, reichte nicht. Dass er sie heftig begehrte, reichte genauso wenig. Nicht einmal die Liebe und das Verlangen, die er in Emilys Augen sehen konnte, halfen gegen die Schuldgefühle, die sich tief in ihn eingebrannt hatten.

Wenn sie ihn auch nur berührte, würde er sich geschlagen geben und seinem Bedürfnis nachgeben, sich in ihr und ihrer Leidenschaft zu verlieren. Er würde für eine Weile vergessen. Aber dann würden die Schuldgefühle und der Schmerz zurückkommen. Wie immer. Früher oder später waren sie einfach wieder da.

Sie trat noch einen Schritt auf ihn zu, und wieder wich er aus, weil er Angst hatte vor der Macht, die sie auf ihn ausübte.

„Emily, wir müssen reden“, sagte er heiser.

„Das können wir doch auch später noch, oder?“ Mit diesen Worten öffnete sie den Verschluss ihres BHs und streifte ihr Höschen ab. „Nachdem wir uns geliebt haben."

Sie streckte die Hände nach ihm aus, und es warf ihn fast um, wie verletzlich sie sich damit machte. Völlig nackt stand sie vor ihm, während er immer noch vollständig bekleidet war.

Ihre Verletzlichkeit schien ihr nichts auszumachen, denn sie bot ihm das größte Geschenk, das sie ihm bieten konnte, ihre Liebe. Sie bot ihm ihren Körper an, und ihm war völlig klar, dass dieser wundervolle Körper Teil eines umfassenden Pakets war. Dazu gehörten noch viel großartigere Gaben: ihr Herz und ihre Seele.

Vielleicht hätte er der sexuellen Versuchung widerstehen können – obwohl er sich diesbezüglich bei Emily nicht sicher war –, aber der Aussicht auf intensivste körperliche Lust in Verbindung mit der reinen Kraft ihrer Liebe, ihres Vertrauens, hatte er nichts entgegenzusetzen.

Selbst wenn sein Leben daran gehangen hätte, er hätte nicht noch einmal zurückweichen können. Also griff er nach ihr, stürzte sich praktisch in ihre Arme, und die Welt explodierte förmlich um ihn herum, als ihre Lippen sich in einem unbeschreiblichen, ihn bis ins Innerste erschütternden Kuss trafen. Ihre Haut war so weich, ihr Körper so nachgiebig unter seinen Händen. Er hörte sich aufschreien. All seine Angst, seine Frustration, sein Schmerz fanden in diesem einzigen langen Schrei ein Ventil.

Hilf mir, wollte er sagen. Rette mich. Aber nicht einmal Emily mit all ihrer reinen, süßen und bedingungslosen Liebe konnte ihn retten.

Er wusste, dass er zu grob vorging, und er versuchte sich zu beherrschen, sich ein wenig zurückzunehmen, um ihr nicht wehzutun. Aber sie erwiderte seine Küsse mit der gleichen Wildheit und akzeptierte freudig die erdrückende Kraft seiner Arme, das stürmische Drängen seiner Hände.

Emily riss sich von Jim los, nahm seine Hand und zog ihn hinter sich her ins Bad, wo bereits seit Minuten das warme Wasser lief. Dampf füllte den kleinen Raum. Sie zog den Duschvorhang beiseite und griff nach Jims Fliege. Ein Ruck, und sie löste sich.

Als Jim wieder nach Emily griff und sie küsste, riss sie ihm die Smokingjacke von den Schultern, sodass die Ärmel sich umstülpten. Er bemerkte es nicht, oder es war ihm egal. Jedenfalls schleuderte er die Jacke einfach hinter sich in den Flur, wo sie auf dem Boden landete.

Emily löste ihm den Kummerbund, als er sich zwischen ihre Beine drängte, und öffnete sich seinen suchenden Fingern. *Oh ja.* Sie klammerte sich an ihn, während er sie an intimster Stelle erforschte und die Quelle der Hitze fand, die von ihr ausging. Genauso wollte sie es. So und noch besser, für immer, für den Rest ihres Lebens. Ihre Finger zitterten, als sie den Knopf an seinem Hosenbund öffnete, den Reißverschluss herunterzog und …

Jim stöhnte auf. Es klang geradezu verzweifelt. Er hob sie hoch, trat mit ihr in die Duschwanne, direkt unter den warmen Wasserstrahl, und drang tief in sie ein.

Es war unglaublich, was für Empfindungen das auslöste: die kalten Fliesen an ihrem Rücken, das warme Wasser, das auf sie herabströmte, und Jim, der mit jedem Stoß tiefer in sie einzudringen schien. Emily klammerte sich an den nassen Stoff seines Hemds, das er immer noch trug, genau wie einen Großteil seiner Kleidung, einschließlich der Schuhe und Strümpfe.

Offenbar merkte er gar nicht, wie er durchnässt wurde. Er schien nichts wahrzunehmen außer der unglaublichen Lust, die er empfand und die er ihr bereitete. Seine Augen waren geschlossen, seine Züge verrieten seine Anspannung und den Gefühlsaufruhr. Der Eindruck wurde noch verstärkt durch das Wasser, das ihm aus den nassen Haaren rann und über seine Wangen strömte, als weinte er.

„Ich liebe dich", flüsterte er. Seine sanfte Stimme stand in seltsamem Kontrast zu dem heftigen Ansturm seines Körpers. „Emily, ich liebe dich so sehr ..."

Diese Worte gaben ihr den Rest. Waren schon die körperlichen Empfindungen unglaublich intensiv, so war es doch seine Liebeserklärung, die ihr einen Höhepunkt bescherte, wie sie ihn noch nie zuvor erlebt hatte.

Wellen höchster Lust durchliefen ihren Körper, und Emily stieß einen Schrei aus. Jim riss die Augen auf und schaute sie an. Die Zeit schien stillzustehen. Emily spürte zwischen ihnen eine Verbundenheit, die weit über das Körperliche hinausging. Sie waren eins, zwei Hälften eines Ganzen, zusammenfügt und vervollständigt nur durch die Liebe des jeweils anderen.

Sein Blick war so offen wie nie zuvor, seine dunkelblauen Augen strahlten so viel Gefühl, Liebe und unendliche Freude aus. Sorge und Traurigkeit, die sonst dunklen Wolken gleich alles überschatteten, waren verflogen. Er liebte sie, und nichts anderes zählte. Nichts anderes existierte.

Sie spürte, wie sich sein Körper anspannte, als er selbst den Höhepunkt erreichte, und immer noch schaute er ihr tief in die Augen. Sein Blick ließ sie nicht los, als wollte er genau wie sie mehr als seinen Körper mit ihr teilen. Als wollte er sie wissen lassen, dass sie die Macht hatte, seine Seele zu berühren.

Er liebte sie. Für immer, vollkommen und von tiefstem Herzen.

Ganz allmählich wurde ihm bewusst, dass ihm das Wasser in den Hemdkragen rann, seine Hosenbeine durchnässte und seine Schuhe ruinierte. Immer noch hielt er Emily fest. Immer noch umklammerten ihn ihre Beine, ihr Kopf ruhte auf seiner Schulter, und er spürte ihren warmen Atem im Nacken.

Er fühlte mehr, als dass er es hörte, wie sie leise lachte, spürte, wie ihr Mund sich zu einem Lächeln verzog und sie wohlig seufzte. Dann hob sie den Kopf, und er half ihr auf die Beine.

Gemeinsam knöpften sie schweigend sein Hemd auf und zogen es ihm aus. Jim stützte sich mit einer Hand an der Wand ab und entledigte sich seiner Schuhe. Seine Knie zitterten, und das lag nicht nur an der Anstrengung, die gerade hinter ihm lag. Vielmehr ließen seine Gefühle ihm die Knie weich werden. Er lächelte ironisch, als ihm durch den Kopf ging, dass vielleicht aus genau diesem Grund so viele Männer auf die Knie gingen, wenn sie einer Frau den Heiratsantrag machten. Wahrscheinlich waren ihre Gefühle so überwältigend, dass sie sich einfach nicht auf den Beinen halten konnten. Er hatte seinen Heiratsantrag freilich schon hinter sich. Er wusste bereits, dass sie ihn für immer wollte. Nur womit er ihre Liebe verdient hatte, das blieb ihm ein Rätsel.

In seine Befriedigung drängte sich ein Hauch von Furcht wie die kalte Schneide eines kleinen, aber tödlichen Messers. Er schüttelte den Kopf, schob die Furcht von sich, weigerte sich, sie zuzulassen. Denk nicht nach, befahl er sich. Fühle einfach nur. Sei einfach nur.

Seine Socken und die Hose flogen ins Waschbecken, und er zog Emily in seine Arme, hielt sie fest an sich gedrückt, während immer noch das Wasser auf sie herabströmte, und spürte ihren Herzschlag in Einklang mit seinem. Hier, geschützt hinter dem Duschvorhang, schien die Welt draußen so weit weg, so außerhalb der Wirklichkeit. Hier im Halbdunkel ihres winzigen nassen Paradieses war nur Platz für sie beide.

Nur leider, leider konnten sie nicht für immer in diesem Paradies bleiben.

15. KAPITEL

Mit einem schnellen linken Haken meldete sich die Realität zurück und katapultierte Jim aus der Wärme der sicheren Fantasiewelt heraus, in die er sich für eine Weile hatte fallen lassen.

„Was ist los?“, fragte Emily leise und kämmte ihm mit den Fingern durchs nasse Haar, während er sie mit einem Handtuch abtrocknete.

„Ich habe kein Kondom benutzt, Em.“ In seiner Wange zuckte nervös ein Muskel.

Da war es wieder in seinen Augen, diese Dunkelheit, diese Trauer, dieser Schmerz oder was immer es war. Aber Emily tat so, als hätte sie nichts bemerkt. „Das fällt dir erst jetzt auf?“, fragte sie neckend. „Und ich dachte schon, es wäre Absicht gewesen. Typisch Mann, besitzergreifender Macho. Ich dachte, es wäre dir das Risiko wert gewesen, weil wir ja sowieso heiraten werden.“

Jim schüttelte den Kopf. „Nein. Ich ... wir ... es hat mich einfach überwältigt. Ich habe nicht an Verhütung gedacht, aber ich hätte daran denken müssen. Es tut mir leid. Meine Schuld.“

Emily beugte sich vor und küsste ihn. „Ich hätte gern ein Baby von dir“, erklärte sie lächelnd. „Am liebsten erst in ein paar Jahren, aber wenn es jetzt passiert wäre, würde die Welt davon auch nicht untergehen. Vorausgesetzt natürlich, das Baby hat dein Lächeln.“

Aber die gewünschte Reaktion blieb aus: Er lächelte nicht. Stattdessen rückte er von ihr ab. „Nun ja ...“ Er räusperte sich. „Ich bin noch nicht bereit für Kinder, weißt du. Ich glaube, es wäre ein großer Fehler, jetzt ein Kind zu zeugen.“

Das war gelogen, und Jim wandte den Blick ab, weil er sich sicher war, dass Emily ihn durchschauen würde, wenn sie ihm in die Augen sah. In Wahrheit hätte er alles dafür gegeben, ein Baby mit ihr zu bekommen. Schon seit der Geburt seiner Nichte, seit dem Augenblick, in dem er gesehen hatte, wie Bob seine kleine Tochter in den Armen hielt, hatte Jim sich ein Stückchen von diesem Glück gewünscht. Und er wünschte sich, dieses Glück mit Emily zu teilen. Bei Gott, das wünschte er sich sehnlicher als alles andere auf der Welt.

„Ich denke, wir sollten warten", fuhr er fort. „Du weißt schon, erst mal sichergehen, dass wir auch wirklich zueinanderpassen. Dass wir miteinander auskommen. Hörst du, was ich sage?"

Emilys Blick ging zu Boden, und er wusste, dass er sie mit seinen Worten verletzt hatte. Sie hatte auf Liebesbeteuerungen gehofft, auf Versprechen immerwährenden Glücks, nicht auf nüchterne Mahnungen zur Vorsicht. Aber so war das Leben nun mal. So war die Wirklichkeit. Und die Wirklichkeit funktionierte nun einmal nicht nach Wunsch. In der Wirklichkeit gab es Tiefschläge und Fußtritte, bis man am Boden lag und das Bewusstsein verlor. Die Wirklichkeit war voll platter Reifen, geplatzter Träume und gebrochener Versprechen. In der Wirklichkeit wurde man von rachsüchtigen Teens auf der Straße zusammengeschossen.

In der Wirklichkeit war Bob verblutet, einen letzten Liebesgruß an Molly auf den Lippen und ohne eine Chance auf Überleben.

Jim stand auf. Er brauchte plötzlich dringend frische Luft.

Er zog sich Shorts an und ging ins Wohnzimmer, zog die Vorhänge auf und öffnete die Balkontür.

Die Nachtluft war feucht, heiß und schwül. Er zog die Tür hinter sich zu, ließ sich schwer in einen der Liegestühle fallen und strich sich das immer noch nasse Haar aus dem Gesicht. Verdammt, selbst hier draußen bekam er keine Luft.

Die Tür wurde hinter ihm aufgeschoben, und Emily trat

auf den Balkon hinaus. Sie trug jetzt ein ärmelloses weißes Baumwollnachthemd, das sie einerseits unglaublich unschuldig, andererseits umwerfend sexy erscheinen ließ. Jim stellte verblüfft fest, dass er sie schon wieder begehrte. Gerade erst hatte er eine sensationelle sexuelle Erfahrung mit ihr gehabt, und dennoch wollte er mehr.

Er biss die Zähne zusammen und wandte den Blick ab, aus Angst, sie könnte ihn durchschauen. Könnte sehen, welche Macht sie über ihn hatte. Trotzdem hörte er ihr Nachthemd rascheln, als sie sich auf den zweiten Liegestuhl setzte, und er spürte ihren Blick auf sich ruhen.

„Möchtest du darüber reden?", fragte sie sanft.

„Worüber?", gab er heiser zurück, ohne sie anzusehen.

„Über das, was dich beschäftigt, was es auch immer sein mag."

Was sollte er dazu sagen? Ich habe Angst? Angst wovor? Er wusste es nicht. Angst davor, glücklich zu sein, stichelte eine innere Stimme. Angst davor, etwas zu haben, das du nicht verdienst, etwas, das du Bob genommen hast.

Jim stand abrupt auf und stützte sich auf die hölzerne Balkonbrüstung. „Ich zerbreche mir den Kopf, wie ich auf Delmores Boot gelange, wenn er am Montagabend raussegelt."

„Das kann ich für uns beide arrangieren."

„Für mich", korrigierte er und wandte sich ihr zu. „Nicht für dich. Du bist raus. Ich lasse dich nicht noch einmal in Delmores Nähe."

„Jim …"

„Nein." Er sage es zu laut, zu scharf, zu heftig. Sie zuckte zusammen – und reckte das Kinn vor.

„Wenn du mich anschreien willst, sollten wir reingehen", meinte sie.

„Wenn du das für Anschreien hältst, hat man dich noch nie angeschrien."

„Ich bin nicht aus Zucker“, gab Emily kurz zurück. „Und ich bin durchaus schon angeschrien worden. Vielleicht weißt du es nicht, aber ich bin schon von Schülern mit dem Messer bedroht worden …“

„Großartig. Soll ich mich dadurch jetzt besser fühlen?“

„Jim, ich kann dafür sorgen, dass wir beide an Bord kommen.“ Emily beugte sich vor, als hoffte sie, er würde verstehen, wenn sie ihm nur nahe genug war.

„Und ich erlaube dir das nicht.“

„Warum nicht?“

„Das spielt keine Rolle. Dieses Mal lasse ich mich nicht von dir überreden …“

„Du bist nicht mal bereit, darüber zu reden?“

„Es gibt nichts zu bereden. Ich habe meine Entscheidung getroffen.“

Echter Zorn blitzte in Emilys Augen auf. „Oh, du hast deine Entscheidung getroffen. So ist das also. Und was ist mit mir? Habe ich nichts dazu zu sagen? Muss ich mich einfach deinem Willen beugen?“

„Diesmal ja.“

„Und nächstes Mal?“ Ihre Stimme klang trügerisch ruhig und gelassen, aber ihren Augen war deutlich abzulesen, was sie empfand.

Jim stieß sich von der Balkonbrüstung ab. „Hör zu, wenn du mich heiraten willst, wirst du dich daran gewöhnen müssen, dass ich dich beschütze.“

Damit schob er die Glastür auf und ging zurück ins Wohnzimmer. Emily folgte ihm. Sie versuchte die Wut in ihren Augen nicht länger zu verstecken und schob die Tür ein wenig zu heftig zu. „*Wenn* ich dich heiraten will? Das wirfst du mir einfach so an den Kopf und gehst?“

„Diese Unterhaltung ist zu Ende. Ich weiß, was du zu erreichen versuchst, und ich werde es nicht zulassen.“

„Im Augenblick versuche ich herauszufinden, was für eine Vorstellung du von unserer Beziehung hast“, erwiderte Emily scharf. „Ich dachte bisher, dass ‚lieben, ehren und gehorchen‘ seit Ewigkeiten aus der Mode gekommen seien. Ich dachte, zu unserer Beziehung gehört Gleichberechtigung. Geben und Nehmen. Und damit meine ich nicht, dass du die Befehle gibst und ich sie entgegennehme.“

„Unter keinen Umständen lasse ich zu, dass du dein Leben riskierst“, gab er zurück, „und wenn dir das nicht gefällt ...“

Er wandte sich ab, wagte ihr nicht in die Augen zu sehen.

„Was dann?“, flüsterte sie. Plötzlich hatte sie schreckliche Angst. „Was ist, wenn mir das nicht gefällt?“

Er schaute zu Boden, musterte angelegentlich seine nackten Füße. Er trug nur eine graue Sporthose, die seine Sonnenbräune und seine langen muskulösen Beine betonte. Seine Haare waren inzwischen fast trocken. Sie kringelten sich um seine Schultern, dicht, glänzend, glatt wie Seide. Sie waren schön. Er war schön. Aber als er sie endlich anschaute, wirkten seine Augen trübe, beinah leblos, und Schmerz stand in seinen Zügen.

„Dann wird es nicht funktionieren“, sagte er leise. „Du weißt schon: mit uns beiden.“

Und Emily begriff. Wie ein heller Blitz das Dunkel einer stürmischen Nacht zerriss, stand ihr plötzlich glasklar vor Augen, was wirklich los war. Bei ihrem Streit ging es nicht darum, ob Emily sich in Gefahr begab oder nicht, um Alex dingfest zu machen. Jim war ein Meister der subtilen Manipulation, und es wäre so leicht für ihn gewesen, sie zum Nachgeben zu bringen. Er hätte einfach nur so etwas sagen müssen wie: „Ich liebe dich, und ich will nicht, dass dir etwas passiert. Bitte, es ist mir äußerst wichtig, dass du dich von Alex Delmore fernhältst.“ Und schon hätte sie sich gefügt. Nein, es gab einen anderen Grund, warum er mit ihr diskutierte.

Einen anderen Grund, warum er mit voller Absicht diesen Streit provoziert hatte.

Er wollte sie nicht heiraten. Er hatte Angst.

„Oh Gott", entfuhr es Emily, als die Erkenntnis sie traf wie ein Fausthieb in den Magen.

„Es tut mir leid", sagte er. „Em, ich schwöre, ich will dir niemals wehtun, aber ich kann nicht ... Ich ... ich muss in Ruhe über alles nachdenken."

Emily kamen die Tränen. Trotzdem folgte sie ihm, als er seine Reisetasche und seinen Rucksack nahm und zur Tür ging. „Was auch immer das Problem ist, wir können damit fertigwerden", sagte sie voller Überzeugung. „Du liebst mich. Ich *weiß*, dass du mich liebst. Und ich liebe dich."

„Das solltest du nicht. Ich verdiene es nicht."

Er öffnete die Tür.

„Jim, warte. Bitte. Rede mit mir."

Er blieb stehen. Stand einfach da, draußen vor der Tür, mit gesenktem Kopf. „Ich brauche Zeit, um nachzudenken", sagte er, ohne sich umzudrehen. Er sprach so leise, dass Emily ihn kaum verstand. „Und ich kann nicht nachdenken, wenn ich mit dir zusammen bin, Em."

Emily hielt sich am Türrahmen fest, klammerte sich an die Erinnerung an das Glück, das sie vor gerade mal einer Stunde in Jims Augen gesehen hatte, als sie sich geliebt hatten. Da hatte er nicht nachgedacht, sondern nur gefühlt. Erst später hatten ihn die Schatten und der Schmerz wieder eingeholt und ihm den Blick vernebelt. Erst später hatte er wieder versucht zu leugnen, dass die Liebe, die sie füreinander empfanden, ausreichte, um all ihre Probleme zu bewältigen.

Aber bevor sie ihm das sagen konnte, bevor sie ihn bitten konnte, nicht zu gehen, war er fort. Verschwunden in der Dunkelheit vor Sonnenaufgang.

Das Telefon klingelte.

Emily sprang von der Couch auf in der Hoffnung, Jim sei dran. Er war erst eine halbe Stunde weg – eine scheinbar endlos lange halbe Stunde –, aber vielleicht rief er ja an, um ihr zu sagen, dass er sich geirrt hatte. Vielleicht rief er an, um ihr zu sagen, dass er doch den Rest seines Lebens mit ihr verbringen wollte, dass er sie liebte, dass er zurückkam und alles in Ordnung kommen würde.

Wer sonst sollte um halb fünf Uhr morgens anrufen?

„Jim?"

„Nein, tut mir leid, Emily. Hier ist Felipe Salazar", kam die vertraute Stimme über die Leitung. Irgendwie klang er jedoch anders als sonst. Angespannt, kurz angebunden. „Bist du wach? Lass dir einen Moment Zeit, ganz wach zu werden, okay?"

Emily strich sich die Haare aus dem Gesicht. „Ich bin wach. Ich war schon auf, bevor du angerufen hast. Ist etwas passiert?"

Angst machte sich in ihr breit. Jim war erst seit einer halben Stunde weg. Ihm konnte in der kurzen Zeit nichts passiert sein. Oder etwa doch?

„Ja", antwortete Felipe. „Ich bin im Krankenhaus …"

„Nein", stieß Emily hervor, wie gelähmt vor Angst. „Nicht Jim …"

„Diego geht es gut", fiel Felipe ihr ins Wort, und die Erleichterung warf sie fast um. Sie ließ sich mit dem Telefon in der Hand auf die Couch fallen. „Es geht um …" Felipe musste sich räuspern. „Es geht um Jewel. Sie wird gerade operiert. Sie können noch nicht sagen … Es ist nicht sicher, ob sie … überleben wird."

Schlagartig fiel die Erleichterung von ihr ab, und neuer Schrecken machte sich in ihr breit. „Oh Gott. Felipe, was ist passiert?"

„Sie ist vor ein Auto gelaufen …" Seine Stimme brach. „Sie war zu Fuß auf der Ausfahrt des Highways unterwegs. Total high. Der Arzt sagt mir, sie hätten in ihrem Blut Spuren von Crack und LSD gefunden."

„Oh nein. Oh Jewel. Ich dachte, sie hätte es geschafft. Was ist denn bloß passiert?"

„Ich bin passiert", gab Felipe grob zurück. „Ich habe sie im Stich gelassen. Sie brauchte mich, und ich war verdammt noch mal nicht für sie da."

Dann schwieg er, aber Emily hörte ihn schwer atmen und wusste, wie aufgeregt er war.

„Felipe, sie ist drogenabhängig", sagte sie. „Du weißt, dass du nicht die Verantwortung dafür übernehmen kannst."

„Nein", unterbrach er sie. „Du verstehst nicht."

„Wo bist du?", fragte Emily. „Ich komme."

Felipe Salazar war sichtlich fix und fertig. Sein Anzug war zerknittert, die Krawatte fehlte, sein normalerweise makelloses weißes Hemd stand halb offen und sah aus, als hätte er darin geschlafen. Sein glänzendes schwarzes Haar, sonst immer perfekt gestylt, kräuselte sich wirr um seinen Kopf.

Er saß in sich zusammengesunken im Wartesaal des Krankenhauses, die Ellbogen auf die Knie gestützt, die Hände im Nacken gefaltet und den Blick zu Boden gerichtet.

Als er Emilys Schritte hörte, hob er den Kopf. Seine Augen waren gerötet, und er sah entsetzlich müde aus, aber er brachte ein Lächeln zustande und stand auf.

„Danke, dass du gekommen bist", sagte er.

Emily umarmte ihn. „Es tut mir so leid. Kann ich irgendetwas tun, um zu helfen?"

Felipe trat einen Schritt zurück. „Du kannst mit mir beten", sagte er. „Oh Mann, ich habe nicht mehr so gebetet, seit ich acht Jahre alt war und mein kleiner Bruder eine Blinddarmentzündung hatte.“ Er schüttelte den Kopf. „Es war mitten in der Nacht, wir steckten irgendwo mitten in der Pampa, vierzig Meilen bis zum nächsten Krankenhaus, und dann hat der Wagen meines Vaters gestreikt.“

„Was ist dann passiert?“

„Ich habe Gott um ein Wunder angefleht. Dann ist ein Auto vorbeigekommen und hat angehalten. Collegeschüler. Richtige Hippies mit langen Haaren, Stirnbändern und allem, was so dazugehört. Sie hatten sich verfahren und suchten nach dem Highway. Mann, die waren regelrecht froh, uns ins Krankenhaus fahren zu können. Einer meinte immer wieder, was für ein sensationelles Glück es doch sei, dass sie sich verfahren hätten.“ Er lachte leise. „Aber ich weiß: Mit Glück hatte das nichts zu tun. Es war ein Wunder. Gott hat meine Gebete erhört.“ Er schüttelte den Kopf, und Tränen traten ihm in die Augen. „Das ist schon so viele Jahre her. Glaubst du, dass ich heute wieder eine Chance auf ein Wunder habe?“

Emily nickte, nahm Felipes Hände und drückte sie fest. Sprechen konnte sie nicht.

„Phil! Ich habe mich sofort auf den Weg gemacht, als ich gehört habe, was passiert ist.“

Jim.

Emily drehte sich um. Jim stand hinter ihr. Ihre Blicken trafen sich nur kurz, bevor er seine Aufmerksamkeit wieder seinem Freund zuwandte. Sie hätte ebenso gut eine Fremde oder flüchtige Bekannte sein können, so wenig Wärme lag in seinem Blick. War das wirklich derselbe Mann, der sie vor Kurzem erst so leidenschaftlich geliebt hatte? Ihr Magen verkrampfte sich, und sie versuchte sich selbst einzureden, dass nur die kritische Situation ihn so kalt erscheinen ließ. Sobald sie Gelegenheit bekam, mit ihm zu reden, würde sie ihm schon klarmachen, dass sie gemeinsam seine Probleme lösen konnten, was immer auch los sein mochte.

„Was ist passiert?“, fragte Jim seinen Freund.

„Jewels Onkel und Tante haben sie aufgespürt. Sie sind in dem Wohnheim aufgekreuzt, haben darauf beharrt, dass Jewel eine Ausreißerin wäre. Sie konnten nachweisen, dass sie noch minderjährig ist. Wusstest du, dass sie erst siebzehn ist?“, wandte Felipe sich an Emily.

Emily nickte. Ihr war nicht klar gewesen, dass Felipe nicht wusste, wie jung Jewel noch war.

„Die beiden haben behauptet, sie seien auch die gesetzlichen Vormünder für Billy“, fuhr Felipe fort. „Sie haben darauf bestanden, dass man ihn und Jewel an sie herausgibt. Und Jewel haben sie gesagt, wenn sie einen Aufstand macht, würde das Jugendamt ihr den Jungen wegnehmen.“

Müde wandte Felipe sich ab und setzte sich wieder auf einen der harten Plastikstühle. „Sie hat mich angerufen, Diego“, sagte er und schaute Jim an. „Verdammt, sie hat mich gestern angerufen. Hat mich gebeten, zum Wohnheim zu kommen, weil sie mich bräuchte. Der Anruf ist auf dem Anrufbeantworter gelandet. Ich habe mitgehört, aber nicht abgenommen. Ich habe ihren Anruf nicht entgegengenommen, weil ich versucht habe, Abstand zu ihr zu halten! Verstehst du? Ich habe mich von ihr ferngehalten, sie nicht wie bisher jeden Tag besucht. Ich dachte, so gerät das Ganze nicht außer Kontrolle. Aber seitdem ruft sie andauernd an. Ich dachte, das wäre wieder nur so ein Anruf wie alle anderen auch. Ich dachte, sie übertreibt ein wenig, bauscht die Geschichte auf, versucht meine Aufmerksamkeit zu erregen. Also habe ich sie ignoriert. Madre de Dios, sie war in Schwierigkeiten, und ich habe sie ignoriert!“

Ohne Zögern setzte Jim sich neben Felipe und legte ihm die Hand auf die Schulter. „Das konntest du nicht wissen“, sagte er leise. „Phil, mach dir keine Vorwürfe, weil du das getan hast, was du für das Richtige gehalten hast.“

„Sie hat auch mich angerufen", mischte Emily sich ein und setzte sich auf Felipes andere Seite. „Sie hat auf meinen Anrufbeantworter gesprochen, und auch ich habe nicht rechtzeitig zurückgerufen."

Felipe setzte sich auf, bemüht, die Fassung wiederzuerlangen. Jim ließ eine Hand auf der Schulter seines Freundes liegen. Es schien ihm nichts auszumachen, ihm in aller Öffentlichkeit ein klein wenig Trost und Wärme zu spenden.

„Wie ist sie an die Drogen gekommen?", fragte er.

„Ihr Onkel hat sie gezwungen, sie zu nehmen. Er hat gedroht, Billy etwas anzutun, wenn sie nicht ... Er wollte sie wieder abhängig machen und unter seine Kontrolle bringen." Felipes Miene versteinerte, und in seinen Augen blitzte ein so gewaltiger Hass auf, dass Emily erschrak. Er wandte sich an Jim. „Diego, ich brauche deine Hilfe. Du musst den Schweinehund für mich finden und einlochen, denn wenn ich ihn zwischen die Finger kriege – ich schwöre bei Gott: Ich bringe den Kerl um. Bitte, lass nicht zu, dass es so weit kommt."

„Ich kümmere mich darum. Hank Abbott sitzt schon so gut wie hinter Gittern. Darauf kannst du dich verlassen." Die Bestimmtheit, mit der Jim das sagte, beruhigte Felipe ein wenig. „Wo steckt Billy jetzt?"

„Bei meiner Mutter. Ich konnte mit Jewel reden, bevor sie in den Operationssaal gebracht wurde. Sie war zwar beinah weggetreten, aber trotzdem außer sich vor Sorge um Billy. Sie hat mir erzählt, wo er sich versteckt hielt, und mich gebeten, ihn zu holen und in Sicherheit zu bringen ..." Seine Stimme brach. „Sie hatte innere Blutungen, Mann. Ihre Hüfte ist gebrochen, beide Beine sind zerschmettert, und trotzdem hat sie nur an ihren kleinen Jungen gedacht." Er schloss die Augen. „Gott, ich flehe dich an, schenk mir noch einmal ein Wunder. Gib Jewel noch eine Chance ... Nein, *ich* habe sie im Stich gelassen. Gib *mir* noch eine Chance. Ich weiß, dass ich sie nicht verdiene …"

„Du verdienst sie, Phil", meinte Jim sanft. „Du verdienst eine weitere Chance, hörst du? Alles wird gut. Alles kommt wieder in Ordnung."

Emily schaute auf. Mit tränenverschleiertem Blick nahm sie wahr, dass Jim sie ansah. Aber als ihre Blicke sich trafen, wandte er sich hastig ab und stand auf.

„Ich rufe dich vom Revier aus an, sobald ich Onkel Hank erwischt habe", versprach er Felipe.

Der nickte. „Danke, Diego."

„Pass auf dich auf, Jim", sagte Emily.

Ihre Worte schienen ihn zu überraschen. Wieso überraschte es ihn, dass sie ihn bat, auf sich aufzupassen? Er musste doch wissen, wie wichtig ihr seine Sicherheit war?

Rasch stand sie auf und folgte ihm den Gang hinunter. „Jim, warte."

Er blieb stehen, drehte sich langsam zu ihr um.

„Ich liebe dich", sagte sie. „Kommst du nachher vorbei, damit wir reden können?"

Er rammte die Hände in seine Hosentaschen und blickte zu Boden. „Es hat sich nichts geändert, Em."

„Es kann doch nicht wehtun, zu reden", bat sie verzweifelt.

Jetzt blickte er auf, die Augen dunkel vor Schmerz. „Doch, das kann es. Es tut höllisch weh."

„Bitte …"

„Tut mir leid." Damit drehte er sich um und ging. Emily sah ihm nach, unfähig, sich zu rühren.

Alles wird gut. Du verdienst eine weitere Chance.

Verdienst eine weitere Chance.

Ich liebe dich, hatte Emily gesagt, bevor Jim ihre Wohnung verließ.

Das solltest du nicht. Ich verdiene es nicht, war seine Antwort gewesen.

Er verdiente ihre Liebe nicht. Aber warum nicht?

Bob. Es musste etwas mit Jims Bruder Bob zu tun haben.

Er fühlte sich immer noch verantwortlich für Bobs Tod – so sehr, dass er wild entschlossen war, sich jede Chance auf eigenes Glück zu verwehren. In einem Augenblick der Schwäche waren seine wahren Hoffnungen und Wünsche zutage getreten, und er hatte sie gebeten, ihn zu heiraten. Aber schon lange zuvor hatte er sich selbst ein Gefängnis aus Schuldgefühlen errichtet, und darin saß er fest, und die Flucht wollte ihm nicht gelingen. Er konnte sie nicht heiraten, weil er nicht glaubte, etwas anderes zu verdienen als das elende einsame Leben, in dem er es sich mit voller Absicht eingerichtet hatte.

Gott, endlich verstand sie alles.

Jim glaubte nicht, dass er eine Chance verdiente, glücklich zu werden, und Emily war klar, dass Reden allein nicht helfen würde, ihn vom Gegenteil zu überzeugen. Wenn sie ihn aber nicht überzeugen konnte, dann konnte nicht alles wieder gut werden.

Jedenfalls nicht für sie und Jim.

16. KAPITEL

Als Emily ihre Wohnungstür aufschloss, klingelte das Telefon. Aber wieder war es nicht Jim am anderen Ende der Leitung.

„Hallo." Alex Delmore war am Apparat. „Hast du in den nächsten Tagen schon was vor?"

„Ähm, hallo, Alex. Nein, ich glaube, nicht. Warum?"

„Ich nehme mir ein paar Tage frei und segle an der Küste entlang Richtung Fort Myers. In ein paar Stunden lichten wir den Anker. Pack deinen Badeanzug und deine Zahnbürste ein und komm mit."

„Ich dachte, du segelst erst morgen." In ihrem Kopf drehte sich alles. Alex wollte doch erst morgen Abend lossegeln. Warum hatte er seine Pläne geändert?

Am anderen Ende der Leitung war es plötzlich still.

„Du wusstest von dem Segeltörn?", fragte Alex schließlich. „Ich kann mich nicht entsinnen, dir davon erzählt zu haben."

„Es steht in deinem Kalender. Ich habe es gestern Abend gesehen." Emilys Handflächen wurden feucht. Oh Gott, glaubte er etwa, sie spioniere ihm nach?

Aber als er lachte, klang es aufrichtig. Erleichterung durchflutete sie. „Ach ja, richtig. Natürlich. Tja, meine Pläne haben sich geändert. Ich muss heute Nachmittag schon los."

Ich muss. Warum *musste* er, wenn nicht, um eine Drogenlieferung entgegenzunehmen? Emily brach schon wieder der Schweiß aus.

Trotzdem gelang es ihr, einen leichten Plauderton beizubehalten. „Willst du wieder angeln?"

„Angeln?" Er klang verwirrt.

„Wie letztes Mal", erklärte Emily. Hoffentlich hörte er ihr nicht an, dass sie ihn in Verdacht hatte, ein Drogenschmuggler zu sein. „In deinem Beiboot. Weißt du noch?"

„Oh. Ja. Ja, richtig. Angeln. Richtig. Oh ja, ich werde auf jeden Fall wieder angeln."

Auf jeden Fall.

Die Lieferung kam also vermutlich schon heute Nacht an.

„Was hältst du davon, wenn mein Chauffeur dich in zwei Stunden abholt?"

Was sollte sie tun? Die Polizei hatte einen Sender an der Home Free anbringen wollen, der beständig die Position der Yacht verriet. Und Jim hatte eine Wanze an Bord bringen wollen, um mithören zu können. Wie sollten sie das alles innerhalb von zwei Stunden bewerkstelligen – jetzt, wo die Crew die Yacht fertig machte zum Auslaufen?

„Ähm ...", stammelte sie, während sie im Kopf alle Möglichkeiten durchging. „Dan ist noch in der Stadt, und ich mag nicht ohne ihn wegfahren."

Alex seufzte übertrieben laut. „Er will nicht, dass wir miteinander schlafen, Liebste", sagte er. „Ich hatte gehofft, wir könnten ihn zurücklassen."

„Er hat eben einen ausgeprägten Beschützerdrang. Bitte, darf ich ihn einladen, mitzukommen?"

„Na schön, warum nicht." Alex lachte gutmütig in sich hinein. „Bring ihn mit. Da kann ich mich ein bisschen in Selbstbeherrschung üben. Soll ich euch meinen Fahrer schicken?"

„Nein. Nein, danke, ich habe noch ... ein paar Besorgungen zu erledigen. Wir treffen dich am Anleger um ... sagen wir zwei Uhr?"

„Geht in Ordnung. Bis dann."

Emily legte auf.

Jim würde kochen vor Wut.

„Es tut mir leid, aber Detective Keegan ist nicht da. Er war seit heute früh nicht mehr auf der Wache." Der große Polizist am Empfang machte einen sehr desinteressierten Eindruck. Er schaute nicht einmal richtig auf, während er Emilys Frage beantwortete.

Sie spürte Ungeduld in sich aufsteigen. Und Angst. Was, wenn sie Jim nicht finden konnte? Wenn er sie nicht auf die Home Free begleiten konnte? Musste sie dann allein an Bord gehen?

„Können Sie mir bitte sagen, wann er zurückkommt? Oder wie ich ihn erreichen kann?"

„Nein. Tut mir leid." Der Gesichtsausdruck des mürrischen Polizisten strafte ihn Lügen: Es tat ihm kein bisschen leid. Er wandte wieder seinem Stapel Papiere und Akten zu.

„Na schön, dann spreche ich eben mit Lieutenant Bell."

Damit hatte sie wenigstens für einen winzigen Moment seine Aufmerksamkeit.

„Lieutenant Bell ist im Moment beschäftigt", sagte er und wandte sich wieder ab.

„Entschuldigen Sie mal!" Jetzt wurde Emily laut, und ihr Blutdruck stieg. „Ich erwarte, dass Sie Lieutenant Bell Folgendes sagen: Emily Marshall ist hier und wünscht sie zu sprechen. Und ich erwarte, dass Sie ihr das jetzt sofort sagen."

„Sarge, Ms Marshall hilft uns bei den Ermittlungen in einem wichtigen Fall", mischte sich eine vertraute Stimme ein. „Ich bin sicher, dass Lieutenant Bell sie sprechen möchte."

Emily wandte sich um. Felipe Salazar stand hinter ihr. Er hatte sich das Hemd zugeknöpft und die Krawatte wieder umgebunden, aber er sah immer noch zerknittert und erschöpft aus.

„Was tust du hier?", fragte er Emily.

„Wie geht es Jewel?", fragte sie zurück und forschte in seinen Augen. Hoffentlich hatte er Gutes zu berichten. „Ist sie außer Gefahr?"

Felipe schüttelte müde den Kopf. „Nein. Sie lassen mich nicht zu ihr. Ich wäre verrückt geworden, wenn ich noch länger im Krankenhaus geblieben wäre. Irgendwas musste ich einfach tun. Deshalb bin ich jetzt hier. Hat Diego den Schweinehund schon eingeliefert?“

Den Schweinehund? Ach ja, Jewels Onkel Hank. „Ich glaube nicht.“

„Lieutenant Bell empfängt Sie jetzt“, erklärte der mürrische Sergeant. Sich zu entschuldigen hielt er offenbar nicht für nötig. „Kennen Sie den Weg?“

„Ich begleite sie“, erklärte Felipe, nahm Emily beim Arm und führte sie den Gang hinunter.

Lieutenant Bell wartete in der Tür ihres Büros. „Heute Morgen hat Detective Keegan mir gesagt, Sie wollten von dem Fall abgezogen werden“, erklärte sie ohne Umschweife und musterte Emily über den Rand ihrer Brille hinweg.

„Nun, Detective Keegan hat sich geirrt“, gab Emily zurück. Es gelang ihr nicht, ihre Verärgerung zu verbergen, und sie spürte, dass Felipe sie neugierig beobachtete.

„Setzen Sie sich.“ Die Polizistin wies auf die beiden Holzstühle vor ihrem Schreibtisch. „Sie bitte auch, Detective.“

Emily und Felipe traten ein, und Lieutenant Bell setzte sich hinter ihren Schreibtisch. Heute trug sie eine lose sitzende kakifarbene Hose, die offenbar maßgeschneidert war. „Keegan war anscheinend der Meinung, die Situation sei zu gefährlich geworden, als dass eine Zivilistin …“

„Entschuldigen Sie, Lieutenant“, unterbrach Emily sie und beugte sich vor. „Ein junges Mädchen, das ich kenne, liegt im Krankenhaus, auf der Intensivstation, wegen einer fiesen Mischung aus Crack und Geldgier. Ich kann nicht einfach dasitzen und Alex freie Hand lassen, damit er noch mehr Kokain in die Stadt schafft. Jetzt schon gar nicht. So gefährlich die Ermittlungen auch sein mögen – und um ehrlich zu sein: Ich glaube, dass Jim Keegan die Gefahr dabei deutlich überschätzt –, ich halte es für viel gefährlicher, Alex weiterhin mit illegalen Drogen handeln zu lassen."

Bell musterte Emily eingehend aus blassblauen Augen. Schließlich lehnte sie sich im Stuhl zurück und schlug die Beine übereinander. „Na schön, Ms Marshall", meinte sie kühl. „Sagen Sie mir, warum Sie hier sind."

Rasch berichtete Emily von Delmores Anruf, seiner Einladung auf die Home Free und der Änderung seiner Pläne, die darauf hindeutete, dass die Drogenlieferung früher eintreffen würde als erwartet.

„Alex hat auch Jim eingeladen", erklärte Emily. „Sie wissen schon, als meinen Bruder Dan." Sie warf einen Blick auf ihre Armbanduhr. Schon Viertel vor eins. Sie atmete tief durch, um sich zu beruhigen. „Aber ich kann Jim nicht erreichen, und die Yacht legt in fünfundvierzig Minuten ab."

Bell trommelte mit einem Bleistift auf ihren Tisch. „Keine Chance, noch vor zwei von einem Richter die Erlaubnis zu bekommen, ein Abhörgerät auf der Yacht zu installieren", sagte sie. „Ein Peilsender dagegen ist etwas anderes. Emily, glauben Sie, dass Sie es schaffen, an Bord zu gehen, den Peilsender zu verstecken und das Boot wieder zu verlassen, bevor Delmore ablegt?"

Das Boot wieder verlassen?

„Ich kann das machen", mischte Felipe sich ein. „Lassen Sie mich das tun."

Emily warf ihm einen Blick zu. „Alex Delmores Crew besteht aus Leibwächtern", sagte sie. „Du hast keine Chance, auch nur in die Nähe der Yacht zu kommen."

„Und wenn du an Bord gehst, wie kommst du wieder runter?"

„Sie könnten eine Magenverstimmung vortäuschen", schlug Bell vor. „Ich kann mir nicht vorstellen, dass jemand, der bei klarem Verstand ist, das Risiko eingeht, auch noch seekrank zu werden, wenn er sich schon einen Magen-Darm-

Virus eingefangen hat. Das sollte problemlos funktionieren."
„Keine gute Idee, Lieutenant", widersprach Felipe. „Jim wollte Emily von Alexander Delmore fernhalten."
„Haben Sie eine bessere Idee, Detective?", fragte Bell verärgert.
„Ja. Warten, bis sich eine neue Gelegenheit ergibt."
Emily wandte sich ihm zu. „Und wie viele junge Mädchen wie Jewel sollen noch verletzt werden oder gar sterben, nur weil Alex weiterhin Drogen in Umlauf bringt, wenn wir ihn heute nicht stoppen?"
Sie kämpfte mit harten Bandagen, und wie erwartet, landete sie einen schweren Treffer.
„Wäre nicht schon eines, genau eines, zu viel?", fügte sie leise hinzu.
Seinem Gesichtsausdruck war anzusehen, dass sie gewonnen hatte.
„Ich will, dass sie ein Mikro bekommt", wandte er sich kurz angebunden an Bell. „Und ich will in der Nähe bleiben. Ich will mithören. Und Diego muss informiert werden, sobald er auf die Wache kommt oder anruft."
„In Ordnung", gab Bell ebenso knapp zurück. „Wir haben wenig Zeit. Begleiten Sie Ms Marshall nach unten und sorgen Sie dafür, dass sie ausgerüstet wird."

Jim musste pausenlos an Emily denken. Er dachte an sie, während er versuchte, Jewels Onkel aufzuspüren. Er dachte an sie, als er dem Kerl Handschellen anlegte, ihn über seine Rechte aufklärte und ihn auf dem Rücksitz seines Wagens verstaute. Er dachte an jeder einzelnen Ampel an sie. Die ganze Fahrt über dachte er an sie: wenn er beschleunigte, wenn er bremste. Er dachte immer noch an sie, als er den Blinker setzte, um auf den Parkplatz der Polizeiwache einzubiegen.
Als er die Wagentür öffnete und Jewels Onkel aussteigen

ließ, dachte er an die Wärme ihres Lächelns. Als er den Mann die Stufen der Eingangstreppe hinaufführte, dachte er an ihre unglaublich blauen Augen und daran, wie sie ihn mit einem einzigen Blick alles andere vergessen ließ, sodass nur noch das Hier und Jetzt zählte.

Als er seinen Gefangenen vorführte, damit seine Personalien aufgenommen werden konnten, dachte er daran, wie sie ihn im Wartesaal des Krankenhauses beobachtet hatte. Er konnte den Schmerz in ihren Augen nicht vergessen. Einen Schmerz, für den er allein die Verantwortung trug. Und dieser Schmerz würde nicht verschwinden, nur weil er sich aus dem Staub gemacht hatte.

Er hätte sich von ihr fernhalten sollen.

Ja, das hätte er, aber er hatte es nicht getan.

Als Onkel Hank weggeführt wurde, damit ihm Fingerabdrücke abgenommen und er fotografiert werden konnte, schloss Jim die Augen, ließ den Kopf auf die Arme sinken, die er auf den Tresen gelegt hatte, und gönnte sich zum ersten Mal an diesem Tag den Luxus, sich auszumalen, wie es wohl wäre, den Rest seines Lebens mit Emily zu verbringen. Jede Nacht würde er sie in seinen Armen halten. Jeden Morgen begrüßte ihn ihr sanftes Lächeln. Nie mehr wäre er allein, denn selbst wenn sie nicht in seiner Nähe war, trüge er sie doch in seinem Herzen bei sich.

Aber das waren alles nur Wunschträume. Denn wie sehr er sich auch danach sehnte, diesen Traum wahr werden zu lassen, er konnte weder seinen Schuldgefühlen noch den Vorwürfen entfliehen.

Er konnte nur eines tun: Emily unter allen Umständen fernbleiben und darauf hoffen, dass er ihr nicht zu sehr wehgetan hatte.

„Keegan."

Jim blickte auf. Sergeant Curt Wolaski sah ihn über den

Tresen hinweg ungehalten an und schob ihm einen zusammengefalteten Zettel zu. „Eine Nachricht von deinem Partner Salazar."

„Danke", meinte Jim, aber der Sergeant hatte sich schon wieder abgewandt.

Jim entfaltete den Zettel und las ihn. Und stieß eine Flut so heftiger Flüche aus, dass sich fast sämtliche Köpfe auf der Wache nach ihm umdrehten. Verdammt, war Emily jetzt völlig übergeschnappt? Wollte sie sich unbedingt umbringen?

Angst krallte sich in seine Eingeweide. Er drehte sich um und rannte hinaus auf den Parkplatz zu seinem Wagen.

Seine Stiefelabsätze knallten auf den heißen Asphalt, und seine Lungen arbeiteten wie Dampfmaschinen, während er rannte, als ginge es um sein Leben. Er riss die Wagentür auf und sprang hinters Steuer. Der Motor erwachte röhrend zum Leben, Jim knallte den ersten Gang rein und jagte mit quietschenden Reifen vom Parkplatz auf die Straße. Er fuhr zum Hafen. Zu Emily.

All seine guten Vorsätze, ihr fernzubleiben, warf er über Bord. Er wünschte sich nichts sehnlicher, als sie in den Armen zu halten und sich davon zu überzeugen, dass sie in Sicherheit war.

Alex hatte Emily keine Sekunde aus den Augen gelassen, seit sie an Bord gegangen war. Immer noch trug sie den Peilsender in ihrer Handtasche mit sich herum, und immer noch hatte sich keine Gelegenheit ergeben, ihn irgendwo auf der Yacht zu verstecken.

„Bist du sicher, dass dein Bruder sich hier am Hafen mit dir treffen wollte?", fragte Alex zum wer weiß wie vielten Male und spähte ungeduldig in die Menschenmenge, die sich auf dem Anleger drängte.

„Er hat versprochen, dass er kommt", log Emily. Gegen alle

Wahrscheinlichkeit hegte sie immer noch die Hoffnung, dass Jim plötzlich auftauchen würde. Er war immer noch nicht auf der Wache gewesen, als Felipe sie hier abgesetzt hatte. Er konnte also gar nicht wissen, dass er zur Yacht kommen sollte, aber dennoch gab sie die Hoffnung nicht auf.

„Wir müssen jetzt wirklich los", sagte Alex.

Emily schaute auf ihre Armbanduhr. Fünf nach zwei. „Kannst du nicht noch zehn Minuten warten?"

Er wirkte alles andere als glücklich. „Emily, um ganz ehrlich zu sein, ich muss pünktlich weg, um …" Er brach ab. Offensichtlich war ihm unwohl, als hätte er bemerkt, dass er schon zu viel gesagt hatte.

„Fünf Minuten? Bitte!"

Sie wusste, was sie zu tun hatte. Sie musste hinuntergehen zur Toilette und den Peilsender in der winzigen Kabine verstecken, denn nur dort wäre sie unbeobachtet. Anschließend käme sie wieder an Deck. Die fünf Minuten wären um, Jim wäre immer noch nicht eingetrudelt, und sie könnte Alex mit höchstem Bedauern mitteilen, dass sie ihren Bruder nicht alleinlassen konnte. Also würde sie ebenfalls zurückbleiben. Dann würde sie Alex traurig nachwinken, während er davonsegelte, seinen illegalen Geschäften entgegen, mit dem Peilsender an Bord, der permanent die Position seiner Yacht an die Polizei und die Küstenwache meldete.

Es konnte funktionieren.

Alex fluchte in sich hinein, und Emily schaute ihn überrascht an. Dann folgte sie seinem Blick zum Ende des Anlegers, von wo ein dunkelhaariger Mann, der ihr nur zu bekannt vorkam, mit mehreren großen Kerlen im Schlepptau, offenbar Leibwächtern, auf sie zukam.

Emily spürte Panik in sich aufsteigen. „Ist das nicht Vincent Marino?", fragte sie, damit Felipe wusste, was vorging. Er hörte zu – dank der winzigen Wanze, die in der kleinen silbernen Rosenbrosche verborgen war, die er ihr angesteckt hatte.

„Ja“, gab Alex knapp zurück. „Das ist er.“

„Erwartest du ihn denn?“

„Nein.“ Alex schien Angst zu haben. Er sah so aus, wie sie sich fühlte: als wünschte er sich davonlaufen zu können, ohne sich auch nur ein einziges Mal umzudrehen.

Einen kurzen verrückten Augenblick lang dachte Emily ernstlich daran, über die Reling ins schmutzige Wasser des Hafenbeckens zu springen. Aber bevor sie sich rühren konnte, kletterte Marino an Bord der Home Free, blieb neben ihr stehen, und ihre Chance war dahin.

„Mr Delmore“, grüßte Marino mit gespielter Höflichkeit. Dann wandte er sich Emily zu. „Und Miss Marshall. Freut mich, Sie zu sehen. In der Morgenzeitung stand, Sie würden bald heiraten? Darf ich Ihnen zur bevorstehenden Hochzeit gratulieren?“

„Sehen Sie zu, dass Sie von Bord kommen“, stieß Alex zornig hervor, aber seine Hände zitterten, und er wirkte nicht halb so selbstbewusst, wie er klang.

Marino schüttelte den Kopf. „Tsss, tsss, was für schlechte Manieren“, sagte er. „Erstaunlich, dass Sie in der Geschäftswelt so weit gekommen sind.“

„Runter von meiner Yacht“, wiederholte Alex, „oder ich lasse Sie über Bord werfen.“ Schweißtropfen bildeten sich auf seiner Oberlippe.

Emily war mit der Situation völlig überfordert. Jim hatte recht gehabt: Es war dumm gewesen, dieses Risiko einzugehen.

Marino lachte, ein hartes, hässliches Lachen.

„Ablegen“, befahl er der Crew. „Wir gehen auf einen Segeltörn. Eine kleine Vergnügungskreuzfahrt. Das ist Ihnen doch recht, Delmore?“

Es war ihm offenbar ganz und gar nicht recht. Alex schnippte mit den Fingern. „Werft sie über Bord!“, befahl er seiner Crew, aber keiner seiner Leute rührte auch nur einen Finger, um ihm zu helfen. Sie fuhren einfach fort, die Yacht zum Auslaufen bereit zu machen. Seine Stimme überschlug sich vor Wut und Angst. „Ich sagte, schafft diese Typen von Bord! Beschützt mich. Tut, wofür ihr bezahlt werdet!“

Marino lachte nur. „Aber sie tun doch, wofür sie bezahlt werden. Sie arbeiten jetzt für mich. Sie hätten Ihre Leute wirklich besser bezahlen sollen, Delmore. Wussten Sie denn nicht, dass Loyalität in direktem Verhältnis zur Höhe des Gehaltsschecks steht?“

Der Himmel war blassblau und dunstig, das Sonnenlicht wurde von den glänzenden Decksplanken reflektiert. Im Hafen herrschte reges Treiben. Nur wenige Meter von der Home Free entfernt waren Leute unterwegs. Es war helllichter Tag, und das Ganze spielte sich in aller Öffentlichkeit ab. Da konnte es doch nicht sein, dass sie einfach entführt wurden? Aber das harte Glitzern in Vincent Marinos Augen hatte etwas Furchteinflößendes. Emily hatte das grässliche Gefühl, dass sie nicht mehr von der Yacht herunterkommen würde – jedenfalls nicht lebend –, wenn sie sich nicht auf der Stelle aus dem Staub machte.

Ruhig wandte sie sich dem Landungssteg zu. „Alex, es sieht ganz so aus, als würde Dan es nicht mehr rechtzeitig schaffen“, sagte sie, doch es gelang ihr nicht ganz, die angsterfüllte Atemlosigkeit in ihrer Stimme zu überspielen. „Ich bleibe also besser an Land. Ruf mich an, wenn du zurückkommst …“

Marino packte sie am Arm, schob sie unsanft zu einem der Liegestühle, die auf Deck standen, und schubste sie hinein.

„Tut mir leid, Süße“, sagte er, „aber du kommst mit uns.“

Emily öffnete den Mund und versuchte zu schreien, aber Marino war blitzschnell an ihrer Seite und hielt ihr den Mund zu. Gleichzeitig drückte er ihr ein gefährlich aussehendes Messer gegen die Rippen, so unauffällig, dass niemand auf dem Anleger oder einem der anderen Boote es sehen konnte. Sie spürte, wie die Spitze der Klinge ihre Haut ritzte.

„Wenn du noch einmal schreist", meinte er ganz sachlich, „gebe ich dir einen Grund zum Schreien. Verstanden?"

Emily nickte langsam.

Felipe Salazar brüllte ins Funkgerät.

„Ich weiß, dass wir gesagt haben, wir bräuchten das Boot erst später, aber wir brauchen es jetzt, verdammt noch mal. Ich habe vor drei Stunden angefragt. Da hieß es, ihr hättet ein Schnellboot. Und es war keine Rede davon gewesen, dass der Motor dieses Schnellboots in Einzelteilen auf dem Kai liegt ..."

„Die Küstenwache und der Hafenmeister stehen bereit, um einzugreifen und die Yacht am Wellenbrecher abzufangen", erklärte der Fahrdienstleiter.

„Nein!" Ein paar ausgesuchte Kommentare auf Spanisch unterstrichen, was Felipe von diesem Vorschlag hielt. „Marino hat eine kleine Armee auf dem Boot. Wir müssen davon ausgehen, dass die Männer mit halb automatischen Waffen ausgerüstet sind. Und was hat die Küstenwache? Kleine Handfeuerwaffen und vielleicht ein Betäubungsgewehr? Ich denke gar nicht daran, es unter diesen Umständen auf ein Feuergefecht ankommen zu lassen, *muchas gracias*. Außerdem hält sich eine Zivilistin an Bord der Home Free auf. Wir wollen nicht auch noch eine Geiselnahme riskieren."

„Wir können euch eines der Schnellboote der Küstenwache besorgen", schlug der Fahrdienstleiter vor.

Felipe knirschte mit den Zähnen. „Oh, wie unauffällig. Nein, verdammt noch mal, ich brauche ein ungekennzeichnetes Boot, und ich brauche es vor einer halben Stunde!"

Jim entdeckte den unauffälligen olivgrünen Überwachungswagen der Polizei am Ende des Parkplatzes und hielt direkt daneben. Der Kies spritzte nach allen Seiten, als er abrupt bremste.

Mit einem Satz war Jim aus dem Auto und hämmerte gegen die Hecktür des Überwachungswagens, bis sie geöffnet wurde.

Das Innere des Wagens war schwach beleuchtet, und es war eng. Zwei weitere Detectives saßen zusammen mit Felipe Salazar vor den technischen Geräten. Das Aufnahmelicht des Rekorders blinkte rot, mehrere Kontrollleuchten zeigten die Signalstärke an. Emily war nicht hier, und Jim wurde erneut von Angst erfasst.

„Wo ist sie?“, fragte er barsch. „Delmores Boot liegt nicht an seinem Liegeplatz, es liegt nicht am Kai, und ich weiß, dass ihr sie niemals allein mit dem Schweinehund hättet lossegeln lassen, also wo … Oh Gott!“

Felipes Gesichtsausdruck sagte Jim all das, was er gar nicht hören wollte.

„Diego, bleib bitte ruhig“, sagte Felipe. „Wenn du jetzt ausrastest, hilft uns das in der jetzigen Lage keinen Schritt weiter.“

Jim atmete tief durch. „Jetzige Lage“, wiederholte er. „Es gibt also ein Problem, richtig?“ Wenn Emily etwas passiert ist …“

„Sie sollte den Peilsender an Bord verstecken und die Yacht wieder verlassen“, erläuterte Felipe. „Aber dann … tauchte Marino an Bord auf.“

Vincent Marino. Der Mafiaboss, den man auch den Hai nannte, weil er keine Gnade kannte. Oh Gott, nein.

„Nach allem, was wir bis jetzt mitbekommen haben, sind Marino und Delmore keine Freunde“, sagte Felipe. „Ich vermute, dass Marino sich Delmores Drogenlieferung unter den

Nagel reißen will. Und es würde mich nicht überraschen, wenn Marino gleich noch die Gelegenheit nutzen wollte, Delmore aus dem Crackhandel zu werfen. Für immer."

Jim wurde schwindelig. Himmel, das war noch schlimmer, als er es sich vorgestellt hatte. „Besorg mir einen Hubschrauber", befahl er heiser. „Ich muss sie da rausholen."

Aber Salazar schüttelte den Kopf. „Denk nach, Diego", sagte er mit Nachdruck. „Wenn du der Home Free in einem Polizeihubschrauber folgst – was, glaubst du, wird dann geschehen? Sie wird dabei draufgehen, Mann, und du auch."

Jim holte tief Luft. Felipe hatte recht. Er hatte recht. Mit donnernden Kanonen hinter Emily herzujagen war keine Lösung. Er musste einen klaren Kopf bekommen. Musste nachdenken.

„Wohin fahren wir?", kam Emilys Stimme klar und deutlich über das kleine Mikrofon, das sie trug. „Wohin bringen Sie uns?"

Sie klang so ruhig, so gelassen und beherrscht, aber Jim wusste es besser. Er wusste, dass sie Todesangst hatte. Gott, er hatte selbst Todesangst um sie. Es schnürte ihm die Kehle zu.

„Wir werden eine kleine Party mit ein paar Kumpels Ihres Verlobten feiern", gab Marino zurück. „Ich sag's Ihnen nur ungern, aber ich glaube, Sie werden Ihren lieben Alex nicht mehr heiraten wollen, wenn Sie diese Jungs kennengelernt haben."

Emily antwortete nicht. Jim schloss die Augen und wünschte, ihr Mikro hätte nicht nur einen Sender, sondern auch einen Empfänger. Er wollte mit ihr reden, wollte ihr sagen, sie solle gute Miene zum bösen Spiel machen und Marino nicht reizen.

Derart tatenlos zuhören zu müssen war die reinste Folter. Wenn er jemals dafür bezahlen musste, was er Bob angetan hatte, dann war es jetzt. Großer Gott, wenn Emily etwas zustieß … wenn Marino sie umbrachte – er liebte sie mehr als sein Leben, und ohne sie wäre auch sein Leben zu Ende. So wie Bobs Leben.

Dabei war er noch vor wenigen Stunden entschlossen gewesen, den Rest seines Lebens ohne Emily zu verbringen. Es wäre ein kaltes, einsames, trostloses Dasein geworden. Er hatte freiwillig auf sich nehmen wollen, was Marino ihm jetzt mit einer einzigen Kugel antun konnte. Er hatte gedacht, dass er ein Leben ohne Emily verdiente.

„Ach ja, falls Sie daran denken, über Bord zu springen …“ Marinos Stimme wurde lauter, als er sich über Emily beugte. „Bis zur Küste sind es fast zwei Meilen. Und ich habe mir sagen lassen, es gäbe Haie in diesen Gewässern.“

„Offensichtlich gibt es auch Haie außerhalb des Wassers“, erwiderte Emily ruhig. Jim hielt den Atem an. Würde Marino wütend werden? Aber er lachte nur, und Jim ließ erleichtert die Luft aus seiner Lunge entweichen.

„Schon mal vom Überleben des Stärkeren gehört, Süße?“, fragte Marino. „Ich bin lieber ein Hai als ein Kugelfisch wie der kleine Alex. Sie dagegen, Sie sind eher eine Flunder – sanft, schmackhaft und völlig wehrlos. Ein Biss, und Sie sind Geschichte. Verstanden?“

„Ja.“

Jim hatte ihn auch verstanden, laut und deutlich. Er schluckte und lauschte angespannt in die Stille. Dann sprach Emily erneut, beinah unhörbar, und einer der Detectives sprang auf, um die Lautstärke hochzudrehen.

„Er ist weg“, hauchte sie. „Felipe, ich weiß nicht, was ich tun soll. Der Peilsender liegt immer noch in meiner Handtasche. Ich hatte keine Gelegenheit, ihn irgendwo zu verstecken. Er ist aber eingeschaltet, und ihr solltet ein Signal empfangen.“ Sie atmete zittrig ein.

„Ich weiß nicht, ob ich über Bord springen sollte oder lieber abwarten, was passiert“, fuhr sie fort. „Sie haben Alex nach unten gebracht. Ich glaube, Marinos Männer schlagen ihn dort zusammen.“ Sie schwieg einen Moment. „Ich kann mir ehrlich gesagt nicht vorstellen, dass Marino mich am Leben lässt. Nach allem, was ich hier gesehen und gehört habe.“

Wieder eine Pause. „Felipe, du musst Jim sagen, dass ich ihn liebe. Und dafür sorgen, dass er uns nicht hierher folgt und sich meinetwegen umbringen lässt. Was passiert ist, ist meine Schuld. Bitte, ich will nicht, dass er stirbt, nur weil ich eine falsche Entscheidung getroffen habe.“

„Halte durch, Em“, flüsterte Jim, obwohl Emily ihn nicht hören konnte. „Gib nicht auf. Ich bin auf dem Weg zu dir.“ Er wandte sich an Felipe. „Wir brauchen ein Boot. Es muss groß genug sein, um das ganze Zeug hier unter Deck zu verstecken.“ Damit deutete er auf die technische Ausrüstung, die die Signale von Emilys Mikro und dem Peilsender auffing.

„Wir arbeiten dran“, erwiderte Felipe.

Jims Augen blitzten auf, und er wurde gefährlich laut. „Wie bitte? Willst du mir damit etwa sagen, dass Lieutenant Bell diese Sache eingefädelt hat, ohne dafür zu sorgen, dass euch ein Boot zur Verfügung steht?“

„Tut mir leid, Kumpel. Es herrscht das totale Chaos, und …“

„Packt die Ausrüstung zusammen. Wir treffen uns am Kai“, fauchte Jim und sprang aus dem Wagen.

Felipe machte sich sofort an die Arbeit. Die anderen beiden Detectives warfen sich vielsagende Blicke zu, heilfroh, nicht in Lieutenant Bells Haut zu stecken.

Emily brauchte eine Weile, um zu begreifen, was los war. Sie näherte sich möglichst unauffällig der Brücke der Yacht, um zu lauschen.

Marino stritt mit einem seiner Leute herum. Anscheinend gab es ein Problem mit dem Funkgerät des Schiffes.

Das Boot, mit dem sie sich treffen wollten, hatte sie angefunkt. Aber es gab Probleme mit der Verbindung. Seltsame Störsignale machten sich bemerkbar.

Erschrocken begriff Emily, dass der Peilsender in ihrer Handtasche vermutlich der Auslöser war. Die Störungen kamen im selben Rhythmus wie die Signale des Peilsenders.

Wie lange würde Vincent Marino brauchen, um die richtigen Schlüsse zu ziehen? Wie lange würde es dauern, bis er das Schiff durchsuchen ließ und man den Peilsender in ihrer Handtasche fand?

In der Handtasche, durchfuhr es Emily eiskalt, die sie dummerweise auf der anderen Seite des Decks gelassen hatte, bei den Liegestühlen.

„Schalt das verdammte Ding aus!“, hörte sie Marino sagen. „Das macht mich wahnsinnig.“

Die Störsignale verstummten, und Marino kam zurück auf Deck, gefolgt von einem seiner Leibwächter.

„Die Störung könnte auf ein anderes Funksignal zurückzuführen sein“, hörte Emily den Leibwächter sagen.

Marino blieb stehen und wandte sich dem Mann zu. Sein Fuß berührte fast ihre Handtasche, und Emilys Handflächen wurden feucht.

„Schaff Delmore rauf!“, befahl Marino. „Gleich werden wir wissen, ob er noch ein anderes Funkgerät an Bord hat.“

Er trat zurück und streifte dabei mit dem Fuß die Handtasche.

Emily spürte, wie ihr das Herz in der Brust stockte.

Marino schaute zu Boden und entdeckte die Handtasche.

Gib ihr einen Fußtritt, schubs sie einfach zur Seite, flehte Emily schweigend. Heb sie nicht auf.

Er bückte sich und hob die Handtasche auf.

„Oh Mann, das Ding wiegt ja eine Tonne. Was haben Sie denn da drin?“, fragte er Emily. „Eine Bowlingkugel?“

Ihre Kehle war wie ausgetrocknet. Sie brachte keinen Ton heraus und schüttelte den Kopf. Bitte, Gott, lass ihn nicht hineinschauen …

„Sie werden sich das hübsche Näschen verbrennen“, sagte er. An seinem spöttischen Tonfall erkannte sie, dass er mit ihr spielte. Er wollte, dass sie sich wand, und sich an ihren Qualen weiden. „Sie sollten Sonnenschutzcreme auflegen.“

Emily konnte weder antworten noch sich bewegen.

„Haben Sie Sonnencreme da drin?“, fragte er und öffnete die Tasche. „Oh Mann, Sie haben Ihren ganzen Hausstand da drin, nicht wahr?“

Das war’s. Das Spiel war vorbei. Gleich würde er den Peilsender finden und sie umbringen.

„Ah ja, da haben wir sie ja. Ganz oben“, sagte Marino, fischte eine Tube Sonnenschutzcreme Faktor 35 aus ihrer Handtasche und wedelte damit vor ihrer Nase herum. Er ließ die Tube in die Tasche zurückgleiten, zog den Reißverschluss zu und warf ihr die Handtasche zu.

Instinktiv streckte Emily die Hände aus, um die Tasche aufzufangen. Aber sie wollte sie ja gar nicht fangen. Sie wollte sie nicht auf dem Boot haben. Also griff sie absichtlich daneben, und die Tasche – samt Peilsender– ging über Bord und versank in den dunkelblauen Fluten des Golfs.

„Verdammt“, murrte Marino verärgert. „Hat Ihnen nie jemand beigebracht, einen Ball zu fangen?“

Emily starrte aufs Wasser. Die Handtasche war bereits untergegangen und nicht mehr zu sehen.

Jetzt würde Vincent Marino den Peilsender nie finden.

Allerdings: Ohne den Peilsender würden auch Jim und Felipe sie vermutlich nie finden.

„Kommt schon, Beeilung!“ Jim nahm Felipe einen Teil der Ausrüstung ab und scheuchte seinen Partner und die beiden anderen Detectives auf das schlanke weiße Schnellboot.

Er gab Gas und jagte in solchem Tempo vom Anleger fort, dass andere Bootseigner ihm wütend mit den Fäusten drohten.

„Wie bist du an diese flotte Kiste gekommen?“, rief Felipe, um das Dröhnen der mächtigen Schrauben zu übertönen.

Jim setzte seine Sonnenbrille auf, umrundete die Boje, die die Hafenausfahrt kennzeichnete, und rief gelassen zurück: „Kurzgeschlossen!“

„Du hast sie *geklaut*?“

„Beschlagnahmt. Für einen wichtigen Polizeieinsatz.“

„Wie auch immer du es nennst: Was du getan ist, ist illegal. Ich müsste dich eigentlich dafür verhaften, Kumpel.“

„Geh lieber runter und sorg dafür, dass Winstead und Harper die Ausrüstung schnell einsatzbereit kriegen.“

Felipe war schon auf der Treppe nach unten, da steckte Winstead seinen Kopf aus dem Unterdeck. „Schätze, wir haben ein Problem“, verkündete er. „Der Peilsender ist soeben verstummt.“

Jim packte das Steuer fester, seine Knöchel verfärbten sich weiß. „Phil, geh du ans Steuer“, bat er und nahm das Gas zurück. Das Boot flog immer noch übers Wasser, aber nicht mehr mit der halsbrecherischen Geschwindigkeit wie zuvor, und der Motor dröhnte deutlich leiser.

„Forderst du einen Hubschrauber an?“, fragte Felipe, als er Jims Platz am Steuer einnahm.

Jim nickte kurz. „Ich sorge dafür, dass einer aufgewärmt wird, damit er sofort starten kann, wenn wir ihn brauchen.“

„Wenn du schon ans Funkgerät gehst“, bat Felipe und spähte mit zusammengekniffenen Augen über das gleißende Wasser, „frag, ob jemand aus dem Krankenhaus angerufen hat. Ob es was Neues gibt wegen Jewel."

Jim hatte Jewel fast vergessen. Er nickte noch einmal, legte kurz seine Hand auf Felipes Schulter und ging dann nach unten.

Winstead und Harper trugen beide Kopfhörer und lauschten angespannt der Unterhaltung, die von Emilys Mikro übertragen wurde.

Winstead sah auf, als Jim eintrat, und reichte ihm ebenfalls einen Kopfhörer. „Sie haben das zweite Boot getroffen", berichtete er. „Vincent Marino und diese Kerle sind offenbar alte Bekannte. Sieht ganz so aus, als wollte er mit seinen Männern und Delmores Drogengeld auf dem anderen Boot abhauen."

„Was ist mit Delmore und Emily?", fragte Jim und setzte den Kopfhörer auf.

„Oh mein Gott! Alex!", hörte er Emily sagen. Deutlich leiser und nur für ihre Ohren bestimmt fügte sie hinzu: „Er ist zusammengeschlagen worden. Sie haben ihm das Gesicht zerschlagen, und ich glaube, sein Arm ist gebrochen. Er kann sich nicht auf den Beinen halten."

„Siehst du jetzt, was du davon hast, dich mit mir anzulegen?", fragte Marinos Stimme. „Siehst du's jetzt?"

„Es tut mir leid", schluchzte Delmore. „Es tut mir leid. Bitte ... ich werde dich künftig an allem beteiligen. Ich verspreche es."

„Zu spät", erklärte Marino. „Du hattest deine Chance, Geschäfte mit mir zu machen. Jetzt mache ich Geschäfte mit dir, und ich habe nun mal am meisten davon, dich ganz auszuschalten. Verstehst du, worauf ich hinauswill?"

„Oh Gott", hauchte Emily, und Delmore begann jämmerlich zu weinen. „Sie verkabeln etwas mit dem Motor der Yacht. Ich glaube, es ist eine Bombe."

Jim schob den Kopfhörer von einem Ohr, griff nach dem Funkgerät, stellte eine direkte Verbindung zum Polizeihauptquartier von St. Simone her, berichtete kurz von der Situation und erklärte, dass sie den Kontakt zum Peilsender verloren hatten. „Ich brauche einen Hubschrauber in der Luft über diesen Gewässern. Er muss uns helfen, die Home Free zu finden."

„Wir haben einen Hubschrauber in Bereitschaft", gab der Fahrdienstleiter zurück.

Jim reichte das Mikrofon an Harper weiter. „Sag ihnen, von wo sich der Peilsender zuletzt gemeldet hat und in welche Richtung die Yacht unterwegs war, damit sie wenigstens wissen, wo sie anfangen müssen zu suchen."

Über Kopfhörer hörte er Marino sagen: „Kümmert euch um das Funkgerät. Nicht dass noch jemand SOS sendet."

„Sie lassen uns einfach zum Sterben hier zurück?", fragte Emily.

17. KAPITEL

„Fast richtig“, gab Marino zurück. „Ich lasse Sie und Ihren Verlobten tot hier zurück.“

Seine Worte trafen sie wie eine eiskalte Dusche, obwohl Emily damit gerechnet hatte, seitdem Marino an Bord gekommen war. Sie hatte nicht darüber nachgedacht, *ob* er sie töten würde. Sie hatte nur darüber nachgedacht, *wann* er das tun würde.

Inzwischen hatte die gesamte Mannschaft bis auf Marino und einen weiteren Mann – und bis auf Alex und Emily – die Yacht verlassen und befand sich auf dem anderen Boot, einem gewaltigen Schnellboot.

Alex war auf Deck zusammengebrochen. Als er hörte, was Marino sagte, weinte er noch lauter.

„Sieht ganz so aus, als bräuchten Sie Ihre Sonnencreme doch nicht mehr“, meinte Marino lachend zu Emily. Alex' flehentliche Bitten um Gnade ignorierte er völlig und wandte sich an den Mann, der neben ihm stand: „Leg sie um.“

Emily hatte nie zuvor dem Tod ins Auge gesehen, aber sie wusste, dass es jetzt so weit war. Der Tod trug eine Sonnenbrille und einen konservativen dunklen Anzug. Der Tod hatte eine langläufige, gefährlich aussehende Waffe, die er aus dem Holster unter seinem rechten Arm zog. Der Tod ist Linkshänder, dachte Emily.

Aber er war nicht der Tod. Er war ein Mann. Ein Mensch.

Er drehte leicht den Kopf und schaute von ihr zu Alex hinüber, und Emily wurde klar, dass er Hemmungen hatte, eine Frau zu erschießen. Als er mit der Waffe auf Alex zielte, warf Emily sich in die Luke zum Unterdeck. Sie rollte die Treppe hinunter zur Kabine der Yacht und prallte heftig mit Schulter und Brust gegen die Wand. Die Brosche mit dem Mikrofon und dem winzigen Sender bohrte sich ihr schmerzhaft durch den Stoff ihrer Bluse in die Haut.

Sie hörte den Schuss, den Schmerzensschrei. Oh Gott, der Typ hatte Alex erschossen, und als Nächste war sie dran. „Hinterher! Schnapp sie dir“, hörte sie Marino sagen, während sie den Gang hinunterrannte und in die Kabine floh, die Alex als Büro nutzte.

„Die Uhr tickt, Mr M.“, meinte der Mann, der geschossen hatte. „Wir haben weniger als zehn Minuten. Sie kann nirgendwohin fliehen. Wir sollten abhauen.“

Sollten seine Worte sie in Sicherheit wiegen? Sollte sie glauben, dass er ihr nicht folgte?

Alex bewahrte eine Waffe in seinem Büro auf. Emily wusste das. Und wenn diese Typen sie schon umbringen wollten, würde sie sich wenigstens wehren.

Von Schluchzern geschüttelt, durchsuchte sie Alex' Schreibtisch. Die Schublade war verschlossen, und sie benutzte einen Brieföffner und einen Briefbeschwerer, um sie aufzubrechen. Da lag sie, die kleine, aber tödliche Pistole, mitten zwischen Büroklammern und Stiften.

Sie fühlte sich kalt in ihren Händen an, hart und schwer.

Sie hob sie, stützte ihre Rechte mit ihrer Linken, zielte auf die Bürotür und betete, dass die Waffe geladen war.

Aber dann hörte sie einen Motor aufheulen. Die Home Free begann im Kielwasser des anderen Bootes sacht zu schaukeln. Emily spähte durch eines der Bullaugen.

Sie fuhren weg!

Immer noch die Pistole in der Hand, öffnete sie die Tür und trat vorsichtig in den Gang hinaus. Es war still auf der Yacht. Aber nicht ganz. Von irgendwo kam ein Zischen, das weiße Rauschen eines gestörten Empfangs. Es kam vom Kurzwellenfunkgerät.

Das Funkgerät der Yacht war zertrümmert, das Mikrofon zerbrochen. Aber irgendetwas empfing das Gerät. Sie drehte am Lautstärkeregler, und das Zischen wurde lauter. Sie versuchte den Sender besser hereinzubekommen, aber es tat sich nichts. Das Zischen blieb, die Nadel, die die Frequenz anzeigte, rührte sich nicht.

Jims Hände zitterten. Nur noch Glaube und Hoffnung hielten ihn aufrecht. Er hatte nur einen Schuss gehört. Er hatte gehört, wie jemand versuchte, Marino zum Gehen zu bewegen. Aber von Emily hatte er in den letzten zwei Minuten nichts gehört, absolut nichts.

„Komm schon, Em", murmelte er. „Sag mir, was du tust. Sag mir, dass es dir gut geht. Sag mir, dass du nicht verwundet auf dem Boot liegst." Oder tot.

„Der Hubschrauber ist gestartet", verkündete Harper. „Er wird in zehn Minuten über dem Hafen sein."

„Das ist zu spät", sagte Jim.

„Er muss gegen starken Gegenwind ankommen. Er tut, was er kann."

„Emily, rede mit mir, verdammt!", knurrte Jim. Adrenalin durchflutete ihn, aber er konnte nicht das Geringste tun, um ihr zu helfen. Sie war irgendwo da draußen, auf einem Boot, das jeden Moment in die Luft fliegen konnte.

„Jim? Felipe? Könnt ihr mich hören?"

Emily war am Leben.

Harper und Winstead jubelten. Jim schloss kurz die Augen. Gott sei Dank! Ihr Signal war gestört – als wäre sie sehr weit weg vom Mikro.

„Ich bin gestürzt und auf das Mikro gefallen", sagte sie mit leicht zittriger Stimme. „Ich weiß nicht mal, ob es noch funktioniert, aber ich hoffe es. Marino und seine Leute sind weg. Alex hat eine Kugel in die Brust bekommen. Er blutet sehr stark. Er lebt, aber wohl nicht mehr lange."

Das Signal ihres Mikros wurde schwächer, und Winstead

kämpfte darum, es zu stabilisieren.

„Die Bombe hat eine digitale Uhr“, berichtete Emily. „Sie zählt die Sekunden rückwärts. Im Moment zeigt sie sieben Minuten und achtundvierzig Sekunden an. Siebenundvierzig. Sechsundvierzig.“

Jim stellte den Timer an seiner Uhr entsprechend ein.

„Das Funkgerät empfängt irgendetwas“, sagte sie, „aber der Empfang ist stark gestört. Die Frequenznadel zeigt auf die zwanzig und lässt sich nicht verstellen.“

Jim änderte rasch die Frequenz ihres Kurzwellensenders auf diese Frequenz und schaltete das Mikrofon ein. „Emily, kannst du mich hören?“, fragte er.

„Jim! Oh Gott, du bist da! Du bist wirklich da. Ich kann dich hören! Der Empfang ist miserabel, aber ich kann dich hören!“

„Emily, wir sind mehr als zehn Minuten von der Yacht entfernt. Wir werden euch nicht erreichen, bevor die Bombe hochgeht. Hat die Home Free noch ein Beiboot? Oder ein Rettungsfloß?“

„Oh Jim, es tut mir so leid, dass …“

„Em, wir haben nicht viel Zeit. Du musst Ruhe bewahren und mir sagen, wie es bei euch aussieht.“

„Jim, ich liebe dich …“ Emilys Stimme brach. „Ich habe schon geglaubt, dir das nie wieder sagen zu können.“

„Ja, ich weiß“, gab er heiser zurück. „Ich habe auch geglaubt, ich bekäme nie mehr eine Chance, dir zu sagen, dass ich dich liebe. Ich liebe dich, Em. Ich liebe dich so sehr, dass es mich schier umbringt. Ich glaube, ich kann nicht ohne dich leben, Emily. Deshalb musst du mir jetzt helfen, bitte. Gibt es ein Rettungsfloß?“

„Nein, es gab ein Beiboot, aber das haben sie mitgenommen.“

„Okay. Hör mir gut zu, Em. Such dir eine Schwimmweste,

zieh sie an und schwimm so schnell du kannst von der Yacht weg. Verstehst du?"

„Und Alex soll ich hier sterben lassen? Jim, das kann ich nicht."

„Emily, verdammt noch mal, bring dich in Sicherheit. Du kannst Delmore nicht mit ins Wasser nehmen. Wenn er so stark blutet, wie du sagst, lockt er damit die Haie an. Zum Teufel noch mal, wenn er so stark blutet, wie du sagst, dann hat er sowieso keine Chance. Also rette dich selbst. Wirf nicht dein Leben weg für einen Mann, der praktisch schon tot ist."

„Du weißt nicht, wie es um ihn steht", widersprach Emily. „Vielleicht stirbt er. Vielleicht aber auch nicht. Vielleicht schafft er es. Er verdient ..."

„Er verdient *gar nichts*."

„Du irrst dich. Jeder verdient eine zweite Chance. Auch Alex. Vielleicht ... vielleicht kann ich die Bombe entschärfen."

Jim stellten sich die Nackenhaare auf, Angst griff eiskalt nach seinem Herzen. „Rühr diese Bombe nicht an!"

„Gibt es denn niemanden, der mir Schritt für Schritt erklären kann, was ich tun soll?", fragte Emily. „Die Polizei hat doch bestimmt Spezialisten für so etwas?"

Sieben Minuten und zwei Sekunden. Eine Sekunde. Sieben Minuten.

„Emily, sieh zu, dass du von dem Boot runterkommst. Jetzt!"

Harper beugte sich zu Jim hinüber. „Der Leiter des Bombenentschärfungstrupps wartet im Polizeihauptquartier auf seinen Einsatz."

Sechs Minuten, fünfundvierzig Sekunden.

„Em, bitte", flehte Jim verzweifelt. „Delmore ist es nicht wert!"

Emily antwortete nicht.

„Emily, bist du noch da?"

„Ja, ich höre. Und ich bin anderer Meinung. Lässt du mich jetzt mit dem Bombenexperten reden oder nicht?"

Jim biss die Zähne zusammen. „Stell die Verbindung her", wandte er sich an Harper.

Emily stand über den Motor des Bootes gebeugt und starrte auf die Bombe hinab. Die Anzeige stand auf sechs Minuten und drei Sekunden. Sie hatte dreißig Sekunden ihrer kostbaren Zeit damit verbracht, dem Entschärfungsspezialisten, einem Mann mit leichtem französischen Akzent namens Jean Dumont, die Bombe zu beschreiben.

„Jetzt vorsichtig das Gehäuse entfernen", sagte Dumont, „aber keine Drähte dabei berühren."

„Okay." Emily wischte sich den Schweiß aus den Augen. „Hab ich getan."

„Emily, hörst du mich noch? Dein Signal wurde unterbrochen."

Emily klopfte leicht auf das Mikro in der Brosche. „Hallo? Versteht ihr mich jetzt?"

Jims Stimme kam übers Funkgerät: „Emily, wir haben dein Signal verloren und können dich nicht mehr hören. Dumont wird dir weiter Anweisungen geben, aber wir hören deine Antworten nicht. Niemand hier kann dich hören, dein Mikro ist tot. Bitte, ich flehe dich an. Verlass die Yacht. Ich liebe dich. Hörst du, was ich sage? Und jetzt sieh zu, dass du wegkommst."

„Ich liebe dich auch", flüsterte Emily, und ihre Augen füllten sich mit Tränen.

Dumonts Stimme erklang wieder aus dem Funkgerät: „Emily, in dem Gehäuse müsstest du vier Drähte sehen: rot, grün, blau und gelb. Finger weg von dem roten und dem gelben Draht, verstehst du?“

Emily starrte auf die Bombe. Ja, da waren vier Drähte. Und sie waren alle blau.

Jim stand an Deck, die Beine leicht gespreizt, um den Auf- und Abbewegungen des Schnellbootes folgen zu können, ohne das Gleichgewicht zu verlieren. Mit dem Fernglas suchte er den Horizont nach der Home Free ab.

Die Zeit lief, scheinbar immer schneller.

Siebenundvierzig Sekunden, sechsundvierzig, fünfundvierzig, vierund…

Aus der Ferne hörte er einen Hubschrauber näher kommen. Er richtete das Fernglas nach Osten, und da war er. Immer noch zu weit entfernt, flog er niedrig über die Wellen. Schnell. Sehr schnell. Aber nicht schnell genug.

Felipe steuerte stur nach Südwesten. Er folgte dem Kurs, den der Peilsender an Bord der Home Free vorgegeben hatte, bevor das Signal abgebrochen war.

Harper steckte den Kopf aus dem Unterdeck. „Dumont ist fertig“, sagte er. „Wenn Emily die Bombe entschärft und alles richtig gemacht hat, haben sie es rechtzeitig geschafft. Ach, und Salazar: Jemand aus dem Krankenhaus hat auf der Wache angerufen und nach dir gefragt. Deine Freundin ist außer Lebensgefahr.“

Felipe schickte ein kurzes Dankgebet auf Spanisch gen Himmel, und Jim warf ihm einen Blick zu.

„Lege bitte ein gutes Wort oder zwei für Emily ein, wenn du schon dabei bist“, bat er.

„Habe ich schon getan“, erwiderte Felipe.

Jim schaute auf seine Armbanduhr. Noch siebzehn Sekunden. Sechzehn. Fünfzehn. Vierzehn.

Am Horizont, mehr in Richtung Süden als Westen, entdeckte Jim etwas, das eventuell die Spitze eines Mastes sein konnte. „Felipe, da!“ Mit ausgestrecktem Arm zeigte er die Richtung an.

Zehn. Neun. Acht.

Mit dröhnendem Motor jagten sie auf die Yacht zu, die immer weiter über den Horizont stieg, als wollte die See sich öffnen und sie ausspucken.

Sieben.

Bitte …

Sechs.

Gott …

Fünf.

… lass …

Vier.

… sie …

Drei.

… sicher …

Zwei.

… sein.

Eins.

Die Home Free – inzwischen war eindeutig zu erkennen, dass es sich um Delmores Yacht handelte – hing am Horizont, in den Wind gedreht. Sie lag völlig still und ruhig da.

Dann explodierte sie. Eine Stichflamme schoss in den Himmel. Der Knall erreichte sie erst Sekunden später, rollte wie ferner Donner übers Wasser.

Jim ließ langsam den Feldstecher sinken und starrte wie betäubt auf die dicke schwarze Rauchwolke, die aus dem Trümmerfeld aufstieg, das einmal ein Boot gewesen war.

Harper und Winstead kamen nach oben und standen schweigend da.

Felipe sprach als Erster. „Glaubst du, dass sie rechtzeitig von Bord gekommen ist?“

Jim schüttelte den Kopf. „Ich weiß es nicht“, sagte er leise.

„Gott, ich weiß es wirklich nicht."

Der Gedanke, Emily könne tot sein, warf ihn fast um. Jim fühlte sich vollkommen leer, total alleingelassen.

Wie konnte die Sonne so hell scheinen? Wie konnte der Himmel so blau sein? Ohne Emily konnte es keine Farben mehr geben. Ohne Emily war das Leben nur noch eintönig grau.

Das Schnellboot hüpfte über eine hohe Welle, und Jim verlor das Gleichgewicht. Seine Beine versagten ihm den Dienst. Er ließ sich schwer auf die Bank fallen, die an der Reling entlangführte.

„Hey", sagte Felipe. „Du willst doch nicht etwa aufgeben? Mach schon, nimm das Fernglas und such das Wasser ab. Wir kommen näher. Ich weiß, dass sie irgendwo da draußen ist. Ich fühle das in meinen Knochen, Diego. Gott schenkt uns heute zwei Wunder."

Über ihren Köpfen zog der Hubschrauber immer weitere Kreise über dem rauchenden Trümmerfeld. Harper ging wieder nach unten, um über Funk mit dem Piloten zu reden.

Jim stand auf, als Felipe das Schnellboot abbremste, sodass es nur noch langsam über die Wasserfläche kroch.

Zwei Wunder an einem Tag? Warum nicht gleich drei? Denn wenn Emily noch am Leben war, würde Jim sicherstellen, dass er sie nie wieder verließ.

Er hatte ihr gesagt, sie solle ihr Leben nicht für einen Mann wegwerfen, der schon so gut wie tot war. Aber hatte er nicht all die Jahre genau dasselbe getan? Weil Bob tot war, hatte Jim sich jegliches Glück versagt. Er war mehr tot als lebendig herumgelaufen und hatte den Schuldgefühlen erlaubt, sein Leben zu beherrschen.

Aber das hatte Bob nicht zurückgeholt. Selbst wenn er die nächsten vierhundert Jahre in der Hölle schmorte, würde das Bob nicht zurückholen.

Bob war tot. Schluss, aus, vorbei. Jedenfalls für Bob. Aber nicht zwingend auch für Jim.

„Komm schon, Emily", murmelte Jim und suchte mit dem Feldstecher die Wasseroberfläche ab. „Wo steckst du?"

Harper kam die Treppe heraufgeschossen. „Der Hubschrauberpilot sagt, er habe in südlicher Richtung etwas entdeckt."

Felipe gab Gas und hielt scharf auf den Hubschrauber zu.

Jims Kehle war wie ausgetrocknet. Durchs Fernglas konnte er etwas im Wasser treiben sehen. Etwas Orange-Braunes. Eine Schwimmweste? Emily? Oder doch nur ein Trümmerstück von der Yacht?

Jeder verdient eine zweite Chance, hatte Emily gesagt. Bitte, dachte Jim, bitte, lieber Gott, schenk mir meine zweite Chance. Beweis mir, dass ich es wert bin ...

„Kannst du nicht schneller fahren?", rief er Felipe zu.

„Halt dich fest." Sein Partner drehte die Maschine voll auf, das Boot machte einen gewaltigen Satz und hüpfte über die Wellen. Jim klammerte sich an die Reling und versuchte den treibenden orangefarbenen Fleck im Wasser im Fokus des Fernglases zu halten.

In der Mitte war definitiv etwas Braunes. Nein, nicht braun, heller. Hautfarben. Er stellte das Bild schärfer.

Emilys Gesicht. Sie schaute dem Schnellboot entgegen.

„Sie lebt!" Jim schnappte Winstead und küsste ihn mitten auf die Glatze.

„Na also!", rief Felipe und hielt Jim die Hand zum High Five entgegen. „Na also! Schlag ein!"

Jim beugte sich über die Luke und schrie nach unten: „Harper, wir haben sie gefunden. Sie ist am Leben!"

Jetzt brauchte er das Fernglas nicht mehr, um sie zu sehen. Er beugte sich ihr über die Reling entgegen, als könnten die paar Zentimeter ihn schneller zu ihr bringen.

Als sie ganz nahe heran waren und Felipe das Boot abbremste, hechtete Jim über Bord, tauchte und schwamm unter Wasser auf Emily zu. Einen guten Meter neben ihr tauchte er wieder auf und schleuderte sich die nassen Haare aus den Augen.

„Ich wusste, dass du kommen würdest", sagte sie.

Er schwamm näher. „Ich liebe dich", sagte er.

Ihre Haare hingen ihr in nassen Strähnen ins bleiche Gesicht. Rußspuren zierten ihre Stirn und ihre Wangen. Aber ihre Augen erstrahlten in der Farbe des Himmels, und nie zuvor war sie Jim so schön erschienen.

Ruhig erwiderte sie seinen Blick. „Liebst du mich genug, um dir selbst zu vergeben?"

Jim zögerte nicht. „Ich werde es auf jeden Fall versuchen. Hilfst du mir dabei?"

Sie nickte. „Jeden Tag, solange du meine Hilfe brauchst."

Er schwamm noch näher an sie heran. „Und jede Nacht?"

Sie lächelte. Zeigte ihr reines, süßes, unglaublich aufreizendes Lächeln. „Was das angeht, brauchst du keine Hilfe, Detective."

Das Schnellboot trieb zu ihnen, und Jim langte nach oben, um sich daran festzuhalten. Dann zog er Emily fest an sich und küsste sie.

Als sie endlich nach Hause fahren konnten, ging die Sonne bereits unter. Den Arm um Emilys Schulter gelegt, stieg Jim mit ihr die Treppe zur zweiten Etage hinauf – und Carly Wilson rannte sie beinah über den Haufen.

„Hoppla! Tut mir leid", stieß sie hervor. „Ich bin furchtbar in Eile. Mac wartet unten auf mich."

Eine Autohupe ertönte, wie um ihre Worte zu unterstreichen.

Carly verdrehte die Augen. „Was für ein Romantiker! Er

kann nicht einmal aus seinem verdammten Pick-up aussteigen und mich nach oben begleiten. Nicht einmal heute Abend!"

„Was ist an heute Abend so besonders?", fragte Emily.

Carly seufzte theatralisch. „Ich weiß, ich habe gesagt, dass ich es nicht tun werde, aber ... Mac und ich haben heute geheiratet. Ist das nicht das Dämlichste, was du je gehört hast? Wir fahren für vierzehn Tage nach Key West in die Flitterwochen." Sie lachte. „Wenigstens weiß ich, dass meine Ehe so lange halten wird."

„Vielleicht klappt es ja diesmal", meinte Emily.

„Oh, klar doch", erwiderte Carly lachend. Sie ließ den Blick zwischen Emily und Jim hin und her schweifen. „Nun schau sich einer das an." Die Arme vor der Brust verschränkt, lehnte sie sich an das Treppengeländer. Offenbar hatte sie vergessen, dass sie es eigentlich eilig hatte. „Ihr versteht euch aber gut. Junge, Junge, meine Schwester und ich dürfen einander nicht näher als zwei Meter kommen, ohne dass es kracht."

„Er ist nicht mein Bruder", sagte Emily.

Carly beugte sich vor. „Wie bitte?"

„Carly, darf ich dir Jim Keegan vorstellen? Er ist Detective bei der Polizei von St. Simone. Als du ihn kennengelernt hast, war er in einem Einsatz als verdeckter Ermittler. Er hat nur vorgegeben, mein Bruder zu sein."

„Und was gibt er jetzt vor zu sein?"

„Ich habe vor, Emily zu heiraten", sagte Jim. „Und ich gebe das nicht nur vor."

Carly nickte langsam. „Wenn ich von Key West zurückkomme, musst du mir die ganze Geschichte erzählen", sagte sie zu Emily. „Ich glaube nämlich, es ist eine richtig gute Geschichte."

Die Autohupe ertönte erneut, und mit einem letzten Winken verschwand Carly nach unten.

„Sie glaubt doch nicht wirklich, dass ihre Ehe nur ein paar

Wochen hält, oder?“, fragte Jim, während Emily ihre Wohnungstür aufschloss und sie eintraten.

Emily zuckte die Achseln. „Bei Carly kann man nie wissen. Ihre Ehen halten durchschnittlich etwa fünfzehn Monate.“

Jim schloss die Tür hinter ihnen und führte Emily zur Couch. Er setzte sich und zog sie auf seinen Schoß. „Wenn wir heiraten“, sagte er und strich ihr mit dem Daumen über die Lippen, „soll unsere Ehe ewig halten.“

Emily lächelte. „Das klingt gerade so eben lang genug.“

Sie beugte sich vor und küsste ihn.

Sein Lächeln schwand, und sein Blick wurde ernst. „Ich bin wirklich sehr froh, dass du es von Bord der Home Free geschafft hast.“

Emily wühlte mit den Fingern in seinen Haaren. „Alex starb“, sagte sie leise, „während ich mit Dumont sprach. Mit dem Bombenexperten.“ Sie schaute ihm in die Augen. „Als mein Mikro versagte und ich begriff, dass ich die Bombe nicht entschärfen konnte, wollte ich Alex in einen Taucheranzug stecken und mit ihm über Bord springen, aber ... er war schon tot.“

„Vier Spezialeinheiten haben Marino und seine Männer abgefangen“, informierte Jim sie. „Er leistete Widerstand und wurde erschossen. Ihr Boot war bis zum Rand voll mit Kokain. Die anderen wandern für Jahre hinter Gitter.“

„Also ist es vorbei.“ Sie lächelte schief. „Bis der nächste Drogenboss sich in der Stadt niederlässt.“

„Der Kampf geht weiter“, meinte Jim. „Wir tun, was wir können, und heute haben wir richtig viel erreicht. Dank deiner Hilfe.“ Er lächelte sie an. „Dank deiner Hilfe habe ich mir allerdings auch ein ziemliches Magengeschwür eingehandelt.“

„Tut mir leid“, murmelte sie.

„Schon in Ordnung.“ Er küsste sie sanft. „Aber wenn du

das nächste Mal eine weitreichende Entscheidung zu treffen gedenkst, die dein Leben aufs Spiel setzt, wüsste ich es sehr zu schätzen, wenn du wenigstens vorher mit mir darüber reden könntest. Diese Beziehung ist eine Partnerschaft. Hörst du, was ich sage?"

Emily lachte. „Klar und deutlich."

Jim lehnte sich zurück und zog sie an sich, sodass ihr Kopf an seiner Brust lag. Er schloss seufzend die Augen. „Haben wir letzte Nacht geschlafen? Ich glaube nicht, dass wir letzte Nacht geschlafen haben. Ich bin total erschöpft."

Emily küsste seinen Hals und stand auf. Sie streckte ihm eine Hand entgegen. „Lass uns ins Bett gehen."

Jim nahm ihre Hand und küsste sie leicht. „Kleinen Moment noch. Ich muss schnell noch einen Anruf erledigen."

Der Schmerz stand wieder in seinen Augen, und Emily spürte, wie Frustration sie zu überwältigen drohte. Würde sie wieder mitten in der Nacht aufwachen, um festzustellen, dass er allein im Dunkeln auf dem Balkon saß?

Sie ging ins Schlafzimmer, ließ die Tür hinter sich offen, und begann sich auszuziehen.

Aus dem Wohnzimmer hörte sie Jim ins Telefon sprechen. „Hallo, ähm, Ma? Ich bin es, Jimmy." Sie erstarrte.

„Ja, wirklich Jimmy", fuhr er heiser fort. „Ein bisschen überraschend, was? Ja, also, es ist so ... ich ... ich werde heiraten." Eine lange Pause, dann lachte er. „Ja, genau, heiraten. Kannst du dir das vorstellen? Sie heißt Emily, und sie wird dir gefallen, Ma. Gott allein weiß, wie sehr ich sie liebe. Schau, ich frage mich, ähm, ob du ... ob du vielleicht zur Hochzeit kommen möchtest ... Du möchtest? Das ist großartig. Das ist wirklich fantastisch. Und Molly und Shannon, würden die auch ... Du meinst wirklich, sie ... sie würden auch gern kommen, ja? Das ist ... das ist toll. Schau, Ma, wir hatten einen sehr schweren Tag, und ich muss jetzt Schluss machen.

Aber ich ruf dich in ein paar Tagen wieder an, okay?" Wieder eine Pause. Dann stockte seine Stimme leicht, als er sagte: „Ich liebe dich auch, Ma."

Emily schlüpfte leise ins Bett und wischte sich mit dem Laken die Freudentränen weg, die ihr plötzlich in die Augen schossen.

Als Jim auch ins Schlafzimmer kam und neben ihr ins Bett kroch, küsste sie ihn und zog ihn fest in ihre Arme.

Endlich hatte seine Heilung begonnen.

– ENDE –

Lesen Sie auch:

Suzanne Brockmann

Mit jedem Herzschlag

Ab April 2013 im Buchhandel

Band-Nr. 25657
8,99 € (D)
ISBN: 978-3-86278-706-7

Bobby Penfield III. war der langweiligste Mann, der Carrie Brooks je über den Weg gelaufen war.

Trotzdem saß sie mit ihm an einem Tisch im elegantesten Restaurant von St. Simone, dem im Erdgeschoss des noblen Reef Hotel gelegenen Schroedinger, und lächelte bemüht. Jetzt wusste sie wieder, warum sie sich normalerweise nicht auf solche Verabredungen einließ. Beim nächsten Mal, wenn ein verhältnismäßig nett wirkender Mann, den sie nicht kannte, sie einladen wollte, würde sie sich definitiv eine Ausrede einfallen lassen, um die Einladung auszuschlagen.

Wahrscheinlich gab es Frauen, die sowohl Bobby Penfield III. als auch seine endlosen Geschichten über Ränkespiele und Machtkämpfe in seiner Werbeagentur aufregend fanden. Aber um es offen zu sagen: Carrie konnte sich einfach nicht vorstellen, dass es sich spürbar auf die Verkaufszahlen irgendwelcher Papierhandtücher auswirkte, wenn das Produkt im Fernsehen von einem Mann statt von einer Frau beworben wurde. Und die Frage war es definitiv nicht wert, das Tischgespräch eine geschlagene Stunde lang zu beherrschen. Außerdem war sie engagierte Umweltschützerin. Ihrer Meinung nach hätten Papierhandtücher nie auf den Markt kommen dürfen. Stoffhandtücher waren einfach die bessere Wahl.

Carrie wünschte sich, der Mann würde endlich das Thema wechseln. Über irgendetwas anderes reden. Verdammt noch mal, sie würde viel lieber über die sogenannten Spielplatzmorde reden. Die Medien hatten groß über die in der Woche zuvor verübten Morde im Dunstkreis des organisierten Verbrechens berichtet, alle sprachen darüber, nicht nur in Florida, sondern in den gesamten Vereinigten Staaten. Zwei Mafiosi, Tony Mareidas und Steve Dupree, waren auf einem unbebauten Grundstück in der Innenstadt hingerichtet worden. Das Grundstück grenzte zufällig unmittelbar an den Pausenhof einer Grundschule. Kinder hatten die Leichen entdeckt, und die Stadt war in Aufruhr. Fieberhaft wurde nach den Männern gesucht, die dieses blutige Verbrechen verübt hatten.

Aber Bobby Penfield III. laberte weiter über seine Papierprodukte, und Carrie war gezwungen, ihn fröhlich anzulächeln. Sie war hier, weil Bobbys Werbeagentur an einer Reihe von TV- und Printanzeigen über den Sea Circus arbeitete, und zwar zu stark reduziertem Preis. So hatte es ihr jedenfalls Hal Tompkins erzählt, der Geschäftsführer des Aquariums. Als Hal mit Bobby bei Carries Nachmittagstraining mit den Delfinen aufgekreuzt war und Bobby sie zum Essen eingeladen hatte, hatte Hal sie mit flehenden Blicken gebeten, Ja zu sagen. Und Carrie war dumm genug gewesen, die Einladung anzunehmen.

Jetzt saß sie hier in ihrer ganz privaten kleinen Hölle, in einem viel zu noblen Restaurant, bei Weitem nicht elegant genug angezogen – das schlichte, blau geblümte ärmellose Kleid mit dem kurzen weiten Rock war das Eleganteste, was sie besaß – und einem Mann gegenüber, mit dem sie nichts, aber auch gar nichts gemein hatte. Vielleicht davon abgesehen, dass der neue Tankini, den Carrie beim Nachmittagstraining getragen hatte, ihnen offenbar beiden gefiel.

Carrie ließ den Blick durchs Restaurant schweifen. Am anderen Ende des Speisesaals war ein langer Tisch für eine größere Gesellschaft gedeckt. Daran saßen Männer im Smoking mit ihren schönen Frauen. Oder Geliebten. Ganz sicher Geliebte, entschied Carrie zynisch. Die Ehefrauen hockten vermutlich alle mit ihren Kindern zu Hause.

Ein Mann mit silbergrauem Haar saß am Kopfende des Tisches und lächelte seine Gäste wohlwollend an. Ja, das hier ist seine Party, schloss Carrie. Silberhaar war definitiv der Mann, der heute Abend für die Rechnung aufkam.

Bobby Penfield redete und redete. Inzwischen war er bei Wegwerfwindeln angelangt, ohne zu bemerken, dass Carrie ihm längst nicht mehr zuhörte. Stattdessen beobachtete sie, wie Silberhaar aufstand und einen Toast ausbrachte. Ein anderer Mann, der mit dem Rücken zu ihr gesessen hatte, stand daraufhin ebenfalls auf und verneigte sich dankend zu höflichem Applaus.

Carrie beugte sich vor, um genauer hinzuschauen. Irgendetwas an dem Mann, an seinen Schultern – oder vielleicht daran, wie wunderbar der Smoking an seinen breiten Schultern saß – kam ihr seltsam bekannt vor. Sie musterte seinen Hinterkopf und wünschte sich schweigend, er würde sich umdrehen.

Er tat ihr den Gefallen nicht. Stattdessen setzte er sich wieder, ohne ihr Gelegenheit zu geben, sein Gesicht zu sehen. Wer immer er auch war, er trug sein langes dunkles Haar im Nacken zusammengebunden. Aber keiner der Männer, die sie kannte, hatte je einen Smoking getragen. Geschweige denn einen maßgeschneiderten Smoking, der so sündhaft gut saß.

Carrie blickte überrascht auf. Schlagartig wurde ihr bewusst, dass Bobby nichts mehr sagte. Er schaute sie fragend an, als wartete er auf eine Antwort.

Sie tat das Einzige, was sie tun konnte. Sie lächelte. Und fragte ihn, welches College er besucht hatte.

Bobby war nur zu glücklich, weiter über sich reden zu können. Er merkte nicht einmal, dass sie seine Frage nicht beantwortet hatte. Carrie war sich nicht sicher, ob er überhaupt irgendetwas von dem gehört hatte, was sie im Laufe des Abends gesagt hatte – abgesehen von den Fragen zu seiner Person.

Himmelherrgott noch mal, irgendwo auf der Welt musste es doch einen Mann geben, der anderen tatsächlich zuhörte! Aber wo immer dieser Jemand war und wer er auch sein mochte, er hieß keinesfalls Bobby Penfield III.

Natürlich hörte sie ihm auch nicht unbedingt zu. Sie

seufzte. Seit sie in seinen Wagen gestiegen war, war ihr bereits klar, dass der ganze Abend eine einzige Katastrophe werden würde. Sie hatte schon früh bemerkt, dass sie überhaupt nicht zueinanderpassten. Jetzt wünschte sie, sie hätte den Mumm gehabt, sich der Einladung elegant zu entziehen.

Bobby hingegen schien immer noch Hoffnung zu hegen, dass Carrie ihn nach dem Essen nach Hause begleitete. Sie sah es in seinen Augen, in der Art, wie er auf ihre Brüste und auf ihren Mund schaute.

Sie seufzte erneut. Was für ein scheußlicher Abend.

Obwohl – ganz so schlimm wie jene Nacht im Juli, in der sie zwei endlose, albtraumhafte Stunden im Kofferraum ihres Wagens eingesperrt gewesen war, war es dann doch nicht.

Selbst nach so vielen Monaten verfolgte die Erinnerung daran sie immer noch.

Diese zwei Stunden waren ihr eher wie zwei Jahre vorgekommen.

Zuerst war sie regelrecht durchgedreht. Im Geiste war sie wieder in ihrer Kindheit gewesen, neun Jahre alt, eingesperrt im winzigen Waschraum des Wohnwagens ihrer Eltern. Genau wie damals hatte sie geweint, als müsse die Welt untergehen. Sie hatte geweint und geweint, bis sie sich so weit beruhigt hatte, nach der alten Signallampe zu tasten, die sie für Notfälle im Kofferraum mit sich führte. Die weiße Birne für Dauerlicht war durchgebrannt, aber das rote Notfall-Blinklicht hatte noch funktioniert.

Im roten Blinklicht der Signallampe wirkte der Kofferraum absurd winzig und erschreckend eng. Aber wenigstens umfing sie nicht mehr totale Dunkelheit und nahm ihr den Atem. Frische Luft gab es auch – jedenfalls nachdem sie das Dichtungsgummi vom Kofferraumdeckel abgezogen hatte. Ihr Kofferraum würde vermutlich nie wieder regendicht sein, aber frische Luft zu bekommen war ihr wesentlich wichtiger gewesen.

Und dann sang sie. Auf dem Rücken liegend, die Beine angezogen und das Gesicht nur Zentimeter vom Kofferraumdeckel entfernt, sang sich Carrie um ihren Verstand. Sie sang jedes Lied, das sie jemals gelernt hatte, und dazu noch ein paar andere, die sie nicht auswendig kannte. Sie sang sämtliche Titel, die in den Top Forty gewesen waren, als sie die achte Klasse besucht hatte. Sie sang sämtliche der nervigen Musicalstücke, die ihre Mutter so sehr geliebt hatte. Sie sang jeden einzelnen Titel der beiden neuesten CDs von Patty Loveless. Sie sang, bis sie völlig heiser war.

Das war wirklich die Hölle gewesen – dort zu liegen, zu schwitzen, gegen die aufkommende Panik anzukämpfen, die Kofferraumwände immer näher rücken zu spüren …

Carlos.

Sogar nach so langer Zeit musste sie immer wieder an diesen Mann denken. In den ersten paar Wochen, nachdem er sie im Kofferraum ihres Autos eingesperrt hatte, hatte sie oft an ihn gedacht.

Und seltsamerweise tauchte er nach wie vor gelegentlich in ihren Träumen auf. Noch seltsamer war jedoch, dass es sich um schwüle, erotische Träume handelte, um Träume von miteinander verschlungenen Beinen, kühler glatter Haut über fester Muskulatur und langem dunklen Haar, das ihm ins Gesicht hing, während er sich langsam über sie beugte, um sie zu küssen, und sich in einem sinnlichen, trägen, unglaublich erregenden Rhythmus in ihr bewegte …

Aus diesen Träumen schreckte sie jedes Mal hoch, überrascht und manchmal ein wenig enttäuscht, dass es nur ein Traum gewesen war.

Vor sechs Monaten war sie zur Polizei gegangen und hatte Anzeige erstattet, aber der Mann namens Carlos und seine drei Komplizen waren nie gefasst worden.

Zu ihrem Glück, sagte sie sich mit Nachdruck. Wenn sie auch nur einen dieser Mistkerle je wieder zu sehen bekam ...

Am anderen Ende des Restaurants standen Silberhaars Gäste vom Tisch auf. Die Frauen eilten beinah geschlossen zur Damentoilette. Die Männer schüttelten einander die Hände und ...

Nein.

Das konnte nicht sein.

Oder doch?

Carrie hatte nur einen ganz kurzen Blick auf das Gesicht des Mannes erhascht, aber diese exotischen Wangenknochen waren unverwechselbar.

Trotzdem konnte sie sich nicht sicher sein, bevor sie seine Augen sah. Aber entweder wurde sie langsam verrückt, oder der Mann mit dem langen Pferdeschwanz, der Mann in dem maßgeschneiderten Smoking, war Carlos.

Natürlich war es durchaus möglich, dass sie langsam verrückt wurde.

Das Ganze war jetzt ein halbes Jahr her, und Carrie sah Carlos immer noch an jeder Ecke – in der Einkaufspassage, im Lebensmittelladen, im Kino, sogar in der Besuchermenge im Sea Circus. Wann immer sie einen hochgewachsenen Mann mit langem dunklen Haar entdeckte, schaute sie ganz genau hin. Aber dann wandte der Mann den Kopf, und sie erkannte: Nein, das war nicht Carlos. Der Typ sah ihm nur ein bisschen ähnlich.

Dieser Mann jedoch drehte sich nicht um und gab ihr keine zweite Gelegenheit, sein Gesicht zu sehen. Er schaute hinüber zur Lobby und stand mit dem Rücken zu ihr.

„Entschuldige mich bitte“, sagte Carrie zu Bobby Penfield, als er einen Moment seinen Redefluss unterbrach, um Luft zu holen. Sie faltete ihre Serviette zusammen und legte sie neben ihren Salatteller. „Es dauert nur eine Minute. Ich bin gleich wieder da."

Sie schob ihren Stuhl zurück und eilte den Männern im Smoking nach, die in die Lobby strömten.

Die Lobby des Schroedinger war eine Pracht: Hier standen jede Menge Grünpflanzen, von hohen Decken hingen Kronleuchter, und die verspiegelten Wände ließen den Raum viel größer erscheinen, als er war. Der Mann, der eventuell Carlos sein mochte, stand an der Garderobe und war in ein Gespräch mit Silberhaar vertieft. Etliche der anderen Gäste standen in der Nähe.

Carrie blieb abrupt stehen, als sie das Gesicht des Langhaarigen in einem der Spiegel sehen konnte.

Es war Carlos. Herr im Himmel, er war es wirklich.

Silberhaar sagte etwas zu ihm, und er lächelte. Zeigte jenes sanfte, priesterhafte Lächeln, das Carrie kannte. Als Silberhaar etwas hinzufügte, wurde aus dem Lächeln ein teuflisches Lachen, und vollkommene weiße Zähne blitzten auf.

Trotz all ihrer Träume und der vielen Falschsichtungen dieses Mannes hatte Carrie vergessen, wie gut er aussah.

Im selben Moment schweifte sein Blick in ihre Richtung und blieb an ihrem Gesicht hängen. Einen winzigen Augenblick lang erstarrte Carlos, und jähes Erkennen blitzte in seinen Augen auf.

Sie waren sich vor sechs Monaten nur etwa eine halbe Stunde lang begegnet, aber damals hatte sie nie etwas anderes als ruhige Selbstbeherrschung und Selbstvertrauen in seinem Blick gesehen, selbst als sie mit der Waffe auf ihn gezielt hatte. Aber jetzt sah sie plötzliche Panik. Reine wilde Panik. Sie blitzte nur einen Moment auf, dann war nichts mehr davon zu sehen. Sein Gesicht und seine Augen zeigten überhaupt keine Regung mehr.

Er hatte Angst vor etwas. Wahrscheinlich vor ihr.

Nun, dazu hatte er auch allen Grund. Er hatte sie, verdammt noch mal, im Kofferraum ihres Autos eingesperrt. Jetzt brauchte sie nur mit dem Finger auf ihn zu zeigen und laut genug zu schreien, um ihm die gesamte Polizeitruppe von St. Simone auf den Hals zu hetzen.

Langsam und bedächtig ging Carrie auf ihn zu.

Er sah seine Todesursache auf sich zukommen.

Felipe Salazar stand in der Lobby des Schroedinger und blickte dem Tod ins Auge.

Es war das Mädchen aus dem Sea Circus, das mit den Delfinen schwamm. Sie kam direkt auf ihn zu, ein leichtes angespanntes Lächeln auf ihren vollkommenen Lippen, und in ihren hübschen meergrünen Augen loderte das Feuer der Hölle.

Statt der schweren Stiefel trug sie ein Paar braune Ledersandalen, anstelle der schäbigen Shorts und des ausgeleierten T-Shirts ein ärmelloses, kurzes, blau geblümtes Kleid, das ihm den Atem verschlagen hätte – wenn das nicht schon aus einem ganz anderen Grund der Fall gewesen wäre.

Ihr blondes Haar war länger als vor sechs Monaten, und sie trug es offen, sodass es ihr über die Schultern fiel wie ein glatter goldener Schleier, der im Licht der Kronleuchter seidig schimmerte.

Sie hatte nicht viel Make-up aufgelegt, nur ein wenig Lidschatten und Lippenstift, vielleicht einen Hauch Rouge. Jedenfalls hatte sie nicht versucht, die entzückenden Sommersprossen zu verstecken, die ihre feine Nase und die weich gerundeten Wangenknochen sprenkelten.

Madre de Dios, sie war noch hübscher, als er sie in Erinnerung hatte. Dabei hatte er wahrlich viel Zeit darauf verschwendet, sie sich ins Gedächtnis zu rufen, in jenen ersten paar Wochen nach dem Showdown mit Iceman und seinen Komplizen. Felipe hatte sogar den Sea Circus besucht, nur um sich zu vergewissern, dass es dem Mädchen gut ging.

Sie hieß Caroline Brooks und wurde von allen Carrie genannt.

Er hatte sich den Großteil ihrer Delfinschau angesehen. Hatte gesehen, wie sie zu den großen Meeressäugern ins Becken gesprungen, wie sie auf ihrem Rücken geritten war. Hatte gesehen, wie sanft sie mit den Tieren umging, hatte sie lächeln und lachen sehen, ohne dass auch nur ein Hauch von Panik auf ihrem hübschen Gesicht aufblitzte. Hatte sie natürlich auch in dem umwerfenden roten Schwimmanzug gesehen, der ihre Figur so unglaublich betonte, dass er sie beinah angesprochen hätte. Beinah wäre er zu ihr gegangen und hätte den Satz zu Ende gebracht, den er begonnen hatte. Jenen Satz, den sie mit einem Biss ihrer scharfen Zähne unterbrochen hatte.

Ich bin Polizist.

Also, warum hatte er es ihr nicht gesagt?

Weil sie ihm viel zu sehr gefiel. Weil er in seinem Herzen wusste: Selbst wenn er es schaffte, sie zu verführen, würden ihm ein oder zwei Nächte einfach nicht ausreichen. Und weil er gewusst hatte, dass er schon in wenigen Tagen bereits wieder verschwunden sein und sich als verdeckter Ermittler unter dem Namen Raoul Tomàs García Vasquez in das Verbrechersyndikat von Lawrence Richter einschleichen würde. Und vor allem weil er wusste, dass eine romantische Beziehung zu ihm sie nur in Gefahr bringen würde.

Also hatte er sie vergessen.

Nun ja, zumindest hatte er *versucht*, sie zu vergessen.

Wenigstens hatte er einen weiten Bogen um den Sea Circus und die hübsche Caroline Brooks gemacht.

Und nun würde ihm genau das – dass er sie *nicht* angesprochen hatte, ihr *nicht* gesagt hatte, dass er Polizist war, ihr *nicht* offenbart hatte, wer er wirklich war – den Tod bringen. Und sehr wahrscheinlich auch ihr.

Denn als sie jetzt auf ihn zukam, blitzte in ihren Augen das Verlangen nach Gerechtigkeit und Vergeltung. Wenn sie die Chance erhielt, den Mund aufzumachen, würde sie zweifellos seine Tarnung auffliegen lassen.

MIRA - Home
http://www.mira-taschenbuch.de/
Google
IMPRESSUM DATENSCHUTZ AGB KONTAKT
MIRA TASCHENBUCH
Suchen ...
Alles
Erweiterte Suche
BESTSELLERLISTE
WIR ÜBER UNS
AUTOREN
HANDEL
PRESSE
NEWSLETTER
NEU IM AUGUST
PROGRAMM FRÜHJAHR / SOMMER 2010
PROGRAMM HERBST / WINTER 2010 / 2011
GESAMTPROGRAMM
SONDEREDITIONEN
Unser Sommer-Buchhighlight
Susan Wiggs: Am Anfang wartet das Glück
Genau das Richtige für romantische Sommerabende.
mehr
TRAILER DES MONATS
- Video-Archiv
UNSERE MIRA BESTSELLER-LISTE
News & Aktuelles
Neuigkeiten bei MIRA Taschenbuch
vorherige News
AUF EINEN BLICK - DAS MIRA GESAMTPR
NORA ROBERTS
Liebesmärchen in New York
TESS GERRITSEN
SAG NIEMALS STIRB
JENNIFER SKULLY
Eine magische Begegnung
CHRIS JORDAN
Sektenkind
Immer aktuell:
News und Neuerscheinungen
direkt auf der Startseite!
Das gesamte
Taschenbuchprogramm
übersichtlich nach Kategorien!
MIRA
TASCHENBUCH

Lisa Jackson

Was gestern war/
Begierde und Betrug

Was gestern war
Journalistin Andrea Monroe soll ihren Exlover zu einem Fernsehauftritt überreden. Und plötzlich merkt sie, wenn Jefferson Ja sagt, gibt es vielleicht ein Zurück für sie beide …

Begierde und Betrug
Maren McClure und Kyle Sterling sind beide in der knallharten Entertainment-Industrie tätig und verfeindet. Aber Kyle hat nicht mit dem Sex-Appeal seiner schönen und sehr cleveren Gegenspielerin gemacht!

Band-Nr. 25632
8,99 € (D)
ISBN: 978-3-86278-482-0
368 Seiten

Lisa Jackson

Gefährlich wie die Wahrheit

Ohne Skrupel
Ein Mann ist das Letzte, was die vermögende Beverly Bennett will. Was sie dagegen dringend braucht, ist einen guten Rechtsanwalt. Jake McGowan übernimmt den Fall – aus einem eiskalten Grund: Rachedurst …

Lebenslang
Lieber tot als lebendig würde Victoria ihn sehen! Doch warum ist ihr Ex-Geliebter Trask gerade jetzt auf dem Weg zu ihr? Sie ahnt nicht: er will eine gefährliche Wahrheit aufdecken – und mit Victoria die Zeit zurückdrehen …

Band-Nr. 25567
8,99 € (D)
ISBN: 978-3-89941-969-6
544 Seiten

Deutsche Erstveröffentlichung

Cherry Adair
Wie ein reißender Sog
Band-Nr. 25643
8,99 € (D)
ISBN: 978-3-86278-498-1
320 Seiten

Deutsche Erstveröffentlichung

Cherry Adair
Im Meer des Skorpions
Band-Nr. 25618
8,99 € (D)
ISBN: 978-3-86278-460-8
368 Seiten

Cherry Adair
In gefährlicher Strömung
Band-Nr. 25592
8,99 € (D)
ISBN: 978-3-86278-318-2
368 Seiten